铁血雄魂

挂云山

王延年 著

中国文史出版社
CHINA CULTURAL AND HISTORICAL PRESS

图书在版编目（CIP）数据

铁血雄魂挂云山 ／ 王延年著. -2 版. —北京：中国
文史出版社，2023.3
ISBN 978-7-5205-4017-9

Ⅰ.①铁… Ⅱ.①王… Ⅲ.①长篇小说-中国-当代
Ⅳ.①I247.5

中国国家版本馆 CIP 数据核字（2023）第 018964 号

责任编辑：方云虎
封面设计：程　跃

出版发行：**中国文史出版社**
社　　址：北京市海淀区西八里庄路 69 号　　　邮编：100142
电　　话：010-81136630
印　　装：廊坊市海涛印刷有限公司
经　　销：全国新华书店
开　　本：710 毫米×1000 毫米　　　1/16
印　　张：20.25
字　　数：285 千字
版　　次：2023 年 10 月北京第 2 版
印　　次：2023 年 10 月第 1 次印刷
定　　价：79.00 元

这是一座被世人忽略、疏忽的昔日名山。

挂云山，位于河北井陉县，与平山、获鹿交界，山势雄伟，妙景珠联，历来是道教圣地，古有华北泰山之誉。

这是一段被历史烟尘模糊着、风干着的抗日故事。挂云山六壮士，比狼牙山五壮士早一年，而且更加惨烈悲壮。

一九四○年秋，是八路军发动百团大战的初期阶段。是年九月六日，日寇纠集近四千兵力，向山下三峪村的八路军左翼纵队进行"围剿"。我地方武装井、平、获游击队第三中队，奉命在挂云山牵制敌人，掩护八路军主力转移。区武委会妇女部部长吕秀兰，带领基干队、青抗先、儿童团，上山协助作战。激战中，打退鬼子数十次进攻，将近一天，把近四千名鬼子牢牢牵制在挂云山下。中队长李恒山中弹牺牲，吕秀兰率领康二旦、李书祥、康英英、康三堂、刘贵子五位战士，在掩护其他同志突围后，与冲上山的日军展开殊死搏斗，终因弹尽力绝，跳崖殉国，用青春和热血，建构了六壮士辉煌的生命图腾。山上，还埋葬着同一天牺牲的二十六位无名烈士。漫漫七十余载，人们只知道狼牙山五壮士，很少有人知道更为精彩生动的挂云山六壮士。

二○一二年清明节前后，河北省《燕赵晚报》连续五期，披露了七十二年前的激战，追寻烈士后人，在全省引起轰动。挂云山的独特风光和六壮士强大的故事磁场，吸引了八方游客，纷纷登山拜祭，也震撼、吸引了河北辛集作者王延年。六壮士之中，有妇女、道士、炊事员，还有一个十五岁的儿童，这更凸显了伟大的中国人民全民抗战的民族精神。

王延年这部近三十万字的长篇纪实文学，第一次全景式再现了挂云山的风物人情和六壮士战斗、成长、爱情、殉国的生动故事。

六壮士简介

　　吕秀兰　女，庄子头村人，原籍河北大名，十五岁前被人贩子卖到庄子头做童养媳。参军入党后，任区武委会妇女部部长。跳崖殉国时，年仅二十二岁。

　　康英英　三峪村人，三中队战士，参军前是清泉观道士。跳崖殉国时，年仅二十一岁。

　　康三堂　三峪村人，儿童团员。跳崖殉国时，年仅十五岁。

　　刘贵子　庄子头村人，炊事员。跳崖殉国时，年仅二十七岁。

　　李书祥　三峪村人，先锋队员。跳崖殉国时，年仅十八岁，离他结婚的日子还有不到十天。

　　康二旦　三峪村人，懂医术，区政府助理员。跳崖殉国时，年仅二十七岁。

CONTENTS
目 录

引子 ……………………………………………………… 1

一 三峪村劫难 ………………………………………… 7

二 寻医记 ……………………………………………… 14

三 康三堂娶"妻" ……………………………………… 22

四 挂云山下 …………………………………………… 31

五 鬼子进庄了 ………………………………………… 40

六 山坳星火 …………………………………………… 48

七 军鞋风波 …………………………………………… 56

八 来了红枪会 ………………………………………… 64

九 吕秀兰 ……………………………………………… 72

一〇 历险庄子头 ……………………………………… 82

一一 康英英出山 ……………………………………… 91

一二 三枚炸弹 ………………………………………… 102

一三 智取庄子头炮楼 ………………………………… 108

一四 三峪村惨案 ……………………………………… 117

一五 焦土抗战 ………………………………………… 124

一六 野火春风 ………………………………………… 132

一七 传单事件 ………………………………………… 142

一八 山雨欲来 ………………………………………… 152

一九 三峪村激战 ……………………………………… 159

二〇 智取冶河炮楼 …………………………………… 170

二一 道高一丈 …………………………………… 181

二二 智除孙保长 …………………………………… 191

二三 深入敌区 …………………………………… 202

二四 雪山坚持 …………………………………… 213

二五 谁是奸细 …………………………………… 222

二六 锄奸炸铁路 …………………………………… 233

二七 挂云山庙会 …………………………………… 243

二八 送粮记 …………………………………… 254

二九 歼灭红枪会 …………………………………… 262

三〇 战火中的婚礼 …………………………………… 272

三一 三雄遇难 …………………………………… 283

三二 血战挂云山 …………………………………… 294

三三 六壮士跳崖殉国 …………………………………… 304

尾声 七十二年后的震撼 …………………………………… 313

引子

　　在这个有梦的大时代，大龙年清明节的前夕，我做了一个梦，一个非常有应验性的梦，青春与硝烟接轨，战火与爱情同烧，我带领一个青年团体，坚守一座大山。昏暗的夜幕里，有日寇的机群嗡嗡来炸，我们浴血奋战，击退了鬼子，在战火中我还遇到了自己的恋人……

　　黎明惊醒，梦境犹新，伊人未远。我于心中抚摸着梦的质感，暗自惊讶。这个梦，太真实，太恐怖，也太壮美了。莫非，有什么事情将发生？想想，许多年里，我其实真有一个梦，想写一部书，写一部抗日战争的大作品。七十多年前，我的两个舅舅都是抗日先锋；姨夫杨鸿甸，一九三八年任我束鹿县抗日民主县长，他智高胆大，作战英勇，邓小平还写文章赞扬过他。老一辈的倾情讲述，曾让我热血沸腾，心驰神往，恨不能早生几十年。于是，我的梦想，如一粒种子，一点星火，栽入心田，滋养着，隐逸着，红一阵，亮一阵，许多年里不发也不灭。

　　二〇一二年三月末，在那个悼念先人，举国祭扫的特殊节日里，一个真切透骨的梦，把我心里的火种轰然引爆了。两日来，血滚烫着，再也平静不下去，我不知道这预示着什么，心里有些惶恐。

　　转瞬到了四月三日下午，我拿到当天的《燕赵晚报》。头个版面，有一幅摄影作品引起了我的关注。一位衣着简朴的山里老人，蹲守在荒山野岭的一块墓地旁边，神色肃然，像钩沉什么重要的往事。晚报版面的标题是《追寻，不应忘却的纪念》《七十二年前二十六勇士战日寇，血洒挂云山；七十二年后二十六烈士留忠骨，静卧泉坡峪》。翻阅 A2 版，我的心一阵强

引子

震，很快读了苗静、石维写的几篇短文，随即热泪盈眶，激动不已。

我将报纸上的要文摘录如下：

　　"挂云山六壮士"石家庄版的"狼牙山五壮士""狼牙山五壮士"的事迹人们比较熟悉，而早其一年的"挂云山六壮士"其惨烈和悲壮不在其下。一九四〇年秋，是八路军发动百团大战的第一阶段。当年九月六日，日本侵略军纠集三四千兵力，向指挥部设在井陉三峪村的八路军左翼纵队扑来。地方武装井、平、获游击大队三中队奉命牵制敌人，掩护八路军主力部队转移。县一区武委会妇女部部长吕秀兰带领区基干队、青年抗日先锋队、儿童团等赶来参战。激战中，他们打退了日军几十次冲锋，把日军牢牢吸引在挂云山将近一天的时间。中队长李恒山中弹牺牲后，吕秀兰指挥战斗。完成阻击任务后，吕秀兰带领五名队员掩护其他同志突围。六壮士与攻上山的日伪军展开殊死搏斗，终因弹尽粮绝，被逼到悬崖边，最后砸碎枪支，纵身跳崖，壮烈牺牲。六壮士是：吕秀兰，二十二岁，区武委会妇女部部长，庄子头村人；李书祥，十八岁，先锋队员，三峪村人；康英英，二十一岁，游击队战士，三峪村人；康三堂，十五岁，儿童团员，三峪村人；刘贵子，二十七岁，炊事员，庄子头村人；康二旦，二十七岁，区政府助理员，三峪村人。后人称他们为"挂云山六壮士"。和"六壮士"同一天牺牲的还有二十六位烈士的忠骨，葬在挂云山泉坡峪。据健在的见证人焦秀说："当年安葬烈士遗体，除了大队长李恒山用了一口薄木棺材，其他的人全是和衣而葬。开始，二十六位烈士的坟墓上都插着一个小木牌儿，写着烈士的姓名。日久年深，木牌全然不见，大多数坟墓被踏平，如今已无碑无墓，姓名佚失……"

《燕赵晚报》一连几版追踪报道，追寻烈士后人，查访烈士英名。此举，在社会引起强烈反响。井陉网创建人王学云，曾向网友发出了共同祭奠的倡议，他说："我觉得'六壮士'的事迹，比'狼牙山五壮士'更感人，因为六壮士有妇女，有十几岁的孩子，可以说是人民群众英勇抗敌的代表。"王学云说，他和网友们每年都会登上挂云山顶，站在六壮士跳崖的地方缅怀先烈。那里太险峻了，光是低头看一看腿都打战，可见当年的六壮士跳崖的壮举是多么难得和伟大啊！机缘巧合，是他们吗？挂云山，我梦中的战地，六壮士，我的恋人，我的战友。

怀着重大的使命感，查阅旅游景点，没有挂云山的名字；翻阅众多的文学书籍，也不见关于六壮士的大部头作品。我欣然锁定，圆梦的时机到了，我要写一部厚重的书，详细完整地宣传挂云山，歌颂六壮士。

很快联系到了《燕赵晚报》的记者苗静，热心的苗静马上帮我联系了三峪村的老书记康三竹和新书记温江林。浇完头一水小麦，我就简装出发，向着梦想，奔向那个红色的神秘圣地。

原以为挂云山是个极偏远的地方，实则离我很近。从石家庄西王客站，乘上通往威州的客车，西经鹿泉，很快就钻进崇山峻岭之中。九曲回肠的山路和林立的山峰，很快使我感到如入屏障之中，难怪当年的游击队选择了太行山。大约一个小时，我从庄子头下车，再搭车走三里坦路就到了三峪。

三峪，古称三牛，当地人称"三要"，是个三面环山，有着三百户人家、一千二百口人的美丽山村。东面不远，就是高入云天的挂云山，山顶庙宇，犹如海市；山腰薄云，形似乳带。踏上山村的石板路，随处可见百年以上的老石屋，参差着，透出远年苍古的韵味。街上有两株千年古槐，还有众多的小庙和宗祠。山里人的纯朴、真诚，使我感到一切凡世间的浮躁、嘈杂，都在这里被过滤掉了。治保主任康树成、会计康华庭为我安排了食宿，头一夜睡在村里新建的医务室内，我平生第一次领略到了黑夜的静美。这里的街上没有路灯，一切全黑着，落山的月牙儿西沉后，便是满天繁星的世界了，星星们原来都这么纯净可爱，像一大群天上的小孩儿，扬起一天叽叽呱呱的笑声，小眼睛们眨呀眨。透过热闹的星隙，可以看到黑宝石般的苍穹的最深处，似见天上人家。我也是第一次领略到什么叫"浩瀚"。

这么静谧安详的良夜，很难与七十二年前挂云山上那场残酷的血战联系在一起。

第二天，温江林书记带我到街中心大寺庙（丰化堂）前，约了几位八十岁出头的休闲老人，与我促膝畅谈。八十岁的何巧妮，娘家在庄子头，与牺牲的吕秀兰做过街坊。回忆往事，她泣然挥泪，对吕秀兰的音容笑貌进行了详细描述。只是当地的方言，个别字眼儿我听不懂。温江林书记和康树成

引子

主任，不时给我翻译。在座的还有康长玉、李绪绪老人。走近六壮士，我倍感新奇，吕秀兰以前是童养媳；康英英参军前是道士；李书祥订了婚，他跳崖牺牲之日，离他结婚的日子仅差七天；最新奇的是那个儿童团员康三堂，他跳崖牺牲时年仅十五岁，家里却早已娶了媳妇，还留下了个两三岁的孩子。山里的老人挥泪叹道：从前，最苦最难的要算俺们游击区，三峪属井、平、获三县交界的地方，自古兵家必争之地。百姓们白天被逼着给日本人送粮，晚上又给八路军送粮；白天被迫给日本人修路，晚上又随八路军去破路。杂牌土匪、散兵游勇，常到三峪来。不论哪个军头来了，也得向老百姓要钱要粮，肆意作虐。三峪人民，对抗日战争贡献实在太大了，治保主任康树成的父亲康桂顺，早年是儿童团长，参加挂云山战斗受伤被捕，被送入井陉煤矿（后逃走），后来又参加了八路军。左翼纵队转移，冒险来给八路军当向导的，是本村康双梅的父亲康保祥。

座谈半日，收获颇丰。午后，八十七岁高龄的康长玉老人，领着我爬坡穿巷，寻查了当年分区司令员熊伯涛安放电台的两处驻地。古老的石垣石屋，还留有当年战火烧过的焦痕和飞机轰炸、打穿石壁的许多洞洞。

退职几年的老支书康三竹，本来住在井陉女儿家里，听说我来采访，他专程从县城赶回三峪，邀我至家中。老支书在三峪执政长达四十余年，口碑极好，他非常重视三峪的辉煌往事。六壮士的生卒年月，就是他调查整理出来的。他收藏了多年关于挂云山战斗的文字资料，大报小报都有，连火柴盒一般大的剪报，也找出来叫我看了，我从他这儿挖到的东西最实惠。晚上来送开水的康树成主任为我献出一本介绍挂云山的陈年小册子和一份材料，我们畅谈到深夜。第三日，我还要走访一个重要人物——焦秀。他住在东峪，我搭上山民的拖拉机，来到挂云山脚下，走进他安居在山坡上的百年老石屋。七十二年前，游击队常在他家房顶上开会，他是挂云山战斗的见证人，亲眼看到了六壮士跳崖的悲壮场景。我吃着山里醇甜的苹果，听他娓娓讲述。刚好，几个鲜衣靓颜的少男、少女进院子来取电车，我问他们是不是记者，他们说也是看了《燕赵晚报》才知道了挂云山，才冲着六壮士来登山拜祭的。

六壮士的精神，感动了多少人啊！

座谈一个小时后，焦秀领我上山，他边走边指点讲解着山里的野生植物，先带我瞻仰了半山腰清泉观前六壮士的大理石雕像，继而拜谒了二十六烈士的坟墓，又向上攀了一段石阶。我实在不忍心让这位七十八岁的老人跟着我受累，就劝他回去。我独自拾级而上，山高路险，很快就累得我两腿酸软，胸闷气短，汗透了夹衣。我深切推想，徒手攀登都这样吃力，想当年游击队在山上带武器打仗，又该是何等艰难。因而，我对死难烈士的崇敬又加深了一层。

且走且歇，沿途看到的是一处处破败失修的庙宇。一个个自然景点，我会在书里详细描述。爬了一个多小时，我终于登上了玉皇顶。玉皇大殿，形如残壁废堡；日观台上有棵千年古柏，早已被人刮皮枯死。听康三竹书记讲，这古柏上原来挂了一口乾隆年间的大铁钟，钟钮是个双面人头像，这在全国独一无二。抗战时期，此钟曾用来报警，不幸的是，这口价值几百万元的大钟，在一九九六年被人盗走了。

兀立荒寂的山头，心中升起一股"圆明园"的痛感，我在凄凉的枯柏下滞留了一会儿，开始寻找六壮士跳崖殉国处。吕秀兰，从元君庙后边的悬崖跳下；李书祥和儿童团员康三堂，是从古庙台跳下悬崖；康英英从西边悬崖跳下；康二旦从主峰西面龙宫爷场东悬崖跳下；最险峻处，则是刘贵子跳崖的悬晕台。南天门外，突出一巨石，下临百丈深渊。我刚一走近巨石，便觉天旋地转，心猛然提到了嗓子眼儿，离崖边还有两米，再不敢迈步，总有坠下去的眩晕感。我惶悚地逃离了这个断魂处，转而又不服气，我想，当年烈士敢从此处跳下去，难道我连向下看一眼的胆量也没有吗？我鼓足勇气，见山顶再无他人，就趴在石头上，匍匐着过去，往崖下一瞧，我真的要断魂了，只觉得骨头都吓酥了……

据悉，当年刘贵子从此处跳下，是坐在一棵树杈上的。两日后战友们来收尸，以为他还活着，唤他无声，抬下来一看，树上一截大杈，插进他肛门一尺有余，真是惨不忍睹。

东南有一高峰，名唤卧狼垴，那是中国第一个"王成"李芳芳与敌人同归于尽的山头。过峡谷一段石桥，攀上卧狼垴便是烈士亭，烈士碑上有原军区司令员杨成武、政委刘澜涛、刘道生等领导的题词。六壮士的简历，历历在目。

巍巍挂云山，古有华北泰山之誉，比狼牙山雄险，比苍岩山壮丽。

引子

　　"六壮士"和二十六位烈士，是这座大山的雄魂。我作为一个河北的草根作家，有责任将先烈们深埋在昨天的无比珍贵的故事残片发掘出来，修复完善他们的壮丽人生。山风起了，残阳如血，满山的林榔扬起波涛，山在呼，海在啸，那是历史低沉浑厚的回音。我要下山去，走回三峪，走回七十二年前那个古老多难的三峪……

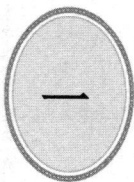

一 三峪村劫难

三峪村里有两个能人，一个是康三堂他爹，人称康大石匠；一个是康二旦他爹，人称康大学士。两个人原来都有大名儿，大名儿总在"艺"名后头隐着，隐得久了，艺名儿就取代了大名儿。这两个人，各有各的脾性，平时不通气儿，更不唠嗑儿，他们却有一句相同的口头禅，常在嘴边挂着："咱没别的能耐，靠山就得吃山。"这话很低调，听着谦卑，内里却含着骨梗，藏着霸气。因为"吃"山，得有特殊的技能。

三峪村三面环山，东边儿不远，就是九龙山之首——高耸云端的挂云山，山里有纯净的甘泉、珍稀的禽兽、丰富的草药，还有七十二景致。山上庙宇多，村里信佛崇道的也多，每年的四月初一至十八，是清泉观庙会，方圆百里的人们都来三峪游山、敬香、看日出、看魔霓花，这就给三峪吃山的人制造了更多的商机。这么个天下美地方，本该是富庶昌盛、滋润平和的，其实不然，民国二十五年，正赶上军阀混战，天下大乱，天灾人祸横生，折腾得有本事"吃"山的人也吃不安宁。

这康大石匠和康大学士对山的"吃"法各有不同，康大石匠吃的是石头，打磨、刻碑、裁石造房，有力气又有手艺，经常背着个工具褡裢，出外找钱挣。他吃山，可不愿让儿子康三堂再吃山，而是望子成龙。他一门心思供儿子念书，念完本村小学，就到正定上县学，再到保定上师范，打算像本村李家院的四公子李书祥那样，当个文化人，日后熬出山窝窝。

康大学士呢，他"吃"山吃的是山里的草药。他是个不起眼儿的土郎中，上山采点草药，研制点膏啦、丸啦什么的，又会点儿推拿针灸的手艺，山里人谁有点头疼脑热、小伤小病什么的，找他摆治摆治，还真顶点事。眼下，听说他二小子要接他的手艺。人们叫他康大学士，事实上他并没有多高的文化，人长得高瘦、白净，又常戴一副近视眼镜，很像个学士；再者，这人能找理儿，肚里有的是词儿。比如，乡亲问他："康大学士，你那么大学问，给孩子起名儿，可没带文气。大小子叫大旦，二小子叫二旦，三小子叫三旦，怎么全叫个旦啊？"康大学士伸出右手的食指一推眼镜，词儿马上就出来了："这你就不懂了，穷人的娃，命贱，起尊贵的名字承受不起，赖名好养活。皇帝大不大？他也怕名字太尊贵了遭天杀，自称为孤，自称为寡；太后呢，自称为哀家。你们看我那三小子，个个都结实得像生铁蛋子。"乡亲服了，点头称是，连竖大拇指。

康大石匠说话，可是不带学问的，简直是有点狂。石匠一家在三峪村也算是中等以上的水平，西头北巷里有对门两处宅子，全是青石窑洞式的房屋，他们家里种着五亩山坡地。他有个会理家的媳妇，人称石嫂。石匠媳妇并不姓石本姓李，人们称石嫂也是冲着康大石匠的名气。他们膝下有三个孩子，大女儿远嫁天津，不常回来；二女儿在前些年的匪案中跳井死了；还有个小儿子叫康三堂，还小，正在村东头大戏楼那儿念小学。自从二女儿死后石匠的防匪意识就提高了，外乡人一看他这两处青石房宅院，不像没钱的户。可是后来村里又来过两帮土匪，抢了别人家，硬是没从他家搜出一粒粮食和一块大洋，乡亲们没不纳闷的。此后，康石匠每次出门做工，总有乡亲来提醒他："还出远门啊，不怕村里闹土匪？"康大石匠常常把脸模子一抬，装出一副鬼不怕的样子说："闹吧，我这两处大石房土匪扛得动？"乡亲深一步提醒："你不怕土匪抢走粮食和大洋？"石匠又一脸不在乎："抢吧，我的钱粮叫玉皇大帝看管着呢，土匪上不了天！"说着乐悠悠地走了。背后有人念叨："你就吹吧，吹哪儿栽哪儿，早晚有倒霉的时候。"后来还真该大石匠倒霉了，就是这年的初夏，村里刚过完四月十八清泉观的庙会，康大石匠又在外面揽了活儿，把家一扔背上褡裢走了。就在第二天早晨，村里的炊烟还没落尽，就听村西口啪啪响了两声枪，一帮身穿黄色军服，头戴国民党军帽的兵匪，气势汹汹地闯进了村子。骑马的头领是个矮子，身子横向，扭曲的大国字脸，赤红而粗糙，有点歪脖子，因为他的脑袋方大，军帽显得很小，一身绛色军官服，斜挎着盒子枪，两只豹子眼，射着凶光。他一手勒着马缰绳，一手挥着马鞭，指挥他的虾兵蟹将，张嘴便骂"妈了个巴子"。

他的身后是一辆大黑叫驴拉着的铁脚大车。尾随的兵匪，军服新旧不一，有提大枪的，有提大砍刀的，有持斧头的，还有的穿着女人的衣服，乌七八糟，共三十多个人，咋咋呼呼涌到了村中央的老槐树底下。

村长康老正听到枪声，知道又来了杂牌军。他赶紧撂了饭碗，打起袍带，抓了几只茶碗，提了一个竹皮暖壶，急忙赶到大槐树底下对歪脖司令又倒水又递旱烟，并问是哪个军头的。歪脖司令坐在树下的石磙上，自称是猴子固的十三支队，搞曲线救国的，要村里出钱出粮。一说出数目，村长康老正很为难地满脸赔笑说："长官，你看，兵荒马乱，又天旱不雨，这个军那个军常来，俺这穷山沟沟，实在刮不出油水来了。"歪脖子司令把茶碗一摔，大骂一声："妈了个巴子，我不管他什么军来过，我才是抗日的正牌军，快去给我催，钱和粮食，如数给我弄到大槐树底下来。"康老正无奈，只得接过一个兵匪递给他的铁皮喇叭，开始沿街吆喝："乡亲们，国军要爱国粮喽！每个人二十斤小麦，八块大洋，赶快送到大槐树底下集合喽——"村长这么一喊，等于给山民们报了信儿。正在吃饭的山民，赶紧收拾碗筷，藏起家里值钱的东西。年轻的妇女，赶紧换上补丁衣裳，跑到灶火膛前，往脸上抹锅底灰。

村长吆喝了一个钟头，却没有一个人往大槐树底下缴粮捐钱。歪脖司令火了，站在石磙上拔出盒子枪，冲天上啪啪两枪，大骂道："他妈了个巴子，给我搜，挨家挨户搜，每个耗子洞也得掏三遍。"这一道命令，匪兵们全来了劲儿，他们带着各式武器，开始砸门入户。一时间，整个三峪村，鸡飞狗叫，哭喊声一片。不一会儿，钱袋、粮袋、鸡、羊、猪，源源不断地被弄到大槐树底下。有些老年妇人，哭叫着扑上来与兵匪们撕扯，全叫兵匪的枪托子砸了回去。三峪村里，家家户户都遭了抢劫，唯独康大石匠一家，什么值钱的东西也没搜出来。兵匪是不会甘心的，他们用麻绳绑来了石匠家两个人，石嫂和石匠的儿子康三堂。

石嫂一见歪脖司令，几步赶过来，屈膝一跪，哭着哀求道："长官，我们家的钱都捐到山上修庙了，什么东西也没有了。放了我们娘俩吧，求您了长官……"歪脖司令极不耐烦地瞥了石嫂一眼，很快盯在了她儿子的脸上。康三堂是个十来岁的少年，浓眉大眼，圆头虎脑，留着瓜片头，穿着合

· 9 ·

体的蓝细布学生装，甚是可爱。歪脖司令梗着歪脖子微微一笑，对石嫂说："起来吧，没钱没粮不要紧，有孩子顶着。我们要了这孩子。把他卖到井陉煤矿上去。"几个匪兵抓了康三堂，就往大车上推，石嫂急了，爬起来用身子拦挡着哭喊："你们不能抢我的孩子！"康三堂也挣扎着喊娘。这时，村长康老正赶过来，对歪脖司令说："老总别急，我再劝劝她，咱们再商量商量。"歪脖司令一摇马鞭，匪兵们住了手，石嫂又跪在村长面前哭起来。村长知道康大石匠家里有钱，就劝她破财免灾。歪脖司令趁机要了个大数："要想领孩子，她得出五百现大洋，用钱赎人吧。"石嫂的脸上又变了色儿。村长康老正恳求歪脖司令："老总，你要得太高了。别说她一家，我们全村也拿不出这五百现大洋。你这是把人往死路上逼呀。"歪脖司令打了个沉儿说："再给你降点儿，出三百现大洋。"村长不敢再多言，再次劝石嫂。石嫂看今天的阵势，无论如何是躲不过去了，她只好舍钱赎人，抬起苍白的脸，很为难地说："长官，你不要伤我的孩子，我到亲戚家，想法借钱去。"歪脖司令脸上闪过一个得意的笑，又绷住赤红大脸问："你上哪儿去借，让我们等多大工夫？"石嫂说："我到东峪去借。"村长急忙帮腔："东峪不远，就在东边，一袋烟工夫。"说着，给歪脖司令倒上了水。歪脖司令一挥手，匪兵给石嫂松了绑，石嫂揉着被绑红的手腕，再次恳求："你们千万别伤我的孩子。"一个匪兵推了石嫂一掌说："快走吧你！"就这样，石嫂被一高一矮两个匪兵，用大枪押着，走向挂云山的方向。

街上的乡亲全都向她投去同情、担忧的目光，没一个人敢说话。人们所能办的，只能是向着挂云山双手合十，默念着阿弥陀佛和无量天尊，祈求神佛的保佑。

康大石匠的钱粮究竟藏在哪儿呢？石匠和石嫂都是很节俭的人，他们家虽说不穷，但是他们很会过日子。石嫂一年四季都穿粗布衣，打着补丁，好衣服留给孩子；吃饭上和穷人一样，过了麦吃三顿细粮，其余就全是糠菜窝头了。石匠挣的钱全都存起来，供孩子上学。钱，就是孩子的前程啊！

三峪这地方，经常闹匪，无法无天的时代，只有自己防范。石匠靠一双巧手，家里每一处石房里都建了石窖，他们家的钱、粮，一部分藏在石窖内，石窖口还设了机关，一般人弄不开。另有一部分大洋，根本就没放在三峪，而是藏在挂云山半坡上的清泉观内。

康大石匠有个远房侄子，名叫康英英，英英忠厚实诚，两年前到清泉观王永栓的门下当了道士。石匠一家，最信奉佛道，平时没少往观里敬香，每年都把一部分洋钱，送进观里，叫康英英给他坚壁。这个秘密，只有道长王永栓和康英英，加上他们两口子知道。

三峪离东峪还有三里路程，匪兵押着石嫂还得走一程子，趁着这个空当，应当说清挂云山和清泉观的事儿。

清泉观的修造，能牵出一段真实的典故。

传说，山东孔府有两兄弟，大的叫孔一吉，小的叫孔一祥，兄弟俩志高才大，在孔府闯下祸端，逃离了家乡。他们听说井陉这地方有名山奇景，就慕名来到挂云山下，挂云山是九龙山的主峰，有千米之高。兄弟俩到此，果然眼界大开。他们看到的头一个奇景是"银蛇出洞"：山脚悬崖旁，有个三十多米深的石洞，传说有神鱼吐水，清凉的泉水四季喷涌，滋润着这里的万物。他们还听到了梨花雪姐和玉女池的传说。梨花雪姐，是山里的一个侠女的芳魂，化作了一个白衣女仙，她到哪儿，哪儿就会逢凶化吉，发生美好的故事。从前，三牛村有一个贫穷的牧羊女，长得粗黑丑陋，到了婚嫁年龄，却无人娶她，她很伤心，跑到挂云山崖边，嘤嘤哭泣，准备跳崖。此时，飘然走来一个白衣女子，问明缘由，白衣女子冲她微微一笑说："你跟我来吧。"牧羊女跟着白衣女子，沿着下山的羊肠小路，走进一个山环。山环里玉石如臼，清水如冰，有九个美女正裸体洗澡。白衣女子说："你也去洗洗吧，用了玉女池的水，你会肌肤如玉。"原来，这地方是九天仙女经常下凡洗澡的地方。牧羊女知道了玉女池，经常偷着到这里来洗澡，后来，果然变成了一个美丽的玉女……

孔一吉、孔一祥兄弟二人，虽然没见到梨花雪姐和那个牧羊女，但他们找到了玉女池，把那里定名为"冰臼"。很快，他们又找到另一个奇迹——"晃现天书"：在晃现岭山路的大石板上，显出许多奇异的天然文字图案，功力非凡。据说当年秦始皇出巡，游过挂云山，随行李斯即兴挥毫，留下这笔迹，后人只观其美，无人能识。孔一吉、孔一祥被山中美景诱导着，爬了一段艰险的山路，已累得汗透青衫。忽然，艰险变通途，到了平缓的三里坪，坪东有巨大石壁，称回音壁，振臂一呼，回声响亮。走过三里坪，再上云梯，到了青云之上，又见两山之间有一凸起的石柱，上粗下细，传说是神仙拴马的地方，古称拴马桩。再往上攀，到了三孔桥，石崖上有三个石洞，成阶梯式相连，形成天然的曲线桥面，桥下石洞，各称风洞、雨洞、冰洞，观洞口气色，可测阴雨风晴。

登上玉皇顶，走上日观台，千年古柏，如老龙探月。放眼四望，山外大平原，可看到滹沱河、滋河、大沙河。东面有山，形同天炉，传说那是女娲补天、炼五彩石的地方。

玉皇顶上公主祠，则是隋炀帝的大女儿出家的地方。南天门外，突出一巨石，下临百丈深渊，即有名的悬晕台，登临此石，头晕目眩，如地府招魂。东面谷中有峰，可见玉皇印——峰顶有一巨石，如同天降大印。山间鸟语中，到处开放着红山丹花；美丽的石英砂岩上，还可看到稀有的白色太行花。孔一吉、孔一祥兄弟再不想回山东孔府，他们投宿到白云洞中，次日清晨，登上日观台，他们还看到了神奇的魔霓花，这是挂云山最难得的奇观。灿烂的霞光里，一轮红日，喷薄而出，瞬间一群虚幻成像的花朵，红的，蓝的，黄的，紫的……向你悠悠飘来，有的好像还缀在山腰的树冠间闪红烁紫，煞是好看……

兄弟俩定居在白云洞中，开始传播道教。他们选在山腰一个平场，修建了清泉观。几年后，孔一祥让哥哥在挂云山传道，他到北京又修了一座白云观……因道教的发展壮大，孔一吉又把泰山神搬到了挂云山，在山顶修建了碧霞元君祠。华北泰山之誉，因此而闻名天下。

时光流转，朝代更迭，到了民国二十年后，道长传到"永"字辈上，王永栓做了清泉观的道长。天下大乱的年头，百姓们祈求平安，希望得到神佛保佑，到山上敬香的人反而更多了。东峪村有个穷后生，名叫康英英，见庙里的香火越来越旺，还能得到神佛保佑，于是，留发盘头，进了清泉观，跟着王永栓道长当了道士，排辈取名康圆福。其实，神佛是保不了百姓平安的，这不，两个匪兵，押着康三堂他娘，上了山坡，向清泉观里走来了。石嫂见了王道长和侄子康英英，哭诉了家中的不幸。道家对兵匪，也等于是秀才遇上兵，别无二法。王道长叹息一声，合手念了声"无量天尊"，马上从观里取了三百大洋，交与石嫂，让她快去赎人。石嫂出了观，将钱袋交与二匪，二匪亲自点过数目，又将钱袋扔给石嫂说："这么沉，你来提着，赶快回去。"

急着赎儿子的石嫂，和来时的速度大不一样了，她撩开大脚，急急往回赶。后边的匪兵怕她拿钱跑了，在后边追着喊："慢点，再跑我就开枪了！"石嫂听到拉动枪栓的声音，只得放慢了脚步。按照常理说石嫂出了钱，本该平安无事了。可是，钱，是最能动人心的东西。走到半途中，大个子兵看看四野无人，心里冒出一个坏主意，用枪托一碰小个子兵的腰，低声说："兄弟，依着我，咱别回去了。三百大洋，一人一半，够咱吃喝玩乐好几年了，咱们偷着跑了吧！"小个子兵心里一亮，也说："嘿，这还真是发财的机会，这个娘儿们怎么处理？"大个子兵一拍大枪，做了个枪毙的手势。小个子兵四处瞧瞧，有些犹豫了，他说："咱劫了财，再要条人命，是不是太缺德了？"大个子兵一摇脑袋："还管那些？这年头，常在鬼门关上过，管他缺德不缺德，有实惠就逮吧！乐一天是一天，听我的没错。"小个子兵同意了，他们大步追上石嫂，一推她的肩头说："往坡上走。"石嫂惊问："你们要干什么？"大个子兵说："你别多问，快走！"他们连推带搡，把石嫂弄到一个小山洼里，夺了她肩上的钱袋。大个子兵端起大枪说："娘儿们，对不住了，你到家了。"石嫂马上明白兵匪要干什么，她的脸色立刻变得蜡黄，失声尖叫："你们不能杀我，我出钱了，我要赎儿子。"她吓得转身就跑，脚下一块大石头，把她绊了个跟头。大个子兵乘机跳过去，一脚踩住她的脑袋说："你管阎王爷要儿子去吧。"冰凉的枪口，插进石嫂冒着血沫子的嘴里……

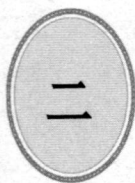

二 寻 医 记

又一桩命案即将发生于荒野。小个子兵不知是突发恻隐之心，还是害怕这近在咫尺的血浆迸溅，他喊了一声："先别开枪!"大个子兵一愣，右手的食指从扳机那儿挪开，扭头看着小个子兵。小个子兵把大枪往沟沿一靠，绕到他的正面，咽了口唾沫说："我看，咱们再合计一下，最好做到不伤人命，还能发个小财。""怎么着?"大个子兵没听明白，把枪口从石嫂嘴里拔出来，对小个子兵皱起了眉头。小个子兵刚要献计，石嫂在大个子兵的皮鞋底下杀猪一样号叫起来："我的大爷呀，你们别杀我呀! 我要救儿子，别杀我呀——"大个子兵烦躁地一弯腰，抓了把石头子儿，塞进石嫂嘴里骂道："别他妈的叫唤了。"石嫂不号了，像一只待宰的困兽，在石窝里蜷曲着身子瑟瑟发抖。小个子兵看着石嫂不敢再出声，才摆着手势说："你看这样行不行? 咱不杀她，也不用逃跑，三百块大洋，咱一人要一百，剩下一百给司令带回去交差。咱统一口径，就说这娘们儿只借了一百。"大个子兵一琢磨，点头一笑，把脚从石嫂脑袋上拿下来，又踢了她一下说："你快起来。"失了魂儿的石嫂根本没听清二匪的谈话，她一骨碌爬起来，啊啊地吐出满嘴带血的石头子儿，又叩着头连连求饶："别杀我，我要救儿子，你们别杀我呀——""你听着，"大个子兵搬起石嫂的下巴，对着她惨白的、涕泗横流的脸，一字一坑儿地敲定："见了我们司令，就说借了一百现大洋，记住了没?"石嫂知道匪兵不杀她了，白脸一下子冲了血色，两眼迸出感恩的火花，她使劲点头："对对，我记着，一百，我只说一百。"小个子兵也绷着脸提醒："你要是说走了嘴，我们照样有办法崩你! 只说借了一百，不能多说。""是是，就一百，一百……"石嫂获得了大赦，眼睛和口气里显出格外的诚信、感恩。大个子兵也放软了口气，对她说："擦擦你的脸。""哎，哎。"石嫂在一边擦脸、揉脸，一边拍打身上的土。

两个匪兵解开钱袋，开始分银圆，一个人私藏了一百，扣好外衣的扣子，再扎紧了腰带，这才押着石嫂走出山沟，继续赶路。石嫂像是念着给儿子保平安的魔咒，一边走，一边不断在口里念叨着："一百，一百，一百……"天近中午，他们才赶回了三峪。许多黄衣匪兵，都懒散在街上。大槐树下，歪脖司令早就等急了，一见手下两个兵，黑着国字脸劈头便骂："妈了个巴子，怎么去了这半天？"大个子兵急忙奉上钱袋禀报："司令，这他妈娘儿们真穷，我们搜了半天，就弄了一百大洋。"小个子兵也哭丧着脸说："人穷，亲戚也穷，就这一百块大洋。"歪脖司令掂了掂钱袋，又看了一眼石嫂。石嫂扑通跪下，叩头哀求："大司令，俺就借了这一百现大洋，再也没有了！求您放了我的儿子吧。"歪脖司令急着登程，冲石嫂瞪眼一吼："别他妈叫了，放人！"康三堂被松了绑，从石屋里放了出来。石嫂扑到儿子跟前，在儿子的瓜片头上摸了又摸，回身向歪脖司令感恩地说："谢谢司令！孩子，快谢谢司令！"康三堂握着小拳头，怒目锁眉，冲歪脖司令"呸"了一口，转身便走。歪脖司令一愣，大喝："嘿，不服？回来！"石嫂又吓飞了魂，扯上儿子，撒丫子便跑，逗得一群兵匪哈哈大笑。歪脖司令也哈哈大笑了一通，解开钱袋，各拿了十块大洋，对那一高一矮两个兵高喊："傻小子，过来，老子不叫你们白辛苦这一趟，一人赏十块大洋。"两个匪兵受宠若惊，接过赏钱，连连谢恩。继而，歪脖司令骑上大马一挥盒子枪："出发！"带着他的匪兵和一车的财物，一道烟尘，离开了三峪村。

三峪经过了这场匪难，沉寂了两天，接着，烧香念佛的又多了起来。三峪是个多庙的山村，村子里除了街中心的丰化堂之外，还分布着许多小点的庙宇，如魁星庙、老母爷庙、关帝庙……另外临街的石屋，还修着许多更小的佛龛。几天来，村子里佛号四起，香烟缭绕，都希望神佛显灵显圣，保佑一方平安。

经过了这一场恐吓，石嫂病倒了，好几天精神错乱，夜不安眠，总以为兵匪要来，常常半夜里惊醒，呼喊救命，吓出一身冷汗。康三堂天天半夜里都被母亲闹醒，陪着母亲说话。接下来，石嫂害起严重的肠胃病，上吐下

二 寻医记

泻，气不下行，不住地打着悠长响亮的嗝。康三堂不能上学了，得在家里照顾母亲。小学老师李怀生家访了几次，还派了三堂的同桌，一个叫康桂顺的小朋友，常到家里给三堂补课。村长康老正也找人给在外做工的石匠捎信儿，叫他赶快回来。

康大石匠得知家中不幸，很快赶回了家。平时的大话狂话，一下都在嘴边消失了。他打发儿子继续上学去，接着买了一头大毛驴，开始驮着石嫂求医看病。先找了近地的郎中，郎中一诊脉，说无甚大病，只是脾胃不和，三服草药保好。真治起病来，可就没那么简单了，吃了好几个月的中药，毫无效果，石嫂照旧是不能进食，肠胃疼痛，连续打嗝。石匠又带着石嫂进了井陉县城，找了更有名的中医，医生诊过脉依旧说病无大碍，只说是肠胃湿热所致，又吃了一阵草药，石嫂的病反倒愈加重了。他开始遍访名医，也有亲戚朋友推荐说："你上某地找某医去吧，神得很，一个药丸就把病拿了。"而且还举出实例。真的慕名而去，治起病来才发觉，绝没有人们说得那么神，山路的颠簸，饮食的不周，折腾得石嫂人更瘦弱。再出去医病，石匠只好往驴脖子上挂上两暖壶小米粥，以供石嫂途中充饥。一年时间，石匠带着石嫂跑遍了鹿泉、束鹿、获鹿、石家庄，石嫂的病却日重一日。几经周折，石匠已看清楚，这些个中医，各有各的一套江湖嘴儿，说得神乎其神，真一治起病来，也就那有限的一两招儿。你打嗝，给你顺气；顺过了，又补气，折腾病人。钱花了，药吃了，病却一日重过一日。每见一个新医生，都让医生的江湖嘴儿说得心里透亮，充满希望，如逢救星，相识恨晚。真的治一阵子病，又让人心灰意懒。没办法，石匠只好再出重银，把石嫂送进正定大医院。大医院的医师只是位子高，医术也很一般，钱花得更多，病仍不见好。石匠忍不住质问医师，还有什么高招儿？大医师回答得更独断："医院医的是大伤大病大溃疡，不管无疾之病。"石嫂被推出医院，什么叫无疾之病呀？那一定就是邪症。石嫂一定是跟上了什么不祥的妖邪了。石匠改变了思路，心里爆发了一线光明，他决定找巫师给治一治。

怀着新的希望，他找来远房侄子康英英，用门扇将石嫂抬进了清泉观，让王永栓师父驱鬼治邪。王道长五十来岁，面如清月，灰须洒然，好一派仙风道骨。他给石嫂诊过脉，居然也说无大病，只说人生三宝紊乱所致，他不主张过多用药，反倒讲了一些道家的自然养生之论。

平凡的山民是不喜欢听道理的，石匠竟然提出，让道长作法写符，驱鬼治魔。王道长摇手拒绝，却给康石匠指了另一条路，他拈着灰须说："你媳妇的病，不用看大医，不妨到山下，请康二旦做做针灸如何？"石匠一听，他的心很快又凉了，悻悻不语，又把石嫂抬下了山。临出东峪，康英英又提醒了一下："叔，要不把婶抬到康二旦那儿做做针灸？"石匠心中的火气再也按捺不住，他瞥了一眼康二旦的几间茅草屋，怒道："你婶的病，大医院都治不了，找一个无名小村医顶个屁用？胡闹。"

回了三峪，石嫂时时泪洒病床，情绪日坏一日。石匠开始寻访民间神人，有几个山民向他指引了一个大师，在威南沟有个杨四和尚。此人功夫了得，开铁断石，属金刚不坏之身，写三道符焚化喝下，刀枪不入，百邪不侵；看相算命，无不灵验，包治百病，而且不用病人前去，便知你家中一切。

因为他高徒众多，在威南成立了一个红枪会，已经威振一方。找杨四和尚看病看相的络绎不绝，病人家属要提前去排号。

威州离三峪只有十二里地，正好这几日，大女儿从天津回了三峪，妻子有人照顾，他决定跑一跑威南沟。第二日一早，他带上高粱菜饼子和银圆，也不骑驴，步行半日，就到了威州，找到了杨四和尚的府第。

这是威南沟一处很阔气的大宅，临街望南的双发券门脸，黑漆皮大梢门，门两边是青石雕花的门墩，门头悬一大匾，写着三个金色大字："首元道。"门内是大影壁墙，墙上画着佛国妙景。他刚进门，一个青衣小僧迎出来，向他问清了来由，就将他领进院内一个东厢房里，打开一个长形的红格本子说："你先排上号吧，杨大师很忙，要明天午后两点才轮到你。"小僧记上他的姓名，便打发他走了……

他在附近找了个小旅店住下，将随身带的高粱菜饼子让店家烩一烩，稍付些小钱，省着银圆给妻子治病。第二天中午吃过烩饼子，他提前等在首元道的门外。两点的时候，小僧才迎出来，告诉他："大师刚起床，要洗漱一番才可开馆，你在外边等着，一会儿传你。"石匠又耐心坐在门外的石门墩上，一锅接一锅地抽烟，等了一个多时辰，小僧才来传他。他被另外一个小徒领着进了院子，穿过二宅，二宅院子里有许多光头光脊梁的青年汉子在习武，他们手持的刀、枪、剑、戟上，全都拴着一缕红缨，像个什么特殊的组

二

寻医记

织标志。过了二宅，才是幽静的后院，院中有荷塘古柳，绿荫如盖。他们绕过荷塘才进了北房杨四和尚的住宅。屋中的焚香气味先让石匠胆怯了几分。这杨四和尚好大的谱，他斜卧在铜栏棕床上，有两个小徒服侍着，一个给他拿鞋，一个给他装烟。康石匠很尴尬地立在隔间门外，他暗视杨四和尚，顶多四十来岁，光头润面，两道剑眉，一张毫无表情的椭圆形大脸，目不斜视。康石匠很小心地往前趋了一步，说："杨师父，我找您相个事？"杨四和尚旁若无人地接了烟袋，一小徒给他划火点着，他慢悠悠地吸了一口，才发话说："徒儿，笔墨伺候，让这位先生把姓名、生辰八字、问什么事，全写在纸上。"一小徒遵命，往一张写字桌上，摆了纸笔。康石匠虽没念过什么书，但他经常给人刻碑造墓，一般的字都能比葫芦画瓢，他很认真地写下大师所要的字。小徒拿了，刚要交与杨四和尚，杨四和尚突然一挥手说："不用了，你把大柜的第五排第二十八个抽屉打开，看看那里有无神批。"小徒取了钥匙，打开了所指的那个抽屉，拿出一张叠着的黄表纸，交到石匠手里。杨四和尚用烟锅一指说："你看看，那上边是不是你的卦？"康石匠打开黄表纸一看，不由得大吃一惊，喊了一声"怪！"黄表纸上分明写着自己妻子的名字、生肖和所问的事。他正纳闷儿，杨四和尚倚在床上，发话了，声音低沉清晰，他说："昨天晚上，我和你在梦中谈了一夜，关于你们家的情况我了如指掌。近几年，你命犯亡神煞，凶多吉少，你妻子的病，是邪魔缠身，如不化解，定有性命之忧。为时不久，你们家还要有血光之灾。唉，实在可叹哪。"说毕，杨四和尚又叼上烟嘴，慢慢地吸烟，不再言语了。康石匠立刻吓出一身冷汗，上前一步，无比激动地说："大师，请您指点迷津，我家之灾，有无解法？"杨四和尚吐出一口烟雾，低沉而缓慢地说："要想破解你的厄运，其实也不难。只怕你心不诚，不肯花这笔相费。"石匠问："化解我的灾，得多少钱？"杨四和尚说："我也不知道，这得听听佛祖的旨意，徒儿，再把第五排第二十八个抽屉打开，把相费给这位先生看看。"小徒又把第五排第二十八个抽屉打开，拿出一个黄色的信封，递给了石匠。石匠扯开信封，抽出里面的黄表纸一看，又是一个更大的惊讶，纸上写得非常清楚："李敬妮（石匠妻名）属狗，现年四十一岁，解灾相费，一岁三块大洋；焚符饮后十日内，病轻还愿，再交六十块现大洋，可全吉。"石匠看毕，暗吸一口凉气，心说："这么贵呀！"他的心声仿佛被杨四和尚听见了，杨四和尚把脸一沉，喝道："徒儿，送客。""不，不。"石匠赶忙赔笑："杨大师，只要我妻病好，我还有重谢。只是今天，我只带来一百一十块大洋，再来还愿一并补齐，您看如何？"杨四和尚叹息一声说："心诚则灵呀。"石匠解袋先交了一百一十块大洋，徒儿拿了三张符，给了石匠，告诉石匠焚、饮吉时，石匠乘兴而回。

石嫂依了佛的指点饮了符灰，问石匠花了多少大洋，石匠不敢对妻实言，扯了个谎说："花钱不多，花了六块银圆，十日后还愿再交四元。"石嫂低头不语，下边的事，自然是等待石嫂的病出现奇迹。饮了符头一天，奇迹还真的出现了，石嫂一下子觉得满腹轻软，精神疏朗。石匠问："怎么样，好点没？"石嫂特意用心感受了一下，两眼放出奇异的光，说："嘿，还真灵，我这病好啦。"石匠乐得一下从炕沿上跳下来说："这杨四和尚还真有神功呢，知道这么神该早点找人家呀。"一家人有了一种时来运转的欢畅。两天以后，石嫂却又皱起了眉头，捂上肚子，雷鸣似的大嗝又打上了。石匠惊问："怎么又犯病了？"石嫂呜呜地哭起来了，气滞腹痛，比原来还厉害。石匠的情绪又一下落入黑暗的冰窖。

他蒙了，想去问问王道长，是不是上了当，又不敢，他不敢对外边任何一个人提及杨四和尚的事，很怕别人说转了他的诚心，前功尽弃。即使知道上当，也得把当上完，才能净心，才能觉得圆满。一贯精明的康大石匠，开始在自己身上找原因，他想，一定是自己心不诚，没交够相费，惹怒了佛祖，才得此报应。没等到十日，石匠赶紧凑齐八十三块大洋，虔诚赶往威南沟，如数把钱交给了杨四和尚，才安下心来。下边的事，就只能看佛祖的慈悲和功力了。

大女儿家中有事，回了天津。石匠守在家里，日日观察石嫂的病情，石嫂的病不但丝毫不见好，反而食量更小，气滞更重，瘦成了一把干枯人儿，连上炕的力气也没有了。

从未受过骗的大石匠，饱尝了落入陷阱的悲哀和悲愤，家里的积蓄花光了，又不能出去做工，日子，可就更不像日子了。屋里、院里，脏乱不堪，儿子不能按时吃饭，石匠的衣服也没人浆洗缝补了，破烂得像一个大叫花。

一天，清泉观康英英来看石嫂，一进院，惊问："叔，几天不见，你怎么成了这模样？"石匠一吐为快，就把请杨四和尚治病驱邪的事说了一遍。

二 寻医记

英英听罢，气得瘦腮上的浅麻子都变青了，一甩道袍说："叔，你愚不愚呀？你上了大当了！"康石匠反而为杨四和尚辩护说："这杨四和尚，也有些神通，他能与我梦中通话，我一到他府上，他的柜子里早有了我的神批了。"康英英叹息一声说："这全是骗人的，这是江湖术士的'巾'行，专吃大户空子。你在他屋里桌子上写字时，他的房顶上设有顶棚窥隙，你的生辰八字，上边早有人偷看抄录了，再传给另一个人，送到了柜子的抽屉里。他屋中的柜子后面根本就没有挡板，他们是配合做戏，联手骗人呢！"康大石匠的两眼一眨一眨的，不解地问："他给我的那道符，回家叫你婶子焚了，也喝了，怎么还真好了两天？"康英英说："那只是精神幻觉的作用，实际上屁事不顶。"石匠呆了，他慢慢坐在院子里一块捶布石上，低头沉默了一会儿，猛然抄起一把斧头说："我找杨四和尚要账去。"康英英急忙拦住他说："叔又错了，杨四和尚家里养着几十号人的红枪会，个个舞枪弄棒，你能打得出院子？再者，骗子都会使腥，人家有的是话儿回你。王道长早对我说，你这笔冤枉钱，没给了观里，也得给了别处。想不到，果真应了王道长的话。"

石匠丢了魂儿似的愣了一阵，把斧头往墙根儿一抛，又恨又悔地照自己的脸上扇了两巴掌，接着蹲在院子里，吼道："我浑蛋，我毁了这个家，也毁了孩子的前程呀！呜……"石匠捂着脸哭了起来，康英英等石匠哭得胸中透畅些了扶起他说："叔，我是学道之人，本该与你替天行道，找杨四讨回公道。可侄儿还没那么大的道行，等日后得道，我一定好好惩治这些骗子。常言说，东方不亮西方亮，叔这事，该求个变通了。""咋个变通法儿？"难中的石匠很希望有人指路，哪怕是面对的小辈人。康英英说："我看叔目前最要紧的不是婶子的病，病可以慢慢调治，可日子不能不过，你家里有一个人能重起东山。""是谁？"石匠眼里有了亮色。康英英说："就是你的儿子康三堂。"石匠一听，眼里的亮色又灭了，苦着脸说："三堂才十来岁，顶不起门户，我还指望他读书上学呢。"康英英反驳说："这就是叔不会变通了。看当今世道，军阀混战，天下大乱，匹夫之志，应在救国。国将不国，子有何为？皮之不存，毛将焉附？三堂是还顶不了门户，但他能招一个顶门户的人来。"石匠的心一下又亮了，说："咋着，你是说给三堂提前娶个大媳妇回来？"康英英点头微笑，石匠茅塞顿开，击掌叫道："嘿，有门儿，这还真是条出路，我再想想……"康英英见石匠开了窍，就作揖告辞，回了挂云山。

石匠抽上一袋烟，坐在院子的捶布石上，开始琢磨。家里的钱虽然花光了，可是人还有手艺，媳妇一进门，还能出去挣；再者，两处宅院，两座青石房在三峪戳着，不愁为儿子招不来岁数大点又能干的媳妇。他终于把牙一咬，改变了望子成龙的初衷，决定让康三堂退学，张罗着给他娶媳妇。

三 康三堂娶"妻"

　　杨家坳有个出了名的瓜把式杨古六，杨古六膝下有一个女儿名叫杨红颖，姑娘长到二十岁，出落成庄稼院里的人尖儿。她疏眉大眼，头圆发秀，黑红滋润的苹果脸，像映着朝霞，一条栗子色的大辫子，常常绕过她浑圆的肩膀头搭在她异常丰隆的胸脯前。尤其那健美的身条，挺拔得像西河沿上的白杨树。因为她个子高，手大脚也大，村上人都喊她大红颖。这一家人，爹有种瓜的手艺，娘有好针线，又有一个特别健壮的闺女，种着西河沿上的五亩良田，本应能过上好日子。

　　前年秋天，村里来了土匪，把地里的瓜糟蹋光了，杨古六的右腿也挨了一枪，成了残废，干不得重活。家里地里、起圈、推车、锄锄耪耪的事主要靠了大红颖。

　　今年秋天，地里的高粱齐腰高了，早该上水了，也许是杨古六夜里看瓜受了风露，腿疼得走不得路，一亩高粱不能浇，急得杨古六又闹起了牙痛，不住地唏嘘哀叹。中午吃饭时，红颖心里憋着一个主意，趁机会提醒爹说："爹，要不咱也雇一回短工吧，叫西头喜全叔给浇浇园吧。"杨古六嚼着高粱饼子看了女儿一眼，眉心一开说："对，你去找找杨喜全，看他啥时候有空儿。""哎。"大红颖喜在心头，吃完半块高粱饼子，把一截大葱蘸了一下酱，填进嘴里，就大步出了院子到村西口找杨喜全去了。杨喜全是杨家坳打短工的专业户，二十五岁了，还光棍一条，炕上养着个瘫子娘。大红颖进门时，他正在里屋给娘喂饭，外间屋摆着饭桌，狼藉一片。大红颖进得屋，一边帮着杨喜全拾掇碗筷，一边说："喜全叔，俺有一亩高粱地，爹说让你浇浇园，你啥时候有工夫?"杨喜全一边伺候娘一边合计着说："下午我得给杨闹活家去锄棉花，晚上加个班给你浇了吧。""也行。"大红颖应着，眨眼间把杨喜全的外间屋打扫得干净透亮，而后喜滋滋地走了。

　　晚上，月亮爬上东山，大红颖听到墙外一阵婉转的百灵子叫，她知道是杨喜全学的，她安抚爹娘歇了，就提上马灯，扛上铁锨，出了家门。果然是杨喜全扛着辘轳架子，提着水斗在门外等候。两人见面一笑，也没说话，就向西走出了村子走向田野。杨喜全在村里算是穷户，没多少地，专靠打短工挣些力气钱来养活他的瘫子娘。也许是因为穷，也许是因为命，小伙子二十五岁了还没说上媳妇。越是没媳妇，就越像有啥毛病，媒人越不踏门槛儿。其实，他啥毛病也没有，反倒是男人中的尖子。他高大的身躯，黑红的脸膛，诚实、仗义，浑身有使不完的力气;而且手还巧，会柳编，随意在田头砍点柳条条，刮了皮，就能编个小篮子、小簸箕、小箸篓什么的，村里人没少求他的手艺;他随意采片树叶含进嘴里就能学各种鸟儿叫。论辈分，大红颖叫他叔，他只比大红颖大五岁。按村俗，大红颖也早到了谈婚论嫁的年龄了，只是红颖她爹愿意留她多干几年活儿，还一直拒绝媒人给她说婆家。她呢，知道自己个子高，体魄好，一般瘦小的男人她还真看不上，心里暗恋着的就是杨喜全。好几年以前，她就开始想他、注意他了，她喜欢听他学鸟儿叫，爱他的男子汉性格，尤其爱他高壮的好身板。有一回，他到河里洗澡，她无意间偷看了。她看见他身上丰隆的胸肌，心跳耳热地想，要叫这样一个壮实男人抱在怀里，可就美死了。她天天想着他，幸福又甜蜜，苦闷又压抑，只恨没有单独相处的机会。今夜，在这月光如水的清秋静野里，他们终于走到了一块儿，她的心里却更加紧张、慌乱，不知对他从何说起。她敬羡地看着她的喜全叔，真是一身好力气，扛着那么沉的辘轳架子，气不喘，腰不弯，两只穿着毛底鞋的大脚，坚实地踏着白色的田间道，紫花小褂的衣袂里，带着一股强劲的风。他们眨眼间就到了西河沿，小伙子很熟练地安上辘轳，把柳斗投进土井里，又帮着她修好垄沟，就开始浇园了。寂静的田野里，摇动辘轳的声音，有节奏地"咣当、咣当"响着，非常好听。大红颖心里隐隐惆怅着，提着马灯，跟着垄沟里的汹涌的河水，不一会儿就到了自家的高粱地里。

　　多么美好的秋夜呀，天上的月亮格外圆，格外亮。凉爽的风，吹动着高

三　康三堂娶『妻』

梁叶子，沙沙微响着，像是恋人的窃窃私语。不远的豆田里，有一只蝈蝈孤独地唱着夜曲，大红颖的心里，更加寂寞，也更燥热不安。她是多么盼望她的喜全叔能走进这片高粱地里，和她做个伴儿，陪她说说话啊！她向他倾吐埋藏已久的情念，哪怕被他拒绝，被他骂一顿也好。她知道，他是不会来的。河沿上的辘轳声，一直有节奏地响着，不一会儿，她就浇了有三分地。思念在她心里变成了痴恨，变成了委屈和痛苦。泪水热热地淌下面颊，她心情纷乱地刚刚铲开一个干硬的畦口，突然，"啪"的一声，不知从哪儿投来一个大坷垃，打在离她不远的高粱地里，一滴稀泥溅上她的脸。她大惊失色："谁?"田野里静悄悄的，没有一点回应。她心中的纷乱变成了巨大的慌怕，心怦怦跳了起来，她想：一定来了坏人，是流氓、土匪，还是老坟里的冤鬼？"啪!"又一个东西打进高粱地，泥水四溅，她吓坏了，大骂一声："野王八羔子!"扔了铁锨，就跑出了高粱地，穿过花生田、芝麻地，直奔西河沿，一口气跑到喜全叔浇园的土井旁，惶恐地喊："喜全叔，你停一停! 高粱地里有坏人，有人向我投坷垃。"杨喜全一愣，把一斗水倒进垄沟，撩起衣襟擦了一把脸上的汗马上说："走，我看看去。"他那雄健的身躯，大踏步走向那片闹鬼的高粱地。她也壮了胆，紧紧在他身后尾随着，像个需要保护的小孩儿。走到高粱地头，侧耳听听，果然有人往高粱地里砸东西，又是"啪"的一声。大红颖紧贴着杨喜全的身躯说："要不要带家伙?"杨喜全说："不用，你在这儿等着。"他一个人钻进了高粱地。大红颖握紧自己的辫梢，心里开始忐忑。不一会儿传来喜全叔快乐的欢呼："哈哈，快来呀! 是这家伙捣的鬼。"大红颖高兴地跑进高粱地，只见喜全叔手里举着一条鼓腮摆尾的大活鱼。"哇! 这么大的鱼呀。"红颖悬着的心很快落了位，杨喜全在地边掐根芦草，往鱼鳃里一穿，挽了一个套，递给大红颖说："侄女，给，让你爹做下酒菜吧。"大红颖推让着说："你拿回去给我奶奶做鱼汤吧。"杨喜全把鱼套在红颖的铁锨把儿上说："我不要，拿回去也没人给做。"大红颖心里一热，很想说出一句亲热的话来，张了张嘴，却变成了羞涩和沉默。杨喜全站了一小会儿，又要去浇园，她急忙喊住他："哎，歇会儿吧，你不累呀?"杨喜全转回身，顺从地答："是有点累，那就歇会儿。"他们离得很近，站在这月夜的高粱地里，一时间，谁也不知该说什么。

月亮无声地西游着，地头土坡上的苦艾、野薄荷，散发着淡淡的清苦和清凉，使空气更加纯净。"哎，"她开口了，不再叫他叔，"你娘的病好点没？"他说："老病了，总那样。"她鼓起勇气，用关切的口吻说："你家里真该有个女人，你怎么总不讨个媳妇？""唉，"杨喜全叹了一口气，扯了一截高粱叶，在手里拈着，很悲观地说，"咱命穷，命苦，谁看得上咱呀。"大红颖用火辣辣的眼睛盯着他说："那是人们不懂得你，要是咱村里有人看上你呢？""谁，有吗？"杨喜全很认真地盯住大红颖，看得出，他心中很激动。大红颖鼓了鼓劲儿，声音却很平静，眼睛盯着垄沟里一个闪光的水洼说："你要不嫌俺，咱俩搭伙过，日子准会红火起来。""大红颖！"杨喜全的声音颤抖而激昂，胸膛起伏着，他很想牵住她的手，又惶悚地缩回来，扯住一片高粱叶子说："这是我做梦都想着的，想了不是一年两年了……"大红颖猛然抬起脸，心中热浪飙升，提速着脉动，眼里的光彩一定格外动人。她刚想说句什么感激的话，却又装作风烟俱净的神态，像是生气地嗔着他说："那你为什么不找我，为什么不早说？"他有点傻样儿地笑笑，叹了口气说："怕攀不上你，咱辈分儿又不对，我这当叔叔的，怎敢喜欢侄女？""你傻不傻，今天呢？""今天……""哼，今天要不是这条鱼闹事，还请不到你呢。""鱼……"杨喜全看了一眼套在铁锨上的半死的鱼，突然捂住嘴扑扑地闷笑起来。大红颖惊愕地问："你笑什么呢？"杨喜全的闷笑变成了大笑。大红颖吓得看了看四野，踢了他一脚尖儿说："你小声些。"杨喜全收了笑，第一次放弃了当叔的正经，冲着她的耳朵很调皮地说："那鱼，就是我放过来的。""啊？你坏吧！"大红颖尖叫了一声，生气地用拳头捶打他的胸脯和肩膀。他身上的肌肉，结实得像牛犊，他乘机抓住了她的手，放到了他的胸口上，亲切地喊了一声："颖，听我说说掏心窝的话吧。""你说。"她挠了他一下，心里惶乱而缠绵，手却没有撤回来，任他攥着、揉着，听他娓娓倾诉："我放鱼过来，并不是有意吓唬你，早在三年前我就爱上了你，只是不敢太妄想。今夜浇园的时候，我又动了心，几次想到高粱地里找你，又不敢，我就用加速的劳动来控制心中的狂想。也许是天意，我的柳斗里兜上一条大鱼来，我突然想，要是这条鱼能帮帮我就好了。今夜是成是败，全看鱼缘了。于是，我对你的高粱地祈祷着，就把这条鱼放进了垄沟……"

她握紧了他的手，她陶醉了，身子不由自主，绵软地倒进了他的怀里，他的躯体仿佛震动了一下，接着就很野蛮地抱住了她，吻住了她。听着他粗重的呼吸，手在不老实地乱动着，她闭了眼睛，任由他的无礼。她感觉到热血在心脏里与他共舞，那种被视作邪念的东西，在浑身每一条筋脉间横冲直撞着，好激荡，好昂奋，好飘然。慈祥的月老给他们开了戒，她开始呻吟了，在这人间静好的高粱地里，她希望这样淫荡着死去……

三天后，杨喜全托了媒人，到杨古六家去提亲。杨古六先是吃惊，马上就火冒三丈，喝退了媒人，站在家门口骂开了大街："呸，浑身冒穷气的小子，想娶我的闺女！我把女儿填了车沟，也不嫁给他杨喜全，想攀我的高枝，他这是屎壳郎上扫帚——找拍！"婚事难成了，大红颖偷偷哭了三个夜晚。

爱情的力量是谁也阻挡不了的，也是苍天促成。看瓜的季节，杨古六白天在瓜园劳作，一到傍晚，他得回家吃饭，饭后还要根据一个土中医的偏方，用草药泡一个时辰的腿。这样，就有了姑娘小伙儿私会的机会了。每到大红颖替爹到瓜园看瓜，路过杨喜全的门口，姑娘都会击掌为号，小伙子听见了，也会学几声百灵叫。于是，他就暗随她走向瓜田，钻进大红颖的瓜棚。火热的爱情，青春期的孤男怨女，加上他们身体里那超人的高热性能，小小的瓜棚内，奏出了最精彩美妙的旷野绝响。日子一长，好事就不长了。一天夜里，有个二流子知道杨古六没在瓜园，跑到地里来偷瓜，他无意间听到了瓜棚内有女人的动心而放肆的畅吟。窥见这大好的西洋景，他悄悄溜回了村，报告了老族长。老族长带了几个人到瓜田捉奸，一下捉了个正着。

这件风流韵事，加上各种嘴巴的热心炒作，很快在杨家坳传得沸沸扬扬。为正村风，族人们吊打了杨喜全，杨古六也将自己的女儿用铁锨拍了个半死。通过这件事，杨古六彻底明白了"女大不中留"这条古训，他开始急着给女儿找婆家了。那个年代，姑娘模样再俊，优点再多，一旦有了失节这个污点，就很难嫁出去了。杨古六托了好几茬儿媒人，也没人愿娶他的女儿。偶尔有愿意的，却又被杨红颖一口拒绝。

时光到了来年的仲春，三峪村有人慕名来保媒了，媒人向杨古六介绍了康大石匠家的小儿子康三堂，并述说了石匠家的一些事情。杨古六认为这是一桩最可心的婚姻，常言说"家有千亩地，不如一门好手艺"，他喜欢有手艺的人，手艺是金饭碗，尽管一时背逆，绝不会久贫的。杨古六对女儿一说，大红颖先是回绝，后来听说她要嫁的是个十来岁的孩子，而且要嫁到美丽的挂云山下，一下也动开了心思。杨红颖是个很有思想的山里姑娘，她想，人生是曲折的，那咱就不直着来。在杨家坳，她一点自由也没有了，不但见不到心爱的杨喜全，一出门子就被人戳脊梁骨，还不如换一个地方去做人。在她的心里，早已给自己找了一个女人做榜样，庄子头有一个吕秀兰，她虽然没有见过此人，吕秀兰的一些故事早在民间流传着。秀兰十二岁被人贩子卖到了庄子头，当了童养媳，丈夫比她大二十岁，她本来不同意这黑暗时代的扭曲婚姻，命运的不幸，又让她别无选择。她坚信，世道一定会变好，于是，她用她的智慧和反抗，终于与丈夫处成了兄妹，做了庄子头何家的闺女，活得有声有色。杨红颖决定嫁到三峪村去，也像吕秀兰那样，通过智慧和努力，去做康家的闺女，去做康三堂的姐姐，等世道变好了，她再寻回自己的爱情。她一下子对生活充满了希望，奇迹般地应下了三峪村的婚事。只是她有个条件，不要男家的聘礼，上轿那天，吹鼓手要给她吹奏《百鸟朝凤》这个曲儿。爹说，这事好商量，婚事订下来，等过了四月十八清泉观庙会，马上办喜事。

三峪村里，康三堂的婚事也不是一帆风顺的。这个正在上小学的十来岁的孩子，一听爹说让他退学娶媳妇，他死活不依。康石匠劝他："儿子，爹原先是说供你上学，念了小学念县学，再念师范，像咱村南园里李书祥那样，当个文化人。可是，兵荒马乱的，土匪劫了咱的家，杨四和尚又骗了咱，你娘的病总不见好，你不娶媳妇，谁帮咱伺候你娘，谁给咱做衣做鞋、缝缝补补？不娶个能干的媳妇，咱这日子就过不下去了。""我不！"康三堂喊出这硬邦邦的两个字，赌气哭了起来。石嫂躺在病床上，气喘吁吁地说："他爹，要不让桂顺他爹，康桃楼劝劝他吧，他听他康大叔的。"

这话倒不假，康三堂和康桂顺是挺要好的一对小伙伴，桂顺他爹爱给他们讲故事，讲红军的故事，讲梨花雪姐的故事。三堂是个爱幻想、有志向的孩子，这个少年的心灵里，有了两个像孙悟空一样的神人——红军和梨花雪姐。他想象中的红军，一定是红胡子红帽子，像是一片火，红军走到哪儿，都会烧死那的害人虫，让大地开满红山丹；梨花雪姐则是一个白衣美女，手持雪花剑，飞到哪里都会斩妖除魔，让挂云山开遍白色的太行花。他坚信，这两大神圣，一定会降临三峪的，那时，他要当红军，或是跟着梨花雪姐学本领。有了真本领，坏人才会害怕，才能保护爹娘，保护家乡。他有这个大

三 康三堂娶「妻」

志向，才不急着要媳妇呢。

康石匠找到了康桃楼，正好，康桃楼也不打算让孩子上学了。山里人就是这样，混乱的年月，不指望孩子能读多少书，上几年小学，文化够用就行了。有了康桂顺退学的事，康三堂那儿估计也就好办了。康桃楼带着儿子康桂顺，赶到石匠家，桂顺一见了三堂就说："三堂，我不上学了，你也别上了，咱俩一块儿上挂云山割猪草、放驴、砍柴，看魔霓花去。"三堂一见有了伴儿，马上答应了退学。下边，该说娶媳妇的事了，康桃楼装上一锅烟，打火点着，笑眯眯地问三堂："三堂，长大了想干什么去？"三堂说："我要当红军，学本事，打坏蛋去。"康桃楼一伸大拇指说："行，有志气，可是，你去当红军，你娘在家里病着，你走了，谁来管你娘呢？"康三堂愣了神儿，瞪着小黑眼珠子直眨眼。康桃楼接着说："孩子，听叔的，你往家里娶上个媳妇，让媳妇帮着你管娘、管家。你呢，才能放心当红军去。"石嫂在病床上说："是呀，儿子，你给我娶上个儿媳妇留在身边，你上天边我也不管了。"十一岁的孩子，没想到娶媳妇这么重要，他马上点头答应，给娘娶个媳妇。婚事便订了下来。一过了四月十八，清泉观的庙会，康三堂娶媳妇的日子一晃就到了。在那个年代，小男人娶大媳妇不足为奇，可是在三峪村，这还是头一例。所以，这一天看热闹的人特别多。康三堂穿着小号黑缎子的制服，头戴小型黑礼帽，胸前戴着大红绸花，骑在大红马上。换着牵马的人是康来羊和李芳芳。一顶四人抬的大花轿，到杨家坳把新媳妇儿接进了村，三眼炮震动着三峪，三面的大山传来阵阵回音。吹鼓手们一个个举着铜唢呐，鼓着腮帮子，吹奏着《百鸟朝凤》，学着各种各样的鸟儿叫，这在三峪也是头一回。媳妇娶进家，康三堂就不管了，脱了新郎服，带上俩白面卷子，就找康桂顺上南岭拾野鸡蛋去了。直到天黑，才用衣服包着十几个野鸡蛋回了家。娘训了他一顿，对他说："儿呀，今晚上你可不能和娘一块儿睡了，得上北院里和你媳妇一块儿睡去。"三堂说："我不，我就和娘睡。"娘说："那可不行，该和你媳妇睡呢，睡前还得揭盖头。只有揭了盖头，才能看清你媳妇是黑是白，是丑是俊。"三堂觉得挺新奇，还真想看看自己的媳妇什么样儿，就问："怎么揭盖头？"娘说："吃了晚饭，你婶子教给你。"

晚上，北院的客人、亲戚都走净了，一个本家的婶子，领着康三堂来给新人揭盖头。北房西间屋里，新媳妇穿着大红嫁衣，头上盖着红盖头，端端正正坐在西炕头上，烛光中显得挺华贵。康三堂掀帘进来，一见炕上的媳妇挺高大，他胆怯了，仿佛盖头下面藏着一只老虎，他向前趋了一步，又把手缩了回来。回头看婶子，婶子掀着半边门帘用手势鼓励他，他这才又小心翼翼地走近了媳妇，他看到了媳妇盘着腿的两只大脚，穿着雪白的新袜子，身上散发着香胰子和雪花膏的气味。听见了媳妇均匀的呼吸声，他提着胆子，猛地把媳妇的红盖头往下一扯，扭头便跑。手里提着红盖头，跑到院里喊："婶，我给她扯下来了，婶——"哪里还有婶子的影子。他跑到大门底下，大门已经上了闩，又跑回来想去茅房看看，石榴树下有人喊他："三堂，过来。"在烛影中，他看到一个高个子大姑娘，姑娘的大辫子搭在了胸前。他迟疑着走过去问："你是谁呀？我不认识你。"大姑娘笑着说："走，回屋去你就知道我是谁了。"三堂说："我不，屋里有媳妇。""你回不回？""不回。"大姑娘过来拉他，他围着石榴树打开了转转。姑娘追了他几圈儿，猛一回头，把他抱在怀里，高高端了起来，骂了他一句："小兔崽子，我逮住你了。"他们咯咯笑着回屋后，三堂这才知道，抱回他的人原来是媳妇。媳妇真好看，眼睛亮亮的，牙齿白白的，辫子粗粗的，个子高高的，一只又软又暖的大手直摸他的瓜片头，他很快喜欢上了媳妇，看看炕上的花被窝说："媳妇，今晚咱们一块儿睡吗？"媳妇一笑说："是呀，你愿意吗？"三堂有点儿害羞地说："和你睡觉我不敢脱衣服。"媳妇问："为什么呢？"三堂光笑，不好意思说了。媳妇摸摸他的小脸蛋儿说："我知道你怕我看什么了，怕我看你的小鸡鸡，是吧？我还真要看看，看长毛了没，长翅了没？"说着就扒他的裤子，康三堂咯咯笑着在炕上打滚，媳妇挠了挠他的腋窝儿，他老实了，脑袋枕着炕沿，两手捂紧裤裆，闭眼喘着气儿。媳妇嬉笑着刚要扶他起来，淘气的三堂，突然睁开眼，伸手要摸媳妇的酥胸。媳妇一惊，急忙按下三堂的小手，严正地一虎脸，接着，亲切地笑着转移他的心思，哄着他说："三堂，咱不闹了，我问你个事，看你是精还是傻，就问你们山里的事。"康三堂认了真，马上就老实下来，枕上媳妇的大腿，问："啥事呀，你说。"媳妇说："你们挂云山上，有玉皇顶，还有玉皇印。我问你，玉皇在哪儿呀？"康三堂眨着眼想了一下说："玉皇在庙里呀。""不对，"媳妇更正道，"三堂，庙里的玉皇是人工塑成的，不能算。挂云山上有玉皇印，一定还有个天然的玉皇，藏在什么地方没有被发现，你想想看。""对呀。"康三堂瞪着天真的小黑眼珠子，动开了心思，这个谜，他听村里大人们也议论过。他想遍了挂云山每一个山峰，每一块石头，也没想出玉皇在哪儿，可是，他怕媳妇再摸他的小鸡鸡，就使了一招儿，一挺身坐起来，逗着媳妇说："我知道玉皇在哪儿了。""在哪儿？""我告诉了你，你不能再看我的小鸡鸡。"媳妇果然当真了，发誓说："行，以后不看，玉皇在哪儿？"康三堂呲牙一笑说："在王母娘娘那儿呢。"媳妇大笑起来，摸摸他的瓜片头说："你真可爱，咱们睡觉说说话吧。先让你的小鸡鸡撒泡尿，别给我尿了炕。"康三堂很听话地从媳妇怀里跳下来，拿起夜壶尿了一泡尿，就和媳妇一块儿睡了。媳妇没有脱衣服，身上挺香。媳妇问他："你想让我给你说什么呢？"康三堂想了想说："你知道梨花雪姐吗？"媳妇说："知道，我还见过呢。""是吗？"康三堂来了兴致，"你到玉女池洗过澡吗？"媳妇点头说："嗯。""你见过牧羊女吗？"媳妇又点头说："嗯。"三堂更乐了，非让媳妇讲不可。媳妇就连编带哄，瞎讲了一通，三堂把媳妇看得更神圣了。这时，媳妇转了话题，问他："三堂，我是来给你做姐姐的。你愿意吗？"三堂高兴地说："当然愿意了，我就盼着有个姐。""那你叫声姐。""姐！""好弟弟，明天咱们分开睡。这事咱得保密，连爹娘也得瞒着，行不行？""行！""弟弟，"媳妇更加亲切地说，"我这么做，以后你长大了，就知道是对你好了。"她把他当成了懂事的孩子，讲了许多人生的大问题，讲着讲着，她才发觉不知什么时候，康三堂已经睡着了。她起身吹灭了蜡烛，一时很难入睡。窗外起风了，窗户纸上响着小沙粒儿；远处，山里的野兽在叫。在这个只有弟弟没有新郎的初夜，杨红颖心中并不觉得有多哀伤，她有着高粱地里看瓜棚里的丰厚资源供她回忆，庆幸自己拥有了一个新天地，又可以在这里从头起步了……

四 挂云山下

　　大红颖过门三天后，很快就按照当地的风俗，剪掉了当姑娘时的大辫子，往脑后挽起个大发髻，换上一件蓝底白杏花的粗布小褂，利利落落地干起活儿来。她里里外外一把手，磨面、推碾子、挑水、织布、拐线子、纳大鞋底子，有时还带上康三堂去山坡种地。隔三岔五，她就只身跑趟石家庄，去为石嫂——她的婆婆求医抓药。她的贤惠能干，很快在三峪村引起好评。

　　街中丰化堂坐着聊天儿的老人们，很有眼力地说："石匠家的新媳妇真是盖了帽儿啦，她婆婆李敬妮当初就是理家过日子的好手，这个大红颖，比她婆婆还能干。这可真是，天波府里来了个穆桂英。"有人应和着说："还是大媳妇知道疼女婿，康三堂也比原来干净水灵了。"也有人说："庄子头有个吕秀兰，咱村有个大红颖，这都是女人中的尖儿。"康大石匠听了这话，心里比喝了一兜蜂蜜还甜，他又可以重操旧业，背上褡裢，体体面面出去找活儿干了。有了以前的匪难，他不敢再说狂话，嘴上留了德。

　　特别是康三堂，自从有了这个姐姐，他比原来也活泼了许多。他觉得，他的姐姐不只能干、好看，也比一般的家庭妇女有见识。姐姐爱和他逗着玩，常给他讲笑话，和姐姐一块儿干活儿，不觉得累。自从与姐姐分居后，姐姐再没看过他的小鸡鸡，倒是睡觉前，爱和他亲热地顶脑袋瓜，亲他的小脸蛋儿。他有许多时候觉得，这个姐姐像是妈妈。他不大去找康桂顺玩儿了。有时候，街上的小孩儿见了他，就念起几句新编的童谣来："康三堂，小走狗，娶了媳妇忘了友。白天跟着媳妇转，晚上睡觉让媳妇搂。"康三堂气得要出去打架，大红颖笑着劝他："别打，让他们喊吧，这不是坏话。"

也有时候，街上的男人想套出点他们的私房事，就偷着问三堂："哎，你媳妇肚皮底下有窟窿没？"康三堂见平辈儿的就说："和你媳妇那儿一个样。"见辈儿小的就说："和你娘的那儿一样。"别的话，一概不说。他的确成了大红颖的小走狗。日子一久，康三堂发现，姐姐不但秘密多，有时候还爱一个人发呆，尤其是她独自一个人在院子里洗衣服或是拐线子的时候，干着干着就停下来，望着天上某一块云彩呆一会儿，嘴里骂道："没良心的白眼儿狼，野兔崽子。"康三堂莫名其妙地问："姐，骂谁呢？"大红颖回头一笑，又低头干着活儿说："骂我家乡一个仇人呢。"康三堂来了勇气，很有义气地一叉膀子问："姐，告诉我，你的仇人是谁？我帮你揍他。"大红颖又笑笑说："不用你揍，姐会咬他。""怎么咬？""像猫咬老鼠那样，把他咬死，吃了。""哇！那得有多大的仇呀！"康三堂追问仇人的姓名，大红颖红着脸笑着，眼里却有了泪。她揩一把泪，赶紧把话题岔开说："弟弟，咱不说仇人了，我想见一个朋友。""谁啊？""就是庄子头的吕秀兰。"康三堂马上说："这有啥难，庄子头离这儿才三里地，我陪你去。"姐姐摇摇头，又说不去了，她说她相信缘，人有缘，总会在某一个点儿上遇上的。康三堂愣上一会儿，也摇摇头，他咋也听不懂姐姐说的缘是什么。突然，他又想到了玉皇的事，说："姐，我问过康桃楼大叔了，康大叔说，要想让挂云山的玉皇现世，这也算个缘，要等到山上长满荆崩树，开满荆崩花的时候，那时，太平盛世就来喽。"姐姐淡淡一笑，说："那就等着吧。"是呀，缘分不到，就得等待。几天后，发生了一件怪事，不是山上的玉皇现世了，而是梨花雪姐来了。

这天晚上，吃过晚饭，姐姐正在西间屋里纺线，突然，巷子里传来百灵鸟的叫声，离得很近。纺车的嗡嗡声中断了，姐姐冲出了屋，隔着窗户对三堂说："弟弟，你守着家，姐姐去把这只坏鸟赶走。"三堂很纳闷儿，怎么百灵鸟晚上叫起来了，正想问姐姐，姐姐已经拍着巴掌冲出去了。好一会儿，大红颖才回来了，嘴里哼着歌，脸色红得真好看。三堂问："姐，逮住那只百灵子了吗？"大红颖说："没，我把那只坏鸟赶到南岭去了。弟，早点睡吧，姐也累了，明天还要锄棉花呢。"康三堂白天跟着姐姐往山坡地里给菜施肥，的确也累了，他见姐姐房里吹了灯，也就回了东间屋，吹灯睡下了。

铁血雄魂挂云山

后半夜，康三堂被一泡尿憋醒，抓起炕头上的夜壶尿了一泡尿，躺下去再也睡不着了。天上的月亮，照得院子里一片银白，窗户纸上也洒满了月光。他想听听墙外还有没有百灵子叫，突然听到姐姐房里有动静，像是病人的痛吟，他一惊，一向健康的姐姐生病了吗？他悄悄爬起来，光着身子，也没穿鞋，无声地走到西间的门帘外，他惶恐地又站住了。屋里不是一个人，还有别人，那湿润的声响，伴随着粗重的喘息。姐姐说话的声调，变得像小孩子一样乖，那悠长的哼哼，也不像病痛，让人听着心里头发晕、发痒。他第一次听到这么奇怪的声音，他想到南院去叫爹爹来，又听姐姐用软软的、娇娇的声音对另一个人说："你解渴了吧，我的亲亲，多陪陪我吧，我不让你走。"康三堂暗想，姐愿留的人，一定是好人，姐愿做的事，一定也是好事。他刚要走开，屋里那湿润的声响加足了节奏，姐姐哼得更钻心……他吓得急忙跑到东屋炕上，蒙头又睡了。第二天早晨，红日照上纸窗，康三堂醒来，姐姐已在外边干完许多活儿了，他猛然又想起半夜里听到姐姐房里的声音，觉得像是一个恍惚的梦，又觉得格外真实。他决定问问姐姐，就冲着窗外喊："姐，姐——""哎，等着，我给你拿好东西吃。"就听姐姐在西间开立橱的声音。很快，大红颖撩开门帘进了屋，捧着一捧好吃的东西，放在康三堂枕边。三堂一看，马上乐了，有桂花糖、芝麻糖，还有几块鸡蛋糕。天天吃高粱菜饼子的少年，很少见到这么好吃的食品。他贪婪地吃了一口芝麻糖，又咬了一口鸡蛋糕，高兴地问："姐，这些好东西是哪儿来的？"大红颖坐在炕上，摸了摸他的瓜片头，又拍了拍他的小屁股，面色绯红着说："弟弟，昨天晚上，梨花雪姐到了我的房里。"康三堂一下来了兴致，一骨碌坐起来，抱住姐姐的大胳膊说："姐呀，原来是梨花雪姐来了，你咋不让我见见呀？"大红颖说："你长大了再见。"康三堂摇着姐姐的身子说："我不，你给我详细讲讲梨花雪姐的故事。"大红颖也是高兴，就坐在炕沿上，把从姥姥那听来的传说讲给三堂听："三百年前，你们三峪村，还叫三牛村，一年春天，有个叫梨花的姑娘，逃难到了三牛。因为姑娘家里误收了朝廷所失的奇宝，家门被抄，梨花冒死南逃，隐入挂云山，住进梨东沟，独自学道习武。年复一年，梨花练得剑如冰轮，身轻如燕，登山如飞，经常在九龙山一带除恶扬善，杀富济贫。一天，她正在山上练剑，忽听北侧洪门寺前杀声一片，见是朝中巡捕，正与洪门寺的和尚激烈交战。她看了山前告示才知道，近一个月，周边县的信女到山上拜佛烧香常常失踪，原来是寺中恶僧将民女囚入寺中地下室，奸淫取乐。正义在胸的梨花姑娘，马上持剑，飞入洪门寺，击败众僧，擒住僧首，救出了受难民女。战后，钦差大人要招梨花入朝受封被拒，梨花姑娘爱上了挂云山，依旧隐居梨东沟，修行习武，行侠一方。多年后，梨花坐化于梨树下，梨花花魂，化作一白衣女仙，人称梨花雪姐。哪里有灾有难，一呼她的名字，她就飘然现身，那里一定逢凶化吉。"康三堂听后高兴地叫："姐，梨花雪姐一来，我娘的病就会好了吧？"大红颖点头笑着说："是的，不过，这事不能对外说，一说可就不灵了。""行。"康三堂穿上裤子，看着床头的好吃食说："姐，这几块好东西，我得给我娘带去。"大红颖给他拿过上衣说："不用了，姐屋里还有，头黑儿我给娘带去。弟弟，记着，这些好东西，也不能说是梨花雪姐给的，就说是我老家的爹爹叫人捎来的。""知道了。"康三堂看看姐姐的脸色又说："姐，你的脸好红，真好看。"大红颖轻轻拍了他一掌说："去你的吧！"拿了炕头的夜壶就出去了。

真怪，自从姐姐那天夜里见了梨花雪姐，她的脸色天天都像涂了胭脂那么红润，她不再一个人发呆骂人了，身上像注入了使不完的劲儿。三堂娘的病，虽然还没好，在大红颖的精心照顾下，分明比原来胖了一些。

一天午后，天上的太阳格外毒热，巷子里的槐树下，有一只新蝉送来了麦熟的信息。康三堂正躺在东间房里睡午觉，忽然，巷子里又传来了百灵子叫，康三堂忽地坐了起来，他想，是不是梨花雪姐又来了？上一次梨花雪姐来，就是先有百灵子叫。他马上披上小褂，穿了鞋，到西间屋里喊姐姐，姐姐房里早空了，那百灵的叫声也远了。他很生气，姐姐甩了他。这回，他一定要亲眼见到梨花雪姐的真容。于是，他跑出了屋子，又关门出了院子。

大歇晌，街上没有一个人。白热的太阳照得大地处处晃眼，石板路烫得烤人，东南角的大山，耸入云端，像黑乎乎的大乌云。百灵鸟儿的啼唱渐行渐远，过了南园，到南岭那边去了。康三堂一路隐蔽着，追寻着姐姐去了南岭。南岭，是离村最近的一座山，像个巨大的牛背，挡住了整个三峪的视线。康三堂跑跑停停，望着姐姐那蓝地白杏花的小褂和头上的那朵粉红色的纂花，以树丛做掩护，走上了山间小路，绕到东半坡，爬上了南岭。姐姐追随着百灵的叫声，钻到山间一片林榔树丛里去了。鸟儿声停了，康三堂的心怦怦跳着，蹑着脚趋近林榔树丛，躲在酸枣树后边一块岩石后头，侧耳听着林榔树丛里的一切动静。他听到了姐姐和一个男人的对话。男："大颖，我母亲过世了，再无牵挂，杨家坳我不想待了，我要到陕北，找红军去，打日本去。"姐："你千万别投错了队伍，随了红枪会。"男："我知道，只是，太舍不得你。"姐："没出息。你先去找队伍，天下变好了，你再回来，我等你。"男："你多保重啊。"林榔树丛中，再没了任何动静。康三堂不知道里面发生着什么，他努力爬上岩石，登高一看，一番令他恼火的景象击中了他的眼球。他的姐姐，正被一个大男人抱着亲嘴，姐姐闭眼像是很难受。康三堂妒火攻心，捡了一块大石头，冲那男人的脊背就砸了过去。因为石头过重，他的脚一崴，哎呀一声，摔下了岩石，从山坡上滚了下去。他躺在山下一个土洼里，扳着右脚腕子疼得喊开了娘。大红颖从山坡上滑下来，扶住三堂喊："弟弟，你怎么出来了，摔哪儿了？"康三堂捂着脚腕子唏嘘着说："我来看梨花雪姐……""你崴了脚了？"大红颖赶紧让他坐起来，把他的脚揽到怀里，给他揉脚。揉了一会儿，他感觉不太疼了，抹了一把泪，有些愤愤地问："姐，抱着你的那个男人是谁？"大红颖继续给他揉着脚，斜他一眼说："小孩子家家，别管大人的事。"康三堂盯着这个姐姐，想了又想，却问出一句大人的话："姐，你是不是在偷汉子？你是一个坏女人。""什么？"大红颖一下恼怒了，把康三堂的脚一丢，劈手扇了他个耳光吼道："你说我是坏女人，在杨家坳，人们说我是坏女人，到了三峪，第一个说我坏女人的居然是你，你再说一遍！"康三堂捂着火辣辣的半边脸，真的吓坏了，他忘了哭，他不知道这么亲切好看的一个大姐姐，居然也会发火。他望着姐姐冒火的眼睛，怯生生喊了一声："姐。"大红颖的心一下又软了下来，蹲下身子，摸着康三堂发红的脸蛋儿，落着泪很心疼地说："弟弟，打疼了吧？是姐不好，姐不是坏女人。走，我背你回家。"她把康三堂身上的干草叶打扫干净，扶起他来，背到背上，顺着原路返回了村子。

他们进了家门，大红颖把三堂放到东间炕上，静下心来，一边给他揉脚，一边问他："告诉姐姐，为什么往林榔丛里砸石头？"康三堂妒火又烧起来，小脸一怒说："姐姐是我的，不能让别的男人抱着。"大红颖扔了他的脚，一下弯腰笑了起来。直到笑得咳嗽了几声，才两眼含泪地用手指一戳他的额头骂道："你个小兔崽子，知道吃醋了。"康三堂嚷道："我就是不让别人抱你。""好弟弟，"大红颖挨着他坐下，平静下来，说，"我把我的秘密告诉你，抱我的那个男人，他不是别人，他是你的姐夫，他叫杨喜全。我们的婚姻遇上了波折。我上三峪来，是真心实意给你做姐姐的，我明里是你媳妇，可我没要你们家一分钱聘礼。你长大以后，姐会帮你找一个年貌相当的姑娘，这才是对你的公平。今天的事，对外千万不能露底，你的腿就说是上山掏鸟蛋摔的，如果人们知道了姐的私密，姐在三峪就待不住了，你愿意失去我这个姐姐吗？"康三堂拉紧了姐姐的手，很动情地说："姐，我不能让你走，我不能离开你。"大红颖说："要想留住我，就得保密。你们家缺少的是女劳力，我来给你们干活，不要你们家一分钱工钱。等你再大一点，就知道姐是什么样的人了。"康三堂听了这番话，好像一下长大了许多，他点了点头，神情庄重地说："姐姐放心，我什么都不会说。"大红颖对他信赖地笑了。

街上有了人声，大红颖看了看外边的石榴树影说："你先在家歇着，我该下地了。如果明天早晨你的腿还不见好，我就带你到东峪找康二旦给你捏捏去。"康三堂又是神情庄重地点了点头。

东峪离三峪有三里地，东峪和三峪是一个村，也可以说东峪是三峪往挂云山下弹出去的一个小丸儿。山脚下的东峪只有康、焦两个姓，冈上冈下错落着五六户人家，有石房也有草房。如果是二三月里你到这里来，山里的几枝杏花点亮了这里的早春，你一定会吟出一首你熟悉的古诗："一去二三里，烟村四五家；亭台六七座，八九十枝花。"所不同的是，这里的亭台都在挂云山上。

赫赫有名的康大学士和他的三个儿子，就住在挂云山下的一个冈子上。三间草房，一处篱笆小院，院里北边是一片野杏林。三峪人都说，这康大学士，前知五百年，后知五百载，天上的事知道一半，人间的事全知道。就是这么个大能人，却没有把自己家的日子过得红火殷实起来，眼看着三个儿子都嗖嗖地长大了，到了说媳妇的年龄，他还是只有三间草房。这样的家境，媒人是不登门的。他虽然有点小医道，却又不太高明，爱四处扯闲篇，给人治点小病小伤的也不收费。承他情的人请他喝上一桌小酒，听他讲点天文地理、人间新闻，比给他几块钱还乐呵。因而，他的日子富不起来，只混出了个人缘。他的大儿子大旦嘴闷，二十五六了还是光棍儿。大学士只关心别人的事，从不提给大旦说媳妇的事。久而久之，急得哑巴说了话，大儿子找到大学士，当面就问："爹，我要媳妇，你啥时给张罗一个？"一向能言善辩的大学士这回可短了词儿，坐在门槛儿上抽光一袋烟，扔给大旦这么一句话："唉，你呀，落个好身子骨吧。"转身走了。气得大旦当天就离家出走，跑到石家庄车站扛大包去了。小儿子三旦，十五六岁，年纪还小，给本村李书祥家打短工。康大学士的仨小子，最有出息，最有希望的就是他的二小子康二旦。二旦长得也出色，圆脸微黑，剑眉锐目，硬扎扎的大平头，个子不太高，却结实、洒脱，胳膊、胸肌全是疙瘩肉块儿，一敲梆梆硬。他爹的本事全在嘴上，他的本事却在心上。他上过几年小学，有悟性，学通了他爹的一套医术，又到清泉观找王永栓道长学了几套拳脚棍棒。康二旦自幼就认定了这个理，穷人，做不了官，也发不了财，得有点本事，最实用的本事一是手艺，二是武艺。他在医术上，尤其是针灸，通过自学自练，水平早已在他爹之上。武艺方面，他也有独门绝活儿，他虽然学成了道家的内家拳、八段锦、刀枪棍棒，他独自思考，穷小子出门，不能带着刀棍，真带了武器，不但惹眼，而且容易招事，倒不如将道家功夫，化解到日常的工具上更好。而山里人最普遍的工具是扁担，担柴、担水、担粮全用扁担。出门带条扁担，既是工具又是武器，而且还不惹眼。于是，他就在道家功的基础上独创了一种扁担功。他家北边的野杏林里，就是他经常练功的地方。

这天清早，勤奋的康二旦用扁担挑着两只柏木笥，到山下石溪旁，挑了一担清泉水，矫健地登上冈子，进了栅栏门，将水倒满了院子里的瓮。然后就持着扁担，跨越篱笆墙，到了北杏林中。林中一片空地已被他踩成了一片白光的平场，他像许多练功的人一样，先竖持扁担运了一下气，接着拉开场子，耍起扁担功。这条九尺长的桑木扁担，在他的手中，舞得上下翻飞，左右劈打，风雨不透，嗡嗡地山响。在这个黑暗的乱世，末路求生的百姓能舞出这样一套扁担功，看着都解气、壮胆。练到收尾，小伙子一个漂亮的"大蹦子"，扁担打在一棵杏树上，无数青杏，像冰雹一样落下，满世界乱滚乱跳。他刚收了功，父亲隔着篱笆喊他："二旦，别练了，来病人了。"他马上持扁担跨过篱笆墙，到了自家院子里。只见栅栏门外的土坡下，有个漂亮的年轻媳妇，背着个圆脸大眼的男孩儿上得坡来，进了院子。康二旦认出那男孩儿是康三堂，他马上就明白了，那个女青年，就是康三堂新娶的大媳妇杨红颖。他见了女青年还有些腼腆，马上红着脸把他们引进自己的草房。问明了来由，就让康三堂平躺到床上，先把三堂两只脚拉平比了一下，又看了一下粗肿的脚脖子，他对大红颖说："这是骨头错了位，滚了筋，又拉伤了肌肉，问题不大，只是要多跑两趟。"大红颖点点头。康二旦马上给三堂捏脚，大红颖鼓励三堂挺住。推拿了有半个钟头后，三堂说脚脖子好多了。大红颖看这康二旦手艺不错，又没有其他医生的江湖嘴，她马上对他产生了信赖，就捎着说了说她婆婆的病。康二旦说："婶子的病，我听康英英说过了。其实很简单，我可以用针灸和草药给婶子治好。"大红颖答应下次连婆婆一块儿带来。临走，红颖问二旦要多少医金，康二旦很仗义地说："先不要提钱，治好了病再随心给价。"红颖谢过，又背着三堂出院下坡，把三堂放到驴背上，就回了三峪。患者一走，康大学士马上走进草房，坐在床头，先把眼镜扶正，很郑重地对儿子说："二旦，我说过的事你不能再拖了，咱得尽快在家门口盖一间石房，挂牌子正式开个诊室。只有这样，看病的人才会正式给你钱。爹没挣到钱，你可不能走爹的老路。"康二旦说："爹，还是那句话，眼下我还不想拴在东峪，我想走出大山，到外面闯一闯，去当兵，去打小日本。"康大学士摇着瘦瘦的手掌说："当兵可不行。古人云，好铁不打钉，好男不当兵。人，没有了任何出路，才去当兵。"康二旦说："爹，世道这么混乱，我看，穷人已经到了没出路的时候了。"康大学士说："你怎么没出路？你有医术，咱有地盘儿，咋是没路呢？"康二旦说："这世道能让咱安心开诊室吗？当今，兵匪遍地，司令多如牛毛，小日本又占了东三省，说不定什么时候打过来。诊室你今天建了，明天又给你炸了，还不如干脆投八路去。"康大学士叹了口气，苦口婆心地劝他："这理你不能这么认，咱山民怕有野兔就不种黑豆了吗？怕有蝼蝼蛄就不种谷子了吗？你哥仨就指着你撑门面呢。你大哥到石家庄扛大包不想回家了，你娘心脏又不好，我得先给你大哥张罗个媳妇，这得需要钱。小日本啥时候来咱不管，可是咱得生活。下一步，先把诊室盖起来，正儿八经给乡人治病，日子才有奔头，穷生活才有转机。孔夫子都说：君子务本，咱不能失了山里人的本呀。"

康二旦是个孝子，想起母亲和大哥，他的心软了，觉得爹说得也在理，只有先把诊室开起来，才能立下这个生活的本，他终于点头拍板儿说：

"爹，我听您的，先开一个诊室。""这才对嘛!"康大学士那张白净多皱的书生脸笑成了一朵花，马上给康二旦拾掇早饭去了。

两日后，又是清早，康二旦在山下挑水，听到西边传来一阵铃声，举目一望，远远望见康三堂的媳妇杨红颖赶着黑驴，驴背上驮着康三堂和三堂的娘石嫂，正向东峪走来。他心里很高兴，既然选定了开诊室，他的心思也就往诊室上想了。石匠老婆的病两年前走州过府，求了不少名医都没看好，要是自己这个土医生给她治好了，一定声名远播，给他的诊室来一个开门响炮。他急忙把水挑回家，又下来迎接客人。大红颖和三堂娘一见了康二旦，先是致谢，说是三堂的脚伤经康二旦推拿正骨，已经好多了。大红颖送上两包礼品，是一斤蛋糕和一斤芝麻糖，康二旦推却不过，只好收下。

他把病号带进自己的草房，先给康三堂捏了脚，接着让石嫂躺下，诊过脉后，又在她腹部按了一番，做出详细诊断，说:"大婶，你这病是前年闹土匪惊吓成疾，由肝胆瘀滞，导致脾胃不和，心肌缺血。你一定心慌心悸，睡不好觉，常做噩梦?"石嫂连说:"是的是的，一闭眼就感觉土匪又来了。"康二旦分析说:"你这病，如果光按脾胃病治，是永远治不好的。我给你换个角度，先调神经，再治心脏。用我的针灸和挂云山的草药，先安神，让你睡好觉。"大红颖和石嫂连连称好。康二旦开始给石嫂扎针。她的头部、四肢扎了许多细长的银针，又抓了几服简单的草药。大红颖掏出自己绣的花钱包，问:"康大夫，我该给你多少医金?"一句"康大夫"把康二旦闹了个大红脸，他很激动地笑着说:"咱先不往钱上说，我有个想法，咱们商量一下。下一步，我想在门口盖一间石房，正式开一个诊室。咱们是不是换一下手艺，我给婶子治好病，让石匠大叔来给我盖间石房，石料我备。"大红颖首先赞同，说:"这有何难，到时候我也来帮忙。"床上的石嫂也高兴地说:"你要治好我的病，别说一间石房，我还得给你送块大匾。"康二旦很有信心地说:"好，我先给婶子治好病，再盖石房。"

五　鬼子进庄了

　　山里的杜鹃叫了，山里的麦子熟了。三峪人又到了他们一年一度最忙的季节。穷苦本分的山民们，一个个手拿镰刀，头戴草帽，顶着芒种后的骄阳，奔向挂云山下。这些劳动的人群，有的是去割自家的麦子，有的是去给别人打短工。三峪村地最多的大户是李庸锦家，他在村子东郊有近六十亩良田。那些地少的，或是没什么地的穷户，这个时候，就纷纷去为大户人家打短工。忙上十天八天，地里的麦子入了场，三峪村的街上，像往年一样，会出现一个受全村人尊敬的人，一个四十来岁的妇女，脑后扎着网网纂，身上穿着老绿色绸衫，手敲一面小铜锣，踮着一双小脚儿，走街串巷，招呼着山民："乡亲们，到东郊李家园里拾麦穗去喽！麦子进场了，快到东郊李家园拾麦穗喽——"三峪的穷困户听到这招呼，愁苦的心里都会热起来、亮起来，快速拿起打补丁的口袋、发黑的竹篮，或是剜菜的小筐儿，走出他们各种样式的栅栏门儿，亲切地向这小脚女人打招呼，有的喊她范氏大姐，有的喊她范氏大婶，也有的喊她范氏奶奶，听任这小脚女人的召唤，奔向东郊的李家园。挂云山下，会出现另一番热闹的群体劳动——拾麦穗。

　　这位受人尊敬的小脚女人，就是李庸锦续弦的第三个媳妇（以前的妻子已过世），也就是李书祥的亲娘。她是岩峰人，姓范，听人说她以前在大户人家做过侍女，见过大世面。她身体偏瘦，不很大的单眼皮柳叶眼，透着睿智和慈悲。她的幼年承受了裹脚的巨大痛苦，虽然世事的沧桑使她的眼角出现了过多的鱼尾纹，但看上去给人的感觉绝不是贫弱衰老，而是慈善可亲。她仿佛总是在暖洋洋地微笑着。那个年月，大户人家的女性是忌讳称名字的，她的真实名字，已湮没在悠悠的历史长河中，三峪人只称她范氏大姐，或者是范氏奶奶，更多的人称她范氏大婶。

她是在民国以前嫁到三峪的，因为见过世面，深明大义，她非常同情贫苦人。不只是麦收后，她召唤人们去拾麦穗，就连过大秋时，她也敲着小锣，出现在街上，用温煦亲切的声音喊着："乡亲们，场上打过谷子了，快去收谷秕子喽，装几个枕头吧！"天凉了，摘完最后一茬棉花，她又敲着小锣喊："到东郊李家园拾棉花喽，去拾红棉花喽，絮几个被子吧。"当地人把秋后棉花桃里剥出的棉瓣儿叫红棉花。三峪人常说，守着大树好乘凉，守着大户得沾光。

在李庸锦家当过长工的人也是非常幸运的，李庸锦按季节给长工发草帽，发白羊肚手巾。长工到了看家的时候，范氏大婶早就装满一竹篮白棒子饼子，递给长工说："带回去让你家老人孩子尝尝吧。"有的长工娶不上媳妇，李家还负责给他们娶媳妇。邻村的穷人偷了李家园里的庄稼，让长工逮住了，押到范氏大婶面前问罪。范氏见他们面黄肌瘦的样子，也常常宽容地说："他们到地里来偷，想必是家里揭不开锅了，让他把东西带回家里救个急吧。"也有偷得少的，范氏也时常指使长工再撮给贼人两簸箕粮食。做了贼人的，无不对范氏大婶垂泪叩头，从此，永不再偷。正因为范氏大婶的慈悲大德，才影响了她的亲儿子——后来成为壮士的李书祥。

今年没有天灾，收成还真不错，一亩地能打二百斤麦子。可三峪人只能看着新打下的麦粒儿高兴一小阵儿，过不了几天，他们布满皱纹的脸上很快就又罩上了愁容。麦子是打下来了，国民政府更重的苛捐杂税也下来了，缴了大半税粮，瓦罐里所剩无几，山民们仍然像往常一样，赶着吃上三顿白面，剩下漫长的日子，依旧是糠菜充饥。本分的三峪人并没奢望能经常吃白面，只要糠糠菜菜能果腹，度个平安，也就相当知足了。这些大山沟沟里的百姓，他们依旧将平安的希望寄托于神佛，麦收一过，种上了小苗，村里许多小庙又开了门，烧香念佛、祈求平安的人越来越多。处处佛号不断，香烟缭绕，纸灰飞扬。

遥远的神佛，保不了百姓的平安。不久，卢沟桥事变的消息传进了大山，三峪的百姓，又都惶恐不安起来。随着阵阵秋风，许多耸人听闻的坏消息，像层层落叶一样，飘进大山。日本鬼子进了中原，国民党有的军队不抵抗，节节南逃，丢弃了许多的武器和骡马。这些坏消息，不久就得到了验证，地里的秋庄稼，常常被无主的骡马啃吃。有一天，有十来匹骡子从丰化堂前边不远的川道里跑进了三峪。人们怕是不祥之兆，怕招来兵匪，对这些无主的畜生，谁也不敢起贪心。丰化堂前的老人们，又都把它们从川道里赶跑了。过了几日，三峪的上空，出现了日本人的飞机，有时是两三架，有时是十几架，能清楚地看到机翼上红色的膏药标志，嗡嗡轰响着，震得大山发出瓮声。这些飞机只是路过，都没有往三峪丢炸弹，而是隆隆东去——是去炸石家庄的。山里人，恐惧地听到了东方的隐隐约约的爆炸声。人站在挂云山的山顶，能看到石家庄火药的闪光和滚滚硝烟。最焦心的还是东峪康大学士一家，每当听到飞机的轰鸣声，二旦、三旦和康大学士，都会抢先登上玉皇顶，遥望着被轰炸的石家庄，为他们的亲人祈祷。当人们拾光李家园的红棉花，在石家庄正太铁路扛大包的康大旦，终于从死亡线上逃回了三峪。很快，在正定念书的李书祥也回了三峪。不久，李书祥的三哥，在河南经营绸缎的李旭也回了三峪。

　　村子中央的丰化堂前，是村人们打探消息和传播消息的地方。一早一晚，人们爱在庙前聚会聊天儿。李旭的出现，引起了人们打探消息的高涨热情。李旭与李书祥是同父异母的兄弟。这天黄昏，李旭来了，他在外边闯荡了几年，完全是一副商人派头。他个头适中，穿一件湖蓝色长衫，头戴一顶黛绿色礼帽，帽檐下是一张很滋润的微黑微胖的方脸，两眼透着深沉与狡黠。李旭的到来，使自己很快成了丰化堂前的中心人物，乡亲们纷纷让座。李旭看了几眼大庙前的横木、大石块和烂砖头，大概怕脏了他的长衫，就说："我习惯站着，站会儿吧。"说着，用他那戴金戒指的微黑细腻的右手，从衣兜里掏出一根白玉石烟嘴儿，又掏出一支香烟，按到烟嘴儿上，划火点着，很有派头地吸起来。有位老者对他说："李旭，你在外边跑得多，说说外边的局势吧，小日本会不会打到三峪？"李旭轻轻吐着芳香的烟雾，咂咂嘴说："这年月，说不准，瞎混吧。"一个山民见李旭不愿意说，就把低头在地上画圈儿玩的康大旦提起来说："大旦，你见了日本人轰炸石家庄，说说是怎么炸的？"大旦的圆脸一下红了，他最怕当着人说话。不过，在三峪村里，还真的就他一个人亲历了日本飞机炸大兴纱厂，炸电报局和大石桥街。他是钻到一截废钢管儿里幸存下来的。一想到害怕的事，他更口讷了，舌头先在嘴里搅拌了一会儿才说："这有啥好说的，天上乱嗡嗡，地上乱哄哄，我脑袋直懵懵，谁知怎么炸的，反正我一钻出钢管儿，世界全没了模样。"山民听不上他的口才，斥责他："你嗡嗡个蛋，要不你娶不上媳妇，还是让咱李旭大哥说吧。"所有人的注意力又转向李旭。李旭紧抽了几口烟，一鼓腮帮子，噗一声吹掉烟屁股。康大旦急忙跑过去，拾了烟屁股，跑到一边蹲着抽去了。李旭腾了嘴，才对大家说："这两国交战，中国肯定要吃亏。你看，娘子关丢了，井陉煤矿、正丰煤矿也沦陷于日本之手。前几天，日本的飞机大炮用五十四个钟头攻进了正定。据说，正太铁路的工人们也解散了。以后的局势，我看会更不妙。"一个叫康来羊的长脸小伙子气不忿地说："小日本这么猖狂，咱中国的军队干什么去了？打呀！""打？打得过吗？"李旭斜了康来羊一眼，吹吹玉石烟嘴儿，从地上拾了一根细棍儿，掏着烟油子说："日本人有飞机、大炮、装甲车，连国民党的正牌军都撤了，别说小米加步枪的八路军了。"庙前的人全都傻着眼，一个叫李芳芳的黑瘦青年不服气地说："照你这说法，咱大中国要亡了？"李旭说："亡不亡不是咱的事。以后谁坐天下，咱也是被统治者。我看，咱大中国要战胜小日本儿，难。""哥，你这是宣扬恐日论。"一个过路的青年抢白了李旭一句，气冲冲走了过来。这是个眉目清秀，留着小分头，身穿蓝学生制服，胸前戴着正定县学校校徽的青年学生。李旭见是自己同父异母的弟弟李书祥，便说："书祥，你年轻气盛，不懂得国事，不要狂热。"李书祥说："我不是狂热，我要把你的不良理论纠正过来。乡亲们，我哥说得不对。别看小日本有飞机，有大炮、装甲车，他们炸不掉咱中国人的血性和硬骨头。我来给大家说点山外的事吧。"三峪的乡民全都挺直了身子，睁大了双眼，聆听李书祥说事。李书祥以中国人的自豪感，讲述了中国军队在石家庄的西北方，滹沱河畔，与日寇进行的英勇水战，接着又倾情讲述了国民党三十二军高震部与日寇血战正定城的壮烈史实。

"十月七日，日寇第十四师团长土肥原贤二，率领第十四师团，凭借空中优势，和二百门大炮的支援，另有大量的步兵、骑兵、装甲车、战车，向正定城发起总攻。中国国民党三十二军一四一师，坚守正定，英勇抗敌，打退了日寇一次又一次进攻。双方各有极大的伤亡。日寇重兵攻不下正定城，就在阵地上空升起了观测气球，这样一来，敌寇便对我军阵地了如指掌。

空袭和三百门炮轰，使正定成为一座火城、血城和烟城。有的城墙段和不少掩体被轰倒，我守城战士大批阵亡。另有二连战士，在日寇打得最激烈的地方，搭人梯爬上城墙，架上机枪，向日寇猛烈扫射。不少日寇倒在城下，我机枪手也不时中弹，从城墙上掉下来。战士们再搭人梯，再架机枪英勇反击，接连搭了五次人梯，牺牲了五个机枪手。第六个搭人梯上去的是机枪班长，他猛烈打退日寇进攻，也中弹牺牲从城墙掉下来。这牺牲的六个机枪手都是自告奋勇爬到人梯最高处的。在敌我装备如此悬殊的情况下，我中国国民党第三十二军一四一师，硬是坚持激战了五十多个钟头，击毙日军五百多人，我一四一师也牺牲官兵一千多人。正定对日作战虽然失败了，但是众多爱国官兵不畏牺牲、英勇捐躯的爱国精神，是飞机大炮轰不倒的。"

　　乡亲们听了李书祥的讲述，无不振奋，连声喊好。李书祥说："我第一战区为确保实力，主力已撤离了石家庄，转移到元氏、高邑一线。所以，日军攻占了正定城后，又很顺利地进了石家庄。目前局势是，我华北以国民党为主体的正规战结束，以八路军为主体的游击战要进入主导地位。乡亲们，石家庄正太铁路的工人并没有解散，一百多名铁路工人，遵照中共石家庄市委指示，已经拿起武器，组织成一支工人游击队，西进太行山。"乡亲们高兴地说："这就好了，中国有救了！"李旭见自己的理论没有了市场，他还真怕李书祥的激进日后给家里招灾，便固执地再次反击李书祥说："四弟，我最后劝你一句，这是富人的战争，让穷人去卖命。你这样宣传抗日，是很危险的。你应当安分守己，不要给家里招惹是非。"李书祥还没顾上反驳，庙前几个老者一起攻击开了李旭，他们都站起来脸红脖子粗地吼："你是不是中国人？是中国人就得爱国。""你叫书祥安分，小日本咋不安分？他们不在他们的日本国安分，跑到咱中国干什么来了？""连国民党的三十二军都抗日，我们更应当抗日。"李旭招架不住，说了一声："我和你们说不清楚。"甩袖子就要走，李书祥的母亲、范氏婶子踮儿着小脚赶了来，冲两个儿子喊："你们兄弟俩又吵上啦，在家里吃饭都辩论，又跑到这儿抬杠来了，都给我滚回去。"李旭气哼哼地走了，人们可不让李书祥走，黑瘦的李芳芳问范氏："范氏婶子，你老人家站到哪个儿子身边呀？"范氏从不隐瞒自己的观点，当场表态："我当然站在抗日的儿子一边啦。如果游击队来了，我第一个支持书祥去参军。"李芳芳、康来羊都来了劲儿，走到李书祥跟前说："书祥，我们也站在你一边，咱们一块儿干。""说得好，算我一个。"康大学士正好路过丰化堂前，见这儿挺热闹，也凑了过来，他是到李书祥家为他的儿子三旦支工钱来的。人们一见大学士，都非常热情地欢迎他说上两句。李书祥对大学士说："康大叔，你最有学问，你对大伙儿说说，日本鬼子能不能占领中国？"康大学士习惯性地扶了一下眼镜，用他那酷似学究的干瘦手掌比画着说："这还用说吗？咱中国是个大国，谐音是什么？是大锅，做饭的大锅。咱这口大锅个儿大，火足，小日本算啥？他旗子上那个小煎饼能盖住咱这口大锅吗？绝对盖不住，他这个小圆煎饼，早晚得叫咱中国人一口一口把他吃完。""说得好！""来劲儿！"所有的人都被大学士的精彩总结说得鼓起掌来。

自从李书祥说了石家庄正太工人游击队的消息，康大学士有了那个"大锅"和"小煎饼"的比喻，山民们就不太害怕日本人了，心里有了一些底气。

阵阵西风送来天寒的消息，巍巍挂云山，褪去了彩色的秋装，变得昏黄而肃然。一天中午，三峪人都在家中吃午饭，一个拾粪的老头，手提粪叉子，急惶惶喊着进了村："大兵来了，大兵来了！"一直喊到村长的院子里。村长康老正急忙丢了筷子，到屋里穿上了黑袍子，他不知道又是哪个军头来糟践三峪了。他抄了烟袋，往脖子里一挂，急忙出门到街上去支应。街上很寂静，他觉得很奇怪，从前来了大兵，鸡飞狗叫，马蹄子乱响，先听到两声震慑的枪响。怎么这一回没什么动静呢？他出了巷子走近村西口，往弯道里一望，猛然吓了一大跳。在西口槐树弯那个地方，已经聚集了五六十个穿黄绿军装的大兵。这些大兵有的头戴绿钢盔，有的戴着"屁帘儿"帽，他们正在大槐树底下一口大井旁，拧着辘轳提水喝，有的还往他们的军用壶里灌。康村长一眼看准了他们枪上挑着的膏药旗，不由得胆战心惊：日本鬼子进庄了，进得悄无声息。一个白胖的日本官，人中那儿留着一撮黑胡，挎着东洋刀，守着他的大洋马，正往村里张望着。军官身边，是个身穿黑缎子裤褂，头戴礼帽，鼻梁上架一副墨晶眼镜的翻译官。康村长急惶惶跑到日本官面前，满脸赔笑地说："太君，我是这村的村长，有什么事，先冲我说吧。"日本官的一只戴白手套的手，轻轻拍在他的肩上，对他微笑着，嘀咕了一番日本话，还拿出几张纸币，交给了那个中国翻译官。中国翻译官反倒一脸冷漠，对康村长毫无表情地说："太君说了，得辛苦你们一下，招集村民开会，宣传王道乐土。这是你的辛苦费。"说完，把一百块老头票塞到村长手里。康村长哪敢要日本官的钱，连声谢着，又把钱递给日本官。日本官摇着白手套，又笑眯眯嘀咕了一番日本话。翻译冷冰冰地说："太君给你钱你就拿着，赶快召集人们出来开会。太君说了，不白耽误村民的工夫，去早了，太君给人们发香皂、洋火，去晚的什么也摸不着。"康村长简直有点晕了，这哪是面目狰狞、两手沾满鲜血的日本侵略者呢？怎么不抢粮食，不要东西，还给大家发东西呢？他不知道日本人葫芦里要卖什么药，又不敢多问，只好照办。他从一个日本兵手里接过一面大锣和一杆日本的膏药旗，敲着锣，又在村里沿街吆喝起来："乡亲们，都到村东头大戏台集合喽——皇军要宣传王道乐土，去早的有赏，白领香皂、洋火，都到大戏台集合喽——"

村口的日军准备正式进村，他们携带的机枪、步枪、手雷，全部架在村口的井台上，只有五个奉命巡逻的日军手里端着枪，其余的空手进了村子。

三峪村的山民，有一部分逃进了大山，剩下的一部分，见日军都没带武器，知道没什么危险，而且还白领东西，也就纷纷向村东头的大戏台走去。村西口一些村里的小孩儿没见过这么多的洋武器，他们纷纷围着井台观看，日本兵好像很喜欢小孩儿，给小孩儿们发糖吃，是一种橘黄色的硬质蒺藜角糖。负责巡逻的日本兵，入户找茅房，也是先将手中的枪放在大门外，空着手进院子。见到小孩儿，同样给糖、给饼干。因为日本人显出高度的"文明礼貌"，大戏台下，聚集了不少百姓，有许多人领取了日本人发放的香皂、洋火，还有蒺藜角子糖……

大戏台的斜对过，路北有一条胡同，名叫高胡同，那条胡同里高姓居多，就在这条胡同里，一个红衣少女急惶惶跑了出来，她不是被日本人追赶，而是被一个小脚老太太追赶。老太太手掌上抹着锅底灰，追出来又不敢大喊，只是追赶。红衣少女躲的就是老太太手上的黑，十五六岁的少女，正是情窦初开，人生的花季，也正是最爱美的时候，日本人来了，老太太非要往少女脸上抹锅底灰，白俊如玉的少女死活不让，就这样从家里跑了出来。一见街上有日本兵，她还真怕日本人对她起歹意，就钻了别的胡同。三峪这地方，地势复杂，曲里拐弯的胡同密如蛛网，特别适合孩子们捉迷藏或是与敌人打游击。少女想，日本人都在街东头，村民们也都在街东头，西半截街肯定清静无人，她决定，先上西半截街找个地方躲一会儿。她却不知道，越是清静的地方，才越有危险。她专拣没人的胡同钻，跑到后街，又跑到了西南角南园一带，她钻进了南园一个三岔胡同，迎面正撞见一个日本兵在持枪巡逻。日本兵一见这红衣少女，两眼一亮，喊道："花姑娘的，哟西。"红衣少女真的吓飞了魂儿，赶紧拐向一条通西的多弯儿胡同。少女没想到，日本人进村，怕有八路来偷袭，就往西半截街设了巡逻岗。少女撒丫子顺着胡同跑。她决定，离开背静的小巷，再到大街上去。找了个巷口，向北猛一拐弯儿，正巧又一个日本兵，平端着刺刀走过来，眼看着少女的胸口撞上了刺刀尖儿，吓得她"哇——"一声惊叫，两只手正攥在鬼子冰凉的刺刀刃儿上……

五 鬼子进庄了

六　山坳星火

红衣少女的胸脯眼看要撞进日本兵的刺刀尖儿，她险中应急，双手攥紧日本兵那冰凉的刀刃，才没有被穿胸毙命。那个日本兵也吓了一跳，很恼火地骂了一声："八嘎，死啦死啦的。"少女急忙松开刺刀，踉跄后退几步，脊梁撞到石墙上，两腿一软坐到了墙根儿。日本兵对她凶狠地挥拳咆哮起来，少女吓得双手握紧拳头，交叉地抱在胸前，护住了她那刚刚发育起来的乳房。日本兵吼了一通岛语，大概看她像只吓傻的可怜的小兽，又对她嘿嘿笑起来，嘴里的两颗金牙，闪着寒冽的光芒。少女觉得这笑比凶更可怕，她已经毫无退路，她只能把自己的乳房护得更紧，瞪大惊恐的双眼，等待危险的降临。可奇怪的是，那个日本兵没有对她下手，笑了一会儿，反而从身上的军用挎包里掏出一个铁桶罐头，递给她说："小姑娘，我的优待优待，你的米西米西。"她不知道铁桶里装的是什么，更不知道"米西"啥意思，而是更加害怕。日本兵将铁桶放到她并拢的膝盖上，哈哈笑着，端起刺刀，往东走了。

红衣少女的第一个反应是赶紧逃命，她马上从地上跳起来，身上的铁桶带起老高，在空中翻了个跟头，吭当落到胡同的石板路上，响声凄厉瘆人。日本兵又飞速转身，举枪骂了一声："八嘎！"红衣少女没命地往西冲去。南园的地形更复杂，本来弯曲的胡同，又多出几路弯叉，少女三拐两转，甩了日本兵，冲开路北一家石门楼，就进了院子，返身闩上门，钻进这家石房的堂屋。堂屋八仙桌前，有个青年学生正伏案疾书，猛然看见闯进一个红衣姑娘，他一手握着毛笔怔怔地站了起来。少女喘吁吁急道："小哥哥救我，日本人追我来了。"青年学生，正是李书祥。这里的小院、石房，是李书祥的个人书斋。李书祥不知这从天而降的姑娘是谁，也顾不上多问，他立刻把毛笔放入笔架，说："姑娘别怕，你先上里屋躲一躲。"说着，他就出屋跨下石阶，先到大门后边听听街上的动静，继而拉开门闩，到胡同里张望了一会儿，又重新返回书斋说："胡同里没有人呀！"少女从屋里出来，一脸警觉，仍是一副惊魂未定的样子。李书祥刚想问她是谁，猛然惊叫道："小妹子，你手流血了！"少女此时才感受到，两个手心里发黏，火辣辣地疼着。她张开两手一看，马上吓黄了小脸，她的两个手心里，各划了一个大口子，血正汩汩冒出来。她不知道是被吓的还是疼的，眼泪像珠串一样落下来。李书祥义愤填膺地问："是鬼子打的吗？"少女哭着摇摇头说："不是，是我撞在刀刃上了。"李书祥赶紧安慰她："别哭！不怕，我给你包扎一下。"他急忙从里间屋里扯出几条干净的白布，亲手给她包小手。少女坐在桌前很乖地吸着气，忍着疼，任他摆布。李书祥第一次触摸少女的手，这是一双非常漂亮可爱的小手，胖胖的，白得像面馍，又结实，又有弹性，手背上有四个小小的肉坑儿。她的手指不长，却很尖，嫩笋一样，每个晶亮的小指甲盖儿上，还涂了一点儿红指甲油，叫人看了心动。李书祥一边小心翼翼给她包手，一边与她说话："你是哪个村儿的，怎么跑到我们三峪来了？"少女抬袖子擦了一下眼睛，用很吃惊的声音说："原来你不知道我呀，三峪没有不知道我的。""那么你知道我吗？""知道，你是在正定上学的李书祥。"李书祥愣了一下，仔细打量起她，这是一张土豆皮色的细润的穗子形的脸，颧骨略高；弯弯的柳叶眉下，一双单眼皮的半大眼睛又黑又亮，水汪汪的却又含着火辣辣的锐气；玲珑周正的小鼻子，一张略大一点的嘴，嘴角微微上翘，像一弯新月，又像是总在甜甜地微笑着。她的额头上有一帘黄绒绒的刘海儿，如同婴儿的发质，让人生出一种想亲昵抚摸她的奢望。少女被书祥看羞了，红了脸低下头去，眼睛看着红绣鞋头上一只黄蝴蝶，说："还想不起来？"李书祥摇摇头，少女斜了他一眼，只好自报家门："我是二梅。""啊——知道了知道了，王、二、梅。"李书祥恍然明白了，"你是东头村的，是三峪高胡同高老晓家的外甥女。小时候，咱们还在胡同口玩过家家呢，你小时又瘦又小，脑后扎着两根干豆角似的小辫儿，现在……""现在咋了，我变丑了吧？"王二梅用水汪汪又火辣辣的眼睛看着他，小鼻子里哼了一下。这回，李书祥倒不好意思了，低下头给她包手，说："哪儿呀，你变得太美了，像梨花雪姐一样。"二梅低头笑了，笑得很甜，她呻吟了一下说："我姥姥还嫌我美呢，日本进庄了，姥姥非要往我脸上抹锅底灰，我不干，就跑了。想不到，撞上了日本人的刺刀，又闯到你屋里来了。""这就是天缘呀！"李书祥很感激这份天缘，他给她把两只小手包扎得工工整整，情绪亢奋地说："二梅，小心你的伤口感染，你还是到东峪康二旦的诊室去上点药吧，正好我也到东峪有点事，咱们一块儿去。"王二梅两眼一亮，点点头，又莞尔一笑，看着他说："可不能叫我姥姥看见我和你做伴儿。"李书祥一边收拾东西一边说："咱们从村南绕过去。"就这样两个年轻人悄悄上路了。

村子东头，日本军官还在戏台上嘀咕着一口岛语对众训话。那个中国翻译官及时翻译，一口一个"皇军说了"。台下的三峪百姓，几乎人人领了日本人发放的礼品，手里还举着一杆杆小膏药旗。日本军官讲话的内容大概是，他们要在中国建立王道乐土，要中国人给他们当顺民。今天不但给人们发放了洋火、香皂，明年春天，还要给人们发放治蜜虫的铁盒农药。日本军官还提倡当地百姓，参加一个佛教组织红枪会。

李书祥和王二梅在一座小庙后头偷听了一小会儿，就离开了三峪，一路说笑着走向东峪。

当他们真的离开了村子，走在寂静的坡路上，却谁也不说话了。他们很自然地并肩走着，说不定谁看谁一眼，会心一笑，又默默走路，静静地感受着对方辐射过来的青春气息和异性的能量，觉得好幸福、好激动。原来，男女在最幸福、最激动的时候是不说话的。

初冬的山野，显得灰蒙蒙的空荡，两边的高岗地里经霜的麦苗，呈现出一片片干涩的老绿。一群山鸟，啼叫着，从这块麦田飞到那块麦田。

他们终于说话了，他先爱怜地问她："手还疼吗？"她摇摇头，很乖柔地说："不提疼，它就不疼了。书祥哥，跟我说会儿话吧，你的话能治疼。""好吧。""你怎么没去听日本人开会呀？"李书祥说："我们家谁也不去开日本人的会，也不会接受日本人的礼品，这是骨气。"王二梅有些茫然地眨着黑眼睛问："这日本人，怎么显得比国民党还好呢，不杀不抢，还发放东西？"李书祥愤愤地说："他这是玩的狼外婆的把戏，豺狼改不了吃人的本性。他们对三峪施小恩小惠，正说明他们有更大的阴谋。二梅，我上学的时候，老师常给我讲，这小日本，从他们上小学时就开始培养侵略中国的野心。日本孩子一上学，老师先发给孩子一人一个梨，吃完梨便问：'这梨好吃吗？'孩子们说好吃。老师说，这梨是中国的，想吃梨将来打到中国去。"接着，李书祥讲了九一八事变，讲了日本人练刺刀拿着中国青年当活靶；讲了前不久的卢沟桥事变。王二梅听得义愤填膺，轻轻骂了一句："这些日本强盗！"他们又不说话了，默默走了一程。王二梅用欣赏的目光看着李书祥说："哎，你岁数不大，怎么知道那么多事？你的脑瓜怎么长的？"李书祥领受了这句奖赏，很快意地笑笑说："这主要是多读书，多接触进步人士。"王二梅很向往，又很羞涩地说："你收我做个徒弟吧！我爱听你说话。"李书祥心里一热，说："我收你做妹妹吧，我家前后有兄弟五个，还真缺个妹妹呢。"王二梅笑了，眼里却流了泪，她用袖子抹了一把泪水，轻柔地说："这更好，我有哥哥了，谢谢苍天……"李书祥对她更加爱怜："以后，我会把你当最亲的妹妹……"王二梅又抹了一把泪，红着脸回他："以后，我给你偷着做针线活儿……"

山里的路程，仿佛比平时短了许多，觉得只一会儿工夫，他们就看见小山冈上康二旦的石房诊室了。

康二旦的石房诊室，是今年麦收后康三堂他爹康大石匠帮他设计建起来的。几个月前，康三堂他娘石嫂的病，经康二旦用心调治，还真见了奇效。石嫂不再心悸，睡眠也安稳了，饮食也渐渐恢复。清泉观的王道长又亲自下山，教了她一套养生功。针灸、服药带练功，身体状况日见好转，康大石匠不得不对康二旦刮目相看，他高兴地逢人就讲："俺踏破铁鞋都没找着好中医，想不到就在咱这山根儿底下，三峪出能人哪。"康二旦的医术，一下声名远扬。石匠收完麦子，就遵循诺言，来给二旦建石房了，连他的儿媳妇也来帮忙。原来残破的栅栏门不见了，取而代之的是一座精巧别致的小石房。石房是两间，一个门洞一个诊室，全是窑洞式建筑，大门楼顶子上是半月圆的青石装饰，两边衬着石三角，如同青山托月，半圆下边是个雕花短嵌檐，门楣上挂一方柏木黑漆的金字大匾额，上边是王道长手书的四个铁笔大字"三峪诊室"。大门两边是雕着花鸟儿的青石门墩，门前坡路上新修了石台阶。白石灰抹的窑洞，雪洞一般洁白，放上木床药架，康二旦正儿八经当起了坐堂医生，四方百姓，不断有人来求医瞧病。

石嫂的病刚好，康二旦又遇到一个疑难杂症，病人正是石嫂的儿媳妇，康三堂的妻子杨红颖。一向健壮的大红颖，突然害起肠胃病来，和她婆婆原来的症状一样。康二旦诊过脉，没敢下药。乡亲们都说，是不是鬼使神差，把石嫂的病转移给儿媳妇了。

康二旦是不信邪的，他再次给大红颖诊过脉，终于做出了个大胆的诊断，对大红颖说："杨大妹子，你根本就没病，你已经怀孕了。"大红颖听了，先是大吃一惊，吸了口长气，但她很快就平静下来，脸红耳热地点了点头，在心里呼唤起一个人的名字。大红颖怀孕的消息，很快震动了三峪村，略微懂点生理常识的人都知道，男子到了十六岁才能射精，而康三堂只有十一岁，根本不到精子成熟的年龄，怎么大红颖肚子里就有了孩子？多事的婆娘们都会掐算日期，她们发现，大红颖肚子里的孩子不是从娘家带来的，还就是嫁了康三堂以后才有的。平时大红颖在三峪村又格外正派，没见她与哪个男人有私情，就连康三堂的母亲也追问儿子："你媳妇肚里的孩子是谁的？"康三堂一口咬定，是他的。多事的人，专门上清泉观请教王道长。王永栓道长拈着胸前青须破解说："按正常生理，女七男八，男孩二八一十六岁，肾气盛，天癸至，阴阳和，故能有子。但是，也有极少男孩，十来岁肾气就盛了。"一时间，神童康三堂的佳话，传为美谈。也有人说，大红颖身子壮，浪水足，硬是把康三堂的神给浪出来了。随着季节的转换，高粱甩米了，芝麻结角了，大红颖的肚子也骄傲地鼓了起来。康大石匠家要添人了。康大学士家的诊室也日见红火，这都是喜事。可惜这混乱的年头，老百姓是无法过安宁日子的，大秋一过，国难不断，冬季一来，日本鬼子进庄了。大红颖怕把婆婆又吓病了，她提前安排公婆藏进自家石窑内，就带上康三堂和村里的一部分乡亲，躲进了挂云山。两个钟头过去了，山坡上的乡亲们关注着三峪的方向，听不到一点动静，谁也不知道村里发生着什么事，乡亲们决定派两个人到前边打个前哨，看村里有没有人来送情报。大红颖和康三堂要求打这前哨，乡亲们看大红颖挺着个大肚子，不叫她去。她说，孕妇更有理由说到三峪诊室去看病。于是，大红颖和康三堂走下了山坡，他们刚刚走到康二旦诊室的台阶下，康三堂眼尖，一指前方说："姐，你看，有人来了。"大红颖果然看见西边的山路上走来一男一女两个青年，少女的红衣裳在灰黄的山野里格外鲜艳。他们迎了过去，四个人很快碰了面儿。康三堂喊："书祥哥!"大红颖也见过李书祥,她一时不知如何称呼,喊哥,不对;喊弟,也不合适,犹豫了一下,喊了一声"小李"。李书祥一见大红颖,也为了难,喊弟妹,不好;喊姐,也不妥,犹豫了一下,却喊出一句特殊的称号"杨红颖同志"。就是这一声"同志"让康三堂心里打了个闪。他还没能细心思量"同志"的含义,又被红衣少女渗着血的双手吓了一跳,惊道:"是叫鬼子砍的吗?"李书祥说:"三两句说不清,先让二旦给她上点药去。"他们像对待伤员一样,把王二梅带到康二旦的诊室。康二旦一见了二梅的伤手,同样是剑眉一竖,侠心一振,怒道:"是日本鬼子在三峪行凶啦?"王二梅说:"不是,是我不小心撞到鬼子刀刃上了。"屋里人全都觉得奇怪。李书祥和王二梅共同述说了村里的情况,康二旦才松下心来,说了一句:"小日本搞什么鬼?"开始给王二梅治伤,他先用盐水给王二梅洗了伤口,涂上药膏,又重新包扎好。李书祥对大红颖说:"杨红颖同志,我看村里没什么危险,你和康三堂把王二梅送回去吧。要不,她姥姥该着急了。"王二梅看了李书祥一眼问:"那你呢?"李书祥说:"我还有要紧的事,要和二旦兄商议,你们先回三峪吧。"大红颖有点像找到组织的感觉,问李书祥:"乡亲们怎么办?"李书祥说:"让乡亲们在山里多待一会儿,你们先回去吧。"大红颖马上领了王二梅、康三堂出了诊室,下了台阶,走向三峪的方向。

李书祥向康二旦使了个眼神儿,康二旦马上叫来自己的父亲守着诊室,他俩一块儿上山,到清泉观,邀了康英英。不一会儿,英英走下山来,他身穿道袍,头上挽着道士髻,手提一葫芦老酒,跟着康二旦、李书祥来到焦康宝家的房顶上。焦家的房顶在康家东邻,连着山冈上一片平场,周围是落了叶的白杨、臭椿,从这里向上看,可见挂云山的云梯道观,向远望,可视三面视野的车马行人。三个人在房顶上席地一坐,放上一包花生米和那个酒葫芦,饮酒聊天观山景,让局外人一看,真有些世外闲情呢。酒过三巡,他们聊起天来。李书祥悄声说:"我在正定高小念书,有个卖毛笔的老刘,经常到学校与我接头。老刘是太行山游击队的交通员,是他,让我回三峪成立抗日的组织。我看,咱们三个人最合适。"康二旦捏碎一个花生豆扔进嘴里说:"要说找八路,打游击,我早有此心。否则,我这套扁担功不白练了?"康英英喝过一口酒说:"抗日之举,我还得先瞒着师父。王道长只愿让我

六 山坳星火

清心读经修道，不愿让我介入外事。但我抗日决心已定，国家兴亡，匹夫有责嘛！"李书祥解释说："拿起枪杆打仗，还不到那一步。老刘让我们先把组织建起来，我看，有组织就得有挑头的。二旦哥，你有文化，有武功，有威信，岁数也最大，这个头儿，你挑最合适。"康二旦说："我不懂上边的政策。"李书祥说："这个有老刘呢。我会给你往下传达。"康二旦想了一下，一拍大腿说："行，我干，咱这也是桃园三结义。"他抄起葫芦喝了一口酒，如同对天起盟说："康二旦，二十四岁，我老大。"康英英也举葫芦喝口酒说："康英英，十八岁，我老二。"李书祥也拿过葫芦喝口酒说："李书祥，十六岁，我老三。""还有我呢！"突然，从石房东侧的山道上，跑过来一个儿童，是康三堂。李书祥站起来问："三堂，不是叫你护送王二梅回三峪吗？你怎么到这儿来啦？"康三堂一步迈上房顶说："我是来参加的。"康二旦说："你参加什么？"康三堂说："八路呀。"李书祥紧蹙了眉毛问："谁是八路呀？"康三堂很机灵地把大眼睛骨碌一转说："快别逗了，我早看出来了，你通着八路。书祥哥，我早就向往红军，我知道，八路就是红军变的。"一句话，把康英英逗得哈哈笑起来，一拍他的瓜片头说："八路是红军变的，那你是什么变的？"康三堂一沉脸说："严肃点，我这是说正事。"康二旦看看三堂问："你怎么看出书祥通八路？"康三堂一歪脸说："你还瞒得了我？他称我媳妇是杨红颖同志，这不是有组织的吗？"康英英说："嘿，这小孩儿够机灵的！可是，你还太小哇。"康三堂一挺小胸脯说："谁说我小呢？你们都没媳妇，我早有媳妇了，而且我还快当爸爸了，这还叫小哇？"李书祥和康二旦商量了一下，问康三堂："你来参加，你媳妇舍得吗？"康三堂说："这就是我媳妇鼓励我来的。"康二旦一挥手说："好，三堂，你是后续赵云，坐下喝酒。"康三堂乐了，一脱鞋坐在屁股底下，拿了葫芦喝了一口酒，呛得红着小脸咳嗽了一通，骄傲地说："大丈夫康三堂，十一岁，我老四。"四个人重新坐好，继续开会，李书祥说："目前，咱们还不能参加八路军，还不能拿起武器和鬼子硬拼。老刘说，虽然咱八路军打了一个威震世界的平型关大捷，但是咱们的队伍，刚刚由红军改编为八路军，子弹和武器供应困难，打了这一仗，就打不起下一仗。眼看天要冷了，战士们还穿着单衣草鞋。许多地方的老百姓，还不了解八路军，队伍每到一个地方，常常是冷冷清清，连个问路的人也找不到。咱们太行山，有高山屏障，最适合打游击。老刘说，目前最要紧的是发动群众。咱们的主要任务是宣传平型关战役，让群众消除恐日症，抵制亡国论，让人民相信，只有共产党八路军才最可信可靠。还要发动妇女，给八路军做军鞋。"康二旦明白了，他说："这也就是说，咱要为八路军打群众基础，游击队来了，有人带路，有房住，有衣穿，有人掩护，搞军民一家。"李书祥说："就是这个道理。"康三堂说："要做军鞋，我先动员我媳妇和我娘。可是，日本人为什么也给百姓发放东西呀？"康英英分析说："道家云：'将欲夺之，必先予之。'日本人到三峪笼络群众，他们是有目的的。我看，他们很有可能在咱这一带修炮楼，把咱这儿变成占领区。"康二旦说："所以，咱们也得积极行动起来，先把抗日之火，从咱四个人心里烧起来，再从群众心里烧起来。"康英英说："对，别看咱人少，手无寸铁，星星之火，可以燎原的。从明日起，咱就行动。"李书祥举起酒葫芦，说："来，为点燃抗日之火，干杯！"

六
山坳星火

七　军鞋风波

日本人来了以后，村长康老正就成了三峪村的保长了，几乎家家户户都发了欢迎日本人的小膏药旗。这回鬼子进庄，的确引起了百姓们好一番议论。日本人，没杀没抢，不仅给村民们发放了礼品，而且那些放下娃娃跑进大山里的女人，回家后发现日本人没有毁她们的家，还往她们胖娃娃的身边放了些糖果、饼干什么的。常年吃糠咽菜的人家，哪里见过这么好的洋食呢？村里人有说日本人好的，也有说这是"黄鼠狼给鸡拜年"的。无论怎样，日本人发放的礼品，的确给人们的日子带来了一些新奇和方便。就说洋火吧，三峪人平时用的火，都是一种民间自制的柳线火柴，就是把柔软的柳木劈成条，削成薄片，一头蘸上硫黄。点灯盏、烧柴灶时，得先用老头们抽烟的火镰，与火石打火，引着了绒纸，再点燃柳线上的硫黄，才可生火。没有老头抽烟的人家，就得到邻家去乞火。有了日本人的洋火，就减少了好多麻烦，红花硬纸盒里，装满了红头火柴，扯出一根，往有磷片的一面一擦，火就着了，方便啊。再说洋香皂，原来三峪人使用的是本地的土皂，挂云山上遍是林槲，林槲枝上可以嫁接皂荚，山民们就用皂荚制成土皂，洗衣去油，效果虽好，可是模样不好看，没有香味，也不带"仙"气。日本人发放的香皂，要细致鲜艳得多，个个包着白油纸，椭圆形，里面的香皂，有纯白的、橘黄的、胭脂红的，透着瓜果味儿，洗过手脸，会散发出一股淡淡的清香，像是身上带上了香草荷包，尤其博得了大姑娘小媳妇的欢心。因了这日本香皂，还引出了村里一段风流韵事。村里有个叫李星星的，这个人精明、瘦小、鬼点子多，长着一对斗鸡眼，特能见风使舵，因为他对日本人有媚骨，所以他得到的香皂比别人多。那天，从山里回来的一个妇人说："要知道日本人给香皂，俺也不往山里藏。"这妇人是个年轻漂亮又很浅薄的寡妇。说者无意，李星星可有了心。隔天晚上，李星星带上几块香皂，就到小寡妇家串门儿去了。小寡妇正坐在炕头纺线，李星星守着寡妇聊天，聊得投了机，李星星就把话头儿往那上头引，并拿出一块纯白的香皂，放到了寡妇身边，小寡妇闻到了香气，很喜欢香皂，却讨厌和李星星干那事，冷了脸子说："你别生歪念，俺可是正派人家，你快拿了去。"李星星不动，仍然嬉皮笑脸地软磨，谈了一会儿，又拿出一块橘黄的香皂，放到寡妇的身边。小寡妇依旧冷着脸子拒绝说："愿歇会儿你老实歇会儿，想歪事可是没门儿。"李星星听着有了希望，一双斗鸡眼像热钩子一般，向寡妇加温，说着肉麻的煽情话儿，又拿出一块胭脂红的香皂，放到寡妇身边。小寡妇不言语了，只冷着脸子纺线，纺车拧得嗡嗡响，李星星认为小寡妇默许了，上去就动手。小寡妇扛了他一膀子，用眼一斜他说："你得等我纺完这个穗子呀。"这一夜，李星星享足了桃花运，外边有人听了房，这段故事也就长了翅膀了。村里流传起了一句话：你得等我纺完这个穗子呀。

　　不管日本人在别处杀人如麻，这次到三峪笼络人心，的确起到了很深的麻醉人心的作用。康二旦、李书祥他们的抗日工作也因此受到很大的隐形阻力，有的人就公开声明："日本人没对俺干坏事，俺抗他干吗。"肯参加抗日组织的人，只有康来羊和李芳芳两个青年。

　　康英英跟着师父经常出去作法传道，不方便多露面，他负责搜集外界情况，村里的抗日工作，就由康二旦、李书祥、康三堂和康来羊、李芳芳五个人主抓了。往后，天越来越凉了，动员妇女给八路军做鞋的工作，只怕更有困难：人们还不了解八路军，却提前接受了日本人的小恩小惠。经过两天的商议，二旦、书祥他们认为，搞这项发动工作，最好请村长和大户人家有威信的人出来主持。这样的人还真难找，除了村长，还有李书祥他娘范氏、康二旦他爹康大学士，这些人在三峪村里最有人缘也最有威信。只是这种发动工作，还缺少一个契机。这天，康二旦叫上他爹康大学士，又找了李书祥，到村长家中让村长给他们出主意。康村长拿出旱烟筶笭，先装上两袋烟，与大学士抽着，沉重地叹息一声说："这鬼年头，日本人让我当了保长，我可就是两面人了，明向日本人，暗投八路军，我决不会丢了咱中国人的良心。

七
军鞋风波

要说发动人们给八路军做鞋这事，我看先得抓一个前提，也就是说，先得抓住一件叫人们恨日本人的事。他日本人挑起卢沟桥事变，不就是抓住失踪了一个日本人这个理由吗？我看咱们是不是也来个以牙还牙。""请村长指点。"康二旦和李书祥来了兴致。康村长献计说："高胡同里高老晓的外甥女王二梅，不是被日本人扎伤了两只手吗？咱们就在这件事上大做文章，就说日本人在村里行凶，扎伤了我们三峪村的外甥女。人们对日本人有了民愤，才好开展抗日工作。"这个办法，首先得到了康二旦的反对，他说："你说的这个法，可能暂时会有效，可是公开说谎言，歪曲事实，有违咱做人的道德。"康村长笑笑说："什么道德不道德，要想成事，没不赖词的。"李书祥也不同意这么干，他说："王二梅不是说瞎话的人。再者，姑娘家怕羞，尤其这种事，王二梅肯定不配合。"康村长见康大学士只低着头抽烟，不表态，就点了他的将："二旦他爹，你是有名的大学士，你说这个法子行不行呢？"康大学士紧抽了几口烟，在木头炕沿上磕掉了烟灰，一扶眼镜说："要说清这件事，我得引用一个典故。""你说！""春秋时期，孔子有个学生叫子贡，一天，子贡向孔子讨教如何从政。孔子告诉了子贡三条：一、足食，让人们有粮食；二、足兵，要有强大的国防；三、足信，就是对人民要讲信用。子贡比较这三条又问，如果这三条迫不得已，必须去一条，去哪一条？孔子说，去兵。子贡又问，如果迫不得已，在足食和足信两条之间，必须再去一条呢？孔子说，去食。这就是说，自古皆有死，民无信不立。"村长头一个听明白了，拍手赞同说："好，咱不昧着心说话，就冲你们这种足信的品格，做军鞋的工作，我带头去抓。"

村长和康大学士，还有康二旦，开始在村里苦口婆心地串户做动员。李书祥这一头，却遇到了阻力。这天早晨，李庸锦的大四合院里，又爆发了一场唇枪舌剑，闹得鸡犬皆惊。还是李书祥的三哥李旭，他坚决反对李书祥和他的后母范氏参与为八路军做鞋这件事。他说："你们千万不可沾八路的边儿！目前，国民党、共产党还有日本人，三足鼎立，互争天下，谁胜谁负，实在难说。亲近八路军，是要杀头的。"李书祥义正词严地反驳："杀头又怎么样？眼下，平津危急，华北危急，中华民族危急！只有抗战，才有出路。难道你让我们丢掉中国人的正义和良知，去甘心做亡国奴吗？"李旭说："什么正义、良知？胜者为王，败者为寇！当权人争天下，让百姓去流血卖命，你不要执迷不悟了。"范氏听不惯他的论调，斥责说："他三哥，你说这种毫无血性的话，我真替你作为一个中国人脸红。"李旭说："我说错了吗？你们要记住，将来无论谁坐了天下，我们都是奴隶，这是不能改变的。""不对！"李书祥回击："共产党、八路军，是为人民打天下的，是解救我们劳苦大众的，我们今天流血抗战，是为了天下大同，实现共产主义。""哼哼，"李旭冷冷地笑了，一挥戴金戒指的手说，"共产主义，那只是遥远的神话。我只知道，无论是共产党、国民党还是日本，他们都是人。是人，就有人的弱点、人的贪欲。你敢说共产党的官坐了天下，不会贪污腐败吗？"李书祥说："天下，是人民的，不是某一个贪官的。一个民族，是不是伟大的民族，这个民族有没有希望，先得看有没有良好的民气，这才是最重要的。"范氏支持儿子说："书祥说得对，我们中国人，不能失了民气。民心烂了，才会真的没救了。"李旭还要强辩，他的父亲李庸锦从大门外进来，喝道："老三，你少在这胡说八道，自从你回来，家里就没安生过！我就是不待见日本人，小日本运来那么多飞机大炮是干啥的？那都是打中国人的！你喝着挂云山的清泉水，可别忘了祖宗。"李旭知道自己已没了立锥之地，他懊恼地一跺脚说："好，我走，我回河南。李书祥，我最后再警告你一回，亲近八路会杀头的！庄子头村，有几个抗日分子，被汉奸出卖，给活埋了。"李书祥挺身一步，也对三哥说："三哥，我也最后说一句，为抗战，为中华民族，我不惜流尽最后一滴血。""好好，你走你的阳关道，我走我的独木桥。"李旭快步走到北房里，拿了自己的皮箱，就往外走。范氏见老三真的要走，急忙上去挽留，却被李旭推了个趔趄。李书祥急忙扶住了母亲。东南角的牲口棚前，有两个锄草的长工，也跑过来阻拦李旭，李庸锦喊："让他走！别拦着，走了倒清静。"老大、老二，还有最小的李五子过来说情，李庸锦也没有留李旭。

李旭回了河南，没有再回来过。

庄子头村暗杀抗日分子的事，全是事实，华北真的危急了。这样的白色恐怖，是吓不倒中国人民的。李书祥的母亲范氏，扎好网网纂，又踮着一双小脚，开始动员人们为八路军做军鞋。李书祥也安排了自己的活动，这个有文化、有理想的热血青年，他还根本没有想过自己的婚姻大事，却不知不觉地坠入了初恋。自从那天王二梅凭空而降，带着美丽和鲜血闯入他的书房，

七
军鞋风波

他认她做了妹妹，他就觉得他的生命有了一个全新的变化，浑身的血液一直在沸腾着，心里一直牵肠挂肚想着她。晚上睡觉，幻想着与她相逢的喜悦，默唤着她，也梦着她。白天在书房，偷着写她的名字，而且，高胡同里高老晓一家，在他的心里也有了特殊的地位。已有好几天不见她了，他决定利用这次串户动员做军鞋的机会，亲自去高老晓家里看看她。他早已准备了一件礼物：一把在正定大佛寺门前买的新桃木梳子。人在恋爱的时候，是很有灵感的，无论男人还是女人，他马上裁了一方白宣纸，提起毛笔，写了一个工工整整的祥字，又在示和羊中间，画了两朵梅花，这就很像个梅花篆字了。其意是，祥的心里有二梅。他很得意自己的小智慧，很快，像包二梅的小手一样，将那把梳子用这方宣纸，工工整整地包了起来，装入制服口袋，就怀着莫大的幸福和冲动，走向村东口的高胡同。街上遇到什么人，他全不留意。东方，高高的挂云山，游着白云，顶天立地，他自豪地感觉到，有位美丽知心的姑娘，陪着他去干兴邦救国的大事，是多么壮丽的人生，又是多么壮丽的山河啊！

不知不觉，已经进了高家的小院，他忍着心跳，冲北房里喊："高奶奶。"西厢房的纸窗下方，有个"猫道儿"，挂着绿色布帘，布帘哗地开了，露出一张清丽喜悦的脸，是王二梅。二梅冲书祥送眼色，书祥看见了，却装作没看见，仍面向着北房。北房的布帘子一挑，出来个红脸发福的小脚老太太，那就是二梅她姥姥。高奶奶一脸和气地应："是书祥呀，你可是稀客，屋里坐吧。"李书祥说："不啦，我是来动员您做军鞋的。"高奶奶笑着说："做，做，康村长已经动员过了。"李书祥瞥了一眼西厢房的门口，说："最好叫王二梅也做。"西厢房里传出二梅不客气的回答："我不做，我不会。"高奶奶冲西房里喊："这闺女，怎么说话？书祥不是外人，叫你做你就做。"李书祥也冲西房里说："二梅同志，做军鞋是很光荣的任务呀。"西房里王二梅说："谁知道做成什么规格的呀？"高奶奶说："书祥，你去给她详细说说吧，这丫头巧着呢。"李书祥等的就是这句话，他掩着兴奋，进了王二梅的屋。王二梅正坐在炕头揽着绷子绣花，两只小手还包着白纱布，露出十个尖尖的手指。她穿了一件海蓝印花的夹袄，显得更加素雅、清丽。他稳定了一会儿心跳，轻声问她："手还疼吗？"她对他瞟了一眼说："手不疼了，就是心疼。"说完，便眼睫半垂，掩盖着她那甜媚狡黠的神色，故作痴怨迷离的样子。在静静的闺房里，李书祥被少女的圣美震慑住，他有些拘谨地坐在隔间门那儿，又问她："你的心怎么老疼呢?"她又闪了他一眼，低头绣着花，说："屋里闷的呗，也没人疼没人想……"她的十个白亮的手指像十只钻出茧子的白蚕，灵活可爱地在彩线间跳动着，李书祥心里浸过一股幸福的醉热，向她身边挪了挪，说："妹，哥要送给你件礼物。"她沉了一下，很快抬起清朗微红的脸，凝视着他，伸过一只带伤的小手。李书祥马上从衣兜里掏出那个桃木梳子，放进她手心的纱布上，他没有碰她的手指。她打开纸包，看到新梳子，很是喜欢的玩味了一下，眼睛很快被宣纸上那个很有磁力的字吸引住，她的脸一下更红了。看了一会儿，她半闭了眼沉静了一下，很快把纸叠了，揣进衣襟内，回身从炕头的苇席底下捧出个红布包，递给他说："哥，我也送你个礼物。"李书祥一愣，问："是什么?"她说："你看看呗。"李书祥打开布包，看到一双新鞋，鞋里还有绣花鞋垫儿，一只绣着龙，一只绣着凤，合起来便是"龙凤呈祥"，好聪慧的姑娘啊！他把鞋往脚上一试，不大不小正合适。他又脱下来，格外惊喜地问："妹子，你什么时候做的，你咋知道我脚的尺寸?"王二梅神秘地笑着说："我就是知道，我是梨花雪姐。"说着，又坐下来，拿起绷子绣起花来，灵巧的手指上下翻飞。她用吟诗一样娓娓的声音，告诉了他一个秘密："书祥哥，那天，咱们去东峪的路上，俺就留意你的脚了。也许是梨花雪姐显圣了，你踩到了一棵芨芨草，那棵草的长度，正好与你的脚印相等，俺就记住了那棵芨芨草。后来，与大红颖回来的路上，俺又找到了那棵草，就偷偷采了下来，带回家，忍着阵阵手疼，给你做了这双鞋。你看，这草俺还留着呢。"她从炕头翻开一本夹鞋样儿的皇历，拿出了一根干枯了的芨芨草。李书祥看着王二梅，感动得就要落泪了，他很想抱住她，热烈地吻她一下。门外有人喊他，他慌忙地应了一声，把鞋揣进了怀里，此时才想起还没说正事呢，他急忙对王二梅补充说："二梅，这做军鞋的事……"王二梅对他默契一笑说："我懂……"李书祥冲她笑笑，就跑出了高家小院。次日他以上学为借口，又去了一趟正定，见了卖毛笔的老刘，说定了取鞋的日期。

转眼间，半个月过去了，收鞋地点选在三峪村中央大槐树底下的石房前。康来羊和李芳芳管着在村外巡哨，瘦小的康长玉负责挨户通知，第一关的验收员是两个儿童，康三堂和康桂顺。第二关是大红颖，管着分号、打捆儿。最后一关是威望最高的李书祥他娘范氏，管着记名、装箱。村里的妇女们得到通知后，纷纷到指定地点来交鞋了，老的少的，背包的提篮的。那鞋也是形形色色，针脚细的，针脚粗的，老粗布的，洋细布的，黑的，蓝的，紫花的，还有用槐米染成的青绿色的，做得都很结实。

三峪村的外甥女王二梅，也站在了交鞋的队伍中，她打扮得十分素洁，穿着毛蓝裤子，豆青色小袄，头发梳得很整齐，大辫子也扎得顺溜光鲜。她做的鞋最好，也最多，一个人交了十二双鞋，黑细布的鞋脸，平整美观，鞋底针脚细密，还圆了边儿，每一双都很有骨性。

李书祥他娘范氏，当众表扬了王二梅。王二梅交完鞋，却没有走，静静地帮着大红颖分号、打捆，帮着李书祥他娘装箱。她的手已经完全好了，干活儿格外利落熟练。李书祥他娘喜欢上了这个东头村的姑娘，一边干活儿，一边与她唠话儿："闺女，你虽不是大户人家的小姐，也不像个种大地的，你在娘家是做啥的？"王二梅脸一红，有些羞涩地说："俺在娘家给人家织布、绣花，挣手工钱的。"范氏对王二梅更是喜爱有加，看着她的俊模样夸："这闺女，手巧，心灵，人又俊，又懂礼仪，可真是百里挑一。"大红颖知道二梅心里的秘密，就开了个玩笑，对李书祥他娘说："范氏婶子，你看着二梅好，将来收她做你的干女儿，或者是做你的儿媳妇吧。"范氏马上乐颠了魂儿，拍掌笑道："那可是我烧八辈子的香修来的福呀。"王二梅臊了个大红脸，说了一句："这三堂家的。"追过去就冲大红颖的脊背打了两巴掌。大红颖呱呱笑着躲闪，大肚子差点撞在桌子角上，周围的人喊："咳咳，当心碰掉了孩子。"这边叽叽呱呱热闹着，前边，两个儿童和一个婆娘吵上了架。那婆娘，黑衣黑脸，大粗腰，头发凌乱，脑后扎着个大草鸡尾巴。她是李星星的老婆，人称皮氏。这皮氏举着一双布鞋和孩子们吵嚷："你们两个小屁孩儿懂个什么，谁敢说我做的鞋不合格？都是乡亲，你们连人情世故都不懂。"康三堂和康桂顺一口咬定："你的鞋就是和别人的不一样，就是不合格。"皮氏举着鞋叫大伙看："我这可是好什锦布，你们懂不懂眼？"康三堂、康桂顺直指要害："你的鞋底有问题。""这种鞋，一双也不能过关。"大红颖走过来，把鞋拿在手里掂了掂，又折了一下，的确又轻又软，她笑着问："皮氏婶子，你这鞋底是什么做的？"皮氏理直气壮地说："布袼褙做的，我还圆了边儿。"大红颖依旧笑着说："这不像袼褙做的。"

皮氏叫道："啥？不是袼褙做的，还能是老牛皮做的？你懂不懂眼？"李书祥他娘范氏走过来，接过鞋一看，说："这事用不着吵，这种鞋我们不收。你是带回去，还是在这儿检验？"皮氏倒硬起来："我就在这儿检验，我不信你们还敢用切菜刀给我剁了。"范氏说："你算说对了。"回身真的从箱子底下扯出一把切菜刀，把鞋放到地上，一刀切了个两半截，接着从鞋底子里扯出许多的烂草纸来。众人见了大哗，康三堂又拿过一只说："这只也有问题。"范氏又剁开一只，鞋底里抽出了许多棒子皮，众人又是一阵大乱。皮氏呆了，坐到地上号开了街："这真是活见了鬼了，谁使妖法害得我呀？"范氏刚要说她几句，一个小个子男人，瞪圆了斗鸡眼跑过来，冲皮氏踢了两脚骂道："还不他妈滚起来？这都是你平时不敬佛不烧香，才撞了鬼了！给我弄回去重做！"那男人就是李星星，就是送给小寡妇日本香皂的那位。

　　皮氏赶紧收了鞋要溜走，康三堂和康桂顺两个少年把路一拦说："站住，事还没说清呢，等会儿再走。"皮氏和李星星都很尴尬地站着，向范氏投来求救的目光。范氏用欣赏的目光看着两个纯真无私的少年，很佩服村长的用人之道。她是要说两句的，她感慨万千地对着众人说："乡亲们，我怕有人往鞋底子里掺假，就悄悄准备了这把菜刀。当然我不希望用上这把刀，没想到还真的用上了。这样也好，没有把不合格的草纸鞋穿到我们战士的脚上。乡亲们哪，咱们红军长征过来的队伍，是咱们最亲的人，八路军是进山为咱们打游击的。山路上遍地是荆棘、蒺藜，这种草纸鞋，还不如真正的草鞋结实，穿上行军，一天底子就烂，遇上雨天，一会儿就烂。一双鞋关系到战场上一个战士的性命，关系到一个战役的胜败，咱们不能让咱们的战士光着脚去打冲锋呀！这会叫战士们寒心的。家里实在困难的，可以少做几双，也可以不做，可不能用草纸鞋、棒子皮鞋来糊弄我们自己的队伍呀！"范氏讲得情切，众人听得动心，皮氏和李星星低着头走了。还有一个年轻小寡妇，就是"等着纺完穗子"的那位，也抱上一包鞋，低下头悄悄地溜走了。

　　留下的人，又全都踊跃交鞋，纷纷喊道："验我的，我的不怕验。""验我的……"

　　许多妇女把鞋献上来，全是结结实实的好鞋。结果还不错，三峪人第一次就为八路军贡献了四百五十六双鞋。这批鞋，当天夜里就被我们的同志运进了太行山。

七
军鞋风波

八　来了红枪会

　　寒冷的北风，带着一个不祥的消息，吹进了三峪，如同吹起一地鸡毛，又泛起一片乱糟糟的谣言。这不祥的消息是，日本人要在庄子头修炮楼了。庄子头离三峪仅有三里，如同出门进门。很快，就有一个日本兵，带着两个伪军，到三峪来找康保长，要他召集民工，到庄子头村西去修炮楼。同样是村中央的大槐树底下，又放上了条桌，桌上插着日本的膏药旗，由两个伪军持枪督办，要保长统计人数。日本人向三峪要八十个壮劳力，康保长赔着笑脸好说歹说，还挨了两枪托，最后说定，村里只能出三十个壮劳力。这三十个壮劳力，每天都得背上粪筐，带上铁锨，带上一顿儿高粱饼子老咸菜，准时去庄子头村西修炮楼。去晚了，伪小队长会打人的。至于那些谣言，可是从三峪自己的地儿上吹起来的。人们传说，李星星他老婆做军鞋，好底子变成了草底子，那是神佛的旨意，神佛不让她亲近八路军，只让她亲近佛。又有人传说，庄子头的吕秀兰，因为带头抗日，已经被汉奸抓住，剜去了奶头，偷偷活埋了。几天来，李星星和他老婆皮氏，也起劲儿地宣传"神佛救国论"，说是佛祖派下一支神兵，要拯救中国了。这些神兵，个个武艺高强，刀枪不入，只有信了佛，参加了红枪会，中国才有希望。红枪会究竟是什么组织，康英英传道回来，找了康二旦，把所见所闻，向康二旦述说了端详，康二旦才基本弄清了红枪会的一些事。威州南沟，有一户姓杨的大地主，颇信佛教，他有四个儿子，分别取名杨大和尚、杨二和尚、杨三和尚、杨四和尚，他们继承和演变了当年的白莲教、义和团的流派，组织起一支民间自卫武装队伍，号称首元道，又称红枪会，因大刀长矛上皆拴红缨而得名。他们披的是佛的外衣，供奉的祖师却是张天师。当初，康二旦认为他们只是一班江湖术士，想不到他们拉起了这么大的武装。红枪会的总会址就设在日本人占据的石家庄。他们每日的活动就是念佛、习武，到处发展信徒。他们的功夫，被民间传得神乎其神，说是喝上三道符，便刀枪不入，火不伤身。为了大量发展信徒，他们开始四处义演，展示他们的神功。

很快，红枪会的义演，也到了三峪。不过，这不是一年前骗了康三堂他娘的杨四和尚的人马，而是杨二和尚的分队。

这天黄昏，有二十来个红枪会，赶着三辆马车，进了村子。他们的车上，插着杏黄旗，林立的大刀长矛上全都飘着红缨。这二十个人，十八个彪形壮汉，个个光头油面，穿着黄色僧袍，胸前挂着大佛珠。另两个是孩子，绿衣的童男，红衣的童女，都七八岁的样子。三峪村沸腾了，红枪会义演的地点是村东头的大戏台，山民们一吃过晚饭，就全都聚集在锣鼓喧天的戏台下，准备观看神功。

戏台后幕正中，挂着张天师的画像，两边燃着大红蜡烛，锣鼓一停，走上一个穿红袈裟的大法师，他身似铁塔，面如重枣，他就是杨二和尚的大徒弟，艺名铁罗汉。他先上台，拜了张天师，再拜了观众，接着讲了一段开场白。他声言他们是佛祖派下来的神人，当场喝上三道符便刀枪不入，火烧不伤。不看不知道，一看真奇妙，义演开始，真枪要出手，真刀要出鞘。头一个打场子的戏，是短兵散打，上台的罗汉们，全不怕冷，都脱了光脊梁，却没有喝符，而是手舞大片刀，展开对打。大刀片寒光闪闪，拍得脊梁啪啪山响，有人的脊梁都被刀片子扇红了，引得台下观众掌声不断。演完几个热闹的散打，真功夫登台了。一个肥胖的光头和尚上场，照样脱了光脊梁，童男童女先为他焚了三张符，放入水碗之中，他仰脖饮尽，摔了水碗。他先展示的是火枪打身，有人送上一盘铁砂子，先让台前观众验看了铁砂的真假，一徒弟拿一火枪，当众装火药，再装了铁砂子，瞄准胖和尚裸露的大肚皮，"砰"的一枪，和尚肚皮上只弹了几个灰点儿，毫发无伤。台下一阵叫好。接着，胖和尚又演了钢刀断筷，将几根筷子横在他肚皮上，有人用刀来砍，筷子齐腰断了，肚皮完好无损，台下人无不连连呼奇。

神功义演到中途，趁着有人往台柱脚上的灯盏里添油的空儿，大师兄铁罗汉又上台训话了。这回，他讲的不是佛法，也不是神功，而是敛粮食的

八 来了红枪会

事，他说："我们这些佛祖派来的神兵，弘扬佛法，苦练神功，四方义演，只为广结善缘，从未收过人们的一分钱。但是，马要喂草，人要吃粮，我们足下没有寸土，天上不掉馅儿饼，只求乡亲们能施舍一顿饭吃，不要多，不要少，明天早晨，到各户去敛粮，小麦，只要一碗，粗粮，只要两碗。给了小麦，就不要粗粮。乡亲们能不能照顾照顾？"台下观众，异口同应："能——"三峪人虽然不富裕，施出一碗粮食，谁都不困难。铁罗汉连连作揖谢过，说："下边接着看神功，我提前禀告大家，胆大的留下，胆小的提前走人。下边的义演，可别把大伙儿吓着，有胆小的没？"台下没一个人撤离。义演又开始了，下边的神功，可就有点残忍了。先是让那女童吞铁球，咽到肚子里，再用铁罗汉的气功，将女童肚里的铁球顶出来，铁球上得带血丝。人们一听，全都觉得瘆得慌，一个个屏声静气。女童喝过符水，却哭着不敢上场，铁罗汉瞪着眼训那小女童："哭啥？快上，台下都是咱的衣食父母，铁球你不会吞，咱就敛不来粮食，快把嘴张开。"女童只得哭着走到台前，含泪张开了嘴，铁罗汉将鸡蛋大的一个铁球，塞到女童嘴里，女童很痛苦地将铁球吞进了肚子，又张口示众。接着，铁罗汉对着她的肚子发功，女童又是一阵更痛苦的样子，憋得小脸红成了猪肝色，铁球终于被吐了出来，举球示众，还真的滴着血。台下，没有了掌声，只有不少人拭泪。下一个神功更惨，让男童上场，将男童的胳膊摘下来，让胳膊软如面条。男童喝过符，也呜呜哭了起来，走到台上，哭着躺到了台上。这下引起台下百姓勃然大怒，有人终于忍不住了，冲铁罗汉喊："你们是行善还是作恶？有这么残害孩子的吗？"接下来，台下一片抗议，纷纷斥责铁罗汉的残忍。其实，铁罗汉要的就是这个效果，在人们的呵斥中，男童的胳膊还是被无情地摘下来了，晃悠悠吊在身上，怎么摆弄都软如面条。这个神功一结束，三峪村有一个婆娘走到了台上，此人黑衣黑肤，脑后扎着个草鸡尾巴，正是李星星的媳妇皮氏。前几日给八路军做军鞋，她当众丢了丑，这回她要当众显显善心，把丢了的面子捞回来。她一手抹着眼泪，对铁罗汉说："这种神功，我实在看不下去了，我心疼这一对孩童，我为这俩受了罪的孩子，献上三块钱。"说着，将三块法币放到台上，铁罗汉作揖致谢。有了皮氏一挑头，三峪的百姓都善心大发，有人献两块，有人献五块，还有人回家拿了鸡蛋、红枣献到台上。不一会儿，台上有了一堆钱和食品，铁罗汉连连作揖，赞扬着三峪人们的善缘。一个重要的三峪人上台了，她，就是李书祥他娘范氏。范氏擦干两眼的泪水，她笑容可掬，对铁罗汉说："大师，我也信佛，我实在心疼那两个孩子，我出一百块法币，以后请你取消这吞铁球和摘胳膊的惨事。"铁罗汉连连作揖接受。范氏拿出一百块法币，放到了台口上，两个孩童给范氏下了一跪。铁罗汉还亲手将两个黄细布做的护身符，戴到范氏的身上，说是戴了此符能逢凶化吉，百邪不侵。台下有几个青年上台要符，铁罗汉谢绝说："想要护身符，得先参加红枪会。"热闹了一阵，静下场来，神功继续。铁罗汉登场了，他才是这场义演的主角。他同样喝下了三道纸符，运了一会儿气，他的第一个神功是力断铁链。一个徒弟，拽上一团手指粗的铁链，哗哗作响，沉重异常，同样先让观众验过真假，铁罗汉挽一个套儿，套在脖子上，再用两个胳膊肘，撑在铁套内，剩余的铁链，一头四个壮汉，用力拉紧，铁罗汉施展神力，两肘一发力，链套儿"咔嚓"一声，齐茬儿断开，八个壮汉分别倒在了台上，台下掌声雷动。第二个神功是饮锡水。有人抬上一个冒火的炉子，炉口坐上砂锅，锅内放上锡块儿，不一会儿，锡块儿化成燃烧的液体，两个徒儿，一个持木板，一个展开纸片，共同上台，铁罗汉用勺子舀了一勺通红的锡水，先往木板上浇了一滴，木板上冒起一股白烟，又往纸片上浇了一滴，纸片马上着了火。接着，铁罗汉一仰脖子，将锡水全部倒入自己的口中，闭口待上一会儿，张嘴"噗"的一声吐出一个锡片来，口腔毫无损伤。台下又是一阵更热烈的掌声。往下铁罗汉又演练了手指头钻砖、滚钉板、油锤灌顶，样样惊险绝伦。三峪百姓，真的相信了人间神功，连受过四和尚骗的康三堂一家子，也叹服了红枪会的神功。

第二天一早，铁罗汉带上童男童女和几个徒弟，开始拎着口袋，挨家敛粮食了。三峪的乡亲们，怀着对神功的敬畏和对那两个童男童女的慈悲之心，也早早打开家门，打开自家盛粮的大瓮，或者席囤，拿出吃饭的碗，准备为红枪会舀粮。红枪会一进了院子，乡亲们先赞扬一番他们的神功，要为红枪会舀粮时，铁罗汉却制止说："不用你们的碗，要用我们的碗。"当这些假和尚从他们的口袋里，拿出他们私藏着的大碗时，户主一下吓傻了。红枪会特制的碗，有柳斗大，一碗能顶十几碗。户主当时只能傻看着那个大碗舀空他们的粮袋却不敢抵制、发火，当脑子转过弯来，粮食早到了人家的粮袋扛走了。也有的户主，见了红枪会的大碗，想阻止，惊叫："这么大碗呀，那可不行。"铁罗汉一边舀着粮一边貌似公正地说："都是这样舀的，这是善缘呀。"惊呆的户主，一时孤立无援，只得认宰。一袋又一袋粮食，从一个个巷口扛出来，装上红枪会的大车。当村民脑子里那些弯儿从敬畏、悲悯，转到觉醒，知道上了当的时候，红枪会的粮车，早已遥遥上路了。红枪会一夜义演弄走的粮食，顶十户农民一年的收成。吃了亏的村民，也只能背后骂大街，聚在丰华堂前，发泄着，控诉着，一声哀叹接着一声哀叹。

这场软性的劫难，并没有影响人们对神功的坚信和对佛的崇拜。李星星两口子带头入了红枪会。他们在威州南沟住了几天，回来就神乎其神，成了师父，供上了张天师，组织村民戴黄符，唱起了佛歌。三峪村本来小庙多，烧香念佛的也多，李星星这么神神道道一闹哄，不明真相的人，尤其是妇女们，很快就有几大帮人入了红枪会，聚到了李星星家里，唱起了佛歌。尤其是一到了晚上，香火照夜，佛歌四起。

几支佛歌是这样唱的：

《五碗饺子》

一碗饺子面又白，

十指尖尖捏起来；

两碗饺子馅又香，

多放油来少放姜；

三碗饺子两头尖，

十指尖尖捏得严；

四碗饺子鼓膨膨，

没有能人成不了功；

五碗饺子排成行，

画了的砖瓦修庙堂；

修的庙堂尖尖起，

众位的善人来烧香。

早晨烧香红似火，

中午烧香正当阳，

晚上烧香黑咚咚。

一双童子来点灯，

点上灯来发上表，

众位的善人有功劳。

再如《五朵莲花》

一朵莲花倒栽棵，

孝顺的儿媳看婆婆：

干柴细米咱都有，

油盐酱醋也不缺。

两朵莲花径儿粗，

孝顺的媳妇劝丈夫：

咱娘修行你别管，

心里欢喜就是福。

三朵莲花脸望东，

一家大小都修行。

一去穿的布鞋袜，

回来步步把莲蹬。

四朵莲花脸望南，

师父来到我面前。

我问师父哪里去，

来到人间度人缘。

五朵莲花靠山坡，

粗风暴雨受折磨。

做人别怕苦难多，

九九归真唱佛歌。

    在这软绵绵的佛歌里，祖国的城池正在沦陷，大好河山正被日寇的铁蹄践踏，有多少苦难同胞，正在炮火硝烟中倒下。在这绵绵的佛歌里，日本鬼子的刺刀，刺进年轻母亲的胸膛，啼哭的婴儿，还在血泊中，叼着死去母亲的乳头。在这绵绵的佛歌里，庄子头的炮楼稳稳当当地修了起来。不久，传来南京大屠杀的消息，日本强盗，一下杀害了中国三十多万手无寸铁的平民！

　　康二旦再也忍受不下去了，他一腔愤懑，发泄于杏树，挥舞着桑木扁担，一路开山棍，惊飞山里的鸟群，打落了无数干杏枝，最后翻身跃起，以千钧之力，打断一根老树杈。接着，他提了扁担，风风火火地从清泉观拉出康英英，又到三峪村找了康来羊、李芳芳和康三堂。李书祥进了九龙山，不知什么时候能回来，康二旦就领着几个人又找到了李书祥的母亲范氏大婶，他心情激动地说："范氏婶子，村里的事，我们不能等书祥回来，得赶着做。"范氏很快明白了康二旦的意思，她制止他再说话，而是找了一副骨牌，把几个人领到李书祥的书屋，先将骨牌摆在桌上，又命康三堂在胡同里放哨，才开始了正式议事。康二旦先摆出了自己的想法，他说："同志们，我认为，目前我们务必先做两件事。第一，废除咱村的红枪会，禁止唱佛歌。现在，华北危急，中华民族危急，我们的村民却日日唱这软绵绵的佛歌，这纯粹是扭转抗日的方向，麻醉人心。"康二旦的提议，首先得到李芳芳和康来羊的赞同。康英英把目光盯在范氏大婶那深思的脸上，没有吱声。范氏思谋了一下，平心静气地说："咱村红枪会念佛歌，的确也是个问题。我觉得，这事咱不能直着来。念佛歌的人那么多，弄不好怕形成村里的派系，抗日抗不了，自己人先斗上了，这事不能乱来。再者，主要问题还不在有没有红枪会，而在争取人心。我看，主要是人们不明真相。不怕年轻人笑话，像我这样的人，都上了红枪会的当，何况别人？"康英英说："那咱就先从揭露骗局开始。这里头的骗局，我全清楚，先破除人们对神功的迷信。"康二旦点点头，最后决定，由范氏大婶、康英英、康来羊，去做本村红枪会人员的工作。康二旦马上又提出了第二个任务，他说："我想带上李芳芳去庄子头一趟，寻找吕秀兰，尽快和游击队接上头，把抗日烽火尽快从咱这儿点起来，壮大抗日队伍。"范氏点头说："应当去找吕秀兰，不过，庄子头的炮楼修起来了，马上要变成敌占区了，村子里特务出没，情况复杂，杀机四伏，你可千万要当心呀！"康二旦说："不怕，我们装成找活儿干的挑夫，去了再见机行事。""你们啥时候去？"康二旦看了一下院子里的日影说："现在还不到午时，我要马上行动，李芳芳，咱们走。"说着，就要去院子里拿他那根扁担，范氏突然想起了什么，喊了一声："等一下！"康二旦又撤回了屋，范氏从内衣里掏出两个印着红符的黄布条，交给他们说："孩子们，戴上平安符，保一个平安吧。"康二旦一看，正是那天晚上红枪会给她的那两道符，禁不住惊愕地说："范氏婶子，我们正在反对红枪会，您怎么还让我们戴他们的符呀？"李芳芳也说："范氏婶子，你真相信这符能逢凶化吉？"范氏慈祥地笑着说："我是信佛之人，多数时候是人的错，不是佛的错。佛祖说，这世上净是好东西，用好了是良药，用不好就是毒草。你认为有用的，到时不一定能帮上忙；你认为没用的，到时也许有了大用，还是戴上吧。"康二旦还想拒绝，康英英一甩拂尘走过来说："无量天尊，二旦兄，还是领了婶子一片心吧，连老子都说要'和其光，同其尘'，古人也说'人心唯危，道心唯微'，婶子过的桥，比咱们走的路多。"康二旦不再言语。范氏微笑着，亲手将两道护身符戴在康二旦和李芳芳的内衣上，系上袄扣，啥也看不出来。一切就绪，康二旦到门口一抄桑木扁担说："婶子，同志们，你们保重，我们出发了！"

九　吕秀兰

吕秀兰原是河北东南部大名县人。

一九三一年，河北大名又是大灾大难，兵荒马乱，匪盗洗劫不说，老天爷仿佛专和穷人过不去。就是这一年，上半年天旱无雨，又闹了油虫，地里的麦子藏不住兔子，稀拉拉的麦穗只有桑葚那么大，有限的粮食全缴了赋税。到了下半年，老天爷倒下起雨来了，紧一阵慢一阵的秋雨，下了七天七夜，还不肯放晴，漳河的水下平了槽。浑浊的河水，打着旋涡滚滚东流，呜呜地怪叫，恐怖而瘆人。北河沿附近有个小乡村，村东头的土坯屋内，传出一个老女人悲惨的呼号："老天爷呀，还叫人活吗——"轰隆一声，摇摇欲坠的土坯屋，坍塌了西南一个角，屋里一阵呼爹喊爷的惊叫。这，就是吕秀兰的家。秀兰那年只有十二岁，家里有多病的爷爷、年迈的奶奶、辛劳的父母，还有一个姐姐和一个弟弟。这个七口之家，种着一亩薄沙地，上半年种麦子被油虫油了，没有收成。下半年秀兰爹改种了旱烟，烟不闹虫儿，倒是长势不错；烟叶黄时，却下起连阴雨来，所有的烟叶上不得架，全都烂掉了。七口人挤在土坯屋里，听着瓦盆里的各种滴水声，望着门外绵绵不断的雨丝，奶奶愁得向苍天发出了这声撕心裂肺的惨叫。雨再下，怕是这土坯屋也要被浇倒了。父母无助地唏嘘落泪，姐也在哭，小弟扒着炕沿一声声喊饿，只有吕秀兰攥着小拳头，咬紧下嘴唇，瞪着小黑眼珠子不哭，也不语。吕秀兰从小就是个非常要强的孩子，她上过几个月私塾，虽然长得个子不高，却很结实。小圆脸泛着天然的潮红，眼睛不大，却很有神，透着一股凛然的锐气。在这个黑暗的社会，在这个老天爷不让穷人活的年月，她心里知道，老天爷发不了慈悲，眼下需要的不是眼泪，而是食物，是先让一家人能活下来的食物。她一双沉默的眼睛，盯着院子里的水泡想啊想，突然脑子里一亮，抬起小脸看看一家人说："爹，娘，我能找来吃的。"一家人的目光，唰一下子全落到她的小脸上。她说："你们想，连雨天，地里会长出什么？老柳树下长蘑菇，老榆树上生木耳，我上东南河神皋上弄一些来煮了吃吧。"娘来了精神，说："让你爹去吧。"吕秀兰说："不用，爹不知道哪儿有，让爹照顾爷爷，我去了。"说着，她马上摘了门后头的小荆篮，冲进了无边无沿的雨幕里。

村子东南，有个大黄土岗子，岗上有座河神庙，岗上长满了野榆老柳。吕秀兰平时常爬到上面剜菜砍柴，熟悉皋上的一草一木，不一会儿，她就冒雨爬上了皋子。可是，她在柳树下并没有发现那白如鲜蛋一样的野蘑。她再往上攀，又找老榆树，嘿，榆树的老皮里，生出了一簇簇大大小小的野木耳，圆圆的，薄薄的，透着美丽的玛瑙红，散发着黏榆液的腥味。她如获至宝，开始往小篮里采摘木耳。突然有人喊她："兰兰——"是娘也来了，她高兴地扬起小手："娘，来呀，好多的木耳呀！"娘过来与她一起采摘，一直采到河神庙，居然采满了一荆篮。娘说："快回去吧，一家还饿着呢。"吕秀兰点头笑笑，搀着娘要下皋，忽听一阵很恐怖的轰隆声从天边传来，像万马奔腾，天兵擂鼓。河神皋在她们脚下颤抖，她们正不知发生了什么，往南一看，全都吓傻了：汹涌的大水，叠了半房高，扬着黄色的泥沙，正呼啸而来。娘喊："不好，漳河开口子啦！"秀兰喊着奶奶往皋下飞跑，荆篮滚下了山坡，只眨眼工夫，皋下的村庄没有了，大平原变成了一片汪洋。

吕秀兰和娘住进了河神庙，食野木耳活了下来，而她的爷爷、奶奶、父亲和姐弟，全部葬身了鱼腹。南京政府是不管人民死活的，大水退去后，吕秀兰和娘只好背井离乡，跟着逃难的难民们，踏上了讨饭的不归路。

也许是命运的安排，一个月后，她们讨饭来到了井陉县，饿得寸步难行时，娘俩就跪在山路边，企盼着路人的施舍。可是，过路的人多数都是出外逃荒的穷人。娘觉得自己不行了，就抱住饿得发昏的女儿说："兰兰，娘这个岁数，怎么也是没指望了。你的路还长，给你找个好人家，你快逃命去吧。"秀兰哭着抱住瘦骨嶙峋的母亲说："我不能丢下娘不管呀！"娘说："咱也不能全饿死在这山路上呀！你跟人走，活一个是一个吧。"这时，山

九 吕秀兰

道上过来一对赶毛驴的中年男女，男的留着小分头，手拿一把折扇，穿着黑缎子衣裤；女的骑在驴背上，也是绿绸子裤褂，手持大烟袋，脚穿一双大花鞋。他们走到这对落难母女面前，小分头男人先说话了："娘俩走不动了吧，要不要给这小姑娘找个吃饭的门户呀？"娘一听，马上叩头说："先生，行行好，给我女儿找个好人家吧。"大花鞋女人跳下驴背，扳着秀兰的小脸看了看说："就是太瘦小了。"小分头男人说："瘦小不要紧，给她找个大户做丫头，吃上半月的白面不就养胖啦？"大花鞋女人笑笑对娘说："你们今天碰上我，算是碰上活菩萨了。我给小姑娘找个天天能吃白面的大户人家，让她享福去吧。"母亲连连叩头致谢。小分头男人要领秀兰走，娘说："我把女儿给你们，你们给我多少钱呀？"小分头男人摇摇纸扇说："你就别说钱了，先说命吧。"娘说："可我也不能把闺女白扔给你们呀？"大花鞋女人叹息了一声说："看你这可怜样，我就破费一回吧。"说着，拿了一块大洋，扔给了娘。钱是不能当饭吃的，饿极的吕秀兰乘机说："你们还得给点儿吃的，要不，我走不动。"大花鞋女人从驴背的布兜里摸了半天，摸出一个烧饼，递给了秀兰。秀兰咬了一口，把烧饼给了娘，又说："再给一个，这个是我娘的。"小分头男人一瞪眼，说："这小丫头，真会算计人。"大花鞋女人冲男人一使眼色，又从布兜里摸了半天，摸出一个烧饼说："这是我们路上吃的，再也没有了。"说着递给了吕秀兰。母女俩吃完烧饼，力气也恢复了一些，她们抱头痛哭了一阵，秀兰就与娘分了手，跟着这一男一女进了大山。

穿花鞋的女人，是庄子头一带有名的媒婆。那男的是个人贩子，大名县一闹水灾，人贩子就看到了商机。这一男一女，勾搭起来，四方乱转，一天下来，转卖了好几个这样的女孩，这真是一本万利的买卖。他们带着吕秀兰，正盘算着找个什么样的大买主，吕秀兰可不是一般的小姑娘，她会动心思，她怕这一男一女骗了她。走到半路，她硬气起来，冲前边的一男一女喊了一声："你们站住！"小分头和大花鞋全吓了一跳，喝住驴回头问她："小丫头，你要干什么？"吕秀兰挺着小胸脯问："你们说给我找的人家能天天吃面？"大花鞋说："是呀，是呀，还能骗你吗？"吕秀兰挥着小拳头警告他们说："你们要是骗了我，我就当着众人喊你们是骗子，立刻撞死在你们面前！我连娘都舍了，更舍得这条命！"小分头男人一甩扇子说："你他妈的敢？"大花鞋拦住男人，眼珠一转，紫茄子脸马上笑成一朵花儿，哄着她说："小姑娘，放心吧，不骗你，这吃面的人家，前头就是。你们先在村口等着，我前去道个喜，马上来接你们。"

小分头男人和吕秀兰坐在村口的大杨树下。

前边的村庄，就是庄子头。庄子头西街，有一户姓何的人家，那就是长年吃不上白面的何玉祥家。何玉祥是个老实本分的庄稼汉，能下地吃苦，却不爱说话，三十岁出头了，还没说上媳妇。爹去世得早，娘越来越老，早为何玉祥的婚事着了急，托过好几茬儿媒人，也没有结果。这天上午，大花鞋女人急火火地找上门来："祥子，要媳妇不要？"玉祥和他娘惊喜地问："有啦？"大花鞋说："在村口等着呢。"接着就添油加醋地说了吕秀兰的事。最后敲定，得叫何玉祥出十块大洋。玉祥他娘为了难，喜中带愁地说："十块大洋俺真出不起，顶多出七块。"大花鞋愣了一下，说："七块就七块，一会儿见人结账。要想这桩婚事能成，祥子得做一件事。""啥事？""家里有面没有？""没有！""借去，借半碗面。"大花鞋胸有成竹地对祥子说："今儿中午你得吃面，还得端到大当街去吃。弄上一大碗，多放菜和汤，往高挑一下面条，低头喝一口汤；再往高挑一下面条，再吃一口菜；千万不能吃面条，留着面条让你媳妇吃。你换身干净衣裳照我说的办吧，我给你领媳妇去。"大花鞋一走，何家忙了，东邻借衣裳，西邻借面。借了小半碗面，玉祥他娘马上擀成面条，下锅煮了，剁上菜帮子，让何玉祥盛满他的粗瓷大钵碗，端到街上，往南墙根儿的土台上一蹲，开始吃面。他完全遵照大花鞋的指点，往高挑一箸子面条，低头吱溜喝一口汤；又挑一箸子面条，哧溜吃一口菜。这件事，很快就轰动了半条街，纷纷传言，何玉祥在当街吃面了。那个年头，穷人家很难吃上一顿面条，像何玉祥这样的穷光棍儿，更不是吃面条的主儿，所以，引得人们纷纷上街来观赏。有人说："这是咋啦，不打算过啦？"也有人说："祥子发了横财啦？"人们看着街上这个奇观，百思不得其解。

这时，大花鞋和小分头领着吕秀兰走了过来，还没到跟前，大花鞋就指给秀兰说："丫头，你看，在那儿吃面条的就是你男人。"吕秀兰一见那汉子在那儿蹲着吃面条，肚子里的馋虫儿，轰地一下全涌上嗓子眼儿。饥饿更让她没有了思想，她本能地含着涎水加快了脚步。大花鞋心里乐着，走到何玉祥跟前，冲他肩头一拍说："祥子，别光自己吃，给小丫头留着点。"玉

九 吕秀兰

祥的碗里，早把汤和菜吃尽了，光剩了白溜溜的面条，一见了秀兰，傻呵呵地笑着，把大碗递给她说："吃吧，给你留的。"饿急的小姑娘，也不怕街上人笑话她，抢过大碗，就狼吞虎咽，吃起热乎乎的面条来。大花鞋趁机要了玉祥他娘七块大洋，和小分头悄悄溜走了。吕秀兰吃饱了头一顿饭，就跟着何玉祥和玉祥他娘回了家。按照童养媳的规矩，在灶火堂前双双跪下拜了拜，这叫"灶火堂前按嫡嫡"。就这样，吕秀兰成了何玉祥的童养媳，成了庄子头的人。很快，吕秀兰就知道上了人贩子的当，对于一个无家可归、走投无路的小姑娘，还能有别的出路吗？

何玉祥比吕秀兰大二十岁，他们暂以兄妹相称。何玉祥是个大高个，有点驼背，能干活，肯吃苦，嘴里话少，对许多事情也没什么自己的见解，这让吕秀兰很觉得苦闷。慢慢地，她也变成了一个不爱说话的小姑娘，天天都用干不完的活儿来打发寂寞的时光，地里的活儿和家里的活儿，她什么都能干。一街人都说，何玉祥算是捞着了个好媳妇。

花开花落，雁去雁来，吕秀兰渐渐长大了，姑娘的心也大起来，她总有一种乘风飞去的梦想。有一回，她和玉祥在棉田里拿杈儿，她望着天上的雄鹰没话找话："玉祥哥，你说，为什么麻雀是成群的，喜鹊是成对的，老鹰却是孤独的呢？"何玉祥没有感觉地看看天上，笑笑说："这个咱可不知道。"他们再没话说，是的，他不知道，他只知道什么季节种什么庄稼，埋着头干活儿。又有一回，她和玉祥在豆田里锄草，苦闷孤独的秀兰又发现了一个问题，问："玉祥哥，这豆子为什么单棵的长得弱，双棵的长得壮呢？豆子也怕孤独吗？"这是一个多么好的调节感情的话题呀！可是，何玉祥听了，仍是憨厚地一笑，回答她："这个吗，咱可不知道。"他迈开两只大脚，低头锄起地来。干旱的豆田，被他的锄头犁起一溜白烟儿。秀兰的心中涌上一阵莫名的悲凉。他们的日子，单调得只能是吃饭，干活儿，干活儿再吃饭。可是，他对她却越来越好，庄子头逢五排十是集，何玉祥断不了上集给她买个发卡、红头绳，或是买个烧饼。回来给了她，有时放下就走，有时坐下来守着她抽上一袋烟。

转眼间，秀兰到了十六岁，姑娘的花季来了。她的小脸丰润好看起来，胸脯上两个乳房也发育得隆出了线条，鼓绷绷的，神秘又神圣，叫男人看了心动。许多眼馋的男人，心旌摇荡着，问何玉祥："哎，睡了没？可该了。"

何玉祥看着吕秀兰的脸盘儿和胸脯，开始动心了，眼神里常燃着欲念，下身胀热得难挨。玉祥他娘也早看出了儿子的情况，她急着抱孙子，打算让儿子和秀兰圆了房。找秀兰一说，吕秀兰一口回绝说："娘，您就拿我当女儿吧，我不嫁，永远不嫁！"说着就掉起泪来。娘没了辙，就找本院一个嫂子出主意。这嫂子是个"万事能"，一口揽下来，暗中对玉祥献计献策说："兄弟，听嫂子的话，你先和她睡了，她就让你娶了。女人就是这样，别看哭哭啼啼的，一脑门子正经，一尝了头一回，她就离不了男人了。我和你哥，就是这样过来的。"何玉祥决定下手了。这天晚上，娘说出去串门儿，给他们闪了空子。何玉祥拿了旱烟袋，燃着浑身的欲望，到了吕秀兰屋里，坐下来，守着秀兰纺线。这个老实汉子，绝对不会先把话唠亲了再动手，只是守着秀兰熬工夫。姑娘的青春、美丽，让他燥热不安，可他不知那话怎样说出口。他知道，男人给女人睡进去之前，总得有一句话打动了那女人，这句话怎么说，他不知道。眼睛一下又一下瞄着姑娘的胸脯，一铆劲儿，终于说出了那两个字，说得直裸又粗俗："干呀！"吕秀兰停了纺车，愣着神儿问："干什么呀？"何玉祥慌乱得改口说："我干锅子烟。"急忙掏出烟袋，挖了一锅旱烟，打火抽了起来。吕秀兰接着纺线，纺车摇得嗡嗡响，何玉祥抽完一袋烟，又鼓足了更大的勇气，这回多说了一个字："咱干呀？"吕秀兰停住纺车，很莫名其妙地问："你到底要干什么呀？"何玉祥再也控制不住身子里的狂野，把烟袋一放，推开纺车说："我要睡了你！"抱住吕秀兰就按倒在炕上。吕秀兰马上明白将要发生什么事，她拼命反抗、捶打，嘴里喊着："你放手，你不要……"这男人的力气太大了，手在她裤裆里使劲抠。秀兰想喊人，又想起娘说过，好男睡不了打滚的女，她夹紧裤裆，使劲打滚，乘机在何玉祥胳膊上咬了一口。何玉祥像一只斗累了的野兽，松开她，靠着隔山墙，赤红着眼珠，呼呼地喘粗气。吕秀兰压下怒火，对他产生了一股怜悯，坐起来一手扣着衣扣，对他郑重地说："玉祥哥，我是你妹子，不是你媳妇，你不配做我丈夫！以后你再欺负我，我就以死相拼。"何玉祥垂下了头，捂了一会儿脸，拿了烟袋就冲出了屋。很快就听到了玉祥摔碗的声音。吕秀兰也趴在炕上，偷偷哭了一场。玉祥娘串门回来，一看当屋的碎钵碗片，就知道发生了什么。她无奈地哀叹一声，对儿子说："姑娘不从，以后就还拿她当妹子吧。你个菜小子，连个女人都降不住。"

　　这场风波悄悄过去，日子又恢复了以往的平静。吕秀兰像孝顺自己的亲娘一样，孝顺着何玉祥的娘，对何玉祥也如同对亲兄长一样，玉祥身上的针线活儿，都是吕秀兰做的。

　　时光到了一九三七年，卢沟桥事变以后，日本鬼子进了中原，吕秀兰已经是个十九岁的大姑娘了，这个岁数的姑娘，在村里都已出嫁了，尤其是日本侵入中原以后。玉祥他娘，看着吕秀兰又愁上眉梢，自己的儿子眼看奔了四十岁，还没有与秀兰圆房，她认为这事不能再拖了，就又豁出老脸与秀兰商议。吕秀兰依旧声明，要和玉祥做兄妹，不做夫妻。玉祥他娘知道自己说不动秀兰，就动员了族人，为玉祥当说客。族人们的观念，都信奉老辈儿传下来的规矩："何家人花钱买你做何玉祥的童养媳，长大了你就得嫁给何玉祥，生是何家人，死是何家鬼，否则，就是大逆不道。"吕秀兰就是有一千张嘴，也撼不动老辈儿留下的规矩，她决定离家出走。十九岁的大姑娘，心也更大了，她决定走出庄子头，出去闯一番大事业，去干什么，往哪里去，她还不知道。几天来，她苦闷地想啊想，花木兰从军的故事启发了她，她决定去投八路军，去当女兵。尽管她知道玉祥他娘和玉祥都不识字，临走，她还是给他们写了一张字条："娘，玉祥哥，我走了，出去闯几年，不要找我。娘，给玉祥哥说个好媳妇，我永远是您的女儿，我会回来看你们。吕秀兰，一九三七年九月。"

　　她通过常来村里卖杂面的一个老头的指点，坐着拉柴草的大车，进了太行山。原来，那卖杂面的老头是八路军的联络员，拉柴草的大车，是伪装起来往山里给八路军送粮食的。太行山深处，青山碧水间，活跃着一支刚刚组建起来的抗日游击队，有七八十号人，多数都是热血青年。游击队长也是个年轻人，只有二十四岁，他叫李恒山，他身穿整洁朴素的灰色军装，戴着八路军的军帽，显得威严又亲和，儒雅又精悍。他在山洞指挥所，接待了前来投军的吕秀兰，先给她奉上山里的红枣、苹果，倾听她诉说了自身的悲惨故事，接着用好听的南方口音，对她说："吕秀兰同志，你不能光把仇恨记在人贩子身上，日本鬼子比人贩子要坏得多，参加了革命队伍，我们必须把眼光放长一点，把身子站高一点。因为蒋介石的不抵抗政策，使我们中华民族半壁江山沦陷，我们要拿起武器，发动民众，利用八百里太行的高山屏障，开展独立自主的游击战争，准备坚持持久战。为了过好日子，赶走了日本强盗，我们还要建立新民主主义的中国。"李队长的话，如汩汩清泉，洗亮了吕秀兰的心。她很快就成了游击队的一名女兵，结识了她邻村的两个女战士王香妮、孔瑞瑞。山里的生活是艰苦的，人们饮泉水，睡帐篷，吃野果野菜，遭蚊叮蛇咬。当时的供给十分困难，多数同志都没有军装，人们脚上穿的是自己编制的草鞋，可人们的精神是充实的，斗志是旺盛的。吕秀兰和男战士一样，跟着队伍练爬山、射击、投弹、格斗，还学文化，学唱歌，开联欢会。游击队里人才太多了，会吹笛子的老贾、会口技的小张、会变戏法的小庞、会写毛笔字的老王、会唱歌唱戏的王香妮、孔瑞瑞……原来，这支队伍，有大学生、工程师、演艺人，也有正太铁路的技工，还有像队长李恒山那样的长征干部。啊，这才是吕秀兰向往的生活，八百里巍巍太行，铁流般的团队，青春、热血、战歌和红军的传统。战士们都在刻苦地整训、练兵，等待着杀向日寇的集结号。

不久，吕秀兰接到了游击队第一个战斗任务，通信员把她叫到山洞指挥所。

指挥所内，气氛庄严，在挂着党旗的石桌前，在座的有队长李恒山，还有政委老高、参谋老唐，吕秀兰喊："报告！"进屋后，李恒山很严肃地对吕秀兰说："吕秀兰同志，目前，有一个艰巨而光荣的战斗任务要交给你，你一定要尽百分之百的努力去完成。"吕秀兰完全是一个军人的样子了，打个立正说："请队长放心，上刀山下火海，我不会皱一下眉头。"李恒山一拍膝盖站起来说："好，我命令你，马上回庄子头去，与何玉祥结婚。"吕秀兰一下子皱了眉头，一噘嘴说："是这任务呀，我刚逃婚出来，您又让我回去结婚，我不干！"高政委让她坐下，微笑着说："吕秀兰同志，你先别急，我们说的结婚，是一种假结婚，是以结婚做掩护，让你在村子里开展抗日工作。"吕秀兰眼里有了亮色，只是还疑惑不解，老唐对李恒山说："小李，你还是把话给她说透了吧。"李恒山站起来，在屋里踱着步子，打着手势说："目前，咱们游击队，还没有力量与日寇交战，供给困难，弹药不足，群众基础薄弱。根据上级指示，我们打算在庄子头、三峪一带，开展游击区，成立井、平、获游击大队。之前，得有人去做地方工作，发动群众，为八路军做军鞋，收购武器，把群众真正发动起来，建立我们的堡垒村、堡垒户。我们几个人研究决定，由你回庄子头，与何玉祥假结婚，抓群众工

· **79** ·

作，组织妇救会。"

吕秀兰想了一下抬起头，坚毅地说："我这儿没问题，就怕何玉祥家不同意。"李恒山说："这个不用你担心，由我们的同志与村里的内线，去做何家的工作。不过，你得答应，日后给你哥何玉祥，找个合适的媳妇。"吕秀兰一下来了精神，挺直身子说："这个没问题，我出发吧。"三个领导哈哈笑了一阵，李恒山说："你骑我的骡子回去，我派两个战士护送你。"通信员小周要去牵骡子，李恒山说："不用，我一吹口哨，它就知道有任务。"李恒山走出山洞，把手指一弯，含在嘴里，吹了一声响亮的口哨。山路上，很快传来骡子那呱嗒呱嗒的跑步声，正在山坡上吃草的黑骡子很快就跑到了李恒山面前。李恒山像命令军人一样，喊了一声："立定！"大黑骡子直挺挺立着不动了。吕秀兰惊奇地说："这骡子真通人性。"快嘴子王香妮赶过来说："这骡子陪着咱李队长，走过二万五千里长征，还两次救过李队长的命呢。"李恒山一挥手，制止王香妮再说话，对吕秀兰命令说："秀兰同志，上骡子出发。"吕秀兰也有了胆气，打了个立正，行了个军礼，接着登上一块大石头，骑到了骡子背上。两个化了装的战士，赶着骡子走出太行山，和吕秀兰一块儿回了庄子头。

通过自己的同志给何家做政治思想工作，何玉祥和他的母亲很快想通了。区委照顾了何家十斤小米、十斤白面，吕秀兰马上剪掉了自己的大辫子，留成了齐耳短发。何玉祥要娶媳妇了，这消息传遍了整个庄子头。穷人家结婚，没有吹鼓手，不放三眼炮，更坐不起八抬大轿。结婚这天，只把吕秀兰安排到西街最北头一个乡亲家里等着。何玉祥这头，用一把椅子，绑上两根大杠，制成简易花轿，由两人抬着，到北头接了头顶红盖头的吕秀兰，抬进何家，双双拜了天地高堂，再请族人吃上一顿面条，这婚事就算结了。

婚后的吕秀兰，真的变了一个人，她很快联系了村里的堡垒户何叔、李哥、刘三伯，投入了紧张而火热的抗日工作。村里常来卖杂面的，那是八路军的联络员，联络暗号是手帕上系一根红线。见红线才可露真情。吕秀兰很快就学会了做政治思想工作，她配合村里几个堡垒户，挨家挨户宣传抗日，很快组织了妇救会，妇女们开始为八路军做军鞋，一批批军鞋，紫花布军装，通过联络员，运进了太行山。她动员村民，秋收时保留地里的青纱帐，用镐头搂沟，在青纱帐里种小麦。山里的游击队，也展开了对日寇的游击战，不断有胜利的消息在民间流传。有时，八路军的伤员也装成亲戚，藏在庄子头养伤。吕秀兰就和村里几个姐妹，慰问伤员，为伤员送饭送药，鼓励他们伤愈后重返战场。庄子头的抗日工作搞得有声有色，吕秀兰的名字到处传扬。在险恶的环境里，村里也有几个软骨头，当了可耻的汉奸，向日伪军告了密。一天黎明，威州的鬼子和伪小队进了庄子头，悄悄包围了何叔的家，放哨的李哥发现了情况，大喊着暗号，为同志报信。李哥当场被鬼子的刺刀捅死，正在何叔家开会的吕秀兰、何叔、刘三伯，马上跃墙逃走。几十个鬼子伪军，紧紧追赶，枪声不断。他们一出村就分散开，钻了高粱地，吕秀兰靠了这些青纱帐的掩护，一口气跑到栈道村西，她的身后，鬼子和伪军还在穷追不舍。她钻出玉米地，跑进一块白菜地里，有一个老头正守着粪车往白菜地头晾大粪。她灵机一动，跑过去说："大爷，我是游击队，鬼子正在追我，你藏我一下。"老头慌乱地说："这里没挡没拦的，我在哪儿藏你？"吕秀兰拿了铁锨，飞快地在地上挖了一道沟，趴了进去说："大爷，埋上我，往上晾大粪。"老头马上明白了，用土把吕秀兰埋了往上晾起大粪来。很快，鬼子和伪军追进了白菜地，一个个捂着鼻子，围住老头，问他见没见一个黑衣女子从这儿跑过去。老头扯了个谎说，往东南坟地里跑过一个女的，穿着黑衣服。鬼子和伪军很快向那片坟地里追过去。吕秀兰在白菜地里潜伏到天黑，才跑到栈道村一个堡垒户家里藏了一夜，头天明，化了装进了太行山。

她很快就得知，何叔和刘三伯已被鬼子抓住，当众活埋了。中国人民是吓不倒的，游击队很快在庄子头发展了新的内线。吕秀兰依旧在庄子头一带活动，只是她的行踪更灵活隐秘，她的一些事迹在庄子头一带也越传越神。

九　吕秀兰

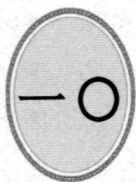

一〇 历险庄子头

　　庄子头在三峪西南，三里路程。康二旦和李芳芳用了三袋烟的工夫，就到了村子北口。以前，他们在庄子头赶集见过吕秀兰，是个圆脸黑衣、扎着大辫子的小姑娘。如今，吕秀兰成了巾帼英雄式的传奇人物。她威震敌胆，神出鬼没，只怕她的"丈夫"何玉祥也摸不准她的行踪。这回上庄子头，能不能找到吕秀兰，还得看运气。庄子头这天不集，街道上冷清得有点反常，他们只在街上看到了老人和孩子，见不到一个年轻人，这是咋回事呢？

　　康二旦扛着桑木扁担，一偏头问李芳芳说："兄弟，风头有点不对，要是遇上什么事，你怕不怕？"黑而瘦弱的李芳芳，体弱心却不弱，他拍了一下康二旦肩上的扁担说："有你这扁担神功，我什么都不怕。"康二旦小声叮嘱："咱可别逞能，这可是有鬼子炮楼的地方，少说话，多看着，遇事躲着点。"李芳芳点了点头。

　　吕秀兰家在西街，走到了丁字路口，往西是个大下坡，他们看见在拐角的一块石头上，坐着一个蓬头垢面、破衣烂衫的年轻傻子，有二十岁出头。这个瘦长脸的傻子也许是街上唯一的年轻人了。他们刚要往西拐，忽见那傻子冲他们呵呵笑了两声，跑过来，就伸手向他们要钱，嘴里哇啦哇啦地叫着，还是个哑巴。康二旦急忙掏出个窝头，给这傻哑巴，哑巴却不要，两只脏手比画着哇啦怪叫，不知他要干什么，反正不让他们西行。康二旦觉得这傻哑巴有点面熟，李芳芳先认出来了，喊道："这不是住在蒋沟的刘贵子吗？怎么成这样啦？"康二旦一看，的确是刘贵子，就让芳芳与他纠缠，自己走到路东卖鞭梢儿的大花改家，问屋里一个纳鞋底儿的老妇人："大婶，那不是刘贵子吗？去年还好好的，怎么又傻又哑了？"老妇人叹息一声说："唉，这个刘贵子，废啦！以前就有点装疯卖傻，刚娶了个哑巴媳妇，后来闹了一场病，也哑了，啥活儿也不干，光在街上拾垃圾，向人要东西。"康二旦看了一眼刘贵子，又问："怎么这街上看不见年轻人呢？"那老妇人纳着鞋底子，又说："村西不是修上炮楼啦？又挖防护沟呢，村里的年轻人，都被吴大疤瘌抓去挖沟去啦，挨千刀的吴大疤瘌。看你们面熟，一定远不了，你们还是快走吧，免得碰上吴大疤瘌。哎呀，说着真灵，吴大疤瘌来了！"康二旦一扭头，看见从西街巷口拐过一班人，领头的是个挎大枪的伪军，一袭黄衣黄帽，额头上有块大疤瘌。其余六个人，全是黑色便衣，霸气十足，往坡上走来。刘贵子一见这帮人，急忙推开李芳芳，又跑到大疤瘌面前伸手要东西，招来大疤瘌一顿臭骂和毒打，打得他哇呀怪叫。康二旦知道躲不过去了，就与李芳芳往东一拐，到路南井台上，扒着柏木筲装作去喝水。吴大疤瘌带着这帮人，围住了井台，用枪管儿拨了拨康二旦的肩头，问："喂，你们是干什么的？"康二旦挂着扁担站起来，用袄袖擦了一下湿漉漉的嘴巴说："我们是威州来的挑夫，到庄子头找活儿做的。"吴大疤瘌马上说："甭找活儿干了，到村西挖沟去，带走！"几个人上来要抓他们，李芳芳上前一步说："不行啊，我们还急着回家呢。"吴大疤瘌把李芳芳一巴掌打了个趔趄，骂："他妈的，回什么家？皇君要建王道乐土了，给我挖沟去！"康二旦护住李芳芳，对吴大疤瘌不卑不亢地说："老总，我们的确有事急着回家，都是中国人嘛，请您高抬贵手。"吴大疤瘌把枪一顺，歪着脑袋说："高抬贵手好说，你给多少意思呀？"康二旦听出他是要钱，就直言相告说："我没意思，看在中国人的分儿上。"吴大疤瘌马上把脸一变，瞪着眼说："没意思穷磨牙，那就别怪我不够意思啦。抓走！"几个便衣上来抓人，李芳芳见康二旦还不出手，急得直看康二旦的扁担，康二旦却不急不慢地对李芳芳说："好吧，咱们挖沟去。"说着，就拿起扁担走下了井台。李芳芳想，真到了炮楼挖沟，还能脱身吗？倒不如打出村去，他知道康二旦的功夫，心里有底，走下井台时，正好看到吴大疤瘌持枪跟在康二旦的后头，抽冷子，冲着吴大疤瘌的后背狠踹了一脚，吴大疤瘌栽到康二旦身上，康二旦误认为有人偷袭他，回身一拳把吴大疤瘌击出一丈远，翻倒在当街。六个便衣全吓得一缩，吴大疤瘌号叫着要拉枪栓，康二旦顺势用扁担一挑，把吴大疤瘌的大枪甩到空中，翻转下来，掉到了井里。这一下，不打也得打了，回过神儿来的六个便衣一齐扑向康二旦，康二旦见他们没有了枪，也就放开了胆子，一条扁担舞得风雨不透，对这群人大开了武场。一下打倒一个，一扫打翻一双，街上的商户吓得全关了门。李芳芳在一边拍手叫好："嘿！神功，打得好！"那个吴大疤瘌虽然没有了枪，爬起来吹开了警笛，西边巷子里又来了一帮便衣，冲过来围攻康二旦。康二旦见势不好，一边猛打，一边冲李芳芳喊："芳芳，咱们快跑。"他赶紧打翻几个便衣，就和李芳芳冲向村外。只要到村外一钻了玉米地就万事大吉了。康二旦一口气跑出村口，坡下的玉米秸都没有砍，冬天里成了"黄纱帐"。康二旦刚要往玉米地里跳，回头不见了李芳芳，站定了一听，李芳芳正在村里破口大骂。康二旦想，不能丢下芳芳不管，提了扁担，又跑回村里，冲入便衣群中，一路"天山棍"打开一溜胡同，就听"啪啪"两声枪响，子弹在他头顶上呼啸着飞过去。他持扁担站住，两个日本兵的枪口对准了他的脑袋。李芳芳早被绑了，打了个口鼻冒血。一个汉奸走过来，夺了康二旦的扁担，照他的腿肚子上狠敲了一下。康二旦身子一歪，蹲了下去，又忍疼站了起来，他咬紧牙关，剑眉直竖，怒视着眼前的日伪汉奸。一个日本兵，对吴大疤瘌嘀咕了几句，吴大疤瘌冲便衣喊："给我绑了，押到炮楼去活埋。"几个便衣用绳子捆了康二旦，推到了李芳芳身边。日本兵一挥手喊了一声："开路！"吴大疤瘌却不敢开路，冲日本兵媚笑着说："太君，我的枪被他扔井里了。"日本兵骂了一声："八嘎，捞的。"吴大疤瘌冲他的下属骂了一声："浑蛋，给我捞枪去。"两个便衣很不情愿地走上井台。康二旦和李芳芳两个人，被鬼子和汉奸押着，走向了西去炮楼的坡路。他们的身后，挨了扁担的一些便衣，有的拐着腿，有的捂着胳膊，有的包着头，还有的揉着屁股，哼呀一片，很狼狈地相跟送行。康二旦看着这些乌龟王八蛋的惨状，微微一笑，心里泛起一种自豪感，他苦练几年的扁担功，头一回得到了验证，也叫小鬼子看看，中国人不都是软骨头。有了这一场酣战，死而无悔。

庄子头的炮楼修在村西一个南高岗上，靠着十字路口。这是一个圆柱形的石基青砖建筑，有四层房高，周遭是黑洞洞的枪眼，炮楼顶端垒着垛口架着机关枪，只是下边还没修上吊桥，留了一溜土埝走路。土埝两边全是挖沟的民工，有黄衣伪军们在持枪监工，不断传来对民工们的喝骂声。炮楼后面，是日本人的兵营和操场。康二旦看到这高高矗立着的灰色炮楼，看到寒风里飘着的日本膏药旗，一种沦为亡国奴的超强压抑感和羞耻感，带着阵阵钝痛，化作几个火星四迸的仇恨字眼儿，挤出了牙帮骨："妈的，倘能不死，我定炸了它！""你说什么？"吴大疤癞赶过来，冷笑一声说，"你骂人了吧，今儿就叫你不得好死。走，先带你们开开眼界。"说着，踹了康二旦一脚，把他们两个人押向炮楼南边一片空地。那儿，是埋活人的刑场，汉奸管理人叫"种人"，提前挖好了一些大坑，专门种那些和日本人作对的民工。日本人要占据庄子头，采取的是以华治华的办法，杀人打人的事，他们尽量不出头，全权交给了伪小队和汉奸。这些坏了良心的中国人，残害起自己的同胞，比日本人还心黑手辣。大坑里，已经种了六个人了，有的在地皮上露着脑袋，有的是倒种的，只露着俩脚丫。吴大疤癞指着种下的人喊："你们看见了吧，这就是你们今天的下场。走，见杜山太君去。"康二旦和李芳芳，又被押到了炮楼下。黑洞洞的炮楼门里，走出挎着东洋刀，留着人丹胡的杜山太君。他的身边还牵着一只吐着红舌头的大狼狗。吴大疤癞一见了杜山，笑容可掬地鞠了一躬，马上历数起这两个中国人的罪行，一帮便衣也连连抚伤叫苦，要求处死这两个人。康二旦知道在劫难逃了，就小声问李芳芳："兄弟，怕死不怕？"李芳芳说："我有点怕，长这么大还没娶过媳妇呢，冤！"康二旦说："别怕，黄泉路上有哥做伴儿，二十年后又是兄弟，把腰挺直了！"李芳芳一听那个黄字突然想起："哥，咱身上不是有护身符吗，还死不？"康二旦心里一震，正想对李芳芳说什么，那杜山太君听完汇报，马上下了死刑令，一挥白手套说："这两个人，良民的不是，死啦死啦的。""走！"吴大疤癞一推康二旦，康二旦马上变得胆气冲天，前跨一步，对杜山太君高喊："杜山，你们杀不得我们，实话告诉你，我们是佛祖派下来的红枪会。"杜山一听红枪会，凶恶的脸色马上减了七分杀气，重新打量康二旦和李芳芳，问："什么？你们是红枪会？"李芳芳也来了底气，喊道："对，我们就是红枪会。"吴大疤癞身后，几个挨过打的便衣，也惊讶起来，一片嗡声："原来是红枪会，难怪这么高的武功。"这时，两个捞枪的便衣也都打着哆嗦回来了，把大枪交给了吴大疤癞，指着康二旦说："我一看他就是红枪会的，不是红枪会的没这么狠的功夫。"两边挖沟的人大多都是庄子头的民夫，都认识康二旦和李芳芳，为了保护这两个人，民工们也跟着

历险庄子头

喊了起来："他们是红枪会的，我们见过。"杜山一时拿不定主意了，一挥手，制止民夫喧嚷，对康二旦问："你说你们是红枪会的，有什么证据？"康二旦说："有，你解开我们的内衣，一看便知。"杜山派了两个日本兵，给二人松了绑，解开他们的棉袄，里面露出了红枪会的黄色护身符。康二旦镇定地说："杜山太君，我们是威州南沟杨二和尚的人，本来是到庄子头一带宣传佛法，发展教徒的，却被这吴小队长抓了民夫，还打伤了我的腿。"杜山瞪了吴大疤瘌一眼，对康二旦连连点头。前不久，日本的石黑、坂西两部队占据了石家庄，根据石黑大佐以华治华的命令，日本皇君要利用中国民间武装红枪会对付八路军，麻醉中国人，所以，日本人要求对红枪会的人要加以保护。杜山马上对吴大疤瘌说："这两个人，死啦的不行，我要单独审问。"接着一挥手，挥退了伪军和汉奸，康二旦和李芳芳被领进了日本的兵营。日本女人还给两个人端上了热茶。因为头来之前，康英英对红枪会做过深入调查，杨二和尚的人又到三峪进行了义演，谈起红枪会的情况，康二旦和李芳芳都是对答如流，毫无差错。杜山是半个中国通，中国话他能听懂，他问康二旦："红枪会的，都有神眼。你的，神眼的有？"康二旦说："有，有哇！我一看，就知道太君你哪儿有病。"杜山笑着来了兴致，说："哟西，你说说看。"康二旦早已看出，刚盖上的炮楼屋里潮湿，杜山的腰部和肩周受了凉，正在发疼，他一语点出了这两个部位。杜山笑着点头，连喊哟西，又说："你的能治？"康二旦说："能治呀！要不，我给太君治治？"他安排杜山趴在床上，开始给他推拿，推拿了一个钟头，累了一头汗。杜山爬起来一伸胳膊一扭腰，觉得轻松多了，连连拍着康二旦的肩，说神功的有。还说，今晚上优待优待。谈笑过后，杜山又公事公办地说："你的，打伤了我们那么多人，枪的，又扔井里头了，你们死罪的免了，活罪的嘛，明天有劳工，去威州猴山炮楼修工事，罚你们做五天工，就没事了。"康二旦和李芳芳连说："谢谢太君。"

晚上，他们住在了日本兵营，日本人还给他们送来了烧鸡、洋酒。吃过晚饭，康二旦揉着自己那条伤腿，陷入沉思。李芳芳被眼前这因祸得福的事，弄得有点得意忘形。他笑着小声对康二旦说："二旦哥，范氏大婶让咱戴的符还真救了咱！你说，这红枪会的护身符真能护身吗？再有，你今天的扁担功，在街上可真是显足了威风，打得那帮小子屁滚尿流。嘿，真是神了，嘿嘿——"李芳芳正笑着，康二旦跳起来，啪地打了他一巴掌。李芳芳愣住，捂着腮帮子问："你干吗打我？"康二旦压着嗓子说："今儿，都是你挑的事，咱们犯了个大错，差点丢了性命！你还有心思乐，你好好反省反省吧。"说着，"噗"地吹了蜡。这一夜，李芳芳真的陷入了沉思。

第二天早晨，日本人上过早操，康二旦和李芳芳在兵营里吃过早饭，就又被绑起来，推进十几个劳工的队伍，开往威州猴山炮楼。押送这批劳工的，仍然是吴大疤瘌领着几个持枪的伪军，还有两个汉奸。两个汉奸各拿一根带刺的大枣条，那是专门驱打劳工的。吴大疤瘌的眼，不怀好意地看着康二旦和李芳芳。康二旦暗想，这一路上，肯定好受不了。

劳工队一出了庄子头的地界，两个汉奸的枣条就噼噼啪啪地落在康二旦、李芳芳头上、身上。康二旦一声不吭。走了一段路，又是李芳芳受不住了，高喊道："你们打够了没有？我们可是红枪会的。"吴大疤瘌赶过来嘿嘿一笑说："是吗？红枪会？那得优待优待。停下，给他们把扁担绑到腿上去。"几个伪军按合计好的，把康二旦的扁担横绑在康二旦右腿和李芳芳左腿上，两个人拴在一起，走路就更有得看了：两个人起码得走齐，迈步大了，扁担碰腿腕子；走不齐了，就得栽跟头，树杈子挂了扁担头也得栽跟头。这么一来，吴大疤瘌和两个汉奸更有了打人的理由。雨点似的枣条落在两个人头上、肩上、背上，身上的棉花套子也打飞了。寒冷的风，从河滩地里吹过来，别的劳工冻得发抖，唯独康二旦和李芳芳，在没有尽头的暴打中，一会儿栽倒，一会儿爬起来，累得满脸淌着血汗。过了河滩地，进入一个小山丛，这个地方叫羊羊峰。瘦弱的李芳芳实在走不动了，快要晕过去了。康二旦也累得寸步难行。他想，总这么受折磨倒不如拼一下子，手脚绑着，可以用用铁头功，死活就这一下了。他喘着粗气喊："老总，歇会儿吧，咱们商议商议。"吴大疤瘌喊了一声："停！"看着被他整惨了的两个汉子，掂着枣条走过来说："想商议了，行，先叫声爷爷。"康二旦张嘴喘息着说："行，你过来，我说个数儿。"吴大疤瘌听出是给钱，马上来了兴致，靠近康二旦问："你给爷爷多少钱，我先听听。"康二旦运足了劲儿，抽个冷子，照吴大疤瘌的胸脯"砰"一撞，把他撞出一丈远。吴大疤瘌平摔在地上，"噗"地吐出一口血来，汉奸伪军去扶吴大疤瘌，吴大疤瘌喷着血喊："把他们种了。"一个汉奸拿起枪托，照康二旦的脑袋就是一下，康二

历险庄子头

旦昏迷过去。李芳芳大骂："你们这些日本走狗，不得好死。"汉奸说："咱看谁先不得好死，挖坑！"伪军们逼着民工挖了一个大坑，把两个人架进了坑里，就往坑里填土，李芳芳扶着康二旦，不住声地大骂："走狗！"

这时，山丛中转过一支队伍，是几个日本鬼子和一个黑衣翻译，押着一批新抓的民夫走过来。日本军官喊道："你们的，什么的干活？"一个汉奸，见了日本人，马上显出奴才相，先向日本官鞠了个躬，一指坑里的人说："这两个人，大大地该死，他们像是八路。"日本军官嘀咕了几句，那个黑衣翻译，一扶脸上的黑墨镜骂道："你的浑蛋，像八路，为什么不早来报告？"汉奸苦着脸一笑说："来不及了呀，他们要造反，这不，刚打伤了我们小队长。""八嘎！"日本军官冲汉奸啪啪打了俩耳光。黑衣翻译说："浑蛋！对八路，我们要的是口供，不是死人！快把他们刨出来！""是是！"汉奸指挥民工又往坑外扔土，康二旦醒了过来，一见眼前的日本人和黑衣翻译，怒冲冲地说："要杀就杀，你们不用捣鬼。"黑衣翻译对康二旦吼："想死？没那么便宜！统统押到猴山炮楼去。"

民工们挖净坑里的土，解开扁担，刚把康二旦和李芳芳架出坑来，突然，几个民夫手持尖刀扑过来，把两个汉奸和吴大疤瘌一人一刀捅死，扔进了土坑。其他一些民夫也手持武器，缴了几个伪军的枪。康二旦和李芳芳被眼前的一幕惊呆了。康二旦问："你们是什么人？"那个黑衣翻译走过来，冲他笑着说："我知道你，你叫康二旦，家在东峪，你开了个诊室，还会一套扁担功。你呢，叫李芳芳，对吧？"二旦和芳芳更是丈二和尚——摸不着头脑。黑衣翻译笑着说："怎么，还认不出来？"说着，一摘礼帽，露出一头秀发，原来是个女的！又一摘墨镜，康二旦和李芳芳都喜出望外，齐喊："吕秀兰！"吕秀兰哈哈笑着和他们握手，说："让你们受苦了。"这时，一个年轻的"日本兵"戴着口罩，过来报告说："报告吕会长，庄子头的民工解散了，几个伪军等你训话。"吕秀兰冲康二旦和李芳芳笑笑，点个头，就去开导那几个伪军。眼前的日本兵，一摘帽子，又摘了口罩，康二旦和李芳芳又是一个惊喜，齐呼："李书祥！"李书祥指着那个摘了帽的日本军官说："这是游击队的老鲁。"康二旦和李芳芳与老鲁握手，装成民夫的游击队员们也都赶过来与康二旦、李芳芳握手交谈，一通亲热。吕秀兰教育释放了几个伪军，马上赶过来说："今天的事，真是有惊无险，还算不错，我们奉上级指示，除掉了汉奸张怀仁、高天一和吴大疤瘌。二旦、芳芳同志，你们两个先跟游击队到平望去，养一天伤，好好休息一天。明天夜里，咱们一块儿去三峪。现在，赶快离开羊羊峰。"李书祥将提前写好的一封信，压在坑中三个汉奸尸体上，就又重新穿了日本装，押着"民夫"向平望方向走去……

夜，冷风如刀，繁星如麻，冬日的原野，平旷，深奥，鬼子的炮楼枪眼里透出一方方灯火，像是神秘的地域。说不定什么时候，炮楼上响两声鬼子壮胆的冷枪。"啪——"带着呼哨儿，那是三八大枪的弹头擦过空气的尾音儿，显得有点凄厉。大平原的远远近近，不时传来民夫们为鬼子巡更的锣声和那悠长的喊叫："太平无事喽——"

神秘的夜色里，平原小路上，奔走着一女三男四个人，他们是吕秀兰、李书祥、康二旦和李芳芳。李书祥的手里也提了一面铜锣，这铜锣，成了联络的工具，那些巡更的老人，多数都是八路军的暗线，八路军夜间活动，可以凭借铜锣的呼应和点儿数，知道前边的情况。这四个人顺利地躲避鬼子的巡逻队，过道沟、绕炮楼，到了庄子头东北角一个叫蒋沟的地方。后半夜，月亮上来了，不远的大山有了朦胧的轮廓。吕秀兰说："再叫上庄子头我们一个同志，咱们一块儿去三峪。书祥，打锣！"李书祥按照联络暗号敲了几下锣。宁静的夜里传来回应的锣点儿和一声亲切的召唤："太平无事喽——"吕秀兰高兴地说："他们等咱们呢，快走！"踏着冬日冻硬的田埂，迎着一堆闪耀的火光，他们大踏步奔了过去。康二旦和李芳芳心里格外豪迈。当初，他们总是着急，这抗日的阵势怎么总也闹不起来，总是悄无声息呢？想不到，抗日的星火和暗流，像初春的阳气一样，早已悄悄地遍及城乡，漫及山野了。

走到村外的火堆旁，他们找到打锣的张大爷和一个穿着羊皮袄，戴着白毡帽的年轻人。年轻人主动过来与康二旦、李芳芳握手："二旦哥，芳芳老弟，我们又见面了，我叫刘贵子。"康二旦和李芳芳在彤红的火光中打量他，他的形象完全和白天判若两人。康二旦问他："你不是白天讨钱的那个傻哑巴吗？"刘贵子有些不好意思地摸着后脖梗笑笑说："我是白天装傻，晚上做人，为了抗日嘛！"吕秀兰看着康二旦，指指刘贵子说："你们在庄子头被抓的事，就是贵子兄弟给我们报的信儿。"康二旦和李芳芳向刘贵子

历险庄子头

感谢了一番，刘贵子说："走了半夜，你们一定饿了吧？我这儿给你们烧着红薯呢。"说着从火堆里扒出十来块红薯，用羊肚手巾包了。他们五个人，告别了张大爷，又披着月色，吃着滚烫的烧红薯，走向挂云山下的小村三峪。高高的挂云山，像个巨人的铁躯，巍然耸立，坚不可摧。张大爷冲五个人的背影笑笑，亲切地打了一声锣，喊道："太平无事喽——"

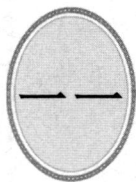

一一 康英英出山

　　那天午后，康二旦和李芳芳去庄子头寻访吕秀兰，两个人刚走，康英英就想到了一个对付红枪会的办法，他对范氏大婶和康来羊说："解散红枪会，光靠说道理还不行，咱也得来点实际的，以其人之道，还治其人之身。"范氏和康来羊看看康英英那微笑的浅麻脸问："你有什么妙计？"康英英很有自信地说："要揭露红枪会，先得打破他们的神功。咱选个日子，我也上台表演神功，当众喝锡水，断铁链。"范氏和康来羊当即摇手制止他，"你拉倒吧，为这点事，咱值不得玩命。"康英英哈哈一笑说："放心，这全是假的，越神的东西，越有假！我先练神功，后揭他的门子。"范氏问："你会吗？"康英英说："我师父会，从前，无论是佛门还是道门，为了谋一碗饭吃，不得不学一些江湖上的玩意儿。按江湖规矩，这些神功的门子是不能说破的，说破了不但犯行规，也是自砸饭碗。为了抗日，这些神功的门子，不砸也不行了。"康来羊担心地问："你这么干，你师父同意吗？"康英英说："我尽力说服师父，我想他会同意的。"说着，他拿了拂尘，扬手一甩，走出石门楼，去了挂云山清泉观。

　　午后，庄子头的方向传来两声枪响，范氏、康来羊、康三堂还有李芳芳他娘，全都跑到村西口，向庄子头的方向翘首张望，他们担心这枪声关系着康二旦、李芳芳的安危。几个人望了半天，再没听到别的动静，也没见庄子头北口有人跑出来。询问过路的人，都说他们是绕着庄子头走的，因为村里正在抓劳工，他们也是只听到了枪声，不知道街里发生了什么事。又过了一会儿，范氏安慰大家说："都回去吧，我想不会有什么大事，康二旦、李芳芳不是没脑子的人，现在回不来，晚上就回来了。"人们只求范氏婶子说的是金口玉言。到了晚上，康二旦、李芳芳没有回来。第二天，康大学士、大旦、三旦都来找范氏打探情况。范氏思谋着说："没有他们的信儿也许是好事。庄子头离三峪这么近，要是两个人真出了事，早就有信儿了，也许今天晚上他们就回来了。"入夜，康二旦和李芳芳还没有回来，村里的小庙前，唱佛歌的却更多了。每一个庙堂都是香火飞扬，佛歌如潮，红枪会员跪成一片，一直闹到夜里子时，村子里才安静下来。

后半夜，寒风更凉，月亮悄悄游上中天，有一个人影，爬上了村西头路北巷内一户人家的石墙。这个瘦而灵巧的人影，跳入院内，轻轻叩响了北房西间的窗棂："杨红颖同志……"这是康三堂家的北院，大红颖挺着更大的肚子，在西间里刚入睡不久，听到这熟悉的声音，心中一喜，她还是谨慎地冲窗户外头问："谁?"窗外回答："我，李书祥，同志们来了。""好，等一下。"她马上穿齐衣服，点上油灯，又去东间屋喊醒康三堂，就拉开了屋门。大红颖说："你先在屋里暖和一下，我去开大门。"李书祥说："不用，我去吧。"大红颖急忙叫三堂把炕上的热被窝儿叠了，腾出了炕来。很快，康二旦、李芳芳进了屋，三堂喊："二旦哥……"大红颖说："你们俩，真把人急死了。"李芳芳说："我们命大，死不了。"后边跟进来吕秀兰和刘贵子，没等书祥介绍，大红颖就先认出来了，伸过手去说："您是吕会长吧?早盼望您来呢。"吕秀兰看看大红颖的肚子，很抱歉地说："你这么不方便，还来打扰你。"大红颖说："您来，是我们的福啊! 这位是……"刘贵子行了个礼自己介绍："我是刘贵子，刘备招亲的刘，早生贵子的贵子。"一屋人都低声笑了。大红颖把人们招进西间，往炕上放了桌。吕秀兰叫人用被子挡了窗户，李书祥说："还得叫上几个人来，叫上我妈，叫上康保长、康来羊。"康三堂说："也得叫上康桂顺。"李书祥说："行，三堂，咱俩去叫人，叫二旦哥、芳芳哥休息休息。"两个人悄声出去，大红颖把竹皮暖壶提进西间屋，就和吕秀兰在外间屋灶火堂前，生火烧水。大红颖说："给同志们做点饭吧?"吕秀兰说："不用，路上吃了烧红薯，有开水就行。"她们低声说着女人家的话。很快，所叫的人都悄悄来了，康保长带来了花生，范氏带来了红枣，往屋里桌子上一撒。康来羊、康桂顺也来了，康二旦看着俩小孩儿说："你俩小屁孩儿出去放哨去。"康三堂说："我不，我们要开会。"大红颖刚要训康三堂，屋角的刘贵子从柜子上站起来说："这活儿我干最合适，我去吧。"李书祥问："要是碰上我村的人，说不认识你，你怎么办？"刘贵子用外地口音说："我就说我是瞎子，走错了路。"李芳芳说："可是你不瞎呀？"刘贵子马上就瞎了，两手往前伸着，用脚尖儿试探着走路。李书祥拿起油灯一照他的眼，嘿，两个眼球往上翻着，全是白眼仁，看不见一点黑眼珠儿了，一屋人全都笑起来，都说比真瞎子还像。刘贵子一出去，吕秀兰说："抗日，什么样的人才都有用，尤其这个刘贵子，靠装疯卖傻，帮着游击队传递了好多重要情报。"吕秀兰是这屋里唯一的党员，这也是由党员在三峪开的第一个秘密抗日会议。人们吃着花生、红枣，喝着白开水，听吕秀兰讲话。吕秀兰低声说："当前的局势，既严峻，也鼓舞人。太原虽然失守，日军占据了正太铁路和同蒲路，党中央指示，正式成立了晋察冀军区，聂荣臻同志任司令员，总指挥部转移到了阜平。我们的抗日组织，很快就建立了隶属于军区的四个军分区，我们这一带属第四军分区，由周建平、刘道生领导。我们挂云山一带，不久也要成立游击大队，还要在三峪成立青年抗日先锋队和儿童团。"康三堂和康桂顺兴奋地说："我们早就想参加儿童团，当侦察员呢。"大红颖冲康三堂瞪了一眼，示意他别插话。吕秀兰看看两个机灵的孩子，点头笑笑，接着说："目前，咱们还没有实力和日军正面作战，更不能当孤胆英雄，不能有报私仇的个人行动。像康二旦在庄子头那一战，就相当危险，幸亏你打了几个伪军，如果失手打死一个日本人，日军会拿十倍几十倍的中国人屠杀。所以，我们要格外小心，忍一时之气，等着把队伍建起来，听从党的指挥，到战场上再奋勇杀敌。"范氏看看康二旦和李芳芳说："年轻人，记住这个教训吧。"康二旦点点头，又问："吕会长，下一步，我们该怎么干？"吕秀兰说："下一步，你们要做好两件事：第一，为八路军收购武器弹药。咱们的兵工厂刚刚在太行山的辽县建成，弹药供应还有困难，还需要咱们自己想一些办法。国民党的军队南撤时，有大量的武器弹药丢在了民间，你们想办法去收购回来。收一批，就到庄子头找刘贵子联系，晚上有人来取货。购货的费用，到范氏婶子那儿去报，游击队按期拨款。当然，这些弹药武器，都是按废铜烂铁收的。第二件事就是红枪会的问题了。日本人要以华治华，正在利用红枪会，石家庄的红枪会，不但四处宣传迷信，还到处贴条子，发传单，反对共产党八路军，说共产党是邪教，有的红枪会还开始搞破坏活动，我们一定要劝那些不明真相的人，不要加入红枪会。"康保长说："三峪的红枪会会员只是念念佛歌，还没有出现反党反八路军的人。"范氏说："我们正想办法，让康英英出山说法，揭露这些骗局，解散村里的红枪会组织。"吕秀兰说："千万不能搞成敌我矛盾，我们唯一的敌人是日本。"范氏说："我们相信能把红枪会的事处理好。"吕秀兰点头说："好，今天就这样，谁还有事？没有了，散会，赶快撤。"屋里人很快清理屋子，大红颖恋恋不舍地说："吕会长，炕还没坐热，就走呀？"吕秀兰说："这就是打游击的作风，有事，做；没事，撤。我们还要乘夜色赶到岭口去。"

人们清扫了屋子，很快出了院子，消失在西沉的月色中。大红颖摸着同志们刚刚用过的碗，心中感慨万千，她很希望能有个时间和吕秀兰会长好好谈谈话，说说自己的故事，打听打听喜全的消息。孩子快要出生了，她很想念孩子的父亲，也不知那个没良心的杨喜全在哪个部队，怎么也不来学学百灵鸟儿叫啦，这个没良心的坏东西……

南岭的黎雀一叫，天亮了，夜走了，也带走了夜里的故事。出山的太阳，却又烘托出白天的新闻。街中丰化堂前新贴出一张布告，人们围着布告，纷纷议论："嘿！奇事。这康英英出山说法，演练神功，还传授神功！他哪儿会神功呀，啥时候学的？""准是真人不露相呗，是不是神功，今儿午后看看去就知道了。"这件新闻，首先带动了红枪会会员们。一吃过中午饭，李星星两口子很积极地带领近一百个红枪会会员，提前到达大戏台，帮着打扫场地，往后幕上挂了黄布，又挂上了张天师的画像，接着就带领会员们一齐跪在台前，唱起了佛歌《拜明香》：

> 合会的善人赶路忙，
> 欢欢喜喜来烧香，
> 近步就把村庄进，
> 来到槐荫一佛堂，
> 到了佛堂忙下跪，
> 进供焚纸点明香，
> 一拜明香朝南落，
> 二拜明香去灾殃……

红枪会的人一唱，来看热闹的人很快聚了一大片。康保长一看，来的人差不多了，主要是红枪会的人都来了，就走上戏台，先讲了一通开场白："乡亲们，今儿是好日子，由咱们清泉观道士康英英，义演红枪会的神功。有人问了，康英英会什么神功呀？是的，英英昨天还不会，今天就学会了，而且还收了徒弟，徒弟也会了，你说神不神？下面，由康英英带领他的两个徒弟，上台义演。头一个神功，喝锡水，就是把烧红的锡水倒进嘴里。"台下，哗声一片，全吓出了一身白毛汗。康来羊和康长玉先抬上一个冒着火苗的炉子，炉口坐上砂锅，砂锅里放上锡片，不一会儿，那锡片化成锡水。康英英身穿黑色道袍，头戴道士帽，手挥拂尘，翩翩上台。他身后的两个小徒弟，一个是康三堂，一个是康桂顺。义演前，英英放了拂尘，也学着红枪会铁罗汉的样子，先焚符，喝了一碗符水，接着，拿了一把勺子，在砂锅里舀了通红的锡水，先往康三堂展开的纸上滴了一滴，那纸"腾"地着了火，紧接着将锡水倒入自己的口中，然后闭气含了一会儿，张嘴吐出一个锡片来。台下的人全看呆了，好一会儿鸦雀无声，既而爆发了暴雨般的掌声和旋风一样的呼声。

　　康英英作揖谢过人们的盛赞，高声说："下面，由我的徒弟康三堂演练喝锡水。"康三堂从容地站到台中，这时，台下一妇人着了急，高声喊着："三堂，咱不喝，那就烫死你了。"喊着跑上台，非拉康三堂回家。那妇人就是康三堂他娘石嫂。康英英当众劝石嫂："你不是快抱上孙子了吗？烫死了儿子，还有孙子，绝户不了。"台下人哄地全笑了。石嫂更急了，说："叫你哥哥康正甫来喝吧，俺不喝。"非拉康三堂回家。康保长和范氏上台劝了老半天，才把石嫂劝下台去了。义演继续，康英英舀了一勺锡水，依旧滴纸而燃，接着把锡水倒入康三堂口中。康三堂闭了一会儿气，张嘴也吐出一个锡片来。台下又是一阵掌声、呼声，康三堂得意地做了个鬼脸儿，跑到了台侧。康保长在台角报幕说："下一个神功，铁指钻砖，就是用手指头把青砖钻个窟窿。"康长玉送上一块青砖，康英英拿过，问他的另一个小徒弟康桂顺从哪个地方钻。康桂顺给他往砖面上画了一个圈儿。康英英伸出右手的食指，龇牙咧嘴地钻起来，砖末纷纷落地，不一会儿，还真的钻了个透明的洞。台下掌声再起。康英英举着砖说："这个砖要再钻一个洞，让我的徒弟康桂顺来试试，三堂，你说在哪儿钻？"康三堂跑到台口，也往砖的另一

康英英出山

头画了个圈儿。康桂顺上来了，先用袖头擦了一下鼻涕，伸出小手指头，对准那个圈儿，嘴里一阵哼哧，也钻了一个洞儿引来掌声大作。下一个神功"力断铁链"，这都是红枪会的和尚演过的。康英英扯过一条手指粗的铁链，哗啦一抖，先叫台下前边的人验过真假，接着挽个套儿，套在自己脖子里，两肘撑入套内，一用力，"嘿"的一声，"哗啦"一下子铁链断作了两截。

康保长上台带头鼓过掌，问台下的人们："乡亲们，这功夫神不神?""神。""想不想学?""想学。""好，让康英英给大家传授神功，一屁时学会。"台下又一阵哄笑。康英英收拾了道具，手持拂尘，翩然走至台口，说："乡亲们，红枪会的会员们，要传神功，先得讲佛。有人问了，你是道，怎么讲佛了? 其实，天下一理，佛道一家，不先说佛，我就传不了神功。咱三峪信佛的人越来越多，还组织了红枪会。我来问你们，你们天天烧香，天天念佛歌，真是做到了心诚心苦。只问你们一个字，佛，什么叫佛?"台下沉静片刻，有个红枪会会员答："佛就是神，我们烧香，佛能保佑我们。"康英英马上回驳："不对，佛不是神，佛是觉悟和智慧的最高圆满。为讲清佛这个字，我还得问红枪会一个问题，佛教有一部重要经典《金刚经》，你们读过没有?"台下沉静了一会儿，都说没读过。康英英笑着说："你们这么信佛，却不知道佛是什么，又不读佛的主要经典，这怎么行呢? 为说清佛是什么，先得讲透《金刚经》里一句名言，叫作'三藐三菩提'。菩提，是正觉智慧的意思。三藐呢? 三藐是觉悟智慧的三大层次，即正觉，正等正觉，无上正等正觉。我再说粗浅一点，第一藐，是能够正确地认识人生，这是罗汉层次; 第二藐，是能够正确地认识自然，这是菩萨的层次; 第三藐，是能正确地认识宇宙。你对人生、自然、宇宙，都有了准确无误的认识，这才到了佛的层次。有人着急了，这佛教与神功有啥关系呢? 别急，下边就是。要讲清神功，我还得说清《金刚经》里另外两句话'不住相''所见有相，皆是虚妄'。相是什么? 相可以指现象，我们所看到的相，都是虚幻不实的，都是假象。比如，饮锡水，把烧化的锡水倒进嘴里，吐出一个锡片来，这就是假象。我在台上说让康三堂饮锡水，他娘就急了，非拉着儿子回家不可。他娘为什么急呢? 因为她住相了，她被假象所欺骗了。台上炉火是真的，锡化成水也是真的，滴纸着火也是真的，唯独将锡水往嘴里倒，这就是假的了。你们看看这勺子，勺子边沿有个夹层，勺儿一倾斜，滚烫的锡水就流进了夹层，根本到不了嘴里。嘴里吐出的锡片，那是提前含进去的。"康英英一破了门子，台下观众全"唉"了一声，全泄了气，都产生了一种上当的感觉。康英英又讲了手指钻砖和力断铁链。砖上的洞儿，是提前钻好了的，再用砖末填满，表面浇上米汤晾干，外人看不出真假。铁链上的某一个环儿，是先用钢锯锯上一个豁口儿，再用锡或者铅焊上，锉平，涂上像铁的染料，外人也看不出真假，台上表演，一拉即断。

台下的乡亲们明白了神功真相，开始互诉冤屈，抱怨声一片。康英英又拿出一条铁链说："我这儿还有一条铁链，谁来上台把它拉断？""我来。"谁也想不到，走上台的，居然是李书祥他娘。范氏婶子挽了袖口说："看我老婆子来试试这种神功。"康英英同样挽了个套儿，套在她脖子里，她两肘撑入套内，一用力，铁链"哗啦"一声，也断了。范氏婶子挺激动地把铁链往台上一摔，高声说："乡亲们呀，二和尚的红枪会，就是用这种神功骗了我老婆子一百块法币，也骗了咱三峪的老乡亲呀！红枪会四处义演，招摇撞骗，台上一会儿工夫，就骗走了咱三峪一大车粮食，那是咱一年的血汗呀！大家心疼不心疼呀？咱们的孩子一年都舍不得吃上一顿白面条和白馒头，却稀里糊涂地给了红枪会，他们比土匪还可恶！大家还记得，一年前，康三堂他娘治病，四和尚的红枪会就把三堂一家骗了个倾家荡产。十几天前，二和尚的红枪会，又骗走了咱们一大车粮食。学佛，贵在觉悟，我们该是觉悟的时候了，我们有工夫念佛歌，还不如干点利国利民的事。有了粮食，还不如交给山里的游击队，多杀几个日本鬼子。乡亲们，不要再搞什么红枪会了。"范氏婶子情绪激昂的一番话，使台下一些红枪会会员们纷纷退会，一个个大骂着红枪会，扯掉身上的黄符，扔了一地，使原来一百人的红枪会，一哄而散，最后只剩下十来个死硬分子。

康英英这次出山说法，大大挫伤了红枪会的元气。晚上的寒风里，几个顽固派，虽然还在李星星的带动下，坚持唱佛歌，那声音单薄零星了许多，像立秋以后的蟋蟀，声音寂寥无力。

冬闲的日子，退了会的妇女们有了足够的时间，在范氏大婶、大红颖和王二梅的带动下，给八路军做军鞋。

李芳芳和康来羊开始秘密收购弹药武器，他们装成收谷草和收废铜烂铁的，赶着小驴车，串四乡，收到了子弹、手榴弹、步枪，就掩藏在李芳芳的谷草里运回三峪。第二日，由康三堂、康桂顺两个儿童，到庄子头找刘贵子，隔天夜里，山里就来人把武器弹药和废铜烂铁悄悄运走。不久，发生了一件事，差一点给村里引发一场重大惨案。

有一天，李芳芳和康来羊两个人，在石阳那边收购到一挺捷克式轻机枪，可把两个人乐坏了。黄昏进村，有人问："怎么样，逮着大家伙了吧？"黑瘦的李芳芳忍不住要显摆一回，一拍前车盘儿说："嘿，让你说着了，保证你一看吓一跳，再一看乐一宵。"村民恳求："什么宝贝，弄出来看看呀？"康来羊提醒李芳芳："哥，咱还是捂着点好，小心出事。"李芳芳大咧咧地说："没事，让他开回眼嘛，反正咱村里又没叛徒。"说着，从车上的谷草里，扯出一挺机枪。村民一看，还真是吓了一跳，接着，这村民就对这挺机枪爱不释手地又摸又掂，问这问那，引来一圈村民开始围观。康保长赶过来，马上驱散人群，又把机枪塞入谷草内，把车赶到僻静处，狠狠训斥起康来羊和李芳芳："你们脑子里有簧儿没有？庄子头据点离咱村如同上炕下炕，这要让鬼子知道了，可是全村掉脑袋的事！"李芳芳说："我觉得咱村没坏人呀。"康保长强压怒火骂道："你犯浑，山大什么鸟儿没有？这儿可快成敌占区了，这挺机枪，连着一村人的性命啊！"此时，李芳芳和康来羊才觉出了事情的严重性，李芳芳很后怕地问："这怎么补救呀？"康保长低声说："东西不能放在家里。"他又四处看了看，一指巷口那个猪圈说："天黑后埋到猪圈里，你们挖坑，我找块雨布来包好它，明天早晨快去联系刘贵子。"三峪村不缺石头，街边巷口，用石头砌了许多的猪圈，日本一来，家家户户都不养猪了，许多猪圈就成了干圈。天黑后，他们在猪圈里把机枪埋好，表面又盖了一层烂柴草，外人是看不出来的。

第二天一早，李芳芳和康来羊正想找康三堂给刘贵子送信儿，就听街上传来两声尖脆的枪响，接着鸡飞狗叫，大乱了起来。两个人悬着心跑到巷口一看，全都倒吸了一大口冷气：鬼子来了！两个鬼子兵、一个伍长，还有一小队伪军，个个都荷枪实弹，把康保长和一批村民押到了大槐树底下。李芳芳和康来羊的心都悬到了嗓子眼儿，看来，三峪村里真出了奸细，鬼子是冲那挺机枪来的。他们心里惦着那挺机枪，很快忘了危险，来到街上，又很快被伪军推进了人群。

日本伍长挎着东洋刀，穿着大皮靴，围着康保长咯噔咯噔踱了几步，嘀咕了几句鸟语。一个黄脸皮的伪小队长冲康保长问："八路的一挺机枪藏在这村里了，你说藏在什么地方？"康保长很镇静地说："老总，我是这村的保长，大事小事都瞒不过我。你说的机枪，我咋一点不知道呀！是谁告诉你这村里藏着机枪呢？""你别装糊涂，"伪小队长吼道，"这挺机枪藏在哪儿，皇军早知道，就看你对皇军忠诚不忠诚。"康保长和气地笑着说："我对皇军大大地忠诚，真有机枪我早汇报了。可是，真的没有呀。""找死呀你。"伪小队长冲康保长脸上打了一巴掌，康保长嘴角的血淌了出来。伍长喝退伪小队长，走到康保长跟前，狰狞地一笑说："你的，良心的坏了，对皇军大大地不忠！机枪的，就在你们村的。"康保长抹去嘴角的血说："那好，我带着皇军挨家挨户去搜，要是搜出来，就是我对皇军不忠。任你们处置，请！"伍长又狰狞地笑了一下，用拳头敲敲康保长的胸脯说："你的，把枪自动交出来，全村的无事。我们搜出来的，全村死啦死啦！"康保长很认真地说："太君，我说没有，是真的没有哇。"伪小队长着急了，走过来一拔盒子枪说："太君，别跟他闲磨牙了，我带人去搜，要是搜出来，全村一个不留。"日本伍长也不愿耽误工夫了，把手一挥，下了搜查令。伪小队长冲康保长阴柔一笑说："康保长，我看你一会儿怎么哭，走！"

日本人和伪小队，押着康保长和一批村民，从大槐树往西走去。李芳芳和康来羊站在人群里，等待事情的进展。康保长一直显得很镇静，当走到那个埋机枪的猪圈时，伪小队长突然喊了一声："停下。"所有人全停在了那个巷口，伪小队长绕到康保长跟前，黄脸皮上闪过一个得意而又阴险的笑说："保长，到地方了，机枪，就在这个猪圈里埋着。"康来羊一下抓紧了李芳芳的手，手心很快出了汗。康保长眼角的皱纹紧张得若隐若现，他还是镇静地反问："老总，我都不知道这里头埋着枪，你却知道，不会是你埋的吧？"伪小队长一推大檐帽吼道："你还有心装傻玩，马上有你的好戏看啦！来人，给我下猪圈，刨枪。"两个伪军，早从户里找来了铁锹，跳下猪圈，就开始刨挖。康保长知道在劫难逃，又毫无挽救的办法，他的脸色，由焦黄变成惨白，汗珠从额头渗了出来。他隐忍痛恨，半闭了双眼，主要痛恨那个告密的汉奸，究竟是谁告了密呀？猪圈里折腾了一会儿，一个伪军喊："队长，找到了，枪在里面。"康保长睁开双眼，一下看到昨晚埋下的那个黄色雨布包，他心里说了声："完了。"脑子里却一下清醒起来，他几步走到

康英英出山

日本伍长面前作了个揖说："太君，我真不知道这里面是什么。如果是枪，必定有人栽赃，我帮你查找埋枪的人，或是你处置我这失职的保长。这件事，和乡亲们没一点关系呀。"伪小队长冲康保长笑笑说："怎么样，傻了吧？"伍长冲康保长一挥手说："你的，把东西拿出来！要是枪的，全村死啦死啦。"康保长喊道："这真不关乡亲们的事呀。""八嘎！"伍长吼道，"你的，把东西抱上来。"康保长努力使自己镇静，街上的乡民们也都鸦雀无声，一个个手心里攥着一把汗，等待着最坏的结果。康保长像是一下老成了八十岁，双腿沉重地挪动着，笨拙地下了猪圈，抱起那个黄雨布包，又颤巍巍地从猪圈里爬出来，他一步一抖走到街路边。街上的伪军和鬼子，稀里哗啦一阵，把子弹推上了膛，有的端起了刺刀，准备先刺杀康保长，再屠杀三峪的村民。"打开！"伍长一声嗥叫，康保长两手颤抖着，当众慢慢地打开了雨布包。日军呆了，伪军呆了，村民们也都看呆了：雨布包里根本就不是机枪，而是一根大树杈！康保长看到大树杈，大吃了一惊，他揉了一下眼睛，飞速调整了一下呼吸，就扑通坐在树杈前，拍着地皮哭喊起来："乡亲们哪，这是谁造的谣说这是机枪呀？这不是差点要了咱全村人的命呀……"日本伍长跑到伪小队长面前，冲伪小队长的脸上扇了一巴掌骂道："八嘎牙路，这是怎么回事？"伪小队长很奇怪又很冤枉地大叫："怎么是树杈？这是谁埋的树杈？""是我。"康英英身穿黑色道袍，挥动拂尘走了过来。伪小队长质问小道士："你说，为什么往猪圈里埋树杈？"康英英一派仙风道骨的样子，合掌念了一句"天尊无量"，看着大树杈对伍长振振有词地说："太君，这根树杈，是为全村人祈福的镇物。眼下到了年底了，明年是戊寅年，寅者，虎也，三峪三面环山，虎得山得木会降福此地。无奈，明年闰七月，七月是庚申，申者，猴也，猴成大王，虎威不振，必有兵灾，必须抑猴扶虎，方可免灾。抑猴者，亥也，亥者，猪也，必须取一山木，埋于猪圈，三峪人才能平安得福。无量天尊。"日本伍长听得心烦意乱，冲他的下属一挥手，喝道："开路开路！"日伪军们都很沮丧地离开了三峪。

脱险的乡亲们散去以后，康保长把康英英、李芳芳、康来羊叫到自己家中，心有余悸地说："咱村里可真有了叛徒了，不知是谁向鬼子告的密。以后做事，千万小心，这回要没有康英英这调包计救了三峪，事可就闹大了。"康英英却说："大伯，这调包计不是我做的。"康保长惊问："什么，你没往猪圈里埋树杈?"康英英说:"晚上我一直在观里,根本没上三峪来。只是今天早晨,出外云游,正好碰上了这事,就乘机胡诌了一通,骗骗鬼子而已。"康来羊很纳闷儿地说:"这就怪了,是谁埋的树杈?咱那挺机关枪呢?"

这调包计的事,一时间在三峪成了一个不解之谜。

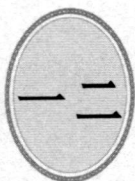

一二　三枚炸弹

　　一九三八年的春风，吹过冰冻的滹沱河，吹过硝烟滚滚的华北大平原，吹过八百里太行，又吹绿了三峪大山里的柳色。不管生活多么残酷，日子多么艰难，一个新生男婴，在这孕育万千生机的早春里，降临在康大石匠的家里。这个男婴，一落炕，就挥拳踢腿，极放肆、极大胆地可着嗓子号哭起来。婴儿的母亲大红颖，望着八斤多重的胖儿子，脸上洋溢着欣慰甜美的微笑。孩子的奶奶石嫂说："这孩子真像三堂，三堂小时候就是这个样儿。"孩子的爷爷康大石匠乐呵呵地摸着孩子红嘟嘟的小脸蛋儿说："给他起个名吧，我看这孩子脾气烈性，也好，咱山里人安分了一辈子，受罪受气的，叫这孩子改改门风，就叫抗抗吧，抗日的抗。"康三堂高兴地说："对，我儿子就叫抗抗，康抗抗，怎么这么咬嘴呀？"小抗抗的到来，引得四邻八舍纷纷来道喜，送鸡蛋的，送红糖的，送小鞋小帽子的，很是热闹了几天。康三堂正是儿童期，喜欢小猫小狗，更喜欢小娃娃。他一有空儿就守在胖娃娃身边，看他吃奶，看他躺着啃小拳头，看他梦中的笑脸，也看他恼怒时挥拳蹬腿地号哭，一声一个"我儿子"。大红颖看看自己的儿子，想念着儿子真正的父亲，心里很觉得奇怪。当初，她很怕儿子生出来太像杨喜全，招来人们的猜疑和非议，儿子出生了，圆头圆脑，大大的眼睛，倒很像康三堂，是庄基风水的原因呢，还是康家人气的感应呢？这样也好，没人敢戳她的脊梁骨。康三堂呢，真把小抗抗当成了他的儿子。有天夜里，康三堂帮着大红颖给小抗抗换尿布，又是一口一个"我儿子"。大红颖提醒他说："三堂，这孩子将来不能姓康，要姓杨，杨抗抗。"康三堂把尿布扔到盆里，琢磨了一下，很快噘起小嘴说：“不行，就得让他姓康。”大红颖说：“你的种儿呀？”康三堂强辩：“就是我的种儿！要不，他怎么长得这么像我呀？”大红颖说：“得了吧，你刚过十二岁，小鸡还没长毛，你身子里哪儿来的种儿呀？”康三堂有点不明白了，眨着小黑眼睛问：“姐，啥叫种儿呀？”大红颖给孩子换上干尿布，抱起孩子，把大奶塞进孩子嘴里，有些羞涩地说：“等你过了十六岁，小鸡长了毛，嘴上显了小胡子，身子里就有种儿了。你再娶了媳妇，你和你媳妇配了对，你媳妇才会有你的孩子。”康三堂仰着小脸儿想了想，又问：“啥叫配对呀？”大红颖逗着他说：“你再想想啥叫配对？”康三堂又想了一下，嘿嘿一笑说：“知道了，就是操×。”大红颖扑哧一笑，又绷住大红脸骂道：“滚一边去！”一脚把康三堂踹到外间屋去了，自己又捂上嘴大笑了一通。一会儿，康三堂又折回屋，扶住隔间门框郑重声明：“姐，不管怎样，这孩子，我养，你不能把他带走。”大红颖说：“好，就算你们康家的人吧。”

一场春雨，催红了山里的桃花。小抗抗要庆满月了，康大石匠家在北院里搭了席棚，盘了大锅，要宴请亲朋好友。康保长任总管，半前晌的时候，远近各路的亲朋都来了，巷口的大车停了一大片。人们带着各样礼品，先去大红颖房里看了孩子，拜见了主家，而后进棚入座，说不尽的吉祥话。不一会儿，范氏大婶领来两位特殊的客人，是远道的客商。那个客商头戴黑礼帽，身穿驼色长衫，鼻梁上架着一副茶色墨镜。身后的随从，是个高个男孩，穿一身黑制服，平头方脸，面色带着轻微的黑红，眼神却很文静。康保长先是一怔，客商作揖寒暄，献上一个红包。康保长很快认了出来，作揖还了礼，对康大石匠说：“远道的客人，安排到南院雅室去。”康石匠心领神会，与范氏大婶一块儿到南院，收拾出一个清净房间。客商进屋落座，康保长很快叫来了康二旦、李芳芳、康来羊、康三堂和康桂顺。范氏婶子在院子里应酬放哨。几个人落座后，远道客商先摘了墨镜又一摘礼帽，露出一头秀发，原来是吕秀兰。身边的随从，是游击队的小周。喜宴上齐，酒过三巡，吕秀兰低声说：“同志们，今年年初，我们游击队在同蒲路、正太路，打了好几个漂亮仗，击毙日军一千多人，缴获了不少战利品，这是个很好的开头呀。”李芳芳一戳酒杯说：“吕会长，我们山里几个人，还不如去投游击队，想打就打，想走就走。在这山沟里憋着，真不是滋味。”吕秀兰说：“目前

三枚炸弹

的情况，不是我们去投游击队，而是游击队要到三峪来。挂云山，是井陉、获鹿、平山三县交界的地方，地理位置相当特殊，自古是兵家必争之地。这一带，必须要建立自己的队伍，要想建立队伍，必须先拿掉庄子头的炮楼。"几个人一听要打炮楼，全来了精神，纷纷询问："什么时候行动?""发不发武器?"吕秀兰接着说："打炮楼的事，很快就要行动，但不能强攻，只能智取。得有一个同志，想法打入炮楼内部，掌握最佳时机，里应外合，炸掉炮楼，把这帮日伪军消灭干净。"康二旦放下筷子思谋了一下，说："这个任务，我认为我可以承担，我在炮楼上给杜山鬼子看过病，对那儿的环境也比较熟悉，我去吧。"李芳芳吃掉一口豆腐说："还有我，我也去。"康二旦斜他一眼说："你拉倒吧! 上一次，还不是你挑起来的事?"吕秀兰说："至于康二旦怎么打进去，上级另行通知。李芳芳、康来羊，你们还得继续出去收购武器弹药，一定要注意安全，防奸防特。去年丢失的那挺机关枪，还没有查到线索吧?"康来羊说："没有，这真成了一个谜。红枪会几个人说，是佛祖下界，帮着把机枪调了包，保护了整个三峪村。"康二旦说："别听几个顽固红枪会瞎扯，我总觉得这挺机枪还藏在三峪。"吕秀兰说："三峪出了汉奸，村里的情况开始复杂了。下一步，你们收购了武器弹药不要留在三峪，直接运到东峪去。东峪人少，有大山，能攻能躲，全是堡垒户。你们的弹药运到东峪后，康三堂、康桂顺在北山上插消息树，放骡子做掩护，三峪一有情况，马上扳倒消息树，东峪马上就能看到。再者，暗藏的敌人和那挺离奇丢失的机枪，还要留心查访。来，为下一步的胜利，咱们干杯!"一桌人，共同举起了酒杯。

小抗抗过完了满月，下一步，该大红颖回娘家了。杨家坳那头，派来一辆搭着布篷的铁脚大车。大红颖把胖儿子包裹严实，坐进了车篷，康三堂也上车护送。康大石匠和石嫂又拿了一些吃的用的东西，放到车内，说了好多句路上平安。车夫一声喝，大车上路了。

杨家坳离三峪仅五六里地，近午时分，就到了村子南口。西南大沙岗上，围了一群孩子，在观看什么。大红颖掀了布帘问车夫："杨二哥，孩子们在看什么呢?"车夫说："日本飞机从这儿路过，丢下几颗炸弹，没有炸，有两天了，谁也不敢去弄。""什么?"大红颖赶紧叫车夫喝住驴，说："杨二哥，你去赶紧把孩子们驱散，炸了可不行。"她又对康三堂说："三堂，你不用上杨家坳去了，你赶快跑步回三峪，找李芳芳，或者找保长，叫他们来运炸弹，这可是不花一分钱的火药。"康三堂挺机灵，他马上明白了炸弹的重要用途，一出溜下了车，返身向三峪的方向飞步跑去。一路上，康三堂累得气喘吁吁，头上大汗淋漓，他大张着嘴，呼吸着春天的干热风，一步不停地往前奔，心里只有一个目标——三峪。五六里地的路程，他一步也没歇就跑回了三峪康保长的家里，他大喘着粗气，向康保长汇报了杨家坳有炸弹的情况。康保长一听，也顾不上安慰康三堂，急忙赶往李芳芳家。正好，今天李芳芳没有出去收购武器弹药，他娘病了，他在家伺候。李芳芳没去，康来羊也就没去。一听说杨家坳炸弹的事，两个人全来了精神，李芳芳把他娘托给了邻居，套上驴车，装上谷草，就和康来羊一路扬鞭奋蹄，赶到了杨家坳黄沙岗上。黄沙岗子已被人用草绳拉上了大圈，围观的群众只能站远了看，先是李芳芳一个人登上了沙岗。黄沙岗上有三颗日本炸弹，两颗小的，一颗大的，全都参着铁翅，撅着屁股，栽在沙土里。在太阳的照射下，发出黑森森的光。李芳芳屏住气息，挨个儿听了听，没有秒针的嘀嗒声，他知道不是定时炸弹，就叫过康来羊，用村民拿来的铁锨、镐头，轻轻刨出炸弹，轻轻抬上大车，苫上谷草，小心翼翼地把这三个沉睡着的烈性黑家伙，运回了东峪。

第二天一早，康三堂就去庄子头，找了在街上装疯卖傻的刘贵子。当天夜里，吕秀兰就穿着蓝大衫，戴着黑礼帽，装成商人模样，带着小周，赶到了东峪。他们的秘密会址依旧选在焦康宝家的房顶上，焦康宝从梯子上递上几个座位，在座的还有康二旦、李芳芳、康英英和康来羊，有夜色的掩护，这里比三峪安全了许多。

吕秀兰这回到东峪，不单是为了炸弹的事，她是来给康二旦下达战斗任务的。她对黑暗中的康二旦说："二旦兄，从明天开始，庄子头炮楼上又要抓劳工。炮楼里那个杜山鬼子换防走了，现在只留下一个治安中队，中队长是一个叫刁蛤蟆的汉奸。日本要加修通往威州、获鹿、平山的公路，如果公路修成了，这一带可就真成了敌占区了。所以，我们必须尽快拿下庄子头炮楼。"康二旦听明白了意思，马上说："吕会长，上级需要我做什么，你快下命令吧。"吕秀兰说："你明天就化装成挑夫，只身去庄子头，找机会让敌人抓了你做劳工，混入民工队，设法找到炮楼里当伪军的张连发。""张

三枚炸弹

连发，这人长得什么样儿？""我也不知道，这个张连发是黄岩人，曾被我军抓住，教育释放，成了我们的内线。你们的接头暗号是：'今天天气很好，就是有点风''什么风？''东南风，从九龙山吹来的'。"康二旦又对暗号重复了两遍，问："那个张连发给了我情报，我怎么送出去？"吕秀兰说："刘贵子的哑妻何单妮，在庄子头西口工地附近卖香烟洋火。她的胳膊上缠着个手帕，手帕上系着一条红线。你也要拿上一方手帕，系上红线。你千万要大胆谨慎，机动灵活，一有了情报就送出去，游击队马上出击，里应外合，炸掉炮楼。"康二旦又重复了一遍这些接头暗号说："那我明天早晨就出发。"吕秀兰点头同意。

康二旦有了光荣任务，偷着乐去了。李芳芳献计说："吕会长，我看，这三颗炸弹，拆开它制成我们的土炸药，足够炸平庄子头炮楼。这个任务，交给我吧。"吕秀兰说："拆炸弹是很危险的事，这活儿，得找我们专业的工兵来干。"李芳芳说："不用，我能把炸弹拆开。"吕秀兰问："你学过这个？"李芳芳笑了一下说："为了让大家相信我，我得先向大家承认一个错误。"康英英看着黑暗中瘦弱的李芳芳说："你除了体弱劲儿小，还有什么错误？"李芳芳很坦白地说："我贪污了一样东西。自从和康来羊购上了武器弹药，我就悄悄爱上了这些东西。只有这些东西，能帮我们保家卫国，打日本鬼子，所以，每购买一件武器，我爱在夜里偷着研究一番。尤其是收到那挺捷克式轻机枪，我太爱那支枪了。那天傍晚，康保长和我们把它埋进猪圈，我夜里就睡不着觉了，真舍不得把它送进山里，于是，我半夜里就偷偷起来，找到了那个猪圈……"康来羊跳起来指着李芳芳说："哦，原来这机枪和大树杈是你偷着换的？"李芳芳说："是。"康英英说："你这一掉换，歪打正着，救了全村人的命，怎说是错误呢？"李芳芳说："当时，我并没想到会救全村人的命，我只是想留下那挺机枪。"吕秀兰说："这么说，机枪在你手里？"李芳芳说："我把它拆了，藏起来了。"吕秀兰说："按八路军的政策，一切缴获要归公。你现在还是见习八路，这政策还实施不到你头上，那挺机枪你先保管好，打了庄子头炮楼以后，再拿出来。这事千万不要再提了。明天上午，由你负责拆炸弹，制作咱们自己的土炸药。""是。"李芳芳也有了光荣任务，也偷着乐去了。第二天吃过早饭，康二旦把诊室的事托给父亲，他扛上他的宝贝扁担，向同志们道了别，就只身入虎穴，向庄子头出发了。李芳芳也开始了他的艰巨任务——拆炸弹。

挂云山西北角有座孤山，形同锅帽，人称锅帽山。康来羊扛了那枚小炸弹，李芳芳背上褡裢里的工具，再提上一个小瓦罐，他们就来到了锅帽山的半山坡上。李芳芳找了个平缓一些的地方，叫康来羊放了炸弹，就催他离开。康来羊说："我陪着你吧，给你壮个胆儿。"李芳芳说："你得了吧，你在，我会分心。"康来羊只好下山去，与吕秀兰、战士小周和康英英站在山下，担心地观望着。康英英双手合十，不住地默念"无量天尊"。康来羊也双手合十，却念着"梨花雪姐"。

高高的锅帽山上，李芳芳像个小甲虫一样，伏在昏黄的山体间，小心地摆弄着炸弹，稍有差错这个铁家伙就会勃然震怒，让他粉身碎骨。

时光，在危险的气氛中静悄悄流逝着，五分钟过去了，十分钟过去了，半个钟头过去了。到了近一个钟头的时候，忽见李芳芳脱掉身上的黑夹祆，在手里当旗帜高举喊道："来呀，成功啦——"四面大山也荡起回音："成功啦——""成功啦——"

吕秀兰带着几个人冲上了山坡，他们看到了那个深黑色的炸弹壳，看到了倒进小瓦罐中的黄色烈性炸药，还有，从炸弹壳上卸下来的许多手指粗的四棱小钢圈儿，炸弹一炸，那些小钢圈儿会变成无数个小刀子四处飞射，这么残忍的设计，是专门用来炸中国人的。现在要用这些武器，回敬小日本鬼子了。李芳芳向吕秀兰和盘托出自己的爆破计划，他说："我们可以将这些黄色炸药，装进咱老百姓的生铁水壶里，壶嘴里栽上药捻儿，就成了咱们的土炸药。再把那个小炸弹也拆了，弄两个铁壶炸弹，然后把日本人的大炸弹，压在两个铁壶炸弹上，用药捻儿引爆，准叫小鬼子的炮楼好好坐坐咱的土飞机。"康来羊和康英英全说"来劲儿"。吕秀兰拍拍李芳芳的肩头说："好哇，三峪又出了一个抗日人才！有了炸药，下一步，就看康二旦的了。"

一三 智取庄子头炮楼

庄子头村的刘贵子八岁就成了孤儿。他割过草，砍过柴，当过放羊娃，后来靠四处打短工为生，吃的是百家饭，穿的是百家衣，一天天像个小叫花。村里人看着他可怜，常常周济他。他自己却是个天生的乐天派，每天都嘻嘻哈哈的。他爱学羊叫，学狗叫，学集上的叫卖声，后来就学傻子，学瞎子、拐子，学吊线风，学得惟妙惟肖，常逗得人们一片笑声。人们问他："贵子，你一天天咋这么乐？"他说："我是天生的贵子，天当房，地当床，星是灯，风是扇，吃穿在百家，哪能不乐？"

刘贵子的家住在村东北角蒋沟那个地方，父母给他留下了三间土坯房和一处破宅院。他这个家，大开门也不闹贼，他有时在家里睡，有时在地里睡，走到哪儿哪儿是家。长到二十出头，该是说媳妇的时候了，可他也不知道打扮自己，照旧破衣烂衫的像个叫花子。村人又问："贵子，啥时候娶个媳妇呀？"刘贵子哈哈一乐，挠挠厚厚的头发说："急啥？先让丈母娘给养着吧。"村里人说："养得长了翅儿可就飞了。"刘贵子说："不怕，别说我这草窝里不来百灵鸟儿，今年冬天就得飞来一个。"刘贵子这回说话还真的灵了。到了冬天的一个晚上，庄子头地下党员何德胜，从白花村开会，刚刚回到家里，刘贵子从房上来到他家，告知他说："何叔，你今夜里到我家睡去吧，咱村的伪保长今儿下午在你门前转了好几回，怕要出事。"何德胜马上警觉起来，当即吹了灯，串着房顶到了刘贵子家。刘贵子做饭烧炕，热情招待了何德胜。到了后半夜，村里的狗乱叫起来，鬼子和伪军果然包围了何德胜的家，闹了个"狗咬旋风，扑了空"。鬼子一气之下，打了伪保长几枪托，放火烧了何德胜的家。何德胜在刘贵子土坯房内的地洞里躲过了一劫，从此，何德胜就住在刘贵子家。他见刘贵子老实又机智，能苦中作乐，就将自己的哑巴闺女何单妮从姥姥家接来，亲口许给了刘贵子。就这样刘贵子有了一个幸福温暖的家，在老丈人的指导下，很快成了党的秘密联络员。何单妮虽是哑巴，却比一般的姑娘更聪明伶俐。乡亲们问："贵子，这个媳妇怎么样啊？"刘贵子常常得意地说："好哇！咱进门能吃上热乎饭，上炕能钻热被窝儿，还不和咱唠叨嘴。"人们都说，刘贵子过上了佛堂里的日子。可是，好景不长，这刘贵子突然变傻了。外人不知，这正是抗日工作的需要。

有一天，鬼子和伪军突然包围了庄子头，把男女老少赶到村西桥头。赶巧了，区委干部来庄子头开会，也被围在了里边。鬼子汉奸挨个审问，看到刘贵子两口子有些异常，鬼子就把何单妮抓出来问："共产党的有？你说了皇军有赏。"何单妮胡乱指画，咿咿呀呀。鬼子见是个哑巴，打了何单妮一巴掌，又用枪口抵住刘贵子的心口窝儿问："你的说，支部的有？"刘贵子呵呵一笑，嘴里流出一条哈喇子，用破袖口把嘴一抹，摊开两只手说："我不种棉花，哪能织布？"鬼子戳了刘贵子两枪托，吼道："你的快说，哪里有共党？"刘贵子抬眼往人群里搜寻，他猛然看到了区委干部老崔和妇救会长吕秀兰，心里咯噔一下，但他马上镇定下来。鬼子又问："你说，共党的有？"刘贵子又呵呵笑了，说："你说弓弹呀，我知道了。"鬼子一喜，问："共党在哪里？"刘贵子咬着手指头想了一下，一笑，点点头说："走，我带着你们去，找弓弹。"在井陉一带的方言里，共党与弓弹发音相似，鬼子伪军都认为傻子好哄，就一窝蜂跟着刘贵子在村里转起来。庄子头这个村子，街巷的沟坡相当复杂，尤其是蒋沟，那是村中一道天然的大深沟，沟深得让人眼晕，所有居民的石房、土房、草房、窑洞，全部修建在沟坡上，高低错落，天然成趣。沟里沟外，还生长着许多奇形怪状的槐树，这槐树上边是一个树身，往下却分了叉，成了两个树身，极似一架倒立的弹弓。刘贵子带着这群鬼子汉奸，在村里转开了迷宫，一会儿爬坡，一会儿下沟，最后转到了蒋沟，把他们带到坡口一棵极似弹弓，树的双根拴着一条弹簧的槐树下，一指说："这就是弓弹。"鬼子汉奸看着这棵奇树全都愣了。刘贵子怕他们还不明白，就亲自演练，脱下一只鞋，夹在树根中间的弹簧布垫儿上，用力一拉，嘴里喊一声"咚"，那只鞋就弹了出去。鬼子汉奸见状，全都气得七窍生烟，对刘贵子好一阵暴打，直到村外响起游击队的枪声，敌人才一窝蜂似的撤走。我们的区委老崔和吕秀兰会长早已脱险。刘贵子养了几天伤，再出门，也变成哑巴了……

几天前，交通员到庄子头，说要打庄子头的炮楼，刘贵子乐得比娶媳妇还要高兴。问到任务，交通员如此这般交代了一番，刘贵子按照指定的日子，让哑妻何单妮胳膊上戴上标记，到村西路口，卖起了香烟洋火。他自己也打扮一番，到村子北口，准备迎接打入虎口的康二旦。一到早晨七点多，日本在各村派的劳工队，由工头领着，开始从各路赶来。今天庄子头是集，却没上来多少人，另有一个伪小队，背着大枪，在村子里转着抓劳工。刘贵子弄得蓬头垢面，在街口一个碾盘上坐着，背靠碾砣，用脚挑着破鞋，眯着眼睛晒太阳。他远远就看见康二旦扛着扁担，头戴大草帽，正独自阔步走来。他装作没看见，嘴里哼着一支路数不清的小曲儿，等康二旦从他身边走过，他一个鲤鱼打挺跳下碾盘，顺手摘了康二旦头上的草帽，拔腿就跑。康二旦在后边追着喊："喂，傻子，给我的草帽，傻子……"街上的孩子哈哈笑着看热闹，拍着巴掌唱歌谣"贵子刘，贵子傻，娶个媳妇哑对哑……"刘贵子引着康二旦，左转右拐，进了一个背静的胡同。二人掩在一个房旮旯里，开始对话。刘贵子说："你怎么没跟三峪的劳工队来？"康二旦说："我装的是威州的红枪会，我要单独打进炮楼。炮楼的情况怎么样？"刘贵子说："原来的鬼子和伪军换防走了，炮楼里一个伍长，五个鬼子，其余的就是刁蛤蟆的治安中队。这刁蛤蟆可是个坏透顶的铁杆汉奸。"康二旦说："你知道那个叫张连发的伪军吗？"刘贵子说："不认识，你只能想法用暗号联系，我老婆已在村西口摆了烟摊儿。"康二旦说："好，你想法让敌人抓我的劳工。"刘贵子说："跟我走吧，你接着追我。"他们又开始演戏了，刘贵子举着草帽跑上大街，康二旦在后边追着喊："喂，傻子，给我的草帽……"正跑着，前边过来一支劳工队，有五个伪军押着。刘贵子冲伪军跑过去，咿呀乱叫，回身指指康二旦。几个伪军见康二旦体魄健壮，是个干活儿的好料子，就跑过来，围住康二旦问："干什么的？"康二旦说："威州来赶集的。"一伪军喊："赶什么集？走，村西修公路去！"康二旦喊："不行呀，我是找活儿干的挑夫。"伪军吼："修路就是活儿，走！"几个伪军，把康二旦推进了劳工队，拐入一个大下坡，冲村西炮楼走去。

劳工队里有个老者，看看康二旦问："哪村的？"康二旦说："威州，你呢？"老者捶了一下腰杆子说："北张庄的。我说威州的，我问一句，你去修工，身上带着钱没有？"康二旦有些不解地问："干吗？"老者看看后边的伪军说："这些黄皮狗子，天天向劳工要钱，没钱就打人。你要是没钱，打不了你，别人得替你挨打。我是领头的，比别村早来了两天，身上到处是伤，要是你没钱，挨打，我可替不了你。"康二旦听到这儿，气愤地骂了一句"这些黄狗子"，接着，他很仗义地对老者说："大叔，放心，有我在，这顿打，我替乡亲们挨。"老者又捶了一下自己的腰，叹了口气说："到时候再说吧，这都是当了亡国奴的罪孽呀。"走到村西口，康二旦一眼就看见了卖香烟洋火的哑女何单妮，她右胳膊上缠着个白手帕，上边系着一条红线。这时，一个伪军赶上去，顺手拿了哑女摊儿上一盒烟，说："老子兜里没钱，记上账吧。"哑女上前扯住伪军，向他要钱。那伪军一脚把哑女踢倒，骂了一句"不识抬举"。康二旦赶过去，扶起哑女，掏出手帕，为哑女拍了拍身上的土。哑女一见康二旦手帕上也有红线，马上明白过来，向他投了默契的一瞥。一个伪军过来，踢了康二旦一脚，康二旦马上回了劳工队。他抬头又看见了炮楼上飘扬着的膏药旗，心里骂："狗强盗们，看你们还能横行几天！"他留心观察周围的地形，炮楼门前早已修上了吊桥，隔着防护沟，大院围墙上醒目的白色大字："中日亲善，东亚共荣。"修路之前，各村的民工得先到炮楼前点卯，而后，工头领几个代表再到大院里去向治安军交钱，交不上钱的就要挨打。北张庄的劳工点过了卯，老者领着康二旦过吊桥，走进了炮楼大院，伪军们正忙于打人，挨打的是白花村一个小个子农民。带刺的枣条狠狠拍在他的脊梁上、屁股上，小个子农民疼得哎呀惨叫，血渗透了黑夹袄。打人的伪军打累了，冲小个子喊："滚起来！"小个子爬起来，监督打人的伪中队副警告小个子说："记住，明天，带钱来。没钱，还要挨打。"小个子农民一听，马上又返回身，趴在地上说："老总，你连明天的也打了吧。"中队副一拍桌子吼："妈的，还臭硬，接着打！"伪军的枣条又狠狠拍在小个子身上，小个子又是一通惨叫。康二旦倒是佩服小个子的骨气。

下一个，该北张庄的工头出钱了，没等那个中队副问，老者自己先说："老总，你们天天要钱，我们村早就没钱了。"中队副一拍桌子骂："他妈的，都是穷鬼，给我打！"一个伪军冲过来，举起枣条刚要打老者，康二旦一把抓住那伪军的胳膊说："等一下，今天这顿打，我替他挨。"中队副打量了康二旦一遍问："新来的吧？你带钱了没？交了钱，这顿打就免了。"康二旦观察了一下周围几个伪军，心想，这些人里头，不知有没有和自己接头的那个张连发，他试探地观察着这些伪军笑笑说："今天天气很好，就是有点风。"中队副吼："跟你说钱，谁和你说天？"康二旦说："说钱，对不起，没有。""打！"中队副一声令，那个持枣条的伪军往地下一指，喊道："趴下。"康二旦不卑不亢地说："不趴。"伪军冲康二旦的脊梁狠狠就是一枣条。康二旦觉得如火烧般疼，他回头冲那伪军说："小子，接着来。"那伪军被激怒了，抡着枣条就打康二旦。康二旦施出平时学过的功夫，只躲闪，不还手。伪军的枣条招儿招儿落空，不一会儿就累得那伪军气喘吁吁，大汗淋漓了。中队副见此大吼："再上一个，狠狠打。"又冲过一个伪军，两个人夹击康二旦，康二旦练就的闪转腾挪得到了充分发挥。两个伪军，不但没打着康二旦，反而自己打了自己人。这两个伪军互相骂着打了起来。大院里一混乱，中队副冲康二旦一挥手："滚。"康二旦从容走出了炮楼大院。

这么一来，北张庄的劳工把康二旦看得神了，纷纷给他干粮吃。康二旦当众应允："乡亲们，以后这挨打的事，我全包了。"

第二天早上，炮楼院里又是一场好打，三个人都没有打了康二旦。中队副气得一推头上的大檐帽吼："给我上五个，我不信打不了他。"五个伪军站出来，刚要动手，炮楼上喊了话："别打了。"伪军们全回过头。原来是炮楼窗口里刁蛤蟆中队长看到了外边的情况，刁队长一指康二旦说："带他上来。"康二旦心说："我正想到炮楼上看看去呢。"是吉是凶，他并不多想，跟着那伪军走进了炮楼。一楼有守门的哨兵，炮楼里头全是松木地板、松木楼梯，墙壁上有无数个枪眼，青砖墙壁比民房要厚得多，从外面用炸药炸，根本就炸不透。康二旦一边观察着，跟着伪军登上了三楼，进了刁蛤蟆的房间，这个刁中队长，长得还真像一只大蛤蟆：小个儿，大肚，有四十来岁，大圆脸上长着两个大坠腮，鼻梁上架一副茶色眼镜，手中托着一个带银托的茶杯。他上下打量了康二旦一遍问："哪个村的？叫什么名字？"康二旦答："我叫杨老五，威州的。""你是干什么的？"康二旦说："老总，实话告诉您吧，我不是一般的劳工，我是红枪会会员，被他们当劳工抓了来的。"说着，解开黑夹袄，让刁蛤蟆看了看身上的红枪会黄符。就在刁蛤蟆对康二旦将信将疑的时候，康二旦打听起杜山太君。他说，去年秋后，杜山太君请他到炮楼看过病，他们已是朋友了。刁蛤蟆看康二旦是个可利用的人才，就和气了一些："杨老五，红枪会是日本人的朋友，也是治安军的朋友。你既然来了，就当个炮楼里的情报员干不干？"康二旦马上谢恩，说是愿意干。刁蛤蟆点头笑了笑，说让康二旦了解八路军破路的情报，为治安军立了功，再正式调进炮楼。原来，前一阵这里修过一阵路，只用了庄子头的劳工，白天修了路基，晚上八路军游击队就又给扒了。虽然有更夫打锣巡更，八路军机警得很，等更夫报了信儿，治安军出击，八路军早已逃之夭夭。这次大规模修路，游击队前几天也有过出其不意的破坏，刁蛤蟆让康二旦去搜集游击队的情报，是准备打游击队一个伏击。康二旦暂时当了秘密情报员，也就免了北张庄劳工的挨打。

劳工队修路是极艰苦的，背石头、挑土、打夯、筑路基，全是重体力劳动，而且监工的伪军愿意打人了，随便找个碴儿就可以打人取乐。劳工们出来干活儿，都是自己带着干粮，多数人带的是高粱饼子和山药面儿菜窝头。如果有谁带了烙饼鸡蛋，你也吃不到嘴里，会被监工的伪军抢了去。各村的劳工还得有几个人禁得住挨打。伪军要钱，说是出了钱就不打人了，你给了这个伪军，这个不打你了；没给那个伪军，那个照样可以打你。所以，有的硬骨头劳工，手里攥着钱也不给，任你打。真碰上不怕死的，伪军们也就没了招数。中午只有半个钟头的吃饭时间，劳工吃饭，也全是顶着风尘啃干粮，再喝点自带的白开水。拉屎撒尿得报告，下午干到太阳落山，劳工们才会带着一身的疲劳、伤痕和尘土结队回家。第二天有来不了的，工头得出钱雇人，缺了人数，治安军又得打人。康二旦成了北张庄的人，北张庄沾了他的不打之光。可是，他还没有找到那个接头的张连发，又不便于打听。他开始暗中留意这些伪军的言行。他发现，有三个人和别的伪军不一样，其中有一个红脸伪小队长。这红脸小队长，嘴上喊得凶，并不真正打人，买烟也掏钱。他认定这几个人里边，肯定有一个是我们的内线。有一天，康二旦正在担土，那个红脸小队长指名派他上村西口哑女摊儿上买了一盒烟。回来，红脸小队长点着烟，看了一下晴朗的天空说："今天天气很好，就是有点风。"康二旦心中暗喜，马上接话说："什么风？"红脸小队长一愣，马上瞪大两眼对他吼："你管什么风？赶快修路去。"康二旦心里一沉，马上又回了劳工队，他心里冒出一丝隐隐的惆怅。干到太阳落山，劳工们开始收工了。一个青年伪军从他身边经过，头上的大檐帽掉到路基下头去了，青年伪军叫康二旦给他下去捡帽子。康二旦跳下路基，把帽子捡上来。那青年伪军拍拍帽子上的土，戴在头上小声说："今天天气很好，就是有点风。"康二旦一愣，打量了青年伪军一会儿，试探地问："什么风？"青年伪军答："东南风，从九龙山吹来。"康二旦心里洞然豁亮起来，亲切地笑着问："你就是张连发同志？"青年伪军说："是我。我们的红脸小队长叫庞龙，他也是一个不愿做亡国奴的人。告诉我，要我们做什么？"康二旦跟在劳工队后头，对张连发说："为了拿下庄子头炮楼，我必须先得取得刁蛤蟆的信任，才能打入炮楼。明天晚上，我想让游击队来骚扰一下，最好由你和那个庞龙小队长带人去伏击，但不要伤了我们的人，我们也不伤你们。"张连发说："没问题，我私下和小队长去说。"康二旦又叮嘱一句："就这么定了，明天晚上。"张连发点点头。康二旦马上装作去小便，跳下路基，掏出烟盒纸，写了一份情报，很快追上劳工队。路过村西口时，装作买烟，把情报交给了卖香烟的哑女何单妮。

第二天下午，康二旦就跑进炮楼，向刁蛤蟆汇报情报。他神秘兮兮地说："刁队长，今天夜里，八路军很可能破坏公路。"刁蛤蟆一下来了精神，伸过脑袋问："情报可靠吗？"康二旦编了一套瞎话说："上午的时候，我到路南老坟地里去拉屎，偶然看见小树林里有两个戴草帽的人向公路上探望，我就留了心。听到他们一个人说：'今晚子夜，就在这一段下手。'这不分明是要破坏我们的公路吗？"刁蛤蟆思谋了一下，又问："是两个什么人？"康二旦假装回忆着说："都是农民打扮，有三十来岁，手拿镰刀，却又不割草，我觉得很可疑。"刁蛤蟆拍拍他的肩说："你做得很好，我知道了。快去干活儿吧，有新情况，还来汇报。""是。"康二旦马上出了炮楼。傍晚，劳工队一收工，刁蛤蟆马上布置了伏击任务。这些伪军，别看白天又凶又狠，一听说夜里伏击游击队，没几个人愿意去。还是庞龙小队长，主动承担了这次任务。半夜，庄子头西南，果然响起了热闹的枪声。一个钟头后，庞龙的小队就打退了游击队，带着两支步枪和一把镐头，回了炮楼，向刁队长请功来了。刁蛤蟆看着两支带血的步枪和镐头，马上嘉奖了庞龙小队长，夸赞了康二旦送情报有功，马上把康二旦调进了炮楼大院。

原来，那两支步枪和镐头，是我游击队将两支没用的破枪，提前滴上了鸡血，放到路边上的。康二旦住进炮楼以后，还负责给日本人喂马，给刁蛤蟆做推拿，还当了伪军的武术教练。利用工作之便，他摸清了炮楼里的一些情况，暗中又争取了几个伪军。庄子头炮楼，属于中型炮楼，自从杜山鬼子带着原班人马换防走了以后，炮楼里只留下了六个鬼子和一个治安中队。有些小点的炮楼，里面根本就没有鬼子，全是伪军，大概日本人仍然坚信"日本不可战胜"这个神话吧，他们认为有了炮楼，有了铁杆汉奸这些"铁心队"，他们的侵略机构就固若金汤、万无一失了。康二旦经过几天的观察，找准了一个奇袭炮楼的最佳时机。每天早晨，也就是七点钟以前的时候，炮楼上只有两个哨兵，一个守吊桥，一个在里边守炮楼。其他伪军都把枪放在炮楼里，便下去吃饭。那个刁中队长，因为夜里打了一宿牌，早晨起床都很晚，这是敌人最麻痹的时候。一天，张连发找到康二旦说："明天是我守吊桥，要不要明天就干！"康二旦当机立断说："好，就明天。"他马上找了庞龙小队长和几个归顺的伪军，很快制定了一个完整的战斗方案。当天上午，康二旦就将情报送给了西口卖香烟的哑女何单妮。

　　又一个新的早晨到来了，满天彩霞，预示着在望的胜利。康二旦和庞龙早做好了战斗准备，一切都在悄悄进行着。六点半以后，伪军们开始打着哈欠下炮楼了，就听外边守吊桥的张连发喊："队长，给炮楼送粮送饭的何保长来了。"庞龙马上报告了中队副。中队副正在炮楼下刷牙，一看是何保长，他马上叫庞龙放人进来。康二旦往外一看，马上吃了一惊，他看到了庄子头的汉奸伪保长，怎么是他来了？再一看两个随从，他心里一下又稳定下来。伪保长身边挑担子的是游击队的老唐，那个赶着粮车的是游击队的小周。张连发放下吊桥，大车停在外边，庞龙派了两个伪军看守大车。老唐、小周跟着伪保长进了院子，这伪保长经常来炮楼送吃的，伪军和鬼子都知道他，所以没人戒备。老唐挑着米饭和猪肉往院中央一放，伪保长摘了帽盔儿在手里扬着喊道："弟兄们，快过来吃饭呀，送肉菜来啦。"伪军们一听有肉菜，全都一窝蜂地扑过来，猪拱食一样，抢开了肉菜。老唐负责监视吃饭的伪军，康二旦和小周趁机冲进炮楼。站岗的哨兵持枪阻拦，小周拔出匕首，刚要解决哨兵，正好被刚刚下楼的刁蛤蟆看见。刁蛤蟆喊了一声"有八路"，上楼去抓枪。康二旦一个箭步冲上去，几拳把他打晕，又伸手捏碎了他的喉管儿，把他扔下了楼梯。楼下，小周也刺死了哨兵，两个人很快跑到炮楼顶上。康二旦首先拔掉了那杆膏药旗，小周支起机枪，康二旦举起手榴弹，冲下边的伪军高喊："不准动，谁动打死谁。"下边吃饭的伪军全都吓得呆若木鸡。东南房里的鬼子冲出来，伍长刚喊了一声："打大的……（出击）"早被庞龙和几个归顺的伪军开枪击毙了。院里的伪军正赤手呆立着，那中队副伸手去拔腰间的手枪，被老唐一枪毙命。外边十几个游击队员冲进来，院中三十多个治安军，全都举手投降了。那个伪保长也被重新押了起来。这场战斗只用了一刻钟。原来，康二旦把打炮楼的情报一送出，当天夜里，游击队就摸进了庄子头伪保长的家，逮住了这个恶贯满盈的汉奸，逼着他主动赎罪。游击队这才在送饭的掩护下，里应外合进了炮楼。李芳芳和康来羊冲炮楼顶上喊："二旦哥，你下来吧。"康二旦看到自己的乡亲战友，他又看见了吕秀兰和区委老崔，他们都在向他挥手。他激动得两眼发热，冲战友们喊："同志们，炮楼里有的是枪，装车吧。"游击队员们开始运枪，庞龙、张连发和几个归顺的伪军，一一和吕秀兰、区委老崔亲切握手。老崔站出来，向被俘的伪军们讲话："治安军兄弟们，咱们都是中国人，决不能帮着日本强盗在中国土地上烧杀抢掠，共产党优待俘虏，以后，你们要做一个有良心的中国人。"伪军们全都低着头。吕秀兰也站出来讲话，她身穿一袭黑衣，腰扎武装带，英姿飒爽地说："治安军兄弟们，都排好队，撤出去。我们游击队要炸炮楼了！"这些治安军在老唐的指挥下，老老实实撤离了他们为虎作伥、耀武扬威的地方。

这次袭击炮楼，俘敌三十多名，除掉了刁蛤蟆和六个鬼子、两名治安军。缴获歪把子机枪两挺，步枪三十多支，短枪十支，战马两匹。康二旦帮着康来羊、李芳芳把两个铁壶炸药和那枚日本大炸弹抬进了炮楼。

上午八点多，修路的各村劳工都来了，人们远远站了一大片，人山人海，都等着观看炸炮楼。区委老崔冲点火的李芳芳、康来羊高喊："小李注意，预备……点火！"李芳芳打火点着了生铁壶嘴里的长药捻儿，飞速跑出了炮楼，站在围观的人群里，等待那个最振奋人心的时刻。

"轰隆"一声巨响，石破天惊，那个灰色的怪物，很快就被解体，碎石烂砖被扬上天空。在碎石粉落中，浓烟烈火遮天蔽日……

平原上，几百名农民扬起手，尽情欢呼起来。

一四 三峪村惨案

　　端掉了庄子头炮楼，拘捕了伪保长，除去了百姓心上一块病。方圆十里八乡的村民，无不欢欣鼓舞，津津乐道。三峪村的康二旦、康来羊、李芳芳，他们斗志更旺，迷上了战斗生活，纷纷请求要跟着游击队去打游击。战士小周问康二旦："你是村医，连你辛苦建起来的诊室也不要啦？"康二旦豪迈地一拍他的宝贝扁担说："抗日，才是头等大事。诊室，有我父亲支应就行。"吕秀兰仰起红扑扑的脸膛，对康二旦笑着说："二旦兄，你说得对，扛上你的扁担，跟我们走吧！下一个战斗目标，准备攻打牛山炮楼。"游击队二十多人，说说笑笑，在吕秀兰和区委老崔的带领下，带上战利品，很快整装出发，进了九龙山。

　　三峪村的劳工队，回了三峪，个个都像说评书一样，讲述了打庄子头炮楼的故事。百姓们听着好开心，三峪人像过年一样，在大戏台，请附近的子弟班，唱了三天戏。村里的十来个红枪会会员，也用他们的庆祝方式，在丰化堂前，唱了几晚上佛歌。

　　纯朴的三峪人，光顾高兴了，他们做梦也想不到，一场灭顶之灾，像远方载雨的乌云一样，正从茫不可知的天际向三峪的上空压过来。有一支国民党的散兵，金岳鹏的部队，打着"雪耻救国"的抗日旗号，越过正太路，经南北平望，路过庄子头，进驻了三峪、上庄两村。这一天，是一九三八年的三月十二日。夜里，山村的百姓们都还没有吹灯睡觉，突然，村里的狗们乱叫起来，街上来了马队。马蹄子声，纷乱地敲着石板路，哗啦啦响成一片。接着，家家户户传来砸门声和叫骂声。百姓们惶惑地开了门，见这些进院子的兵，个个头上戴着国民党的帽徽，知道是国民党的军队进了村子，一个个吓得胆战心惊。进村的散兵足有一百号人，在金岳鹏的带领下，一个个匪气十足，进门就要东西，不给就抢，见年轻妇女就污辱，口里还振振有词地说："老子抗日救国，你们得好好慰劳。"这些散兵索要了财物、粮草，还让老百姓给他们做饭、喂马。他们不吃百姓家的高粱饼子，要吃鸡蛋，吃鸡肉、狗肉，许多只鸡、羊、狗连夜被宰杀，挑灯煮肉。吃饱喝足了，抱着大枪，睡在老百姓的热炕上，把户主赶到院子里或者当街去睡，门闩上绑上拉开弦儿的手榴弹。不少的匪兵见了年轻女人，抱到炕上就调戏、强奸。

他们胡乱折腾一宿，第二天吃过早饭，金岳鹏派一个班持枪守在三峪，他又亲自带着几十号散兵，到白花、东焦一带去抢掠。

我地方武装得了情报，马上组织人，袭击了金岳鹏的队伍，让金部损失了十几个人、十支枪、二十匹战马。金岳鹏吃了亏，不肯罢休，又带兵到庄子头进行抢掠。因为金部公开打的是抗日的旗号，这些散兵的行动，惊动了十四里外驻扎在岩峰的日军。日本侵略者失了庄子头炮楼，正耿耿于怀，金部的到来，激怒了日军。岩峰的日军，马上联系了平山和获鹿的日军，准备围剿金岳鹏这支"抗日"的队伍。

当时，我晋察冀四区地委已指示井陉县委，将俘获的金部人员、枪支、马匹，全部归还金部，并与金岳鹏谈判，教育他们改邪归正，成为一支真正的抗日队伍。正与金岳鹏谈判之际，（三月十五日）日军已纠集了井陉、平山、获鹿三县兵力，分三路途经岩峰、威州、西焦、白花、栈道、庄子头，同时向三峪、上庄两村扑来。

金岳鹏部队处于危急关头，我抗日武装顾全大局，为金岳鹏解围，特派井陉支队，切断了日军从岩峰到威州的运输线。井陉自卫队，在七亩村边进行伏击。分区所属的七连，则在白花、北峪之间的山梁上袭扰日寇。由于我们刚刚建立起来的抗日武装，还缺乏战斗经验，兵力过于分散，虽然杀伤了一些日军，却未能给日军以致命打击。十六日夜，金岳鹏的部队趁机从获鹿、黄岩一带脱逃，谈判从此中断。日本侵略军原想一举全歼金岳鹏，目的没达到，反而遭了八路军的袭击。他们这些丧心病狂的恶狼，把全部怨气发泄在驻扎过金部的上庄、三峪两村。

从血与火中幸存下来的三峪人，谁也不会忘记历史上这惨绝人寰的一天。

　　一九三八年三月十七日清晨，日军三百余人，兵分两路，进袭上庄、三峪。单说三峪，天刚扑明儿，夜里的残梦还黏在人们头脑里忽隐忽现，全村的百姓，对这突发的灾难都是毫无思想准备。第一个打开栅栏门的是李五牛，他担了筲到西口槐树弯井台上去挑水，猛然看见西边大道上一大队鬼子，举着膏药旗，冲三峪汹汹而来。他也顾不上挑水了，把柏木筲往井台上一扔，拔腿就跑，跑到康保长门前擂着门大喊："康大伯，鬼子来偷袭了！快起来呀，鬼子来啦！"刚上完茅房的康老正，急忙系上裤带，又扎好袍带，从西屋瓮盖上拿了膏药旗，开门急忙迎接。他刚走到村西口就和鬼子大队撞了个满怀，急忙举了膏药旗，满脸赔笑说："太君，我是三峪的保长，有什么事，先和我说吧。"一个日本兵走过来，举起刺刀就要捅，日军官抬手制止，先打了康保长俩耳光，说："三峪人，统统的坏啦，我要叫你看看，三峪人怎样死啦死啦。把他吊起来，叫他看。"几个日本兵把康保长推到街口一棵白杨树下，反绑了双手，吊上一个高高的树杈上。康保长为了喊醒村民，在空中悠荡着高喊："乡亲们，皇军进村啦——皇军进村啦——"

　　日本鬼子的队伍，全部端着刺刀，子弹上膛，向村里进犯。刚刚起床的李生堂、李秀森、康四四几个人，上街看到好多日本兵直闯而来，他们都误认为是鬼子来帮着剿匪的，急忙举起膏药旗，恭候街头，笑脸相迎。谁也想不到回应他们的是冰凉的锋刃，日本军官赶过来，举起东洋刀，一刀劈落了李生堂的脑袋，血从脖腔里蹿出一尺高。街上的百姓全都吓毛了，急忙扔了膏药旗，纷纷夺路逃命。李秀森、康四四边跑边喊："东洋鬼子杀人啦……"尾追的鬼子马上举起枪射杀了两个人。李二万端着尿盆刚出来倒尿，被两个鬼子追进茅房，用刺刀挑死。李黑驴被抓住，要他带路，李半路逃跑，一枪毙命。闯进村的一百多个鬼子，砸开一家又一家的门，见男人便杀，见年轻女人就强奸。几个鬼子闯进×××家里，小两口儿还未起床，鬼子用刺刀挑开被窝，强迫小夫妻在炕上性交，供其观赏取乐，而后，用刺刀串了糖葫芦。康黑妮被捕后，令其为日军烧水，水烧开后，随即将康黑妮杀死在灶前。十几个日军将逮捕的男女十三个人，押到温计忠院内，让人们在南

（四）三峪村惨案

墙根一字排开，当场用机枪射杀。李兰妮没有被射死，爬起来，推翻一个日本兵，跑到了街上。迎面过来一个日本兵，用刺刀挑开了她的肚皮。李兰妮双手捧着一堆血淋淋的肠子，强走了几步，死在了自家的大门底下。还有的日军，以杀人取乐，抓住怀孕的妇女，拉上大街，用东洋刀剖开孕妇的肚皮，看婴儿在胞衣中蠕动。

吊在白杨树上的康保长，看到这一幕幕骇人的惨剧，他放开喉咙，对高山和长天呼唤："八路军呀……游击队呀……你们都在哪里呀……"这帮东洋强盗，一边屠杀，一边放火，往民房里泼上汽油，用洋火点燃。还有几个红枪会会员，以为戴上护身符便刀枪不入，没想到他们照旧被发烫旋转的铅弹，穿透了肉体而毙命。整个三峪村，到处烈火浓烟，到处血雨腥风，到处哀号一片。只这一个清晨，日寇就在三峪杀死了三十四人，烧毁房屋八百余间。另一个村庄，上庄的惨案，同样是惨绝人寰。

日寇在三峪烧杀一番，他们的狼子爪牙还不肯收敛。几十个鬼子在一个骑马的毛脸伍长的带领下，又冲向挂云山下的东峪，追杀进山的群众。半道上逮住了跑不动的小孩，就给小孩扒掉裤子，往他们的肛门里钉树橛子，直到把小孩疼死。他们喜欢把中国人临死前承受剧痛的惨叫，当成他们最开心的乐章。

东峪，只有几户人家，早已是人去屋空。东峪最显眼的地方，自然是康二旦的诊室。他们一见诊室，立刻认定，这是给八路军救治伤员的地方。几个鬼子登上台阶，在诊室里乱翻一气，而后，捆一扎手榴弹抛入室内，把诊室炸成了一堆烂石。

巍巍挂云山，地势复杂，鬼子一进了大山就有点晕头转向了。他们兵分三路，在山里搜寻隐藏的群众，他们最渴望找到年轻的女人。毛脸伍长牵着马，领着十来个鬼子，在清泉观附近搜寻，他们终于抓到一个想上观里烧香解灾的花衣少妇，这玲珑又俊气的少妇，正是李星星以前的情人，那个"等着纺完穗子"的小寡妇。小寡妇被这帮带枪的禽兽围在山梁上，已在劫难逃，她吓得浑身发抖，粉面变白，惊恐地盯着十来个淫邪十足的魔鬼。十来个鬼子冲她哇啦叫着"花姑娘的，哟西"，毛脸伍长一挥手，几个壮鬼子扑上来，一下将她掀翻，去剥她的衣服。小寡妇尖声叫着，一个雪白的女人玉体，很快就裸露在光天化日的山梁上。鬼子们兽性大发，对小寡妇开始了粗野的轮奸，小寡妇的惨叫无力了、喑哑了，任魔鬼施暴，她还指望满足了这帮鬼子的性欲，能保住一条小命。殊不知，这些东洋强盗是不满足只往一个女人身上发泄兽欲的，他们往她的身子里射完脏东西，又想出了新的行乐方法，他们要欣赏小美人在烈火中的惨叫。他们要观赏一个如花似玉的中国美女，是如何在烈火中烧光头发、阴毛，把白嫩的皮肉变成一具丑陋不堪的焦尸的。几个鬼子将小寡妇白白的裸体摆成"大"字形，四肢压上大石头，又有几个鬼子抱来山柴，放到小寡妇的裸体上，小寡妇马上明白他们要做什么，平时那么温柔似水、说话如弱柳扶风一样的小女人，此时岔了声地惨叫："啊……救命啊……爷爷呀……大哥哥们呀……饶了我吧……老天爷呀……梨花雪姐呀……救救我呀……"凄厉的喊声，在大山间回荡。大山静悄悄，岿然不动；山上庙里的神像，也都肃然而立，木然不理。一场更惨的人间悲剧，在演进着。小寡妇的嘶叫激怒了一个男人，清泉观里的康英英。清泉观建在半山坡，鬼子行暴的地方，正在清泉观斜对过略低一些的山梁上，所以，山梁上每一幕惨不忍睹的画面都被观里的道士看得清清楚楚。王道长端坐在香案前，闭目捻着念珠，康英英忍不住挺起了身躯。王道长问："徒儿，你要干什么？"康英英说："替天行道。"王道长低喝一声："坐下！"康英英很难受地闭了眼睛，又慢慢坐了下来。突然，山坡上叫声更惨，撕心裂肺。康英英扭头一看，鬼子已经将小寡妇身上的山草点着了。他再一次跳起来，要往外冲。王道长飞身跃过香案，一掌把康英英打回了原位，按住他的肩头，说："徒儿，切莫冲动啊！你一冒失，必是飞蛾投火，还要殃及道观。咱是世外之人，管不了这世内之事呀，好好诵经吧。"王道长的眼泪滴在他的袍袖上。康英英再一次难受地闭了双眼。

山上的大火，越烧越旺，小寡妇在烈火中越叫越惨，连石头都要落泪了，一群鬼子却尽情欢呼起来。康英英拍案而起，对王道长说："师父，这道士，我不做了，我宁可死在挂云山。"说着，当即脱了道袍，把项上的念珠摘下来，往地上狠狠一摔。哗啦，黑色念珠滚了一地，他要只身杀敌。王道长喊了一声："等一下。"康英英停在观门前，王道长也摘了念珠，放到桌案上，走过来问："你真要去和鬼子拼命？"康英英指指山坡上的大火说："我不能看着这帮强盗在家门上干这么残忍的事。"王道长说："这个女人咱是救不了了。"康英英说："我要为这女人报仇，哪怕杀死一个鬼子。"王道

三峪村惨案

长马上唤来道童守观，对康英英说："好，上刀山，赴火海，师父和你一块儿去。"康英英精神大振说："好，咱们走。""等一下。"王道长又拦住康英英，对他告诫说，"你得答应我一个条件，一切听我的指挥。"康英英说："好，我全听师父的。师父，你不带上你的青龙剑呀？"王道长说："我用不着这个。"康英英问："咱用什么杀鬼子？"王道长指指脑袋说："用心，用智慧，跟我走!"

山坡上，小寡妇的叫声平息了，只有那堆山柴噼噼啪啪，烧得更旺。山崖旁的林榔树枝上，挂着小寡妇遗留下来的一件桃花小袄和一只袜子。空气里，弥漫着烤人肉的焦香气味，可怜的小寡妇，已经气绝身亡了。鬼子们还在狂笑，只有拴在树上的那匹马，在为小寡妇悲鸣嘶叫，不住地搐着前蹄。

王道长带着康英英，在林榔树丛中，沿着一条隐秘的小路，挨近了着火的山坡。山上，火势小了，焦肉味儿更浓，山下的鬼子开始撤退了，不住向山梁的鬼子打招呼。毛脸伍长一声令下，山梁的鬼子也开始整理行装准备撤退。王道长怕康英英提前行动，使劲按着他的脊背。康英英只有耐心潜伏，等着师父的出其不意。山梁的鬼子陆陆续续开始下山，最后剩下了毛脸伍长。毛脸伍长临走，还意味深长地扭脸看了看灰烬中的那具焦尸，接着去树上解他的马。那马，仍是一副惊魂未定的样子，眼神愣愣怔怔，直竖着两个耳朵，缰绳一解开，它就想跑。毛脸伍长喝骂着自己的马，蹬着马镫上了马背。王道长抓住时机，捡了一个石子儿，照马的前腿狠狠击去。那马一声嘶鸣，打了个立桩，就狂奔下山了。这狂奔的马，把一个鬼子撞下了山崖，毛脸伍长也猝不及防，从马背上掀了下来。也是活该这狗强盗遭报应，伍长的一只脚还挂在马镫上，狂奔的马，拖着伍长，脑袋不住碰撞着山上的大石块，血淌了一路。一群鬼子开始呼叫着追马，直到那马在山下往西拐弯的时候，伍长的尸体才被甩了下来。康英英看着这大快人心的场面，拍着石头喊："活该！"王道长马上催促康英英："快回道观，摆案烧香。"

师徒二人，又沿着秘密小路回了道观，他们忙着祭拜三清，一边劳作着，康英英一边说："师父，真是神功。"王道长说："这叫打狼还不能叫狼咬着。"康英英奇怪地问："师父，你怎么一石子儿就把马打惊了？"王道长说："做什么事，必须抓其要害。马身上皮肉最薄的地方就是前腿，打中了特别疼。那匹马刚看了烧死人的惨象，本来就要惊，突然受这一击，必惊无疑。不管怎么说，有两个鬼子为小寡妇抵命了，我们也算做了件替天行道的事。"康英英扫好香案，很感慨地说："有时候，畜生比人还通人性。"王道长说："快快烧香点蜡，鬼子要来了。"道童帮着刚把香点着，康英英往门外一看，真是，有二十多个鬼子，端着刺刀，爬上了山冈，向清泉观包围过来。

一四　三峪村惨案

一五　焦土抗战

　　二十来个鬼子，像一群小爬虫儿，端着刺刀，蠕动着，向清泉观包围过来。王道长已支使道童，往三清像前，点大蜡两支，烧高香三炷，摆五牲、五果及干茶三盏。康英英与两个道童端坐于蒲团，敲磬诵经，观内一派法相庄严。王道长披了道袍，拿一条白色拂尘，便到观外，迎接上山的鬼子。王道长的道袍也是很摄人眼目的，主色是橘红，脊背上印有大型的黑阴白阳太极图，袖口和前襟儿，是宽宽的黑色外搭绡，印有白色八卦图。他灰须飘然，眉清目朗，气宇轩昂，好一派仙风道骨。

　　他刚出了观门，二十多个鬼子也上了台阶。王道长把拂尘往左胳膊上一搭，双手合十，沉着冷静地念了一句"无量天尊"，对鬼子柔中带刚地说："此地乃三清圣境，拒绝刀枪入内，请把武器置于门外，再进观不迟。"一个日本兵前跨一步，无比蛮横地说："我们的天皇帝国，武士精神，岂能放下武器。"王道长双手合十，施了一礼说："刀枪不吉，持武器入观，触犯了圣灵，恐于皇军不利。"一鬼子军官，对下属一声令下，二十来个鬼子全把枪支置于观门外，才跟随王道长，走进了清泉观这个干净的长形院落。鬼子们看看王道长的清朗庄严之相，听听院内的经声磬韵，闻了闻从观中飘升出来的浓浓香火气味，又看到大殿中元始天尊、灵宝天尊、道德天尊三个圣像，他们的狼子野心，显然得到了一些收敛，生出一种敬畏神灵的肃然。日军官冲一个黑脸鬼子嘀咕了几句。黑脸鬼子是个中国通，得了主子的旨令，上前先与王道长施了日本礼，说道："道长，向您请教一件事。我们的马突然惊了，摔死了两个人，这是怎么回事？"王道长故作惊讶地蹙了一下眉，双目如炬，盯住那黑脸鬼子问："还有这等事？要问眼前之果，须知事前之因。请问你们在这挂云山上，做了什么伤天又害理之事啦？""这个……"黑脸鬼子一时语塞。"八嘎！"一个鬼子骂了一句，上前想对道长动粗。鬼子军官抬手制止了他，对黑脸鬼子又嘀咕了几句。黑脸鬼子问道长："道长，听说道家有神眼，能掐会算。我们只问，马为什么惊了。说得对，我们尊神重道；说得不对，我们就烧了你这个道观。"王道长急忙作揖，说了一句："无量天尊，贫道法力很浅，不妨斗胆一试。"他一甩拂尘，对这群日本兵用法眼观察了一遍，踱着步子说："你们可知道这是什么地方？这是挂云山呀，道教的圣地。此山，有碧霞元君、大公主、女娲神，还有道家三清、梨花雪姐。你们藐视神灵，不尊天道，所干之事，天知、地知、神知、我知，还有一个，你们的马知。"那个骂人的鬼子问："你知道什么？"王道长一看这鬼子，正是在山上，往小寡妇身上抱柴火的那一个，他直接用手指点着他的身子说："你的身上，就沾满了冤魂之血呀。下一个血光之灾之人，必定是你。"鬼子恼了，站出来说："我的身上哪里有血？"王道长一身正气，绵里藏针地盯着他说："别急，你身上的血腥，我让你亲眼看看。道童，取清水一碗。"一个道童，端来一碗清水，递给了王道长，王道长喝了一口水，冲那鬼子身上"噗"地一喷，用拂尘一扫，鬼子的绿军装上，果然出现了一片殷红。王道长冷笑一声说："自己看吧，冤魂之血呀。"那鬼子愣了。黑脸鬼子说："老道，你捣的什么鬼？"王道长说："这是恶因所现。"接着，王道长又看中一个鬼子，那个鬼子，正是往小寡妇身上压石头的那个。他指着那个鬼子说："你的身上，冤魂之血也不少呀。"说着，"噗"的一口清水，用拂尘一扫，那个鬼子身上也红了。鬼子们全愣了，日军官抓出一个小鬼子，问："你的，给他看看。"王道长一看这小鬼子，知道这小鬼子在山上是最老实的一个，对小寡妇连轮奸也没轮上。于是看过一番后，说："你吗？冤魂不在你身上，咱试试看。"说着，"噗"的一口清水，用拂尘一扫，小鬼子身上，只有水渍，没有血红。一群鬼子，唏嘘叹奇。王道长乘势追责："冤有头，债有主。你们谁作恶多少，自己心中有数，你们互相核对去吧。"鬼子们好一阵议论之后，黑脸鬼子又问："道长，您还没说马的，我们的马为什么受惊？"王道长义正词严地说："这还用说吗？小女子冤魂未散，是神灵在惩罚你们。马是有灵性的，能看到人所看不见的生命，如若不信。你们再让这马上一次山，马必定惊恐不前。"为验证道长的话，日军官向山下的鬼子喊话，让鬼子牵马上山。那个受惊的马，果然惊惶打转，咴儿咴儿嘶叫。这群鬼子，全被王道长慑服了，日军官对王道长鞠了一躬，说了一句："口恩尼其哇（谢谢）！"就带兵灰溜溜离开了道观，下山去了。王道长关了观门，一小童跑出来，拉住王道长的手说："道长，你真厉害，你怎么往鬼子身上一喷水，用拂尘一扫，就有血了？"王道长小声说："那是我往拂尘上提前洒了药水。"道童不解地问："怎么后来那小鬼子身上没有血呢？"王道长说："拂尘那一面没有洒药水呀。这就叫人治不了神治，天机不可泄露呀。"道童嘿嘿地笑了。

这些日本强盗和中国的某些官员一样，他们一边作恶，一边又敬神拜佛，见庙宇就烧香。害死小寡妇的那十来个鬼子，又很快来到山梁上，和衣葬埋了小寡妇的尸体，用石块修了一座石坟，而后，老老实实站在小寡妇的坟前表示忏悔，默哀了有半个钟头，才结队离开了挂云山。康英英站在高高的挂云山上，望着灰烟飞腾的三峪，他真想下山去三峪看看。也不知他的哥哥康正甫现在怎么样了，可他不敢去看，他不忍再看到那一幕幕血淋淋的惨象了。还有几个离开家乡的热血汉子，急着回三峪，却又害怕看到惨案后的三峪。三峪、上庄的惨案发生后，很快震动了整个井陉县。康二旦他们得知这个不幸消息时，游击队正计划着攻打牛山炮楼。军心是不能乱的，几个三峪人只有把焦灼和悲恸埋在心里，顾全大局，全力投入战斗。他们严格遵循着打游击的规则，"你打你的，我打我的"，乘着夜色，一举拿下了牛山炮楼。战斗一结束，已是后半夜，康二旦、李芳芳、康来羊惦记着家乡亲人的安危，他们要火速回三峪。吕秀兰、老崔把打扫战场的工作交与游击队的老唐和小周，带了十来个战士，同康二旦几个人，奔波了二十里山路，天明时分走到挂云山下。三个三峪人却不敢往前挪步了，他们很怕看到村子里那骇人的惨状。

不敢看，也要揭开来看，东峪没受太大损失，只是康二旦的诊室炸成了一堆烂石，烧了几间草房。最惨的是三峪。清晨，村子里一片死寂，一座又一座烧黑的破房洞，都还冒着残烟。熏人的焦煳气味里到处是灰烬和血迹。街道上，到处散落着不成双的鞋子，还有帽子、袍带、女人的内裤。再深入西进，可见街上搭起各式的窝棚，路边是一些用砖头、石块砌成的土灶，人们用没烧透的房椽引火做饭。没有锅灶的，就只好干坐在废墟里，两眼直直的，等着有人来周济。有些受伤的人伤口还在淌血，偶尔发出一两声瘆人的哀叫，又很快平静下去。村中被杀死的三十四具尸体还没有埋葬，他们还都直挺挺地躺在自家的窝棚里或者大门底下，身上蒙着旧被子，或者破席片儿。幸存下来的乡亲们，谁也不敢再看他们的惨状。惨死的人们，有的身首异处，有的妇女被割去了乳房，有的死孩子屁股里搽着木橛子。更惨的是孕妇，她们的肚皮被剖开，胞衣里流出来的死孩子，还没见过妈妈，就死在妈妈残尸旁。村里的狗们也都不叫了，狗也同人一样，悲哀着，守着主人的死尸，用舌头去舔死人的脚，用头拱拱死人的身子，发出一阵阵呜咽。人挨饿，狗们也饿着，有的狗不吃自家的死人，却偷偷跑到别人家里，叼出死人的肠子吞吃，或者把那个孕妇的死孩子叼到街上啃食，招来主人一顿暴打，嗷嗷惨叫几声，村里很快又归入死寂。康保长病了，料理不了村里这么大的事了，他正躺在家里，发高烧，说胡话，头上蒙着湿手巾，脑子里一遍又一遍复演着日本鬼子的烧杀场面，不时地惊叫着坐起来，吓出一身冷汗，又昏沉沉倒下去。

当时，村里能支事的，还就是李书祥他娘范氏大婶。李书祥当交通员，一直没有回来。三月十七日那个清晨，鬼子一进庄，李庸锦一家得说是沾了地理位置的光了，南园胡同，地势复杂，出南口就是南岭，村里一乱，范氏就知道大难临头了，她和丈夫马上唤了家人和长工，扛上几袋米，提前进了南岭，所以，他们家只烧了几间房，没有伤人。再就是康大石匠一家，大红颖带着孩子早已离开了三峪，康三堂想小抗抗，也跑到杨家坳去住了。鬼子一来，石匠石嫂躲进了自己的石窖内，保全了性命。还有高胡同里那个美丽的王二梅，正好也回了东头村娘家，凑巧躲过了一劫。

惨案过后，李庸锦叫儿子和长工把米袋子扛回来，在院子里支上大锅，决定为村人施粥。大红颖和王二梅来帮忙，两个人抬上一木筲热粥，跟着范氏婶子沿街转，专去死人的或没锅灶的人家。见这些乡亲们都这么丢了魂儿似的干坐着，承受痛苦的煎熬，就用马勺将热粥盛进他们碗里，有时也说一句："吃一口吧。"多数时候，什么也不说，施了粥就走。

太阳升上了挂云山，春天的干热风一刮，满村飞扬起灰尘。焦煳的气味中，又平添了一种难闻的气味——死人的尸臭。人们都不管这些，三峪的幸存者们仿佛都在空洞地活着，捱着时光，等待着什么。寂静之中，从村东口静悄悄走来一群人。这群人，好像怕惊醒了什么似的，他们脚步轻捷，脸色冷峻，谁也不说话，他们走到了村子中央，街上所有人都呆呆地站了起来，无声地望着他们。就这样，双方对峙着，谁也不知这头一句话怎么说。一会儿，还是康二旦忍不住了，他一手扶住街边一堵烧黑的墙，大喊了一声："乡亲们哪……"用拳头捶着墙，呜呜哭了起来。二旦一哭，李芳芳、康来羊全都哭了。这么一哭，全村的人仿佛才想起了哭，才会哭了，于是如天河开口，一街的人全都哇哇哭起来。几个老太太哭喊着扑过来，抓住康二旦、李芳芳他们便打，嘴里抱怨着："小兔崽子，你们干什么去啦？为什么不来打鬼子？鬼子杀了咱们三十多口人呀……"吕秀兰、老崔和游击队员们也都哭了，有不少游击队员也挨了乡亲们的打。范氏婶子提来一面铜锣，看人们哭闹得差不多了，她登上大槐树东边路南一个碾子"咣咣"地敲了两下锣，村民们全都安静下来。范氏婶子高声喊道："乡亲们，不要再哭，也不要再打了！哭是哭不倒日本鬼子的！要打，咱们齐心协力打日本鬼子去！游击队来了，咱们的亲人来了！让区委老崔和吕秀兰会长给咱们说两句话吧。"乡亲们都围了过来，老崔让吕秀兰先讲几句，吕秀兰一袭黑衣，一挼枪带，登上碾盘，用沉痛而高亢的声音说："乡亲们，你们受苦了！三峪遭此惨案，证明三峪人民对伟大的抗日战争，做出了不可磨灭的贡献。日本鬼子在三峪犯下的滔天罪行，我们一定要他们加倍偿还。昨天夜里，我们打下了牛山炮楼，也打死了三十多个鬼子！这次战斗中，三峪村的康二旦、李芳芳、康来羊，顾全大局，军心稳定，作战英勇，是值得表扬的。乡亲们，我们痛恨日本强盗，恨不得一个早晨就把他们赶出中国去，可是不行啊，工作得一件件去做，仗得一个个去打。目前，我们最要紧的任务是，赶快安葬遇难的亲人。今天，我们受到惨重的损失，人民会支持我们，抗日政府会帮助我们的！下面，让老崔同志，给大家说几句。"吕秀兰跳下碾盘，区委老崔又登上碾盘对大家说："乡亲们，秀兰说得对！政府会帮我们重建家园的。眼下天气暖了，死难者应当尽快入土为安。葬埋了亲人，建好了家园，我们再为他们开一个追悼会。下面，由我来安排目前的工作。小庞，你带人去制担架。康来羊，你带几个村民到族人的墓地去打坟坑。康二旦，你带人救治伤员，对尸体消毒，顺便看看老村长。李芳芳，你带人清理街道。"任务一布置，村人和游击队马上行动起来。送葬的亲人，又是一片哭声，用了不到一天时间，三十四具尸体，全部入土了。第二日，井陉县人民政府派人来对三峪村民进行了安抚，拨来一万斤粮食和一千元边币，并动员周边的村庄，组织救援队，为三峪修建房子。各村的村民都非常积极，人们说："给鬼子修炮楼，是迫不得已，帮三峪建房，应当应分。"四面八方的施工队，自带干粮，开进了三峪。挂云山上有的是木材和石头，军民齐努力，伐木、采石、修房，用了十天工夫，一个新的三峪落成了。吕秀兰问康二旦："二旦兄，你的诊室什么时候修建？"康二旦摇手说："这个不急，日本鬼子不让咱过安宁日子，咱就先抗日，等打走日本鬼子再说吧。"

追悼会选在了四月一日。这一天，是三峪人最值得纪念的一天。游击队队长李恒山，带着队伍下了太行山，开进了三峪。大街上，整齐的队伍，唱响了《三大纪律八项注意》。街边的白杨树、老槐树上拴上了八路军的战马和黑骡子，指挥部设在街中段大槐树旁边的石房里。石房顶上，飘扬着鲜艳的红旗，像一团火焰，烧在人们的心里；像一片霞，点亮了三峪的天空。苦尽甘来的三峪人，一下像生活在了边区一样。

南岭和北山顶上，有八路军持枪的哨兵，戏台大广场两边，分站着穿灰色军装的战士们，中间的位置留给三峪的群众。大戏台后幕，挂了几块白布，摆放了几个三峪人用柏枝、纸花扎成的花圈。台正中，放了三张条桌，桌面上放着三十五个死难者的牌位。追悼会在上午九点正式开始。区委老崔走上台，先说了一些表示哀痛的话，而后，宣布，全体起立，向死难者默哀三分钟。台上台下的人们，全都站起来，低头向牌位默哀。游击队的乐队奏起一支低沉哀婉的哀乐。默哀毕，老崔又宣布，由三峪人上台，揭露日本鬼子的滔天罪行。谁上台呢？三峪人，人人怀着一腔仇恨，大多数人都属于茶壶里煮饺子，肚里有倒不出来。正等待间，忽听后边有人高喊："我上台！"大伙回头一看，是康保长，人们不由得喊了出来："康保长。""康保长来了。"康保长是抱病而来的，他的额头上还缠着白头巾，被妻子和女儿搀扶着，面容苍白而悲愤。三峪群众，自动为他让出一条道儿，他推开家人的搀扶，拖着病弱的身体，穿过人群，走上了戏台。他头一句便说："乡亲们，同志们，不要叫我保长了，八路军来了，你们还是称我老村长吧。"台下群众喊了几声老村长。康村长刚想作揖，又忽然觉得不妥，改成了鞠躬。接

一五 焦土抗战

着，康村长用悲怆的声音说："乡亲们哪，同志们哪，要说揭露小日本在三峪的滔天罪行，我是最清楚的见证人呀。三月十七日清晨，李五牛报了信儿，我是第一个到村西口迎接日本鬼子的。这些狗强盗，他们把我反绑了，高高的吊在了白杨树上，让我亲眼看着他们烧杀胡为。我全看到了呀！"康村长一把鼻涕一把泪，历数了日寇在村里的桩桩罪行，台下群众哭声一片。一个八路军战士站出来，举起拳头，带人们高呼起口号："打倒日本帝国主义""把小日本赶出中国去……"

海潮一样的呼声，在挂云山下久久回荡。康村长一气讲了两个钟头。三峪人的抗日热情如火山爆发，台下大几百号人，全都涌腾呼叫着要造反了："李队长，发给我们枪吧！""我们要当兵！""我们要报仇！""打他们狗日的……"区委老崔上台制止群众的呼声和潮涌，可哪里还制止得了，一些群众快要涌到台上来了。这时，李恒山指令号手，上台吹响了军号，群众才安静下来。区委老崔高声喊："乡亲们，都不要乱来，大伙儿的愿望一定能实现。下面，请游击队队长，李恒山同志，给大家讲话。"李恒山衣帽整齐，健步上台，先向群众行了个标准的军礼，接着，用他那好听的江西口音，随着手势，高声说道："三峪的父老乡亲们，你们是坚强的人民，是伟大的人民！日本强盗在我们中国地面上，烧杀抢掠，这个仇，我们一定要报！但要记住，我们报的，不是个人的私仇，而是大家伙的仇，是我们中华民族的仇！我们华北，尤其是我们井陉县，山高林密，我们这里，不但有丰厚的煤炭资源，有丰富的建材资源，太行山里，有石灰石、大理石、硅石、化工石、铝矾石、重晶石、耐火黏土、石棉等。高品位的硅石，是生产白水泥和陶瓷的主要原料，这是我们的国宝呀。日本帝国主义，侵略我华北，占据我正太线，他们的狼子野心，就是要将我们大量的建材资源，在石家庄火车站集中以后，途经青岛，运到日本去。这是我们华北人，井陉县人坚决不能答应的。五个月前，日军的屈尾队长，率领他的岛谷编队战机，轰炸了石家庄，轰炸了大兴纱厂，日军用了五十四小时，攻占了正定城。他们的司令香月清司疯狂叫嚣，要在三个月灭亡中国。他们这是吹牛！我们八路军，抗日民众，就是要在毛主席领导下，用小米加步枪，把日本鬼子赶出中国去！"李恒山队长的讲话再一次激起台下山呼海啸般的热情。口号过后，李队长高声宣布："同志们，我们游击队，下了太行山，就是要在三峪这一带，扩大抗日武装，建立井平获游击大队，建立青年抗日先锋队和儿童团。为壮我军威，我们高唱一支战歌，作为战斗的序曲吧。"李恒山走到台侧。吕秀兰一袭黑衣，短发飞扬，腰扎武装带，英气勃勃，健步上台，同样行了个军礼，用她那略似男子的嗓门，高声说道："高唱《大刀进行曲》，乐队，预备——奏乐！"游击队的乐队，在吕秀兰有力的节拍下，笙、号、管、手琴、胡琴、口琴、大鼓，一齐奏鸣。台下，两边的八路军战士，严整如城，引吭高唱：

> 大刀向鬼子们的头上砍去，
> 全国武装的弟兄们，
> 抗战的一天来到了，
> 抗战的一天来到了。
> 前面有东北的义勇军，
> 后面有全国的老百姓，
> 咱们中国军队勇敢前进！
> 看准那敌人，
> 把他消灭，
> 把他消灭，
> （呐喊）冲啊！
> 大刀向鬼子们的头上砍去……

战歌，如狂飙、铁流，回荡在挂云山下……

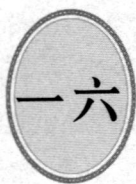

一六 野火春风

　　游击队一来，三峪这个贫穷偏僻的小山村，一下就换了天地，多了笑声，有了歌声，天空红旗飘飘，街道有人打扫。共产党的队伍，真的不拿群众一针一线，无论是官，还是兵，在谁家里吃了饭，都得按规定，付给谁家一种崭新的边币，老百姓管这种边币叫边区票儿。三峪人深切体会到了一种生活在边区的滋味。在那个艰苦的年月，我们这飞速壮大的抗日队伍，不只是物资弹药匮乏，更缺少的是人才和干部。所以，队长李恒山决定在三峪来一个比武征兵，主要是为了发现人才，培养干部。

　　为迎接这一盛大的比武，村民们忙了，主要是妇女们忙了，她们要赶制新兵所需的军装、军鞋、棉被、子弹袋和手榴弹袋。

　　范氏大婶的大四合院，成了妇女们的加工场，因为缺乏染料，人们多用紫花布；有的白粗布，往草木灰水里一泡，多少有点灰颜色，就充作军衣布；还有的用泡槐米作为染料。又因为子弹的不足，做好的子弹袋里，得由一串串秫秸芯撑起来，这是糊弄鬼子的事。群体劳动带来的欢乐，很快医治了人们心中的创伤，妇女们随意拉着家常。也有的坏嫂子们，专门找大姑娘们想听又听了脸红的事谈。因为刚才康三堂抱着两个月的小抗抗来找大红颖换班儿，大红颖不干。刚把康三堂支走，于是，有个温氏嫂子就开了大红颖的戏："红颖弟妹，你这么人高马大的，康三堂才一捏猴猴，腿裆里的东西儿才蚕蛹蛹大，怎么给你做出来那么个大胖小子？"大红颖也不示弱，高嗓门儿回击说："温氏嫂子，我家三堂有神通，人小炮大。不信，借给你一炮试试？"温氏急了，一扬胳膊说："你自个儿挨去吧。"女人们咯咯笑起来，几个姑娘红着脸低头不语不笑，只是做活儿。人们谈了一会儿小抗抗，又谈起了新发行的边区票，很快就将"火"引到了王二梅的身上。这群女性中，二梅是唯一的外村人，也是最出色的一个。她虽然总想穿得老气一些，可是她那件深蓝白印花的夹袄，怎么也掩饰不住她那天生的丽质。她皮肤光润，属于永远晒不黑、吹不糙的土豆皮色；她的那双小手，手背白胖如馍，手指尖嫩似笋，好像永远没沾过人间烟火，实际她干活儿最多，手也最巧。她那略带穗子形的脸盘儿，两颗明眸，纯如秋水，尤其她那显得略大一点的嘴巴，两个嘴角缓缓上翘，形同新月，沉静时，总像在回味幸福的事而微笑。喜神，永远是她的朋友。妇女们夸女人，是没有什么品位的，总是用"受看"这个词。有个妇女说："像二梅这么受看，不知找个什么样的婆家?"王二梅有点急了，红着脸喊道："我招你们了吗?"范氏大婶趁热闹走过来。她是最会夸人的，她年轻时在大户人家当过侍女，会品女人，夸女人从来不用"美丽""受看"这些词儿。她说"二梅"，王二梅一回头，看着范氏"嗯"了一声。范氏微笑着问："你上辈子托生人的时候，是不是走错了地方?"二梅眨着茫然的眼睛问："婶说啥呢?"范氏坐下来，抓了一个子弹袋在手里缝着，说："我是信佛教的，相信有前生。你的前生一定是个得了正果的莲花姑娘，你应当去九品莲台，可是你迷了路，走到人群里来了，落地成了人。要不，你怎么总带着一道天然莲花之气呢?"二梅咂摸过味儿来，红脸一笑说："婶说啥呢?"大红颖抓住时机说："婶，你这么喜欢二梅，咋还不认她做干女儿呀?"范氏婶子说："我早把她当亲女儿了。"正笑着，突然有一个人闯进了院子，院里的笑声戛然而止。这是个风尘仆仆的青年，身上的蓝制服，挂了好几处破洞，有的地方还沾着树叶。范氏大婶站起来，喊了一声"书祥"。李书祥看了一眼王二梅，急忙对娘说："娘，我回来了。"范氏赶过来，为儿子打扫着身上的树叶说："瞧你这衣服这个埋汰样，见了李队长了吗?"李书祥又瞥了王二梅一眼对娘说："见了，李队长让我写标语呢。"范氏说："先把衣服缝缝吧。"大红颖提议说："婶，让你干女儿缝吧。"别的妇女也说："是呀，别人的手艺婶还看不上呢。"范氏真的抓了王二梅的差："二梅，那就麻烦你了。"大红颖逗趣说："什么麻烦不麻烦的，一家人就别说两家话了。"王二梅羞得跳起来，用子弹袋掷向了大红颖，打扫了一下衣服上的线头，把大辫子往脊梁后头一甩，就红着脸跑走了。大院

野火春风

里又爆发起一阵笑声。

王二梅来到了李书祥东院的小书房，房中很幽静，地板上放了许多裁好的红红绿绿的标语纸。李书祥一见了二梅，心里一热，鼻子酸酸的，突然有了眼泪的滋味。王二梅的眼睛也潮了，她急忙扭了下脸，用手背擦了一下眼睛，接着就像妻子关怀丈夫一样，从里间的床上找了一把笤帚，扫去书祥衣服上的尘土，让他坐在椅子上，从腰里掏出针线包，为他缝补衣服上的破洞。李书祥心里像热锅一样翻腾着，声音低沉地说："二梅，你受苦了。"二梅认真缝着他肩头一个洞，说："你也是……"他们谁也不敢提起三峪的那场惨案，王二梅只是静静地为他缝衣裳，她少女的身子贴着他的身子转，他闻到了她衣服里的香气和脸上的雪花膏的味儿，感受到了她鼻息中的热量。有好几次，她缝好一个洞，低头咬断线头时，她的头发和脸挨上了他的脸，千言万语，百种思念，都凝聚到了这一根根丝线的缝纫上。李书祥还是想用语言打破寂静，他说："二梅，三峪出事后，我在山西执行任务，我真惦记家里，很想插翅飞回来。可为了大局，我没有……""你别说了，我全都知道。"王二梅不愿回味过去不久的惨案。她打开针线包，找出一方方蓝色的布料，开始为李书祥衣服上的大洞补补丁。李书祥一见那布料，和他衣服上的布料完全一致，他的心里又热了起来，这证明，她是提前准备下的。有心的姑娘啊，她就知道他为了她，会爬大山，钻荆棘，抄着野狼野狐走过的路，飞速赶回三峪。李书祥再一次领悟到，什么叫作"知心"。一会儿，他身上的衣服缝补好了，她勤快地打扫房间，他看着身上的针脚和补丁，一处处都似天然的图画，他很动情地说："二梅，我给你买了一条红纱巾，系在你脖子上一定非常好看。"说着，从内衣兜里掏出一条纱巾，展示给二梅看。王二梅装好针线包，很高兴地接过纱巾看了看，又还给了李书祥说："书祥哥，这纱巾我很喜欢，可是，我现在不能戴。"李书祥吃惊地问："为什么？"王二梅脸上罩上了哀伤，说："因为，我心里还有痛。"李书祥沉默地看着她，很理解地点了点头，三峪惨案如同昨日，很难从心上淡去。他们无声对峙了一会儿，她眼睛悄悄一亮，脸泛薄红说："这样行吗？等过了比武征兵以后，找一个机会，你亲手把纱巾系到我脖子上。"李书祥心领神会："行啊。""我干活儿去了。"王二梅走到门口，又回过头，眼睛里施放了个短暂的秋波，柔声叮嘱一句："记住，等比武以后……""嗯。"李书祥像个得到宝物的孩子，很欢乐地应着，一股生猛的欲望从身子里飙升上来，让他冲动得欲酥欲碎……

　　大比武的日子眨眼就到了，这是三峪的节日啊。街上贴满了由李书祥书写的红红绿绿的大标语，东头大戏台上，搭上了席牌坊，上边插上了从挂云山采来的柏枝和红山丹花。牌坊顶端，挂了一条粉色大字横幅，是由区委老崔写的"光荣参军，同心抗日"。台下站满了熙攘的群众，台上左侧，是由李恒山为代表的评审组。区委老崔先上台宣布征兵规则，年满十七岁，才能正式参军；十七岁以下的，可以参加青年抗日先锋队。主持这次比武的是妇救会会长吕秀兰。老崔一念完规则，她英姿如前，健步上台，行过军礼，高声宣布："参军大比武，现在开始，第一个登台者，是谁？""我！"一个穿黑裤紫花小褂的光头青年，登上了戏台。台下的群众全都愣住了，台上的吕秀兰，也看着来者大为惊讶。这是谁呀？这么熟识，又这么陌生。光头青年好像被人们看腻了，伸手摸了一下刚剃的光头，冲吕秀兰嘿嘿一笑。吕秀兰惊喜地喊出了他的名字："康英英！"台下群众也都认出是康英英，一片嗡嗡之声。康英英冲乡亲们鞠个躬说："乡亲们，是我，康英英。昨天，我还是清泉观的小道士。今天，我脱去了道袍，削发还俗了！我要参加八路军，拿起枪杆子，打小日本去！"吕秀兰高举双手，带头鼓起掌来。台下掌声一落，康英英接着说："今天，是比武参军，大伙儿会问，我有什么本事？我还不会打枪，也没有康二旦那样的武功。我是个修道之人，懂得天地阴阳，天人合一的道理。天道无亲，恒与善人，谁善于理解掌握天地万物的自然规律，道就在谁手，就能以柔克刚，以险化夷。比如，山里的柿子，人空腹吃柿子，容易得柿结石。可柿子本身就有解结石的东西，哪儿呢？柿蒂，水泡柿蒂热饮，可抗结石。再如，军队野外宿营，如果这地方蚊子特别多，那么，这地方就肯定长着一种驱蚊的草。啥呢？香蒿，割下香蒿拧成绳，晒干后点燃，便可驱蚊。天上打雷，我能听出天上的雷声离我有多远。打雷先闪，闪一亮，你马上数数儿，一二三四……数到多少数听到雷声，就证明打雷的地方离你有几里地。如果敌人打炮，从炮弹火光数数儿，也能预算出打炮的地方有多远。我们打游击，天天绕大山，如果迷了路，找不对方向了，这也有办法：可以取下女性身上的小别针，在真丝围巾上摩擦产生了磁性，再将别针在额头上蹭几下，沾上了人体的油性，而后，找个水洼放进去，别针会自动转向指北的方向而不动；如果找不到水洼，撒上一泡尿，也能试出方向。我们道家经常云游深山，什么野菜能吃，什么野菜有毒，什么草治什么病，哪个山洞有瘴气，不能点火，我知道不少。"康英英讲到这儿，李恒山先举起通过牌说："很好，游击队野外作战多，正需要这样的人才。"评审们都举了通过牌，康英英欢欣下台。

第二个上台的是康二旦，他扛着扁担走了上去。他那敦实的个子，石碑一样硬朗的身体，和那侠气的剑眉，红亮的脸膛，首先让人眼前一亮。康二旦自我介绍说："我参加过了两场战斗，打了庄子头炮楼和牛山炮楼；我还会针灸推拿，行医治病；另外，我跟王道长学了几年武功，自创了一种扁担功。下面，给大家演练一番。"说罢，将扁担贴身一竖，来了个起式，右脚一踢扁担头，就要起扁担功。一条桑木扁担，如白龙闹海，上下翻飞，嗡嗡作响，直耍得风雨不透。台下掌声呼声潮起。功夫练罢，评审牌一齐高举，康二旦顺利通过。第三个上台的是黑黑瘦瘦的李芳芳，他扛着一挺轻机枪就上了台，他把机枪冲后一放，转身对众人鞠了个躬，自我介绍说："别看我又黑又瘦，名字像女人，我敢拆炮弹，能制土炸药。炸庄子头炮楼，就是用了我制的铁壶炸药。这种铁壶炸药，还能用来炸鬼子的汽车。另外，我献出这挺机关枪，作为参军的见面礼。"他详细讲述了他对枪的偏爱和去年那场"机枪变大树杈"为三峪免了一场大屠杀的故事。李芳芳也通过了。

这时，有个头戴破草帽的白胡子老头，而且还是个瞎子，手点竹杖，摸索着上了台。吕秀兰赶紧跑上台，拦住老头儿说："大爷，你怎么到台上来了？"瞎老人用山东话说："你们不是征兵吗？年满十七岁就能当兵？"吕秀兰说："是呀，您今年多大了？"瞎老人说："我今年七十七了，我从山东大明湖来的。"吕秀兰笑笑说："您不是山东人，山东太远了，您又看不见道儿，如何来的？"老人马上又改了口音，成了山西味儿，而且又成了拐子："那么我是山西的，山西洪洞县来的，就是苏三去过的那个县。我还会唱山西民歌呢，《走西口》，你听着像不？"老人拐着腿唱开了《走西口》，逗得台下笑声一片。吕秀兰说："我看你也不像山西的，你是四川的。"老人马上又成了四川人，用四川口音说："对，我是四川成都的，赶场子卖担担面的。"接着，老人学着挑夫样儿，一手护耳，用水亮的嗓子吆喝着唱起来："卖豆花担担面喽……又麻又辣又筋道热乎的担担面一海碗儿喽……"台下爆笑不断。吕秀兰故作生气地一拍老头的肩膀头,说:"我看你也不是四川的,你到底是哪儿的人呀?"老人把腰板儿一挺,扯下胡子,把草帽一摘说:"我就是庄子头的,刘贵子。"台下又一片大笑。一个评审举牌说:"刘贵子适合化装侦察,我通过。"别的评审也举了通过牌。

往下,三峪村的棒小伙儿们,一个个上台献艺。康来羊、康末金、康保祥、康长玉、李五牛、李文牛……他们有的通过,参了军,有的做了基干民兵。李书祥因为年龄还差一点,也是出于工作需要,他当了青年抗日先锋队的文化干事。村里的儿童团也成立了,小闺女小小子一大帮。原来说叫康三堂任儿童团长,可他有了儿子,他媳妇大红颖经常参加活动,他得经常抱着小抗抗,最后选定,由康桂顺做了儿童团长。

抗日武装的壮大,不只是三峪搞得红火,井、平、获三县联合武装,成立了游击大队,共分三个中队,有三百来号人,皆由八路军与基干民兵组成。两匹战马分给了平、获两个中队。李恒山领导的是"井"队,属于第三中队,他留下了与他生死与共的那头大黑骡子。

组织建立了,面临一个首要问题,就是培训和教育。因为干部的缺乏,吕秀兰被提升为区武委会妇女部部长,康二旦提升为区政府助理员。干部们召开的头一个会议,就是严禁干部战士与当地女性谈情说爱。不利于团结破坏军民关系的事,往往就出在男女关系上。所以,开会严格强调,不许调戏妇女,哪一个人奸污了妇女,按八路军的纪律,执行枪决。队伍还明文规定严禁男战士到玉女池洗澡。刚开过会,正好有个战士,因不识字,误入了女厕所,组织上对这个战士进行了严厉批评,让他当着全村百姓做了三次检讨。

有了这件事,李书祥也冷静地思考了与王二梅的关系。

为提高队伍和群众的文化水平,三峪村很快办起了夜校,成立了抗日小学,小学老师仍由李怀生担任。不久,边区文化也传到了三峪,《抗敌报》《救国报》《抗敌三月刊》,图文并茂地及时送到每一个战士和群众的手中。群众大开眼界,很受鼓舞。当时的报社,是由边区的几头骡子,驮着轻便的印刷器材,编辑人员背着轻便电台,一边辗转游击,一边工作的。

队伍里一重视文化,李书祥可就忙啦,他担任了夜校教师,还担任了群众的读报员。

一六 野火春风

　　一场又一场春风，把挂云山送到了花季，杏花谢了，桃花残了，盛开的梨花，如层层白云，挂在山腰间。山草绿柳间，时有鲜红的山丹花，点缀着山峰，如簇簇火焰。玉皇顶上的庙宇，如天上的宫殿。外地一些战士，纷纷要求赏游挂云山。李恒山是江西人，他也正打算去考察挂云山。经研究决定，登山队分了三批，第一梯队，由李恒山先带三十多个战士上山考察，登山的向导，又选中了李书祥。

　　李书祥很想把这个喜讯告诉王二梅，捎着把那条红纱巾送给她。几天来，李书祥怕造成不良影响，他不敢接触王二梅，白天见了面也有意躲着，好像谁也不认识谁，心里却更加思念她。这天上午上山前，李书祥壮着胆子走入高胡同，进了王二梅姥姥家，公事公办地喊了一声"高奶奶"。他想，如果二梅她姥姥出来了，就说是动员二梅上夜校的。不料，北房里传出二梅的回应："俺家里没人。"李书祥心里一松，进了北房，见二梅正坐在东间屋的炕头上做着一件柳丝绿的春装。李书祥心里开始发热了，看着二梅问："你姥姥干什么去了？"王二梅显得很冷淡，做着手里的活儿，也不看他，说："岭口我舅姥爷病了，和我姥爷看我舅姥爷去了。"李书祥感觉二梅不对劲儿，就挨着她坐到炕上说："二梅，游击队要考察挂云山，选我当向导了。"王二梅好像憋着天大的委屈，冷着脸子，要落泪的样子，低着头说："你就去呗，关我什么事。"她依旧做着手里的活儿。李书祥一急，又缓了一下说："二梅，我知道你在生我的气，领导刚开了会，严禁战士在村里谈情说爱，我怕造成不良影响。"二梅问："你来干什么？""我！给你送红纱巾呀！""我不要，犯法。""这……"李书祥语塞。屋里沉闷起来。王二梅做完她那件柳丝绿春装的最后一道线，飞速瞥了他一眼，有意当着他试新衣。她脱去身上的蓝地白印花夹袄，展示出了她那橘黄内衣里的婀娜身段，胸脯上的两个宝贝，像一对含香溢蜜的五月桃，鼓绷着，施放着少女的青春热量和性感磁波，引得小伙子两眼痴痴的。王二梅心里笑着，脸儿还在冷着，她把崭新的春装往身上一穿，系上了衣扣。李书祥忍不住叫了起来，"哎呀，二梅，你简直就是仙子。"二梅仍不理他，对着镜子自我欣赏了一会儿，醉心地一笑，她开始反击了。一转身，往桌橱上一靠，挺直了娇体大胆问他："好看吗？"李书祥神经错乱着说："当然好看。"二梅问："你敢看吗？"李书祥说："咋不敢？"王二梅好像要和游击队的规矩挑战似的，说：

"那好，给我把那块红纱巾系到脖子上。""哎。"李书祥完全晕了，他拿出红纱巾，在手里拢顺，如同踩着云路走向神坛，痴醉着悠悠地挨近了王二梅。王二梅一双眼睛一直火辣辣地盯着他。他心里跳着兔子，贴近了她的酥胸，他的胳膊轻搂了她的上半身，将红纱巾绕过她白皙的脖颈，小心翼翼地将两个巾角，在她高耸的双乳间，打了一个结。一长一短两束巾角，像两道点燃的野火，烧在姑娘的酥胸前。他好想搂住她，他克制住了自己的孟浪，后退了两步，再一次欣赏咫尺的美神，再一次惊赞："你就是梨花雪姐，野火春风……"他忘了屋外的世界，以一种投火赴死的冲动，扑上前去，拉住她的手，对她喃喃吟诵："我的美神，你的手简直像观音的手，我会像对观音一样敬爱你……"王二梅咯咯笑着，捶了他一拳，身子一软，扑进了他的怀抱……

李书祥不知道是怎样走出高胡同的，他偷偷犯下了一个太美的错误，脸上烧烧的，心里装满了惶恐和壮丽。第一次搂了心爱的姑娘，他认定他是世上最幸福的人了，他的幸运，超过了从前的帝王。很快，被幸福和壮丽激励着的李书祥，就带着游击队，奔赴挂云山。

中队长李恒山要求队员们，要像当年长征一样，身上背着行李、子弹袋、大枪、手榴弹袋，还背着防空掩护的草靶子，每个人身上也得有几十斤重的负担。当了炊事员的刘贵子，还背上了一口大铁锅。队伍是准备在山上宿营的。李恒山牵着他的大黑骡子，却舍不得骑它。战士们是不怕走路的，三里坡路，一队人"沙沙沙"踏着整齐的步伐，用了不到半个钟头，就到了挂云山下。大山的巍峨和秀丽，让战士们惊叹不已。

登上第一道山梁时，那头大黑骡子突然竖起双耳，眼里闪过一道惊异的怪光。李恒山留意了一下周围的环境，指着一个石堆说："这个，是不是被日寇烧死的那个小孤孀的坟？"李书祥说："是的，队长。您怎么知道的？"李恒山拍了拍他的大黑骡子说："是我的老朋友告诉我的。"三峪的战士们，很快喜欢上了那头大黑骡子。李书祥一路讲解，带着队伍，游了清泉观、晃现天书，看了神鱼洞，接着攀坡登山。一路景点有回音壁、三里坪、拴马桩、三孔桥、峭壁眩魂、观日峰、白云洞、天炉等七十二奇景。李恒山还在碧霞元君祠，拜访了老道，一路上不时地拿出笔记进行记录。战士们仅是没游仙女洗过澡的玉女池。

一六 野火春风

　　傍晚，队伍扎营在日观峰上。战士们点燃了篝火，煮着野菜，烤着野兔，听着山鸡的四面叫声，纷纷要求李队长讲一个长征的故事。李恒山看了一眼拴在古柏树上的大黑骡子，又看着被篝火映红的一张张年轻的脸庞，说："好吧，我就讲一讲这头黑骡子吧，它可是革命的功臣，在长征路上，还救过我两次命呢。那是在一九三五年的秋天，我在红军一个连里任司务长，专门使用这头黑骡子。它特别通人性，一直跟着长征队伍跋山涉水。它驮过武器，驮过伤员，驮过粮食。队伍过封锁线，用它在前边蹚过地雷。红军飞夺泸定桥之后，长征队伍，登上了四川北部的大雪山。最高的大剌山，有个最险要的地方叫腊子口，那个地方，山高路险。队伍要分批通过，轮到我们连通过时，这骡子突然发了疯一样，一口咬住了我的衣袖，不再前进。当时我以为它不听话，发了野性，就挥鞭打它，它就是不走。这时，离我前面不足十米远的地方，出现了雪崩。此时我才恍然大悟，是这骡子提前感知了险情，救了我们红军一个连的命啊！过了大雪山，队伍走进了杳无人烟的草地，处处都是黑淤泥深潭，有很多战士和马匹陷下去，再没有上来。在这最艰难的时候，我生了病，高烧得厉害，掉了队，从骡子背上栽下来，就失去了知觉。不知过了多长时间，我感觉脸上有一股热气，睁眼醒来，原来是我的黑骡子一直守着我。我嗓子干得冒烟，找不到一滴水，挣扎着爬起来，上到骡子背上，这骡子就驮着我，顺着红军走过的踪迹，追赶队伍。我渴得厉害，随时都有栽下去死在草地里的可能，我于是像一只牛虻一样，趴在骡子背上，狠命咬破了它的脖子。我吸着它的血，抵挡了饥渴，恢复了体力，赶上了队伍。我们终于在一九三五年十月，到达了陕北根据地。七七事变以后，上级派我到太行山一带打游击，师首长问我需要什么，我的要求只有一个，就是带上我的黑骡子……"

　　听罢李队长的讲述，年轻的战士们都缅怀起长征那个最艰苦、最伟大的壮举。一个老战士老贾，情不自禁地举起横笛，吹奏起一支过雪山草地的曲子。这曲子，在暗夜的篝火前，在野花新草的山顶上，有一种悠悠的悲壮。呜咽的挺立，勃郁的豪情，一种像春风阳气的潜在伟力，从万物的脉络中，缝隙间，从人心的血液里，缓缓地溢生着，育化成一种不可抗拒的钢铁洪流。李书祥握紧双拳，他激奋得快要落泪了，是战争，才使这些志同道合的人走到了一起，唤起了重整河山的大志，找到了生命和理想的最灿烂的依托。战争，不只是有硝烟、血腥和恐怖，战争里，有最宝贵的革命理想、团队精神，有篝火、野花、春风、战歌，还有最纯最美的爱情……

曲罢，野菜的苦味和野兔的肉香弥漫开来，刘贵子在日观台上举着饭勺喊道：

"同志们，咱们开饭喽……"

一七　传单事件

　　李恒山带着队伍，考察了挂云山。随即一声号令，游击队和青抗先队员陆续开往东峪，住进了风景秀丽、到处是屏障的大山。三峪村里，由吕秀兰、康二旦主持区公所的工作，基干队、儿童团轮换守村，分期训练。南岭和北山上都有消息树，李恒山的那头大黑骡子成了三峪和东峪之间的交通工具。

　　这里，呈现出一派小边区景象。村子里，天天有歌声，处处有宣传，唱歌唱得最好的是十二岁的温二凤小姑娘。她头扎羊角辫儿，身穿小红袄，街头、戏台、巷口，随时都可以看到她为儿童团唱歌教歌的小英姿。

　　那时候的歌，很合时宜，明白易懂，她那稚嫩的童声，比百灵鸟还悦耳。她打着节拍，唱《参军歌》：

　　　　同志们想一想，当兵多荣光！

　　　　打鬼子，保家乡，人类求解放！

　　　　建立一个新中国，才能把幸福享。

　　　　同志们别害怕，鬼子把你抓，

　　　　坚决勇敢上前线，机关枪消灭他！

　　　　打跑了鬼子，抗战胜利，

　　　　咱们就回家……

　　她唱《拥军歌》：

　　　　同志们想一想，八路军来咱庄，

　　　　他们不怕牺牲流血汗，

英勇打东洋。

大家齐动员，争取把模范当。

抬细米，缴好粮，做鞋缝衣裳。

八路军到村庄，过路要住房。

腾房子，出供给，

老百姓多帮忙……

形势是红火的，但是，也不光是红火，也有红火中的阴风魅影。游击队走了十天后，村里发生了一件怪事。这天后半夜，康三堂他"媳妇"大红颖，害了相思病，欲火烧得身子里难受，哼哼唧唧，骂着孩子他爹，睡不着觉了。大人不睡，孩子也不睡了，母子在被窝里折腾到黎明，小抗抗哭闹着非要起来。东间屋的康三堂被吵醒，三堂喜欢小抗抗，干脆起来，到西间屋里，把胖小子从大红颖的热被窝里掏出来，穿齐衣服，抱到外边去溜达。天刚扑明儿，街上很静，乌蓝的天宇里，只有辛勤的乌鸦，东一声西一声地叫着，飞出了挂云山。康三堂想抱着孩子到街上去转转。小抗抗别看不会说话，特精，这么大的孩子，喜欢有色彩的东西，喜欢观察新鲜的物体，哪怕是很微小的东西。康三堂走到昏暗的大门底下，刚要开门，小抗抗在康三堂怀里扭动起来，一只小手指着地上直哼唧。康三堂低头一看，发现一个白色的物体，弯腰拾起，是一张折叠的硬纸，纸上有字。他拿到院子里细看，脑子里嗡地一下绷紧了敏感的神经。这是一张外来的印刷品，上面写着："共产党是邪教，是大恶魔。""赶走八路军，不缴爱国粮。""要花日本币，不花边区票。""拯救中国靠佛教。"康三堂一时间浑身冒火，抱着孩子往屋里跑着喊："姐，有情况，有人撒了反动传单。"大红颖拿过传单一看，也紧张起来，说："这是谁干的?"康三堂把孩子递给大红颖说："咱家有传单，别处一定也有，我到外面去看看。"大红颖喊："你叫上个伴儿。""知道。"康三堂飞速跑出了门。街上还没有人，晨曦中，康三堂看到巷口也贴着一张相同的传单，他马上揭下来，想去找村长，却拐弯抹角敲开了儿童团长康桂顺家的门。康桂顺的大门底下却没有传单。康桂顺看过康三堂手里的传单，分析说："这一定是村里的坏人，在半夜里贴出来的。""那我们怎么办?"康桂顺真有儿童团长的样儿，他思谋了一下说："不要惊动村长，咱儿童团先行动，你去找李杰、康宣、温二凤，我去找康达、康勇、高二小，咱们马上清街，揭传单，叫坏人起不到宣传作用。""好。"他们马上行动，很快邀来十几个儿童团员，走街串巷揭传单。从西头到东头，一共揭了三十六张。接着，他们又挨户寻查。原来，村里二百多户人家，有的大门底下有传单，有的没有。奔跑了一个早晨，一共收回了八十七张反动传单。孩子们握着红缨枪，守在区公所门口，等着区干部开门。康村长来了，村长表扬孩子们说："孩子们，你们干得好！所有传单全交给我，我向区里汇报。你们都回家吃饭去吧。"一吃过早饭，康三堂抱上孩子就又到区公所来了，康桂顺也来了。大槐树下的老石屋里，助理员康二旦正与村长说话，一见了康三堂和康桂顺，康二旦问："这反动传单是谁第一个发现的？"康三堂亲了一口胖小子的脸蛋儿说："我儿子，康抗抗。"接着把事件的原委述说了一遍。康二旦分析说："这又是红枪会的活动。"康村长像牙疼似的喁喁牙花说："这些顽固分子，信佛就信佛呗，怎么反开了共产党八路军了？去年那挺机关枪的事，我怀疑也是红枪会里的人向日本人告的密。"康二旦冲桌上那叠传单一拍说："这种事，根子全在威南沟四个和尚那儿。我提议，马上询问村里的红枪会会员。"康村长说："我去叫他们来。"村长一出屋，康三堂、康桂顺也就逗着小抗抗，到门外大槐树底下捉天牛去了。

不一会儿，康村长先领来三个老实一点的红枪会会员，全是老太太，她们全都在胸前佩戴着佛教的黄符，一派忠于组织的样子。康二旦冲她们把传单一亮，问，是不是她们贴的。三个会员，一致承认是她们分片儿张贴和散发的。康二旦问："你们知道上边写的什么吗？"她们都说不知道，不识字。康二旦把传单上的字念了一遍说："你们这是反共产党，反八路军，替日本人做事，知道吗？"三个老太太都显出很委屈的样子。温老太说："我们可没心反党反八路。只是替佛教做事，为国做事。""为国？"康二旦很吃惊。李老太太说："是的，佛说了，共产党八路军救不了中国，得靠佛，只要你诚心信佛。"康二旦苦笑了一下问："你们糊涂不糊涂？佛，真能救国？"高老太虔诚地念了一句阿弥陀佛，说："是的，燃灯佛是前世佛，释迦佛是现世佛，弥勒佛是未来佛。现在，释迦佛已经下界来了。只要心诚，我们的头儿皮氏已经修到菩萨界了。"康二旦觉得这些人真是愚蠢可笑，她们已经痴迷到不接受任何道理的程度。他不想再听她们胡言，便直奔要害说："这传单，是不是皮氏要你们贴的？"三个老太太共同承认："是的，上边的师父下来了，是皮氏找了我们。"康二旦说："把你们的头儿给我叫来。"高老太太站起来说："行，我去叫她。"不大一会儿，皮氏来了。她身穿灰色尼装，胸戴黄符，大腹便便，高仰着粗黑的八戒脸，好一派修成正果的样子。康二旦第一次代表区政府处理这件事，他还不太有经验，皮氏一落座，双方的对话就开始了。康二旦一提传单的事，皮氏毫无顾忌地说："是我发给她们，叫她们夜里丑时张贴散发的。""谁发给你的？""师父，师父下来了。""你师父是谁？叫他来，我们谈谈。""你？你不够资格，我师父是释迦阶层的，他不见你。"康二旦有点被动。康村长插话说："你们信佛，唱佛歌，没人干涉。怎么反起共产党八路军来了。"皮氏振振有词地说："杨师父说了，八路军救不了国，得靠佛。"康二旦忍不住厉声喝道："你这是胡言！前一阵，日本鬼子血洗三峪，杀了咱村三十四口人呀！其中就有两个红枪会会员，怎么不见佛来救呢？是八路军是政府，来帮咱重建三峪，还给咱拨了一万多斤粮食。这些铁的事实，还不能让你们擦亮眼睛吗？"皮氏也有话，而且理直气壮："日本人杀老百姓，是冲八路军来的。八路军打日本，你们穿着八路的衣裳去明打呀，为什么装成老百姓？"康二旦义愤填膺地说："照你这么说，是八路军给老百姓招灾了？你们还有没有中国人的味儿？你们信的什么浑蛋佛？"皮氏也急了，黑脸气成了紫脸，叫道："你这样说佛是有罪的，你会有报应的。今晚上你就遭报应。"康二旦忍无可忍地站起来说："我现在就叫你遭报应，看佛怎么救你！"跳过去，对皮氏抢起了巴掌。康村长高叫："二旦，住手。"康二旦本不是冒失人，手一起，马上就后悔了，却也收不住了。抢起巴掌时，是十分的力，打在皮氏脸上，就只有三分力了。皮氏挨了一掌，可就不得了，她施出惯有的泼妇伎俩，踉跄到门外，把头发往脸上一撸，高叫道："打死人咧……八路军打死人咧……"街上的人全来瞧热闹，康村长在石屋里埋怨康二旦："你呀，失理了。这滩臭狗屎算把你粘上了。"果然，皮氏一见人多，喊了两声，"嗷"地一下，扑通倒在大槐树下，昏死不动了。这么一闹，重心就不是传单的事了，从甲事变成乙事，变成八路军打人的事了。

康村长赶紧跑出来，叫几个妇女去管皮氏，几个妇女给皮氏捋胸口，掐人中，折腾了好一会儿，也没把皮氏救醒。康三堂和康桂顺知道皮氏装死，要赖人，他们也只是傻站着看，毫无办法。

　　李星星来了，这个猴精儿的小个子男人，更不是好东西。他一见老婆躺在地上，小圆眼一眨巴，先走过去踢了老婆两脚，喊老婆起来。皮氏如一头死猪，一动不动，嘴角上还有了白沫儿。李星星心里明白，人却更赖。他走到区公所门口，往地上一坐，就号哭起来，喊道："你们是八路军呀，怎么动手打人呀？她有了什么错儿，你们可以教育她，说服她呀！怎么一巴掌把人打死了呀？"康二旦走出来，对李星星说："李星星，我并没真打她，是她躺在那儿耍赖。我是医生，我能叫她醒过来。""你敢？"李星星跳起来，挡住康二旦喊道，"我们信不过你，我老婆要送大医院。"康村长赶紧把康二旦推回石屋。李星星又重新坐到地上，拍着地皮哭喊道："你们叫我这苦日子怎么过呀……"康村长知道，山上老虎厉害，但人不要脸更厉害。他嚼着牙花走出石屋，找到康三堂和康桂顺悄声说："你们俩，骑上后院的黑骡子，到东峪去，把吕部长叫来吧。女人的事，由女干部处理最合适。"

　　康桂顺和康三堂到了区公所的后院，康桂顺自从当了儿童团长，也学会了动脑筋，他把康三堂拽到牲口槽边，说："三堂，咱先不去找吕部长，吕部长不是常给咱讲嘛，当儿童团员，要勇敢、机智。咱能不能机智一回？""机智什么？""李星星他老婆，分明是装死。她要赖人，咱们可不能眼看着让这泼妇赖上咱八路军。你看，能不能想个办法，让这泼妇从地上爬起来，滚蛋。"康三堂可为了难，咧着嘴一摸瓜片头说："这可难了，那么多人劝，她都不起来，咱能有啥法？"康桂顺鼓励说："想想法嘛。儿童团员连这点法都想不起来，以后有什么资格当侦察员？来，咱们一起想个法子，让皮氏滚蛋。"两个孩子，围着牲口槽打开了转转。康三堂想起，从前有过一回，村里闹庙会，有一辆外村的大车把皮氏撞了一小下，皮氏就是躺到地上装死，赖了外乡人五块大洋还不醒。后来，是范氏奶奶用针头扎她的人中，把皮氏扎醒的……康三堂想到这儿，突然心头一亮，一个绝妙的嘎法儿油然而生，他自己先咯咯笑了起来。康桂顺跑过来问："三堂，你想到好法子啦？"康三堂笑得有点肚子疼了，他喘了口气，又笑着说："一物降一物，这法要是不灵，我十天不吃饭。"他在康桂顺的耳边嘀咕了几句。康桂顺也咯咯笑起来，直到笑出了泪，才说："好，咱就来个以赖治赖。"两个孩子，不上东峪找吕部长了，而是翻过石墙，去了南岭。

　　大槐树下，皮氏依旧"死"着，几个好心的妇女，有的叫姊子，有的叫嫂子，动员皮氏起来。皮氏纹丝不动，闭着眼，只是大肚皮一鼓一鼓地跳动着。人们见唤不活这泼妇，干脆谁都不管不劝了，任由她躺在树下。不一会儿，从槐树后面闪出一张儿童的小脸，是康三堂。趁没人注意，康三堂拿出一个小竹筒，将几只紫红色的小火蝎子，悄悄倒在了皮氏身上，而后躲在一边偷着乐去了。蝎子这种毒虫，它怕光，喜阴暗，几只火蝎子很快就翘着毒尾，找缝隙钻，有的钻了皮氏的衣袖，有的钻了她的裤腿，还有一只钻到她的内衣里去了。这个办法还真灵，皮氏有了反应，眉心那一小块地方开始发抖。也就在这时候，吕秀兰部长从东边走来了，坐在区公所门前的李星星一见了吕部长，如遇救星般，爬起来，跑到吕秀兰身边大呼其冤。吕秀兰早就知道李星星两口子的为人，看过康二旦拿来的反动传单，再看了一眼大槐树下躺着的皮氏，当即表态说："李星星，我们八路军是最讲道理的。俗话说，捉奸捉双，打人看伤。我们马上把你老婆送大医院检查，让法医验伤。是我们的人打的，我们负全部责任；要是没伤，你后果自负。"李星星有点心虚了，点头哈腰说："也许没那么严重，您先去看看吧。"吕秀兰走到大槐树下，刚要弯腰看皮氏，突然，躺在地上的皮氏，睁开了双眼，"哇"一声大叫，跳了起来，揉着屁股转身就跑。吕秀兰吓了一跳，围观的村民也无不惊讶。皮氏跑到斜对过一个巷口，又是"哇"一声大叫，当即脱了裤子往街边一扔，回头一看街上的人，光着屁股就跑走了，真比兔子跑得还快。街上的人好一阵大笑，笑得最开心的是康三堂和康桂顺。这突然的变化，让李星星有点傻，他不知老婆中了什么邪。乡亲们喊："李星星，快追你老婆去吧。"愣在当街的李星星，羞了个大红脸，扭身刚要走，吕秀兰喊住他，严正地说："李星星，你们信佛，念佛歌，没人干涉你们。你们要是跟着社会上的红枪会、黄枪会，做对抗日不利的事，八路军、人民政府是决不允许的！你们别以为八路军当时不理会你们，就证明红枪会有多正义，有多强大。不是的，我们的主要目标是同心抗日，团结一切可以团结的力量。你和你老婆，要好好地想一想。""是，是。"李星星点点头，蔫巴巴地走了。走到巷口，拾起了他老婆的灰裤子，他也"哇"一声大叫，扔了裤子，撒腿跑走了。街上瞧热闹的人，又是一阵大笑。

　　事后，吕秀兰批评了康二旦。抗日，光是不怕死、不怕苦还不行，有时候，还要能忍辱。为了防奸防特，抵制红枪会的串联活动，游击队遵照边区

传单事件

指示，开始在华北地区实行通行证，每个人出村办事，都要在村公所或者区公所开证明信，盖上鲜红的印章。外地人进村，也要先看通行证。当时，一曲《通行证》歌，很快流行在冀北冀南，歌词是：

> 同志我问你，你上哪里去？
> 问一声通行证你可带着哩？
> 掏出来看看，掏出来看看，
> 你才能过去。

这天上午，康二旦、吕秀兰正在区公所里办公，康三堂抱着孩子来报告，儿童团查住了三个没有通行证的人。吕秀兰问是什么样的人。康三堂说："是一男两女，男的穿着灰制服，留着油光光的大分头，嘴里还镶着一颗大金牙，说话支支吾吾，一看就不是好人。"康三堂刚汇报完，康桂顺领着几个拿红缨枪的儿童团，已将三个可疑人押到了区公所门前。那两个女的，一个穿红衣，一个穿绿褂，都留着齐耳短发，三个人都蒙着黑眼罩。"带他们进来。"吕秀兰一句话，儿童团将三个人押进石房。留大分头的灰衣男子，头一句话就说："吕部长，给倒碗水吧。"吕秀兰听着耳熟，三个人一摘下眼罩，先是吕秀兰握住了两个女人的手，亲切地叫："哇，你们呀！孔瑞瑞、王香妮，还有苏大智同志。"石屋里一片笑声。康二旦急忙给三个客人倒水，儿童团一见是自己人，全放心地笑着走了。苏大智饮干一碗白开水说："行，你们的儿童团很了不起，我怎么唬也唬不住他们。这是我们的介绍信。"苏大智将介绍信递给了康二旦，接着说："这次上级派我们三个下来，是加强八路军的文化宣传工作的。"康二旦很激动地握住苏大智的手说："欢迎你们呀，咱们队伍正缺你们这样的人才呢。"文艺兵，不同于别的战士，不但要多才多艺，男人要帅，女人要俊，这三个人，正符合这样的条件。孔瑞瑞，清丽卓尔，歌唱得好；王香妮，聪慧典雅，是个大青衣；苏大智，一米八的个头，帅气又阳刚，舞跳得好。三个文艺兵的到来，使三峪村的文艺宣传又上了一个阶层。三峪儿童团的孩子们学会了许多配合当前形势的小歌剧、小戏曲，如：

> 七月太阳似火烧，
> 日寇进攻卢沟桥。

亡我国呀灭我种，

还要奴隶我同胞……

还有，《红缨枪》歌：

红缨枪，红缨枪，

红缨红似火，枪刀闪银光。

拿起红缨枪，去打小东洋……

最好看的还是康三堂和温二凤演的街头小戏《小放牛》。二凤扮村姑，三堂扮牧童，两个孩子抹上红脸蛋儿，手持道具鞭，边舞边唱。

二凤唱：

什么人占了我东三省？

什么人占了我冀北和冀东？

什么人强把我平津占？

什么人侵占我太原与大同？

依么呀呀嘿……

三堂唱：

小日本占了我东三省，

小日本占了我冀北和冀东，

小日本强把我平津占，

小日本侵占我太原与大同，

依么呀呀嘿……

三峪村里，从田头到街头，到处是抗日歌声和表演，村里几个红枪会的佛歌反倒不唱了。孔瑞瑞、王香妮很受群众爱戴。唯独苏大智，他跳的是舞蹈，而且是一种外国舞，出胯扭腰的，不但难学，与抗日的内容也挨不上，没人愿学，也学不了。人们管苏大智跳的舞叫"四六风"。苏大智很伤自尊心，说三峪人不懂高雅艺术，纯粹是一群土包子。康村长听不上这话和苏大智吵了几句，苏大智一赌气，上东峪挂云山下参加军训去了。

挂云山下，新兵训练是极艰苦的。战士们先要学会打背包、打绑腿，绑腿打的是统一的"八"字形花样。发现情况，不许大声惊叫，以防扰乱人心。

传单事件

　　新兵们不但要练投弹、射击，还要练爬电线杆。山上的白杨树，权当敌人的电线杆。

　　游击队当时的武器相当落后，除了两条三八式步枪，一挺机枪，其余的就是老套筒、湖北造、捷克式、边区造。手榴弹是辽县黄崖洞生产的手榴弹。这种手榴弹，打开盖儿，拉了弦儿，五秒钟后爆炸。战士们用教练弹训练时，拉开弦儿，就数数儿，数到三就投出去，必须投出三十五米以外才算及格，三十米以内，容易炸伤自己。练习射击，也有口诀："左眼闭，右眼睁，缺口对准星，三线成一线，目标可击中。"可是，新战士瞄准，三线瞄成了一线，有时也击不中靶子。李恒山队长帮着查找了原因。原来，枪口是瞄准了，抠扳机时，抠得太猛，枪口一动又挪了位，这就是"差之毫厘，谬以千里"了。战士们学着屏住气息，瞄准了目标，扳机缓缓用劲，做到不要有抠扳机的感觉，这样，枪一响，多数都能击中目标。

　　苏大智一到，正常的训练被打乱了，他是看不起新战士的。他问一个新战士："打枪应当怎么打？"新战士按正常训练的程序做了回答。苏大智用手一划说："错！抠扳机这么慢，敌人早跑了，看准了目标甩枪就打。"新战士问："猛抠扳机，枪口歪了咋办？"苏大智说："等不得枪口歪，子弹早射出去了。我再问你们，敌人打炮，怎样躲炮弹？"新战士说："往洼地上爬。"苏大智又一挥手掌说："错，炮弹往东落，你往西边爬；炮弹往西落，你就往东边爬。"新战士倒吸口冷气说："谁的眼能看那么准呀？"苏大智说："这是能力和素质的问题，你当不了神八路。"区委老崔赶过来，制止了苏大智的乱指挥。苏大智却说："你们招的新兵素质都不行。"老崔说："这些新兵以前谁摸过枪？训练就得按程序慢慢来，谁能三五天就练成神兵？"训练，又归于老办法。康英英、李书祥、康来羊、康末金几个新兵很快学会了打枪、投弹、爬电杆。唯独李芳芳，射击、投弹都不错，就是爬电杆，总也过不了关。他身子瘦弱，没那么大腕力，再者，他恐高，登山不恐高，爬白杨树却恐高。这又让苏大智抓了把柄，又对他说："你呀，回家抱孩子行！连个小树也爬不上去，真笨。还有你的名字，芳芳，女里女气的，当兵不能有娘们儿气。"李芳芳心里很窝火，忍不住回击他："我就这名，芳芳，怎么啦？你不笨，你爬一回树。"苏大智冷冷一笑："嘿嘿，敢叫我的板儿？好，我教你。"这苏大智经常跳舞，筋骨灵活，扒了上衣，几下子就爬上了一棵杨树。一转身，从树上跳下来说："开眼了吧？练吧，三年。"苏大智一甩衣服走了。李芳芳气得直想哭。李书祥、康英英过来劝他："别泄气，这苏大智看不起新兵，没有口德。你不能爬树，可是你能拆炮弹呀。"李芳芳吼："人家说的是爬树，不知怎么回事，我就是恐高。"康英英想了一下说："你恐高，要是晚上练呢，你晚上试试。"

夜里，战士们都在山下帐篷里睡下，李芳芳一个人来到山上，练起了爬树。晚上练真的比白天要好，他练得浑身是汗，扒了光脊梁继续练。练得累了，坐在石头上休息，有一个人走过来，为他披上了衣服，轻声说："芳芳兄，别冻着。"李芳芳听出是吕秀兰，急忙站起来激动地说："吕部长，您怎么来啦？"吕秀兰轻声一笑说："你还是称我秀兰吧，喊部长听着别扭。快回去，有战斗任务。"李芳芳一下来了精神，穿上衣服问："什么任务？"吕秀兰说："上级指示，今夜，割断石井至高庄的电线。"李芳芳一挥拳说："这太好了。"夜里亥时，吕秀兰带领李芳芳、李书祥、康英英，还有苏大智十来个人，乘着夜色，出黄岩村，踏上了通往石井的山路。

传单事件

一八 山雨欲来

初夏的夜晚，余寒已大败溃退，温热的南风，吹来大山里松萝野菊和茂盛植物的微苦清香。一弯金黄的钩月，挂上东方的玄宇，使大山里的一切景物，更加迷离、深奥，怪影重叠。吕秀兰带着十来个游击队员，已悄悄过了黄岩村，走上了通往石井的山路。山路，不像平原，没有敌人挖的防护沟，也没有敲着梆子喊"太平无事"的巡更老人。大山是寂静的，这稚嫩的五月，还没有任何虫儿声，暖风吹来，有时会听到几声老林梢头野鹂、布谷鸟或者夜猫子的叫声，有些瘆人，也更平添了这夜的生趣。李书祥、李芳芳、康英英、康来羊，还有庄子头的刘贵子，他们都是第一次参加这样的夜间行动，他们的任务是割断石井至高庄的敌人电线，让那里的鬼子变成瞎子、聋子或者没头的苍蝇，好让那里的游击队狠狠打击他们。对这次正在进行中的神秘的破坏性战斗，他们的心里都充满了一种莫名的快感和巨大的诱惑力。队伍走上平旷的山梁，为打发路上的寂寞，苏大智成了这班人里谈话的中心。他是从太行山一二九师来的，见过大世面，接触过大首长，他说他不但会跳拉丁舞，而且还当过战地记者，还是个作家。这让山沟里长大的三峪人不得不对他刮目相看。他绘声绘色地讲了许多太行山里正太铁路游击队打鬼子的故事，尤其讲到保卫辽县黄崖洞兵工厂的那场战斗，八路军埋下一种大踏雷。啥叫大踏雷？就是一种地雷，野兽和羊群踩上去不响，鬼子的马队、步兵踩上去才炸，炸得鬼子魂飞丧胆，尸横山野。

迷恋炸药的李芳芳本来对苏大智有成见，一下也成了苏大智的崇拜者。苏大智说，就是黄崖洞这场战斗，他苏大智写了一篇文章，轰动了大半个华北。按游击队的规矩，夜里行军是不许谈话的，因为这是大山的山梁上，不会有危险，吕秀兰部长就放任了他们。吕秀兰走在队伍的最前边，她警觉地观察着前边的路况，不时地向后传话："低声些。"队伍临近大山险要处，吕秀兰一声令下："停止说话。"战士们就全都鸦雀无声，悄然行进。山道上，不断有拦路的山狐野狸，蹲在前边的路中间盯视这帮夜行的人，而后惊悚地钻进草地里，展开它们混乱的撕咬，吱吱地大叫。队伍过了复杂地带，战士们就又续上了与苏大智的谈话。吕秀兰听苏大智说得邪乎，有时也插一句："苏兄，你有这么好的口才和笔杆子，当当咱挂云山的战地作家吧！"苏大智说："那没问题，我写的东西准是精品。"李书祥插话："写写咱这次割电线吧！"苏大智不屑一顾地说："这点小行动，太小了，不值得吹。"吕秀兰看看苏大智，提醒大家说："同志们，千万可不能把割电线看成小行动，这小行动可连着大战局呢。""是是。"苏大智反应特快，马上改口说："持久战，打游击，多数都是小战役。一兵一卒，至关全局，没有涓涓细流，汇不成狂涛巨澜。咱们这些人，就是敌人的眼中钉、肉中刺。有咱们这些小人物、小行动，让日寇日夜不得安宁。"吕秀兰说："对，就是这个理儿。"

二十多里的山路，不知不觉快到石井公路了，吕秀兰让队伍停下，派刘贵子和李书祥到前面侦察，她把队伍带到一个山洼处，低声说："同志们，再走三里多路，就是石井公路，咱们这是头一回割电线，要格外当心。鬼子的电线，全是上好的铜线，割下来要盘成捆背回来，上级收购。铜线卖了钱，要归三峪村。还有，咱们到了地方，要分组行动，两个人一组。一个组包三个电杆空儿，速战速决，赶快撤离。咱们，先把组分好。"战士们开始自由分组，李芳芳很悲观，他上不去电杆，正怕没人搭伙，苏大智抢先说："我和芳芳一组，他爬不了电杆，我照顾他。"吕秀兰对苏大智的风格很欣赏，芳芳心里也很热乎。分好了组，吕秀兰最后说："对这次行动，谁还有什么更好的意见没有？"沉默了一会儿，苏大智说："赶快行动吧。"吕秀兰掏出李恒山借给她的夜光表看了看，时间快到凌晨三点了。前去侦察的李书祥，刘贵子跑回来报告："吕部长，前面没发现情况。"吕秀兰说："好，前面的路上，谁也不许再说一句话。"康英英说："放心吧吕部长，我们保证不再说话。"吕秀兰说："光保证不行，你们一路说话说上了瘾，我得为你

一八 山雨欲来

们封口。"说着，在山洼边采了几棵野薄荷，揪下薄荷叶子说："来，一人含上一片，又败火，又提神。"每人的嘴里含上了一片薄荷叶，队伍又悄悄地出发了。不一会儿，就到了公路边一个小山坡上。吕秀兰又叫队伍停下来，低声说："咱们适当潜伏一下，不知有没有鬼子的巡道车。"战士们潜伏在了山坡上的树棵子后面，观望着公路上的情况。不一会儿，果然从西边过来了一辆巡道车，灯光扫射着，隆隆开过来。战士们进入了战斗状态，车上的鬼子用手电不住地查看空中的电线。巡道车开到山坡下，却停了下来，雪亮的探照灯，像两支巨剑，冲山坡上扫过来。战士们将头伏在土坑里，一动不动。突然，鬼子向山坡开了枪，子弹带着尖利的呼哨儿，打得树枝和树叶纷纷散落。吕秀兰低声呼唤："同志们，谁也别怕，这是鬼子的壮胆枪。"果然，鬼子乱打了一通枪，见毫无动静，就开上巡道车，隆隆地向东远去了。又等了一刻钟，吕秀兰才一声令下："同志们，上！"十几个人，跳下山坡，苏大智带着李芳芳，抢占了最近的电线杆。道边的电杆，全是碗口粗的带皮红松木，顶端有两道电线，嗡嗡地输送着电流。苏大智果断地对李芳芳说："我上去割电线，你在下边盘。哎，千万别站在电线下边，这种铜线有弹性，会把人打伤的。"李芳芳闪开来，说："要不要把这情况告诉别人？"苏大智说："还管那些？来不及了。"说完，把工作钳往腰里一掖，几下子就爬上了电杆，割断了第一根铜线，铜线带着呼哨儿，很有力地弹向另一个电杆，自己就打了卷儿。熟练的苏大智，在李芳芳配合下，很快就割完了三个电杆空儿。芳芳也将六盘铜线捆扎好了。苏大智刚刚跳下电杆，就听东边有人"哎呀"了一声，苏大智捂嘴闷笑着说："怎么样，弹住了一个，弹住了一个，嘻……"

因为有人被弹伤，惊动了鬼子。东边响起了枪声和鬼子的号叫，巡道车打着机枪开过来了。苏大智抓了两捆线往肩上一扛说："快撤！"李芳芳扛着四捆铜线，跟着苏大智跑上了山坡，其他的人也全都往山上跑。鬼子追过来，李芳芳扛着线跑了有四里地，就跑不动了。苏大智跑回来催他："你呀，真笨，咋跑不动了？"李芳芳说："我背着四捆线，你背着两捆，我当然跑不动了。"苏大智说："说你笨还真笨！来，换过来。"苏大智把自己那两捆线放到芳芳肩上，顺手将芳芳的两捆线扔下了山谷说："这还沉吗？"李芳芳急了："这么好的线，你咋扔了？"苏大智说："这叫灵活机智！快走!"两个人不一会儿就追上了队伍。这回割电线，伤了两个人，刘贵子被铜线弹伤了脖子；康来羊伤得重，弹伤了眼睛，是被人扶着跑的，可他们的电线一捆也没有丢。走出十里地，队伍停下，吕秀兰清点了一下人数，说："回去先睡上一觉。下午，在三峪开会，总结这次割电线的经验和教训。出发!"

早上八点，割线的游击队，回了挂云山。

中午，中队长李恒山用野兔肉招待了大家。之后，康来羊、刘贵子留在东峪疗伤，吕秀兰带领其他人，把电线扛回三峪，坚壁在康三堂家的石窖里。康二旦和康村长有任务去了栈道，区公所里，留下了小周值班。吕秀兰带着十来个割电线的战士，在区公所的石屋里开会。她先表扬了大家，十二个人应当割十八个电杆空儿，因为有人受伤，惊动了鬼子，只割了有十五个电杆空儿，长度快达三里地，也够鬼子抓耳挠腮，骂"八嘎牙路"的了。

肯定成绩后，吕秀兰着重强调了一个问题：日后，再执行任务时，有谁受到突然的打击，一定咬牙忍住，不能叫喊。也就是说，要想着大局，就是挨了枪弹，宁可把嘴唇咬烂，也不许哼一声。一点点动静，就会导致全局被动，甚至全军覆没，这是日后必须注意的问题。

往下，是自由发言，让战士谈谈割电线的经验和教训。苏大智不愧是耍过笔杆子的，他口若悬河，打着手势开始了讲演，把个割电线说得跌宕起伏，险象环生。口中用词，有的地方用"我们"也包括了李芳芳，关键的环节就只用一个"我"字，那就是苏大智自己的功了。李芳芳听着别扭，他很心疼被苏大智扔掉的那两捆铜线，刚要提及此事，苏大智像说书一样，说到了这一截。他说他为了救战友脱离险境，追上队伍，有意扔到山沟里两捆铜线。他还巧妙引用了长征途中红军为摆脱白匪追击，将大炮推入河中的典故。苏大智的发言，将一个机智、勇敢、当机立断，又关心战友的英雄形象树立起来了。有人为苏大智鼓了掌，李芳芳总觉得苏大智有不对劲儿的地方，他站起来提了另一个问题。"苏兄，"他说，"我问一件事，割电线以前，吕部长给咱开了个途中的小会，让咱分了组。最后吕部长说：'谁还有什么更好的意见？'那工夫，你为什么不提前说到电线会弹伤人的事？你提前说了，就不会有人受伤。"李芳芳这一句，着实让苏大智的脸色黑了一下，但他马上又笑了，和蔼可亲地说："这件事，我也是到了电线杆底下才突然悟到的，所以当即提醒了你。我要是短一句话，第三个被弹伤的必定是你。我认为，打游击，就是要多看多想多悟，敌变我变，临时发挥，机动灵活，这才是一个合格的游击队员。"有人又为苏大智鼓了掌，李芳芳没词儿了。吕秀兰部长本想表扬苏大智，迟疑了一下，却表扬了机动灵活。这样，人们对机动灵活展开了大讨论，一谈到机动灵活，有人就谈到了康三堂，一谈到康三堂，人们就又谈到了几天前，李星星他老婆耍赖装死，康三堂机智地往她身上撒上蝎子，让李星星他老婆挨了蜇，光着屁股跑回家的那件事。会议的热烈程度一下托上了高潮。人们重温这件往事，让吕秀兰心里着实"咯噔"了一下。那天的事情，她一直觉得奇怪，当初，她认为是槐树底下有只蝎子爬到皮氏裤腿里去了，并不知道是康三堂捣的鬼。现在知道了，吕秀兰击掌平息了人们的热议，她很严肃地说："同志们，这件事，我要重新追查。如果真是康三堂捣的鬼，按组织纪律，要处分康三堂，要向李星星一家去赔礼道歉。"一席话，屋里鸦雀无声。沉默了一会儿，一个三峪战士说："吕部长，我不同意处分康三堂。谁不知道李星星他老婆是个挨整砖不挨半头砖的人？这种人，不用这法治治还行吗？"又一个三峪战士也说："是呀，那天的事，如果不是康三堂撒蝎子，不要脸的皮氏非赖了咱八路军不行。再说，事情过去这么多天了，皮氏也老实了，还提它干啥？"

吕秀兰态度坚决地说："不行，这件事一定要追查！同志们呀，咱们是谁？是共产党八路军呀，是人民的军队。如果康三堂用这种嘎劲对付的是日本鬼子、铁杆汉奸，我坚决嘉奖他！但是他对准的是三峪村的人民呀！虽然李星星他老婆跟着社会上的红枪会，黄枪会做过一些对不起党和八路军的事，这毕竟还是人民内部矛盾。我们一定要遵照聂荣臻司令员的指示'要把每一条山沟里的工作做好'，用我们的政策和共产党人的道德风范，去化育人心。"吕秀兰这样一说，战士们服了，他们更深一层认识到，共产党的干部是什么样的人。

吕秀兰当即下令："去一个人，把康三堂叫来，咱们重新处理这件事。"康英英站起来说："我去。"他刚出石屋，就见大红颖和几个妇女正在街上说着话，哄着孩子撒尿。康英英走过去逗了逗小抗抗，问红颖："三堂在哪儿？吕部长找他。"大红颖马上抱起孩子说："他在村西口放哨呢，你们开会吧，我去叫他。"

康三堂这几天一直在村西口和康桂顺轮班放哨。几个儿童团员，上午在村口查通行证，盘问过路的行人，一到了下午就没事可干了。十几天里，他们没有查出过真正的敌情，心里头防奸防特那根弦儿虽然还在绷着，可是绷得不那么紧了。尤其一到下午，村口只留一个人，其余小孩就上南岭掏鸟蛋逮天牛去了。

就是这一天的下午，俩小孩又上了南岭，康三堂一个人持着红缨枪在村边放哨。正闲得无聊，忽然看见从庄子头的方向走来一小队人。走近了看，像是我们的人。走在小队前头的两个人，穿着灰色的八路军军装，其他的人都穿着黑夹袄。有的头戴草帽，有的头扎白羊肚手巾，十来个人，全都背着大枪。康三堂提着红缨枪迎了上去，那个穿灰色军装的黑胡子大叔也大步赶过来，喊："小朋友，前边就是三峪村吧？"康三堂把红缨枪一竖，站住了问："你们是哪儿的人？"这支队伍很快到了跟前，黑胡子大叔笑着说："我们是平山团的。"另一名穿军装的年轻人说："这是我们平山团政治部的何主任。"说着从兜里掏出一把糖，递给康三堂。康三堂不要糖，公事公办地板起小脸儿问："你们有通行证吗？"黑胡子大叔哈哈一笑说："有，有哇！"很快从上衣兜里掏出一封介绍信，递给了康三堂。三堂一看，两眼一亮，通红的小脸儿马上就笑了。那介绍信上，不但盖着第四军分区的大印，还写着司令员周建平的名字呢。黑胡子大叔摸摸康三堂的瓜片头，笑着说："小鬼，信了吧？我们是来检查挂云山第三中队的工作的。你们中队长李恒山最近很忙吧？"康三堂把介绍信还给黑胡子大叔，很亲切地说："我们李队长呀，可好啦！现在，他不在三峪，他在东峪领着队伍练兵呢。"黑胡子点点头又问："队伍都在东峪，谁来守村子呀？"康三堂说："村里有基干队，还有我们儿童团呢！"黑胡子看了一下队伍中的一个人，又回过头说："好哇，小鬼，带我们到村里看看吧。""行。"康三堂刚要带路，基干民兵李文牛提着大枪跑过来问："三堂，他们是哪儿的？"康三堂兴奋地说："是咱们平山团的，介绍信上，还有咱们司令员周建平的名字呢。"李文牛看过介绍信，比康三堂还激动，紧紧握住黑胡子的手说："欢迎你们哪，走，咱们到区公所去。"他们正走向村口，大红颖抱着孩子从村里赶过来了，喊道："三堂，又来队伍啦？"康三堂一举红缨枪，兴奋地说："是咱们平山团的，有介绍信。"大红颖欢笑着"哦"了一声，用心打量起这些人。她忽然目击到草帽底下一张野性的脸和一双生猛的目光，她热着的心，战栗了一下。凭着女人的细心和经验，一下从黑胡子的服装上看出了破绽。八路军打绑腿，全是统一的"八"字形，而这两个假八路的绑腿，打的花纹，如此混乱，一点都不规范。"敌人！"两个冰冷的字，很快击醒了大红颖发热的头脑。没错，是敌人到了村口了。她脑子里的思路嗡嗡旋转起来，本能地往上掂了掂孩子，掩住了突突狂跳的胸口，用无比焦灼的眼睛，看看康三堂，又看看李文牛。天哪，怎么办呀？周围是荷枪实弹的虎狼，而她，手无寸铁，怀里还抱着吃奶的孩子，而康三堂和李文牛对这些伪装的敌人，还浑然不知，反而敬为亲人。她急得手心里出了汗，该如何通知南岭或北山上的儿童团，扳倒消息树，给村里开会的亲人送信呢？"李文牛，你个浑蛋！"她终于急得骂出了一句粗话。

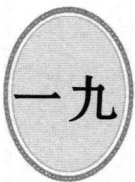

一九 三峪村激战

　　危急，已逼近三峪村口，血案，一触即发，而挂云山上的练兵，正处于酣烈状态。中队长李恒山，天天与战士们在山上山下，摸爬滚打。他身先士卒，随时发现纠正训练中出现的各种问题。在艰苦的岁月里，八路军官兵一致，同喝野菜汤，同吃苦米饭。那时候的小米都带着苦味儿，因为抗战时期的粮食，全部分散着埋于地下。高粱、玉米、大豆、小米，有的装在地下的缸里，有的存在地窖的席囤里。为了防潮，席囤底下要铺上干杨树叶、草木灰，上面也要蒙上干杨树叶、草木灰，再苫上油布，以防雨季进水。地下有多少个粮仓，鬼子很难知道，连我们自己的同志也都是单线管理地下粮仓。小米在地下放久了，总会受点潮的，它们凝结成块儿。供军粮取小米，得用小铲子去铲。

　　为了活跃军营生活，李恒山把两个美丽的文艺女兵也调上山来，参加了大练兵。游击队里，多了两个青春少女，生活气氛很快变得活泼、诗意起来。每天早晨，山下溪水旁，有了她们洗衣、洗菜的倩影，有了她们甜脆嘹亮的笑声，以及她们发现了虫啊，蛇啊发出的"妈呀妈呀"的尖叫。军营帐篷前的晒衣绳上，有了女性那飘扬着的鲜艳内衣和花手帕，也有了男人们私下谈不完的永恒的情话。在孔瑞瑞、王香妮这两个女性面前，男人们都变得更英勇、更坚强、更像男子汉。难怪李书祥常说："当你誓死保卫某一个地方的时候，很可能那个地方，有一个你心爱的姑娘。"练兵练得累了，在山上休息的时候，李恒山会不失时机地组织起乐队，喊道："瑞瑞，香妮，来，歌唱一曲。"穿上军装的少女，更平添了英武之美，远远胜于了妖娆。

她们会健步亮相，甩一下齐肩小辫儿，打个军礼，随着音乐的节奏，一展歌喉，她们唱热爱家乡的绵绵情歌，也唱风烟滚滚大江东去的战歌。这歌声，仿佛集天地之大美，有一种隐郁的盎然，让男人们的英雄豪情、民族自尊，从骨子里、血管儿里勃勃升发。每听完几支歌，李恒山总是感叹着鼓励："香妮、瑞瑞，你们攒攒劲儿，也编一支唱咱挂云山的歌。"俩姑娘沉思着笑，暗暗地蕴着一股劲儿。在训练中，有战士受了伤，孔瑞瑞、王香妮就是最好的卫生员，她们的菩萨心肠，温柔的双手，为他们汪着血的皮肉擦药包扎，几句安慰的话，往往更胜于良药。伤口明明很疼，男子汉们都坚强挺着"不疼不疼"，就连一些吃不惯苦米饭的人，因为有了游击队里严肃又活泼，壮丽又有生趣的生活，他们也爱起了苦小米和野菜汤。为防止男女关系问题的发生，李恒山、吕秀兰一直开会强调，杜绝谈恋爱。男女之间，保持革命友谊，不许男人向女人调情，更不许男人私自到山环间的玉女池去，以防撞见女人洗澡。挂云山最迷人的地方，当属玉女池。"不到玉女池，世人笑你痴。"游过山的人都这么说。

那地方，仿佛自古就是年轻女子的欢乐谷，幽静、神秘、香艳，藏娇于山环的最深处。下山羊肠路，曲径十八拐，可见柳暗花明，世外洞天。那儿是这大山的琴心与芳魂啊！

孔瑞瑞、王香妮一来到挂云山，心先绿了，她们很想学学九天仙女，偷偷"下凡"一次，到玉女池洗一回澡。抗战的艰苦，纪律的严明，她们还只能是神游、梦游，默默地与大山进行着心灵对话。

揭开梦的衣裳，可见四面青峰，林涛鸟喧。这天井的最深处，隐着一池碧水，水中十多个石臼，如冰琢玉磨，四岸是风动如画的水菖蒲野凤仙，羊蹄甲草，还有那一丛一丛高过人头的千穗红蓼。

姑娘们到了这儿就到了她们的女儿国，一扫平时的矜持羞怯，大胆地脱去衣裳，扑进冰臼温水中，溅起一池欢笑。她们疯着闹着，洗去一脸的风尘，一身的汗渍，重现出她们原本娇嫩丰腴、瓷光闪闪的女儿身。疯够闹够了，她们会静歇在浅水中，将湿漉漉的乌发拢入脑后，露出一张张清妍的脸。她们或平仰，或侧卧，或端坐，或曲体枕肱，无忌展示着她们艳白圣洁的丰乳、肥臀，还有平光的小腹、宽隆的阴阜。美人与冰臼同色，一池的玉女，一池的玉雕，那是一幅自然美与青春美组合的绝妙油画。这妙相，让山风屏息，白云滞流，山鸟偷得法曲……

姑娘美好的梦想和梦想中美好的姑娘，永远是艰苦生活中的一缕阳光。山上的艰苦生活还在延伸、在升级。很快，一种与美相悖的事情发生了，战士们浑身发痒，衣服里生了虱子。李恒山队长，一边扪虱，一边用乐观的情绪鼓励大家，当了八路军、游击队，身上长虱子是非常正常的事。古时候，文人名士早有扪虱而谈的先例，记得连耶稣好像也说过虱子是上帝身上的珍珠。我们这些神八路，日后钻山沟，睡青纱帐，不但身上有虱子，还会长疥疮，要做好迎接更大困难的准备。

从此，战士们身上多了这些"珍珠"，也多了一些苦中作乐的零碎事：挠痒，扪虱。尤其是"战"后休息时，战士们开始在身上捉虱子，拿虮子。逮住一个，搓成肉球，用两个拇指盖儿一挤，"啪"一声，爆出一个小血花。这样的艰苦更难为了两个姑娘，她们羞于解衣开怀，只能任虱子在衣服里滑行、滚蛋儿，奇痒难挨。

几个男战士忍不住提醒说："何不到玉女池洗个澡？我们给你们站岗。"孔瑞瑞、王香妮激活了梦想，她们当即去找李队长请示。孰料，李队长的书生脸马上变颜，当即断喝："不行，任何人不许离开战地一步！是日本鬼子可怕还是虱子可怕？难道你们不知道吗？从山梁到玉女池，有三里路程，光是打个来回也得一个钟头，你们知道这一个钟头里，不，这十几分钟里会突发什么情况吗？坚守阵地，等待命令。""是。"俩姑娘行了军礼，噘着嘴走了，孔瑞瑞还掉了眼泪。几个战士也暗自嘟哝，说李队长太不近人情。

李恒山定下心来望着不远的三峪，望着南岭和北山上的消息树，浮想联翩。自从三中队驻到三峪，半个多月里，一直是和平稳定。打下了庄子头炮楼和牛山炮楼之后，鬼子汉奸好像从地面上一下消失了一样，没有发现过一次真正的敌情，人们过着边区一样的生活。挂云山是什么地方呀？是井、平、获三县交界处，是历来兵家必争之地！越是风烟不起，李恒山越觉得不正常，也许，即将有一场大战，正像天边憋雨的云彩一样，蓄势将至。越是有这种预感，他越是抓紧练兵，他天天都在提醒山上的哨兵，一定要严密监视三峪村的方向，要盯紧山上的消息树。

就在当天下午三点半的时候，三峪村里，突然传来一片枪声，南岭和北山的消息树全被推倒了！哨兵及时报告，李恒山马上命令司号员吹响集结

一九
三峪村激战

号，战士们很快带上武器弹药，跑步冲向三峪村。刘贵子带着孔瑞瑞、王香妮也从病房里跑出来，追上了队伍。用了不到半个钟头，队伍就抵达了三峪村西口。村口站满了战士和群众，人人手中都拿着一件"武器"，李恒山问出了什么事。吕秀兰行过军礼，报告说，有十三个敌人，化装成平山团的人，前来偷袭，已被我战士、村民打退，并打死了他们一个人。康英英和苏大智用门板抬来一具还有体温的死尸，这死者正是那个头戴草帽、农民打扮的人。但从他那整齐的大平头和丰润的脸膛看，根本就不像农民。李恒山扒开死者的黑粗布夹袄，细心观察了一下雪白的衬衣，马上确定了此人身份："是个日本人，衬衣上有他的名字和部队番号，此人叫五一正南，是驻石家庄坂西敢死队的中队长。"吕秀兰回头一摆手，大红颖和李文牛跑了过来，汇报了详细情况。

半个钟头前，在村外，大红颖从黑胡子的绑腿上看出了敌人的破绽。而康三堂和李文牛还蒙在鼓里，还把豺狼当亲人，她无法向村里报信儿，急得她向李文牛吼出了一句："李文牛，你浑蛋。"李文牛挨了这闷头一骂，脸一红，很吃惊地瞪着大红颖说："三堂家的，谁浑蛋？你怎么破口骂人？"李文牛这一还口，大红颖也就急中生智，找开了邪碴子："就是你浑蛋，我今天来，就是找你要账来了。"李文牛更不摸头脑，急问："我欠你什么账，你疯啦？"康三堂也愣了，上前问大红颖："老婆，闹什么呢？他欠什么账呀？"小抗抗一见这阵势，吓得哇哇地大哭起来，大红颖把孩子往三堂怀里一放，趁机捏了三堂一下说："你抱着孩子，我和他把事说明白。李文牛，前两天我让你给我贩羊，你昧了我五十块钱。"机灵的三堂马上悟透玄机，也对李文牛开了火："对，李文牛，是有这事，你别装糊涂。"李文牛气得一拍大枪说："贩羊的钱我都给了你了，谁昧你五十块钱了？这不，有平山团的何主任，咱叫他们评评理。"大红颖说："他们不了解情况。走，上村里找村长评理去。"说着去拽李文牛，在李文牛的胳膊上狠捏了一把。李文牛一愣，也马上明白过来，于是，有意火上加油，与大红颖越吵越烈，撕扯着打了起来。黑胡子几个人开始拉架，康三堂抱着孩子趁机向村子里跑去报告。头戴草帽的人看出事头不对，赶过来冲黑胡子打了一巴掌，向村里一甩头，黑胡子放开打架的男女，带上人就往村里赶，大红颖吵闹着把李文牛推进一个大土坑低声说："他们是敌人，快开枪。"李文牛说："打错了咋办？"大红颖说："你先冲天开一枪。"李文牛拉上大栓，冲着三峪的上空"啪"打了一枪，那十来个假八路果然心虚，他们很快掉转枪口，冲着李文牛开了枪。李文牛和大红颖伏在土坑里，放声高喊："敌人来啦，敌人来啦……"康三堂抱着小抗抗拼命往村子里跑着喊："敌人进村啦……敌人进村啦……"正在开会的吕秀兰，听到枪声和喊声，立即带人冲出石屋，跑到村口和敌人接上了火。山上的消息树全被儿童团扳倒。很快，三峪的乡亲们全都呐喊着冲出来了："抓敌人呀……"蜂拥的人群，有的举着镐头，有的拿着铁锨，还有的拿着菜刀、起粪叉、赶牛鞭、大棒槌、割谷镰、盛饭的马勺……敌人见势不妙，很快仓皇逃窜，那个戴草帽的人，中了致命一枪，横躺在了村路上……

李恒山听完大红颖和李文牛的讲述，分析敌情后，知道来者不善。区委老崔去了四区，还没回来，村长和康二旦也有任务在栈道村，能商议的领导只有吕秀兰，他马上把吕秀兰叫到一边，经过几句商讨，果断做出了决策，既而登上村边一个土岗，神情严峻又沉着地说："同志们，乡亲们，敌人这是前站侦察，蝼蚁上树，预示着满天风雨。我们打死了一个日本人，鬼子大队很快会来三峪报复的……"街头群众和战士全都义愤填膺，声同山呼："叫他们来吧，来多少我们消灭多少。""这不是从前了，来个三百五百的，我们不怕。""打吧，为三峪的死难乡亲报仇。"李恒山挥着拳头说："对，我们要打！请大家记住，我们不是和日本鬼子拼命，我们也不是报私仇，我们是为中华民族而战，是为保卫华北而战。但我们既要打狼，还不能被狼咬着……"几个战士和乡亲要求："李队长，您说吧，怎么打，我们全听您的。"李恒山接着说："我们宁可备而不战，不可战而不备，要想保障战斗的胜利，我们先在三峪创一个奇迹，把高房工事，街道防护墙，一夜之间全部修起来。"群众跃跃欲试地高呼："没问题。""是座山，我们也要一夜之间垒起来。"吕秀兰登上高坡补充说："同志们，咱们要像李队长说的那样，打狼，还不被狼咬着。要是敌人来得少，我们就把他们全部歼灭，一个不留；要是来得多，我们要把他打伤打残；要是敌人来得特别多，我们就给他来个下马威，然后撤进山里，开展游击战，把他们一口一口地吃掉。同志们，咱们马上行动，修工事。"

三峪村里热闹了，军民一起搬砖，拉石头，挖土和泥，在村西段和村东

一九
三峪村激战

段的街口处要各垒三道防护墙，每堵墙上留三层枪眼，可以站射、跪射和卧射。村口的高房工事，按周围地形所建，有垛口，也有枪眼，还有人把一些废旧碾底赶出来，栽在街路两旁，作为掩体。连街上许多的厕所也都掏了枪眼。街中段几所大院子里，盘上了大锅台，准备为战士们熬大锅饭，烙大饼。吕秀兰动员村里的儿童妇女和老年人向山里转移，但村子里除了几个真正的老弱病残转移到挂云山，多数人都不走，人们自动组织了担架队、炊事队、子弹运输队，老头老婆磨面队。男人做担架，妇女也没闲着，她们往每个战士衣服的后脖领上缀布三角。八路军打大仗往往这样，白天打仗，晚上去收战友的遗体，一摸脖领后面有布三角，证明是自己的战友。几百人动手，人人参战，一直干到了夜里三点，才修齐了工事。村外安排了流动哨，准备了起火，一有情况，就放起火。黎明，从庄子头方向跑来两个人，是康村长和区政府助理员康二旦，他们身上带着一份紧急情报，得知日军纠集了井陉、石家庄、尖山、获鹿五百多日伪军，要进攻三峪消灭三中队。康村长和康二旦连夜兼程，赶往家乡，很怕李队长和吕部长他们毫无防备。等一进村，看到街上房上的工事和防护墙，他们很快放下心来，把情报交到李队长手里，并夸赞说："咱们李队长真是神算诸葛亮呀，还没接到情报，早知鬼子要来。"李恒山笑笑说："是鬼子先来了探子，露出了马脚。"康村长、康二旦马上去和战士们吃饭，准备战斗。村里几个红枪会也活动起来，他们在小庙前烧了香，来给战士们发平安符，说："戴上吧，有好处，佛祖保佑，枪子打不着。"战士们一一拒绝说："我们不信那个，对付日本鬼子，要靠这个。"说罢掂掂手中的枪。战士们坚守到上午八点，村外放起了火，南岭、北山上的消息树全倒了，吕秀兰带几个民兵到村口埋好了地雷。鬼子是分两路，从庄子头和孙庄方向来的。不一会儿，就听到了鬼子的马嘶和他们的大皮鞋践踏地面的鼓噪。李恒山看到一些新战士有些慌，有的两腿在发抖，他沉着巡视着阵地说："不要慌！要注意节省子弹，瞄不准不开枪。"

鬼子先踏响了村口的地雷，几声巨响，把鬼子的队伍打乱了，听到了他们的马嘶人号。

当鬼子重整队伍，再次向村里进攻时，李恒山高喊一声："打！"游击队开火了，机关枪的快节奏，步枪的高单音，盒子枪的呼哨，大抬杆的粗低音和老套铳那皮黄黑头的怒吼，汇成一支雄壮的交响乐，把鬼子打得人仰马翻。游击队振奋了，因为提前修了工事。鬼子在明处，攻了几次都进不了村，他们就在村外与游击队处于对峙状态。仗打得这么热闹，因为没有儿童团们的事，康三堂和康桂顺跑到战地上向吕秀兰请求任务来了。吕秀兰一边还击一边冲他们吼："你们快走，这儿没你们的事。"康桂顺说："我们不能光看热闹呀。"一粒旋转的子弹，穿过防护墙的射击孔，打断了康贵顺的红缨枪头，吕秀兰吼了一句："快走!"加紧对敌还击，一边的康英英突然想到了一种游戏，对康桂顺和康三堂说："来，我给你们找点活儿干。"说着，扒了康桂顺的上衣，往红缨枪头上一卷一扎，顶端扣上一个军帽，在上一层的枪眼晃靶子，吸引敌人火力，敌人果然上当，一梭子弹，把军帽打了好几个窟窿。康桂顺笑着接过靶子，接着在上一层枪眼里晃起来。康三堂观之一笑，他马上退入巷中，与儿童团的小伙伴们，制作了许多这样的靶子，又返回战地，藏在防护墙后边，挑着军帽和白羊肚手巾，在上一层枪眼吸引敌人火力，这法儿果然奏效。游击队在下一层枪眼射击敌人，敌人不断中弹，而敌人却打烂了不少八路军的军帽和手巾。李恒山观察着目前的战况，很是满意。他派了苏大智，沿阵地传话："先用步枪打，让机枪歇会儿。捷克机枪节奏快，枪筒太热了容易卡壳，等敌人冲锋再用机枪。"灵活的苏大智，穿行在各个阵地传达命令。李恒山又命令吕秀兰，不让敌人休整，敌人火力一停，我们就冲锋，不要真冲，目的是捡敌人一些弹药回来。吕秀兰乘势领着队员冲过几次，果然捡回来不少的弹药。

敌人攻不进三峪，他们换了招数，支上掷弹筒，开始往村里打炮。战士们隐蔽起来，一颗颗炮弹在街上炸开了花。实战证明，像苏大智说的"炮弹往西落，你就往东爬"是多么荒谬。弥漫的烟雾里，谁也看不清炮弹往哪儿落，只有震耳欲聋的爆炸声。村里几处房子着了火，村东北角的高房工事被炸塌，伤了几个战士。炮声一停，敌人发起冲锋，几个鬼子嚎叫着爬上了房顶。附近掩体里的康二旦见状，马上提了扁担，带几个人跑进一条小巷喊："往房上投手榴弹。"几颗手榴弹扔上房，把鬼子炸了下去。不一会儿，又有一批鬼子上了房，战士们再投手榴弹。战斗情况一变，弹药就供应不上了，几个鬼子嚎叫着又在上房。康二旦提了扁担，爬上一段残墙，跃上了房顶。他刚上去，就有六个鬼子，端着刺刀围住了他。巷中的战友全都捏了一把汗，只要有一个鬼子一开枪，康二旦马上就得牺牲。还好，这些鬼子用的

一九

三峪村激战

都是三八大盖，这种枪里的子弹，弹头尖细，穿透力极强，打近战穿透了对方，也容易误伤自己人。所以，日军有明文规定，一拼刺刀，先把枪里的子弹退出来。他们看见这个勇敢的中国人，手中只有一条扁担，一个个也把枪膛里的子弹退了出来，在房上展开了械搏。鬼子枪里一没子弹，康二旦的扁担可就逞足了威风，一条桑木扁担，如龙腾蛇舞，带着闪电风雷，劈开刀丛，力战群顽，有的鬼子脑袋开了花，一命呜呼，有的被打折了腰，摔下房去。六个鬼子被报销后，康二旦在房上哈哈大笑了两声，又有三个鬼子上了房，康二旦继续大战。劈倒两个鬼子后，一个鬼子的刺刀刺向他的小腹。康二旦用扁担头抵住了鬼子的前胸，二人在房上僵持住，血从康二旦小腹中流出来，顺着鬼子的刺刀刃，哗哗地浇在了房檐上。"康二旦！""康二旦！"下边的战友们全都急了。康二旦瞪红了双眼，大吼一声，往前一顶，一脚把鬼子蹬倒，拔了刺刀，不等鬼子起来，杀急眼的二旦一扁担扎向鬼子的腿裆，用力一挑，把鬼子高高地挑起来，扔到了院子里。几个妇女冲过去，用枣木棒槌敲碎了鬼子的脑袋。康二旦也在房上晃悠了几下，身子一栽，跌进了院子。"二旦……"担架队跑过来，赶紧把康二旦抬起来，送往丰化堂诊室。很快，一群鬼子又号叫着上了房。弹药还没有送上来，急得一些战士开始骂娘。苏大智掩护着李恒山赶过来，李恒山观察了战况，命令："赶快撤，放一部分鬼子进庄，打巷战消灭他们。"战士们撤了，有三十多个鬼子从房上进了村。三峪的巷道弯曲串联，如同迷宫。鬼子一进来，全都打着转转迷了方向。游击队配合着乡民，儿童团大显了身手。鬼子处处挨打，到处乱窜，黑枪、黑砖、闷棍随处都有，有的鬼子丢了枪，跑进了院子。主户的狗们也参加了战斗，咬断他们的喉管儿，撕开他们的肚皮。强盗们呀呀惨叫着，一个个丧命。村东北角的房上缺口，早有战士们把大扇车抬上房，蒙上几条浇湿的棉被，做了高房工事。街上战斗依旧激烈，敌人远了，战士们就用步枪打；近了，就投手榴弹。一个新战士投手榴弹时，弹体撞在一个儿童的红缨枪把上，"咣"的一声，手榴弹失手，落在了防护墙附近。机智的苏大智大吼一声："快卧倒！"他一个虎扑，把吕秀兰扳倒压在了身下。其他新战士望着地上嗤嗤冒烟的手榴弹，全傻了眼。此时，康英英一个箭步跳出掩体，把手榴弹踢向鬼子。手榴弹在低空途中炸响，康英英一条腿被炸伤，倒在了地上。苏大智跳起来，冲那个失手的战士踹了一脚。吕秀兰喊："不要乱，快救伤员。"几个乡亲过来，把康英英抬上担架，送进了街中丰化堂临时诊室。康英英忍痛从腿肚子里抠出了弹片，王香妮为他包扎了伤口，让他休息。他一骨碌从床上下来，要返回战场。王香妮劝他留下，他说："腿削了一块肉，离心还远呢。"王香妮说："你不能走路呀。"康英英说："我还能爬，我能爬着送弹药。"康英英又爬着返回了战地。在弹药存放处，把子弹袋绑在腿上，爬行着为各个掩体运送弹药。在他这种精神感召下，有好几个伤员又返回了战地，学着他的样子，爬行输送子弹。

一刻没停的战斗，打到了中午。刘贵子这个炊事员，带领着炊事班，已经为战士们做好了午饭。熬好了大锅粥，烙熟了大饼裹鸡蛋。空中飞来的流弹，不时落进饭锅，刘贵子这个天生的乐天派哈哈笑着说："小鬼子，我们的饭汤里可不要这作料。"他用柳丝笊篱捞出铅弹头，把米粥舀进木桶，召唤一声："同志们，走，给同志们送饭去喽。"刘贵子挑木桶，大红颖和王二梅拤着篮子，后边有人抬着筐中的烙饼，有人抬着碗筷，奔向弹雨纷飞的战地。刘贵子冲着打得起劲儿的战士们高喊："同志们，开饭喽……"战士们回："不吃，顾不着。"乡亲们分组拿上热饼和饭碗，跑到他们身边，帮着为他们递烙饼，端热饭。战士们有的轮换吃饭，有的边打边吃，还有的战士，一不小心把手里的烙饼当手榴弹投了出去。刘贵子喊："哎哎，咱们的饭，可不给鬼子吃。"吕秀兰高喊："同志们，加劲打，不让鬼子吃饭。"填饱肚子的小伙子们打得更火热。小鬼子可没这条件。初夏的季节，正午的太阳已经很有热量了，鬼子兵们一个个饥肠辘辘，口干舌燥，嘴里吸着硝烟灰尘，渴得舌头转不出唾沫儿。战斗，打到了下午两点，村口的井台，成了鬼子救命的福地，有三个鬼子，带着一大串军用水壶，跑上井台，要拧辘轳提水喝。吕秀兰见此情景，大声喝道："封锁井台，不让鬼子喝水，跟我来。"她带领着李书祥、李芳芳两个人，冲到路南一个碾底后面，阻击找水喝的敌人，这面栽起来的碾底，正好对照着井台。吕秀兰将三个鬼子击毙。接着，又有两个鬼子跑上井台，开始摇辘轳。吕秀兰开枪又将两个鬼子击倒。鬼子的机枪射向大碾盘，无数粒子弹在石面上爆开了花。三个人躲在碾盘后面，他们商议，决定给鬼子来场游戏，于是不再开枪。等鬼子把一桶清水摇上来，渴极的鬼子，一窝蜂似的跑上井台，争着喝水。李芳芳、李书祥一齐开枪，玩"串糖葫芦"，一枪能撂倒好几个。鬼子提上来的桶又坠了下去，辘辘把疯狂地倒转起来。鬼子的机枪又响了，三个人藏在碾底后面笑了一阵。李芳芳出了个主意说："吕部长，我想给他来个天鹅下蛋。""啥叫这个？"李芳芳脱了光脊梁，把几颗手榴弹一块放在衣服上，包了起来说："你们别再打枪，让鬼子喝水，鬼子越多越好。"吕秀兰明白他要做什么，嘱托他："你注意安全。"李芳芳嘿嘿一笑，光着黑瘦的脊梁，撤出掩体，钻进了一个小胡同。吕秀兰他们不再打枪，井台上的鬼子越聚越多，终于拧着辘轳提上了水来。清凉的泉水，让鬼子们如饿蝇嘬血，蜂拥般上了井台，争抢着喝水，骂骂咧咧，直想打架。这时的李芳芳已经绕到离井台很近的房顶上，将衣服里好几颗手榴弹，一同拉了弦儿，包起来，一同扔进了鬼子堆里，轰隆隆几声巨响，炸倒了一大片，吕秀兰趁机调来一挺机枪，封锁了井台，鬼子喝不到水，只好丢下一片死尸撤了回去。

此刻，村外响起军号和枪声，井陉自卫队和平、获支队，赶来增援三中队。鬼子大势已去，马上收拾残局，向白花方向逃跑了。

挂云山游击队大获全胜，当井陉自卫队和平、获支队与三中队在村口会师的时候，那场面真是一片欢腾。自卫队老冯和支队长李雪瑞握住李恒山的双手说："小李，你们三中队为抗战立了一大功啊。"李恒山说："我们的胜利，主要是有人民群众的支持呀。"一个新战士畅谈感想："战斗开始前，我的两腿还发抖呢，真一打起来，就什么也不怕了。"另一个新战士说："刚开始，我也把日本人看成了老虎。真的硬打，他们就是一群狸猫。再有战斗，我就什么也不怕了。"

硝烟散尽，三峪又出现了晴朗的天空，李恒山开始组织人员打扫战场，收敛战利品。大红颖突然想起吕部长要找康三堂的事来，她迈过鬼子一具具死尸，走到吕秀兰跟前说："吕部长，昨天，您不是要找康三堂吗？有什么事能和我说吗？""可以。"吕秀兰把大红颖叫到一边，先表扬了她昨天的机智，又说起人民战争的伟大和搞好群众关系的重要性，接着就谈到了不久前，李星星他老婆装死，康三堂往皮氏身上放蝎子的事。大红颖笑了，解释说："吕部长，二旦兄已经承担了这件事的全部责任，也批评了康三堂，他和村长已经上李星星家登门道了歉。二旦兄自己拿出三十元边区票，让皮氏治伤。"吕秀兰轻松地笑了，说："道过歉就好。群众基础工作，我们一定要做好，做细。"大红颖点点头，她心里觉得挺热乎，共产党的干部就是好，对骂过自己的人都这么宽宏、亲和。她早就想和这个与自己命运相似的了不起的女性说说心里话。吕部长是公家人，一直忙公事，今天，她终于鼓足勇气说："吕部长，我想让您帮我一个忙。""你说。"吕秀兰非常热情，大红颖剔着指甲迟疑了一下，说："您帮我打听一个人吧。我有个本村的叔叔，也投了八路军，不知他在哪个部队。"吕秀兰点头说行，又问了这个叔叔的体貌特征、年龄姓名。大红颖脸上有些发烧，她还是抬起头，把脸上的一缕头发摇向脑侧，向吕秀兰简略地透露了杨喜全一些实底。吕秀兰凭着女人的敏感，留意了一下大红颖红艳的俊脸，说："我想，你这个杨喜全叔叔，一定是你一生中最重要的人，是吧?"大红颖眼里溢出泪来，咬着嘴唇点了点头，急忙扭过脸去擦泪。这时，苏大智在不远处喊："吕部长，李队长叫你。""哎哎。"吕秀兰急忙向大红颖道了别，又忙公事去了。大红颖怀着隐隐的惆怅，孑然而立，她是多么想把自己的故事对吕秀兰说说，求得她的帮助呀！可是，又不是时候，她暂且把心事埋入心底，嗟叹一声，就去帮着战士们清理战利品去了。

战后的现场，惨不忍睹，一具具血淋淋的死尸，透着热烘烘的血腥气，让人头晕反胃。大红颖忽然发现，有个死鬼子的唇边扔着一张照片，是一张漂亮的穿着大樱花和服的日本女人的彩照。那个女人一定是这鬼子的妻子或者情人，他们情深似海，却又隔了万里云烟，不得相见。远在岛国的那个女人，一定和自己一样，日夜盼望远征的男人快快回去。今天倒在这里的男人，一定知道自己永远也回不去了，临死之前，在唇边吻过那个女人的照片。人间爱情，感动着大红颖，在周围人们笑谈胜利的时刻，大红颖却对这对日本男女，产生了一丝幽幽的悲悯之情，她伸手去捡那张日本女人的照片。孰料，这个鬼子没有死，一口咬住了大红颖的手。大红颖的失声尖叫，惊动了现场所有的人。机智的苏大智，飞快地跑过来，用枪托对着日本鬼子的太阳穴狠砸了几下，鬼子死了。大红颖捂着淌血的手，冲苏大智愤怒地喊道："你不能打死他……"苏大智双眼一瞪，惊奇地说："你怎么可怜鬼子呀？这狗强盗，就该把他砸个稀巴烂！"说着，像砸一个破缸一样，又狠戳了几下日本人的脑袋，腥热的鲜血、脑浆流出来，淹没了照片上那个漂亮的日本女人……

大红颖抬头望向天空，闭上了双眼，两行热泪悄悄淌下来。

二〇 智取冶河炮楼

　　大红颖脸上的两行泪珠，落在流血的手背上摔碎，又和鲜血一块滴在了脚下渗着血污的黄土里。吕秀兰赶过来，掏出手帕，为大红颖包扎伤口。苏大智见吕部长来了，更加义愤填膺地斥责大红颖："杨红颖，我看你的灵魂深处有问题。"吕秀兰一边为她包手，一边问："红颖，这是怎么回事？"大红颖缄口不言，苏大智当众揭露说："她在为鬼子鸣冤叫屈，还落了泪。"吕秀兰冲大红颖瞪大了双眼，周围的战士群众也都以吃惊的目光审视她。苏大智继续说："这个鬼子没有死，咬住了她的手。我来救她，把鬼子打死了，她居然说'不能打死他'，还落了泪。"一个战士问："红颖，这可是真的？"另一个战士说："要是真的，哼，你还有没有中国人的良知？"苏大智接着斥责："她这种思想是很危险的，在特殊情况下，当心成叛徒。""叛徒"两个字，像尖刀一样，扎伤了大红颖的自尊心，她那原本健美的黑红脸膛，一下变得煞白，回击苏大智："苏大智，你别乱扣帽子，谁是叛徒？我是金是石自己清楚。"苏大智铁青着脸色说："我这是拯救你，是代表人民向你敲警钟。""你用不着。"吕秀兰急忙制止："都不要吵了。"苏大智是不吵了，人们的怒火却对大红颖烧了起来，尤其是三峪的群众，纷纷用过激的语言指责大红颖："红颖啊，你怎么能为日本人鸣冤叫屈呀？""这日本鬼子在咱三峪杀了三十五口子人呀。""你这不是东郭先生吗？"大红颖急得一跺脚喊："乡亲们，不是这么回事。"一气之下捂着手跑走了。李恒山队长赶过来说："同志们，今天不处理这件事。先打扫战场，安抚伤员。"苏大智还在气不忿地说："我看这是政治问题，一定要严肃处理。"

这次大战，击毙鬼子一百六十个，缴获九二式重机枪三挺，子弹三百五十发，手雷四十颗，步枪五十支，刺刀二十把，军用水壶二十四个。

　　我们也伤了二十一个同志，有六个新战士光荣牺牲了。三日后，三中队在三峪村为六个烈士开了追悼会，向家属颁发了烈士通知书，表彰了在这次战斗中表现突出的官兵。受表彰的同志是康二旦、康英英、李芳芳、苏大智，还有杨红颖。在战士和群众中，传得最广泛的，却是苏大智挺身救吕部长的故事；争议最激烈的对象，是大红颖。中国民众，恨汉奸更甚于恨日本人，更不能容忍在自己的同志中有人同情日本鬼子。苏大智用了两个晚上，写了一份关于杨红颖不当言论的批判材料，交到李恒山手上，要求开大红颖的批判会。李恒山看过材料，征求吕秀兰的意见。吕秀兰看了材料说："我认为苏大智有点小题大做，有点过火。要是开批判会，弄不好就会搞成同志整同志的悲剧。我不同意苏大智的看法。"李恒山说："杨红颖同志一直对抗日工作十分积极，怎么会出现同情日本鬼子的事呢？"吕秀兰想起大红颖和她那段未说完的谈话，想到大红颖让她打听的那个喜全叔，她思谋了一瞬，说："我觉得这大红颖的心里，一定埋藏着一个重大的秘密。那句不当的言论，很可能是一时情激所致。李队长，我是女人，我认为，这件事由我一人处理最合适，我去找大红颖谈谈话。"李恒山同意了。当天晚上，吕秀兰就住在了康三堂的家里，和大红颖睡在了一条炕上，说了一宿的知心话。第二天上午开会，吕秀兰向全体战士打包票说："同志们，我以一个共产党员的身份担保，杨红颖同志，绝对是一个很好的同志。那天的事情，以后谁也不许再提。"杨红颖的事情过去了，可是紧接着队伍中又有了新的矛盾，全队争吵不休。因为这次大战缴获的精良武器，李恒山队长全部让给了大部队使用，上级表扬了三中队，奖励了三中队一个土炮筒。多数战士都很惋惜地说："这么好的武器，为什么不留在咱三中队？""咱要有了先进武器，可就打遍天下无敌手了。""咱们李队长怎么胳膊肘往外拐呢？"苏大智批评战士们是搞山头主义，是搞个人英雄主义。战士们不服，和苏大智吵了起来，闹到了区公所。李恒山再次开会，对大家进行耐心的说服教育。他依旧微笑着，以他那文质彬彬的诗人气质，和他那涓涓春水一样的江西口音，对大家说："同志们，我知道，你们为什么不愿把最精良的武器让给大部队，因为你们爱咱挂云山，爱咱们三中队。我和你们是一样的。可是，你们想过没有，咱们从五湖四海，走到这挂云山，团结在一起，总目标是为了什么呢？为了民族大义，打倒日本帝国主义。我们挂云山，不是水泊梁山，抗日也不能靠一个山寨，或几个山寨的力量，要有一个统一的战线。我们这个统一的战线，就好比是一把钢刀，这把刀，有刀刃、刀背，还有刀把，缺一不可。你们说，有了好钢，是用在刀刃上呢，还是用在刀背上呢？"战士们齐声说："当然用在刀刃上了。"李恒山用手指一戳桌面儿说："这就对了嘛，咱们这支游击队，目前还不是刀刃，而是刀背、是刀把。咱们的任务是割断敌人的电线和破路，用不着太精良的武器。咱们把好武器大武器让给正规部队，让他们多打些大胜仗，比咱们多打几次游击，更有意义。你们想想，是不是这个理儿？"战士们扪着虱子一阵议论，心悦诚服。李书祥说："李队长，我们想通了，我们应当以民族大义为重。"其他战士都说："有好武器应当让给大部队。"李恒山点头笑着说："好，大家好好休息几天，准备迎接新的战斗。"

两日后，老崔从四军分区回来了，带回新的任务。上级指示，挂云山游击队，要以最短的时间割断尖山至微水的电话线，回头再拔掉威州西边冶河岸的炮楼。一有了战斗任务，战士们跃跃欲试，热情极高。李恒山、老崔和吕秀兰先安排伤员转移。一部分轻伤员，马上离开三峪，转移到挂云山白云洞。康二旦是重伤员，上级安排他和康英英，转移到了山高林密的九龙山。下午申时，暑热稍退，吕秀兰带领一支十五个人组成的小分队，要夜奔尖山，先去割敌人的电话线。这支小分队成员，基本还是以前的老队员，苏大智、李书祥、李芳芳、刘贵子、康末金、康保祥，还有李文牛的弟弟李五牛。为了白天便于掩护，他们没有绕庄子头的平坦路，而是向南走了一段崎岖山路，天近黄昏时，小分队接近了威州路段。威州往南，有一大段坦途，吕秀兰命令战士们，避开坦途，下了河滩地又走上了通南的羊肠小路，小路便于掩护也便于战斗。途中，有不少沙坑、土丘、荆条棵子、大水柳和紫穗槐。纵是这样，吕秀兰也没有粗心大意，她派了苏大智、李芳芳、李五牛三个人在前方探路，与小队拉开了有半里路的间距。一路向前，倒也平安无事，当三个人走到河滩一个多洼又多岗的复杂地段时，油黑粗壮的李五牛突然揉着肚子说："不行，我要屙屎。"苏大智点着他的脑门儿低声嘲笑他："你呀，真是懒驴上磨屎尿多，你可快着点啊。"李五牛离开小路，跳到一个土丘后面刚要解裤子，突然低叫："快来，有情况。"苏大智、李芳芳急忙跑到土丘后边，一看，地上的草里扔着两个新啃过的鸡架。李芳芳耸耸鼻子说："有鬼子!"苏大智马上对李五牛说："快去报告吕部长，说前边有情况。"李五牛捂着肚子说："不行，我憋不住了。"李芳芳说："我去汇报。"他闪出土丘，悄悄返回了来时的小路。

在艰苦的抗战岁月，鬼子断不了出来活动，抢粮、找花姑娘，八路军也断不了打他们的伏击。野外活动很多，八路军饿了，能吃各种野菜；鬼子不吃野菜，他们饿了，常常抓老百姓的鸡，把活鸡挑在刺刀上，找个角落或者山洼洼，点燃干柴，而后，用刺刀往鸡屁股里一插，挑到火上烧烤。刚开始，活鸡振翅惨叫，不一会儿就烤成焦黑一团，嗞嗞地淌油。把整鸡烤熟了，也不撒盐，剥去焦皮，就啃鸡肉吃，啃得剩下一副鸡架，随地一扔。那时候，大路边、山野里，常常发现这样的鸡架。河滩里扔着的两个新鲜鸡架，证明鬼子刚来过，或是此地还藏着鬼子。

一声短促的女人尖叫，震撼了河滩地。李五牛擦了屁股跑过来，苏大智已拔出了手枪，刚好，吕秀兰也带着小队赶过来，潜伏在土丘后面，观察周围的情况。就在西南不远的一个大坑里，传来女人的颠簸性哭声和男人喘息的淫笑，谁都猜测得到那里正发生着什么。有两个战士要持枪冲过去，吕秀兰阻止了他们，继续观察。一会儿，见一个背着大枪的鬼子，和一个背着大枪的汉奸，押着一个反绑了双手的花衣女子，从坑里走出来。花衣女子有二十三四岁年纪，脸儿很白俊，大辫子很松，身上和头发上全沾着烂草叶。鬼子一手系着裤裆的扣，美滋滋地喊着"哟西"。女子哭着大骂："你们这些畜生，野王八羔子，不得好死。"那黑衣汉奸，用礼帽打扫净身上的草叶，劝那女子："别哭了，玩一会儿亏不了你，给你找个好婆家，享福去吧。"花衣女子啐了汉奸一口。鬼子抬头看看天色，喝道："快快的开路。"踢了女子一脚，女子一路哭叫，他们往西向通往冶河的一个小岔道上走去。

李书祥按捺不住心中的愤怒，请求说："吕部长，打吧，我们要救下这姑娘。"苏大智不同意，说："我们的任务是割敌人电线，不能因小失大呀。"李芳芳说："那也不能见死不救呀？"苏大智批评李芳芳："我们要盯住主要任务，像你这样乱生慈悲心，怎能成大器？"吕秀兰制止他们："都别吵了，割电线，我们不能耽误；人也要救，这是一个除掉汉奸的好机会。

李书祥、李五牛，你们两个，跟踪敌人，瞅准机会，干掉鬼子和汉奸，救下那姑娘，尽量不要开枪。""是。"李书祥把手中的工具放下，接过一个战士的匕首，与李五牛跃出土丘，悄悄向通往西边的小路跟了上去。

"继续前进。"吕秀兰一声令下，十三个人的小分队，继续南行，他们要准备走夜路了。当了游击队的战士，人人都得练出一副铁脚板，得能走路，得能走山路，还得能走山间的夜路。战士们总结出一套走路的经验，叫作白水黑泥紫花道。如果没有月亮，夜空之下，前边看到白亮的东西，是水；发现路段发黑，那是泥；只有紫花色的，才是道。如果前边有响动，鼻子还得闻得出是敌人还是野兽。什么样的野兽散发什么样的气味，狐臊，狸臭，野狗子腥，得留意路上一切细微的东西和气味。一夜行军，汗湿便装，黎明前，小分队巧妙地过了上安铁道，又过了方岭，小队暂时潜伏在良都附近的大山里，等着再一个天黑，才能行动。这里离尖山公路不太远了，下一步该是刘贵子的独角戏，他换上乞丐装，开始寻找我地下交通站，再到尖山脚下去侦察。山里的野菜，养育着我们的战士，黄昏前，刘贵子侦察回来，向吕部长汇报了山下的情况。小分队像一群幽灵一样，又悄然前进了。不到半夜，他们到达了尖山脚下的公路。

敌人的电线杆，依旧是一些带皮的红松木，很容易爬上去，因为有了上一次的经验教训，这次割电线进行得非常顺利。十三个人割了有四里地长，全是高质量的铜线。完成任务，他们快速撤离，悄悄把一捆捆铜线，运到大尖山附近的地下交通站。当巡路的鬼子发现电线被割，响起凄厉的枪声时，吕秀兰带着小分队，已经踏上了归程。第二天午后，小分队胜利返回三峪，他们此时才发现，李书祥和李五牛还没有回来。战士们的心一下又悬了起来。苏大智说："一开始我就不同意去救那女子。要是割电线再多两个人，还能多割一里地。现在可好，两个人吉凶难卜。"李芳芳说："话不能这么说，除掉一个汉奸，比打死十个鬼子都值。"苏大智强辩："那两个人能打死一个日寇和一个汉奸吗？李书祥是文弱书生，李五牛体壮脑子少……"康末金听不惯了，急红了脸子说："你别看不起我们三峪人，别人不行，就你行？"苏大智说："好，我看得起，英雄救美，马上就胜利凯旋。"康末金提足了底气还准备还击，李恒山走过来说："先别急着下结论，没有两个人的消息比有两个人的坏消息强，我相信李书祥他们会出色完成任务的。"康末金说:"你瞅着,书祥他们今儿天黑回不来,明天上午就回来了。"战士们等到天黑,不见李书祥、李五牛回来,又等到第二天过午,仍不见他们回来。有的战士挺不住劲儿了,去请示李队长,要求寻找他们。李恒山说:"再等一等吧,我们正召开攻打冶河炮楼的会议。"区公所办公室里,李恒山、老崔、吕秀兰和苏大智一些骨干队员,又在研究如何攻打威州以西的冶河炮楼。

冶河炮楼,的确是威州地面上一个硬钉子。这个大据点,没有修在山上,也没有修在大路口,而是修在了冶河西岸。河宽水急,河面架起一座木制断桥,何为断桥?这木桥修得只能通到河的中心,要想过桥,得叫西岸的伪军放下吊桥,才能进炮楼。炮楼里驻扎着少丘太君的正牌军,另有一个排的皇协军。吊桥两边,修了许多坚固的工事,冶河炮楼,控制了井陉、获鹿、平山三县的交通要道,易守难攻。三中队的干部战士们忍着虱咬,讨论了两天,谁也拿不出对付它的最佳战斗方案来。

苏大智是从太行山一二九师过来的人,见过大世面,肚里有点墨水,又爱瞧不起地方战士,战士们就把攻打冶河炮楼的好谋略,寄予他的身上。苏大智也自以为比别人技高一筹,他献出的计策是,制作渡河的木筏子,像红军过大渡河那样,先由两个排从桥头正面佯攻,吸引敌人火力,再组织两个尖刀班,从侧翼乘木筏偷渡,只要尖刀班到了西岸,对敌人进行两面夹击或三面夹击,定能取胜。他说的这个计谋,首先遭到了吕秀兰的反对,吕秀兰说:"要这样打仗,得多大的折腾?先得动工做木筏子,还得搬运木筏,山里人谁也没干过这活儿,又不识水性;再要两面夹击,三面夹击,只怕咱三中队人手不够。"苏大智补充说:"人不够,我可以去冀西搬韩增丰的部队来,我和韩增丰手下一个排长关系不错。"吕秀兰说:"这不行,要是兴师动众打一个冶河炮楼,调大部队来好啦,还用咱们干什么?游击战,就是要灵活着打,以一抵十,以十抵百,用最小的代价,获取最大的胜利。我认为冶河炮楼,宜智取,不宜强攻。"苏大智在桌角上扪死一个虱子说:"那你说一个智取的办法?"吕秀兰说:"我还没想出智取的办法。"会议又一次陷入了僵局,只留下几个战士挠痒的声音。

这时,一个战士进屋报告:"队长,李书祥、李五牛他们回来了。"李恒山高兴地站起来说:"让他们进来。"李书祥和李五牛,背着两杆大枪,风尘仆仆地进了石屋。屋里的气氛一下活跃起来，战士们纷纷追问："救了那女的吗?""除掉那鬼子和汉奸啦?""快给我们讲讲这英雄救美的故事吧!"李五牛抱怨大家："先让我们喝口水嘛。"吕秀兰微笑着为他们去倒水。李恒山队长知道他们干了漂亮活儿，冲他们赞赏地点了点头，接着对大家宣布："同志们，咱们放松一会儿，换换脑子，先听李书祥讲故事'英雄救美'。""好啊!"屋里的气氛更加活跃，爆起一片掌声和欢笑。李恒山这人就是这样，严肃的会有时也活泼着开。

李书祥用茶水润足了嗓子，精神焕发走上讲台，声情并茂地讲述了他们前几天的行动。

那天黄昏，吕秀兰命令李书祥和李五牛去跟踪那个鬼子和汉奸，寻机救下那个女子。李书祥放下铰电线的工具，接了匕首，和李五牛一块儿闪出土丘，悄悄尾随在敌人后边。这是一条通向西方冶河的干渠岗，渠岗上沿途长满了碧绿的柳树，正好掩护两个人的追踪。他们往西跟踪了有二里地，一直没找到下手的机会。李五牛急得直挠脑瓜皮，李书祥劝他再耐心等待，这鬼子和汉奸各背一杆大枪，稍有不慎，枪声一响，就会惊动冶河岸边的敌人。李书祥留心观察，发现这花衣女子的左脚有点跛，好像是崴了脚，时常落在后面，那鬼子也时常对女子脚踢手搡的，哇啦怪叫。黑衣汉奸不断提醒鬼子："太君，手脚轻点呀，花姑娘的打伤了，在少丘太君面前不好交代，老头票的就没了。"跟在后边的李书祥，看看天色，又看看路程，此处离冶河已经不远了，他们必须在天黑前解决了这俩坏蛋，救下这女子，否则就再也没有机会了。李书祥决定让这女子暗中配合，他向李五牛使了个眼色，悄悄追上前去。见女子又落在了最后边，他捡了一个小土坷垃，冲女子的后背一掷，女子一惊，一回头，李书祥急忙比画了个"八"字。女子懂了，两眼一亮，李书祥隐入了柳棵子后边。女子走了几步，"哎呀"一声，坐在地上，哭喊着崴了脚，说啥也不走了。日本兵折回来，骂了一声"八嘎"，举起枪托又要打，黑衣汉奸急忙拦住说："太君别上火，我来劝劝她，姑娘呀，快走吧，天要黑了，地里可有野兽呀。"女子哭喊着："我真走不动了，你看我的脚崴了。"黑衣汉奸作揖恳求："我的姑奶奶，你还是忍着点走吧，到了冶河炮楼，你可就是太君夫人了。"女子看了看天色，抹了一把泪，抬起俊脸问那汉奸："你说，我跟了少丘太君，真能享福，他不会杀我?"黑衣汉奸见女子有点转意，急忙猫下腰说软话："太君怎么舍得杀你呀，实话给你说吧，是太君点着名儿要你呢，你要成了皇军太太，连我也得巴结你呢。"女子低头想了一会儿，把心一横说："那好，反正我也没别的道了，我就上炮楼，你现在就巴结巴结我。""您说，太太。""给我把绳子解开，你背着我走。""这个么……"汉奸有点为难，用请示的目光看看鬼子。鬼子看了一眼天色，急道："你的，解开她，背她开路。""是。"汉奸马上把大枪交给了鬼子，给女子解了绳子。女子说："把绳子给我。"汉奸说："你要绳子干什么？"女子说："我爹是杀猪的，将来用它捆猪呀。"汉奸想了想，马上答应："好好，拿着。"汉奸把绳子给了女子，背上女子，继续赶路。鬼子背上两杆枪，嘴里骂骂咧咧，跟在后边。李书祥冲李五牛使了个眼色，李五牛手持匕首，几步蹿上去，先把鬼子脑袋一揽，"噌"一下，割断了鬼子的喉管儿。鬼子连哼一声也没哼，就见了阎王。前头的汉奸一回头，见势不妙，刚想扔下女子逃跑。那女子很快用绳子勒住了汉奸的脖子。当李书祥、李五牛背着大枪赶过来时，汉奸早已气绝。李五牛说："你怎么把他勒死了？"女子不解恨地怒道："勒死他还便宜了他，我还要砸他个稀巴烂。"说着，捡起地上一个青砖，冲汉奸的脑袋砰砰砸了起来，直到砸出了白色的脑浆才罢了手。李书祥对喘着粗气的女子说："这位大姐，你莽撞了，我们正准备攻打冶河炮楼，需要他的口供呀。"女子眼睛一亮，马上从汉奸身上爬起来，丢了带血的青砖，说："怎么，你们要打冶河炮楼了？这太好了，炮楼里的情况，我给你们提供。"李五牛问："你是做啥子的？"姑娘诚恳地说："我叫杨丽乔，是当地威南沟的。冶河岸刚修上炮楼的时候，日本鬼子为笼络人心，还不那么害当地人，我常在炮楼附近卖烟卷，人们都叫我杨姑娘。我爹是个杀猪的，从前经常往炮楼里送肉，后来日本人和皇协军这些恶魔越来越不干好事，可把老百姓害苦了。"说着，又抹起泪来。李书祥安慰杨姑娘说："大姐，和他们清算的日子就要到了。"女子浑身来了劲儿，望了一眼西边大山下的冶河，挥去泪水说："走，趁天黑，你们上我家里住一宿，让我爹给你们提供炮楼里面的情况。"李书祥、李五牛跟着杨丽乔，去了威南沟。在杨老伯家里了解了不少炮楼里的情报。第三天一早，他们俩又装成脚夫，到冶河岸边进行了实地考察，李书祥画了一张冶河炮楼的地理环境图，又将杨丽乔送回南固底姥姥家隐藏，这才赶回了三峪。李恒

智取冶河炮楼

山、吕秀兰看过冶河炮楼的地理环境图，李恒山高兴地说："书祥、五牛，你们为攻打冶河炮楼，立了一大功呀。"吕秀兰兴奋地跳起来说："李队长，我有一计，可以不费吹灰之力，打下冶河炮楼。"李恒山很默契地点点头说："对，咱们就照准少丘的软肋，狠狠捣他一下子。"

威州，是威南沟、威西街、威东街、威北岸、威坡头几个村庄的统称。冶河炮楼的少丘太君，依仗那里的地理优势，想统治和奴隶几个村庄的人民。刚开始，还讲点"人道"，兔子不吃窝边草。一手持屠刀，一手持软刀，大肆扶持红枪会，有了坏事，让中国的汉奸们去干。可是这个少丘是个大色鬼，不断派出伪保长，为他找花姑娘送进炮楼。后来，我基干队处死了几个伪保长，尤其是三峪战斗以后。少丘心里发了毛，有一段时间没有找花姑娘。这老鬼子兽性难控，就决定吃窝边草，想起了在冶河岸边卖香烟的杨姑娘，他指派伪军去抓杨姑娘。谁知抓来了几个女人，都是五六十岁的老太婆。少丘大发淫威，骂伪军们"八嘎"，又纠集新的汉奸，出悬赏，为他寻找卖香烟的杨姑娘。马村有个汉奸朱旺才，在固底活动，正巧发现了避难的杨姑娘，就暗中叫上一个鬼子，实施抓捕。在往炮楼押送的河滩地里，两个禽兽强奸了杨姑娘。后来，鬼子和汉奸被杨姑娘、李书祥和李五牛处死。炮楼里的少丘太君，久久见不着花姑娘，心里躁得难受。不久，有人发现了渠岗上鬼子和汉奸的尸体，向炮楼里报告了。少丘派下属查了几天，仍破不了案。这天，沮丧万分的少丘，正在炮楼里给鬼子和伪小队训话，忽听外面锣鼓喧天，唢呐齐鸣。冶河岸边，来了一支送亲的队伍。伪小队长跑进炮楼，伏在少丘耳边说："太君，花姑娘送上门了！把新娘子抓进炮楼，给太君冲冲喜，好运就来了。"少丘太君正烦闷无趣，一见花姑娘来了，马上派伪小队长放下吊桥，去河对岸拦截轿车。这支送亲的队伍还真气派，前头是扎着红绸花的马拉轿车，后边跟着五辆大车，车上全装满了新娘子的嫁妆，跟车的包括吹鼓手，全是二十多岁的棒小伙儿。伪小队长拦住轿车喝道："站住！"锣鼓和唢呐一齐停下。伪小队长说："把轿车赶到炮楼去，让新娘子给太君冲冲喜再走。"一个戴紫帽盔儿的管事赶紧上前施礼赔笑说："老总，快让我们过去吧，别让新郎家里等急了。再耽误，可就过了上拜的良辰了，不吉利呀。""少啰唆！"伪小队长很横气地说："我先替皇军看看新娘子长得什么样儿。"上前要掀轿车帘。管事急忙上前阻拦说："老总，这可就失了礼数了。"伪小队长一推管事骂道："什么他妈礼数？我是奉命检查。"他刚要掀轿车帘，红轿帘开了，从车上跳下一个淡眉细眼、小巧玲珑的粉衣伴娘。伴娘不卑不亢地说："我是新娘子的伴娘，车上是杨丽乔杨姑娘，嫁了南庄大户。岂能让路人随意观看？"伪小队长一听是杨姑娘，心中暗喜，就更不让轿车走了，板起面孔说道："我必须要检查，看看里边是不是真的杨姑娘。"伴娘说："我们是明媒正娶，杨姑娘还能有假？"伪小队长故意刁难："万一里头藏着个八路呢？"粉衣伴娘没了辙，迟疑了一下说："好吧，我们也有个规矩，新娘子只许看脸，不许看脚。"周围的伪军说："我们看的就是新娘的小模样，看脚干什么？"伪小队长公事公办地喊："快把轿帘打开！"伴娘走到轿帘前，冲着里面说："杨姑娘，老总们都想见见你，你快出来亮个相吧。"红色轿帘，徐徐掀开半边，钻出一个盖红盖头的美人头。伴娘把红盖头掀开半边，伪小队长一看，眼珠立刻不动了，轿车里坐的还真是杨姑娘。今天的杨姑娘，粉面黛眉，头花凤钗，比平时更艳丽了十分，一些伪军也都看痴了。伴娘护着新娘子进了轿车，许多伪军起开了哄，说是没看够。伪小队长一挥手喊道："走，把轿车赶进炮楼去。"伴娘急忙阻拦说："这可不行，我们对新郎那边无法交代。"伪小队长拔出王八盒子说："谁他妈敢与皇军对抗，我一枪崩了他。"轿车里传出新娘子的哭声，管事赶紧跑过来，调解问："老总，请问，怎样给太君冲喜呢？"伪小队长说："这很简单，把轿车赶进炮楼，让太君看看就行了。"管事点头哈腰地说："老总，可得让太君快着看，我们还急着赶路呢。""好，跟我走。"伪小队长掖起王八盒子，引着轿车拐上了木桥，又走上吊桥，停在了冶河西岸。这时，少丘太君走出了炮楼，他脚上穿着高筒皮靴，咯噔咯噔走了过来。伪军和鬼子听说杨姑娘来了，也都围在前边，争着一睹芳容。粉衣伴娘冲少丘微微一笑，又对着轿帘里头喊："杨姑娘，太君看你来了，请出来吧。"轿帘开了，伸出一个黑洞洞的土炮口，轰的一炮，击倒了一片鬼子和伪军。粉衣伴娘拔出手枪高喊："少丘，你的末日到了！"啪啪两枪，击毙了少丘，原来，粉衣伴娘正是吕秀兰。管事挥手高喊："同志们，抄家伙呀！"这管事正是刘贵子。对岸跟车的棒小伙儿们李书祥、李芳芳、康末金、李五牛、李文牛、苏大智，一个个从车上抄起武器，顺吊桥冲向炮楼，手榴弹、机枪、步枪，猛烈向炮楼倾泻。敌人的工事完全成了摆设，许多鬼

一〇 智取冶河炮楼

子急着逃命，扑通扑通跳下了冶河。我们的机枪、土炮又向河面猛轰，鬼子们一个个命丧波涛，半边河水成了血红色。伪小队长也在河里毙了命。其余的伪军见大势已去，一个个举手投降。战士们兴高采烈地把炮楼里的武器、粮食、布匹，装上了大车，两个战士把两大包炸药抬进了炮楼。一切就绪，吕秀兰一声令下，"轰隆"一声，惊天动地的巨响，让四面高山欢快地跳动了一下，鬼子那巨大的砖石炮楼，在滚滚浓烟里，颓然坍塌了。硝烟散尽，又见湛湛蓝天，冶河两岸的威州百姓，纷纷赶来欢庆胜利。吕秀兰脱去粉衣，又着一袭黑衣，登上轿车，宣讲了一番鼓舞人心的抗日道理。获取鬼子的粮食、布匹，由区公所分还给当地乡亲，几大车武器，也由当地抗日武装，运进了太行山。

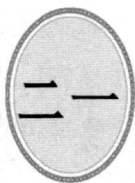

二一　道高一丈

　　打下冶河炮楼，游击队带回不少战利品，香烟、香肠、铁盒罐头、牛奶、饼干、蒺藜角子糖，都是小日本的洋货。李恒山决定，将这些好东西，慰劳三峪激战中的伤病员。

　　乘着胜利后的高涨情绪，队伍又有了新的战斗任务，黄昏出发，继续夜袭，割断上安铁路附近的电话线。这回割电线，由苏大智担任小分队队长，苏大智打扮得如同赴宴当贵宾一样，衣服板正无褶，小分头梳得漆黑瓦亮，他对领导打包票说："有我大苏出马，保证干得漂亮。割几根电线，如同抻断几根琴弦那么容易。"吕秀兰提醒他："你要多想想困难，千万不可太轻敌。"苏大智满怀必胜信心说："我大苏大江大河都闯过，还能在这小渠沟里翻船吗？准备庆功酒吧。"苏大智兴冲冲去安排队员准备讲话，吕秀兰对李书祥说："书祥，这回割电线，你不要参加了，给你一个新任务。"李书祥问："要我干啥？"吕秀兰与李恒山对视一笑，说："你带上一些战利品，去看望一下在九龙山中养伤的康二旦和康英英。"李书祥爽快地答："是！"吕秀兰接着说："再给你派上个女的，让王二梅和你一块儿去，女人心细，适合照顾重伤员。"李书祥真是喜出望外，又不敢太显露。李芳芳在屋外探了一下头，羡慕地说："书祥，美差呀。"李书祥激动得有些脸红，又不无疑虑地说："要是派我们俩去，王二梅肯定不去！"李恒山说："当然不能只派你们俩，再给你添个小尾巴，要康三堂和你们一块儿去。"李书祥笑了，说："这行。"李恒山补充说："再带上我的黑骡子，你们要是迷了路，我这骡子可以当向导。"李书祥说："放心吧队长，我以前当交通员，常去九龙山。我什么时候出发？"吕秀兰看了一下墙上的挂钟说："现在是上午九点，你准备一下，马上出发。""哎。""回来。"吕秀兰又着重叮嘱了一句："记住，千万不可犯了纪律。"李书祥红着脸一笑说："队长，部长，你们放心，保证不犯纪律。"屋里人全笑了。屋外，传来苏大智对小分队那慷慨激昂的讲话。

康二旦和康英英养伤的地方是九龙山中一座叫红驼岭的山峰，此峰是一山两峰，状如红驼。两个峰顶是红色的石英砂岩，无论晴天雨天，两个驼顶总像霞光返照一般，给人一种融融暖意。山中有红驼洞，有清泉密林，幽静如世外仙境。伤员转移的时候，扮成道士的康英英，一甩拂尘，对李恒山和吕秀兰说："李队长、吕部长，二旦兄由贫道照顾，你们就放心吧！我们都有山野求生的经验，又自通医术，山里有丰富的治伤药，养好伤后，我们马上来找队伍。"就这样，李恒山派两个战士，用他的大黑骡子，把康二旦和康英英送进了九龙山。

转眼间半月过去了，干部、战士和乡亲们无不思念他们。这天上午九点，李书祥奉命找来了康三堂、王二梅，牵出大黑骡子。骡子背上，驮了两个大竹筐，里面装了战利品，乡亲们又自动送来了挂面、鸡蛋、咸菜，装得满满的。他们扮成走亲戚的，李书祥穿着红背心外套紫花小褂。王二梅却像朴素的小媳妇，穿一件半旧而洁净的荞麦花蓝地夏衫，康三堂穿的是海蓝学生装，三个人告别同志们就要上路。大红颖抱着孩子追过来，扬着胳膊喊："三堂，过来。"康三堂跑到大红颖跟前，大红颖在三堂的耳朵边儿嘀咕了几声。三堂点头笑笑，就追着李书祥和王二梅踏上了征程。有个乡亲问："三堂，你媳妇和你说什么了？"康三堂秘而不宣地龇牙一笑说："这是秘密，不告诉你。"有个小辈儿的乡亲看着李书祥和王二梅的背影，故意逗趣说："什么秘密呀，早是不成秘密的秘密啦。"有个战士接着喊："书祥，可别犯纪律。"王二梅羞得一捂脸，他们的身后，爆发起一阵起哄的号叫和野蛮的口哨儿。李书祥看看害羞的王二梅说："别理他们，咱们走。驾！"大黑骡子，扬开四蹄，咯噔咯噔，很快就出了村东口。过了挂云山，再往东走上五六里，就是郁郁苍苍的九龙山了，弯弯的山间小路，把他们带入一个碧绿的"城府"。沿路高大的椿树、榆树、白杨、古柳、皂荚，撑起层层伞盖，林间的蝉嘶、虫噪、鸟儿鸣，细弱而琐碎地输送着曲曲天籁。到了这幽静的大山里，使人一下就忘掉了世外的炮火硝烟和血与火的拼杀，当你刚刚幻想着这是一片人间静好的福地的时候，说不定什么时候，从林间不远的角落，突然发出一种凶禽的凄厉鸣叫，极响亮，极瘆人，使初入山林的人有些毛骨悚然。王二梅有点慌神，李书祥看看王二梅的胆怯样，指指黑骡子说："你呀，还不如它呢。"李队长的黑骡子还真是训练有素，它不但镇静记道，一路向前，毫无差错，而且很守纪律，沿路的野花嫩草，一口也不啃，只是走路，向着它的目标、它的任务。

康三堂欣赏着山里的风光，差点忘了姐姐的嘱托，他看看神秘的前方，回头对李书祥说："书祥哥，你们在后边慢慢走，我到前边探路去。"他照着烫有五角星的黑骡子屁股拍了一掌。大骡子加快了步伐，他们在前头左拐右转，一会儿就没影儿了。李书祥喊："三堂，别离我们太远。""知道。"山林里回荡着他们的余音。山路上，只剩下了李书祥和王二梅。李书祥深知，领导派他们进山是对他们的一次重大关怀。队伍里纪律很严，两个人极少有说话的机会，今天，在幽静的大山林里，命运很慷慨地宠了他们一回。他们心里的话儿都装得满满的，准备倾吐的时候，倒不知先说什么好了，好像觉得彼此陌生了许多。他们就这样静静地并肩走着路，不时用眼睛交流一下，很幸福地笑笑，心里头像荡漾着蜜汁儿一样甜。山风吹来，树叶细微的沙沙声，像背后的私语。李书祥又想起春天的时候，她穿上新做的柳丝绿春装，围上大红纱巾，他第一次搂住她的情景，他心醉着说话了："二梅。""哎。"她轻轻应着，手里拧着辫梢，用含水的黑眼睛照向他。他问："你穿上柳丝绿春装，围上大红纱巾，是最美的时候，怎不见你穿呢？"王二梅静静地笑了，低头用辫梢儿挠着自己的手心说："俺不敢穿，也不能穿。瞧这兵荒马乱的，穿得那么扎眼，不招灾才怪呢。""那你啥时候穿？"王二梅抬起憧憬的眼神，望着曲径通幽的前方，沉吟了一会儿，笑着一转脸说："等我老了再穿。""那可不行！"李书祥叫了起来。王二梅吓得看了一下身后，嗔他："你喊叫啥呢？"李书祥像个犯错的孩子一样耸耸肩头，绵了起来。王二梅悄声问他："我给你做的鞋呢？"李书祥说："我放着呢，想你了就拿出来看看。""你咋不穿？""舍不得，我们整天硝烟里钻，山道上爬，烂泥里蹚，怎能穿那么好的鞋？""那你什么时候穿？"李书祥凑近她的鬓边悄声说："娶你的那一天。"王二梅一下红了脸，恼羞尖叫："坏吧你。"用手里的

道高一丈

辫梢狠狠抽他的脊梁，还踢了他一脚。李书祥嘿嘿笑着躲开，沉默了一瞬，忽然严肃起来，回身走到二梅身边，郑重地看着她问："二梅，如果有一天我牺牲了，你咋办？"他的话像一把利刃，扎进了姑娘的心，她战栗了一下，生气地喊："你说什么呢？"泪水很快从她惶恐的眼睛里淌了下来。李书祥吓坏了，急忙哄她："二梅，我说着玩儿呢，你别当真呀。""不和你玩儿了。"王二梅推开他，躲到一棵白杨树下，呜呜痛哭起来，好像她心爱的人真的牺牲了一样。李书祥知道自己闯了祸，掏出手帕为她擦去眼泪，哄了好一会儿，二梅才止住了哭泣。她紧紧抓住他的胳膊，用坚定的目光看着他说："以后，不许再说这话吓唬我，你记住！"李书祥用力点点头说："是，绝对不说了，革命者永远年轻。二梅，来，牵着我。"他们又上路了，两个人的手牵在一起，谁也不再说话，就这样静静走着，用心感受着血的奔流，情的交融，爱的燃烧，他们希望生命定格在这一刻，就这样永远走下去。

前头拐弯处，飞来一个大湿坷垃，在他们眼前的路上爆开了花。两个人一愣，四下张望，前边大石后边，发出一串稚嫩的笑声，露出一个少年的脸，是康三堂。王二梅急忙松开李书祥的手。李书祥问："三堂，淘什么气？怎么不走啦？"康三堂从大石后面跳出来说："不是我不走啦，是大骡子不走啦，可能到了地方。"李书祥拐过弯路往前一看，可不，前边就是红驼岭啦，一座山两个红峰，如霞光返照。李书祥牵了大黑骡子说："走，咱们一块儿上山。"王二梅已经掐了一束路边的野菊，黄的、白的、淡粉的，引得一只白蝶围着她转。李书祥问："你掐它干吗？"王二梅像个小孩儿似的歪头一笑说："给二旦兄他们装点洞府呀。"李书祥会心笑了。康三堂也掐了两枝狗尾巴草，问："你们说，二旦哥和英英哥现在干什么呢？"王二梅扬脸看看山尖的太阳说："他们一定在洞口，支着石头煮饭呢，知道咱们来了，做了好多的野味。"李书祥说："也许，二旦哥的伤已经好了，正在洞口习武练功呢。"康三堂说："我想呀，他们在山上垒了个小庙，英英哥收了一班小道士，在庙前念经讲道呢。"李书祥说："咱们一块儿上山，看谁说得对。"他们赶着骡子，走到红驼岭下。康三堂却不走了，说："你们两个上山吧，我在这儿看着骡子。"王二梅问康三堂："三堂，这又是你媳妇教你这样做的吧？"康三堂露出满口小白牙，又嘿嘿地笑了。大黑骡子知道自己完成了任务，低头悠闲地啃起嫩草，又呔儿呔儿叫了两声。李书祥说："二梅，先把骡子身上的筐抬下来，让三堂看着，咱们先到山上去看看。"他们卸了竹筐，从筐里拿了手电筒，就沿着小路上了山坡，两个人的手很快又牵到了一块儿。他们很快走到半山腰，找到红驼洞。这红驼洞，比挂云山上的白云洞还大一些，洞口很荒凉，毫无烟火气，好像是几千年留下来的一个类人猿洞府，细心的王二梅问："是这儿吗？"李书祥说："绝对是这儿。二旦哥！英英哥！"洞中毫无声息，一只小松鼠从洞口石缝儿里蹿出来，吱吱叫了两声，飞快地爬到崖壁上的松树冠里去了。他们进了山洞，洞中有一股霉味混合的臊气味儿。李书祥打开手电，向洞中照射一番，洞里空无一人，地面却很干净。李书祥说："像是有人待过，咱们在洞里等一会儿吧。"王二梅说："我把野菊花插在洞口处，他们一回来，就知道洞中有客。"她把手中的野菊，分散插在洞口的石缝间，荒寂的山洞前，很快添了几分浪漫。李书祥哈哈笑道："二梅，古人成婚的洞房就是这个样子的。""洞房"二字一下震撼了王二梅的芳心，也震撼了李书祥的情海，他们静下来，痴怨迷离地对视着，仿佛一下回归到远古时代，成了某个千古绝唱的男女主角。是呀，人间情种，情天恨海，寻了千百年，等了千百年，就盼这一刻。浩荡的缠绵使两个真情男女，赴死一样地抱在了一起，吻在了一起，吴侬软语，魂飞云外，他们倒在洞中的长石上。李书祥忍不住哀求："二梅，救我，我要你。"王二梅从迷醉中惊醒，抵制了他的狂情，推住他的身子说："祥哥，你别犯纪律！你这会儿要了我，真到了初夜，就不神圣了！为了初夜的神圣，再忍忍吧。"他恢复了理智，却说："我想看你的胸。"她没有说不，她的身子又软了下去。他小心翼翼剥开了她的胸衣，一片瓷白的炫光让他晕了，他看到了一朵最美的"花"，如玉的乳模中，有一片暗红的晕圈儿，像太阳的霓影，那隆起的顶端，是一颗玲珑如珠儿的红缨结，这是爱神赐给少女最美的圣物啊，珍藏护育十几年，第一次在灼灼之华的男子面前曝了光。他心里仿佛奏起一支挺悲、挺有禅味的音乐，他怀着对菩萨一样的敬爱之心，缓缓地把头伏进她暖香的怀里，要吮住那颗红缨结。也许，他触犯了这里的守护神，灾难凭空而降，突然一条恶狗狂吠着扑进山洞。两个人惊慌跃起，李书祥护住王二梅，恶狗扑到李书祥身上，一口咬住了书祥的肩头。李书祥抓住狗耳，一脚把狗蹬出去。狗嘴里叼着一块破布衣，在地上打了个滚儿，又狂吠着猛扑上来，咬住李书祥的手腕子。李书祥抓着狗耳拼命

道高一丈

搏斗，大喊："二梅，快跑。"王二梅系着胸扣没有跑，她吓呆了，她找不到一件可以打狗的东西，半明半暗的洞里，见书祥手上淌了血，一下急火攻心，平时的娇娇女，刹那间变成了铁杀手，她一个虎扑跃过去，骑在狗身上，嘿嘿哈哈大叫着，挥拳猛打。恶狗急了，想回头咬二梅，李书祥抓紧狗耳不放，山洞中进行着激烈的人狗大战。当恶狗第二次咬住李书祥的手腕子，王二梅急中生智，抓过自己的长辫子，往狗脖子里一套，两手交叉，狠命勒住了狗脖子，恶狗发出凄惨的呜咽。王二梅大喊："书祥快跑。"李书祥没有跑，他捂着伤手腕，吃惊地看着王二梅用自己的辫子把那狗勒得伸了腿儿。"行了，它死了。"李书祥提醒了一句。王二梅从死狗身上站起来，赶紧掏出手帕，给李书祥去包伤。山洞深处一个角落里，有细微的声响，李书祥捡起手电筒，往角落里一照，这才发现一片柴草间卧着几只新生的小狗。李书祥忍着疼说："难怪这狗如此凶，原来是我们闯入了它的家。"王二梅说："这里头住着狗，说明二旦兄英英兄早已不在这里了。我们出去吧。"

他们走出山洞，李书祥看着毫发无损的王二梅，敬佩又感激地说："二梅，你真是女英雄了，为了救我，你空手打死了一只恶狗。"王二梅的身子晃悠了一下，很快瘫坐在山石上，捂着胸口说："吓死我了，我好后怕呀。"她的脸色此时才变得像纸一样白，出了一头冷汗。

他们在天黑前赶回了三峪，王二梅为救情人徒手打死恶狗的事，很快震动了三峪。

"是爱情，这是爱情的力量呀！"李恒山在区公所很受感动地对吕秀兰说，"秀兰，你听说过吗？汉书记载，在汉朝有个女子，为救自己的丈夫，空手打死过一只猛虎！这个女子毫无武功，爱情的力量，真是太伟大了。"吕秀兰第一次听李恒山这么赞美爱情，笑着问他："李队长，你遇上过这么爱你的女子吗？"李恒山很惋惜地摇摇头说："我哪儿有这个福分呀。"吕秀兰追问："以前有过吗？""以前？"李恒山依旧摇头："以前也没有，倒是父母给我包办了一个，我连面儿也没见，就参加了红军。以后会不会有就不知道了。"他们这是第一次谈这么"私人"的话题，好一会儿谁也没再说话。沉默了一阵，李恒山才说："抗日工作这么严峻，当领导的怎会带头谈恋爱呢？等打败日本鬼子再说吧。"吕秀兰轻轻叹了口气，岔开话题说："也不知康二旦和康英英现在在哪儿，怎么会失踪呢？他们是不是遇到了什么事?"李恒山思谋了一下说："我也觉得这事儿是个谜。老崔带一部分战士去了矿区，等苏大智他们回来再说吧。"

第二天上午，李恒山带着卫生员去看望李书祥，李书祥的母亲范氏大婶却与吕秀兰带上礼品去高胡同看望王二梅来了。王二梅又恢复了她那温柔沉静的淑女样儿，范氏大婶拉住王二梅的手，爱惜有加地说："孩子，通过这件事，我更看到了你的心。我们书祥会爱你一辈子，现在你们还小，我先把你当亲闺女。等过两年，就给你们订婚，再结婚。"王二梅红着脸说："婶，这急什么？"吕秀兰说："二梅，到时候我给你当大媒。"王二梅说："谢谢吕部长……"王二梅的姥爷、姥姥看着外孙女能有这么幸运，更是兴奋得满脸通红。

就在李恒山和吕秀兰分头看望两个优秀的年轻人时，苏大智带领割电线的小分队回到了三峪，带来了失败的消息。十几个人很沮丧地聚在区公所石门外的大槐树下，一个个衣服破烂，身上沾满污物，臭气熏天。有的骂娘，有的叹气，都说没干过这么窝囊的事。苏大智用毛巾打扫了自己的身子，忍不住又对跛着脚的李芳芳发开了脾气："李芳芳，两个战士受了伤我要拿你是问！这电线杆，要不你就上不去，真上去了，关键时刻你又下不来了。"李芳芳回辩："我下不来，是因为上边有钩子，钩住了我的衣服了。"苏大智说："十几个人，怎么钩不住别人就钩住你了呀？你就是笨蛋！"一句笨蛋，让李芳芳承受不住了，他很恼火地说："你说话客气点，谁是笨蛋？"苏大智说："你甭不服。我是班长，有权叫你反省。你不笨蛋，可你上不了杆，你想个不上杆的办法呀，你想去呀？"战士们怕越吵越乱，纷纷劝李芳芳："芳芳，这回战士受伤，的确是你误的事，你快歇着去吧。"李芳芳挺委屈地落了泪说："好，我走，我反省去。"说罢，一转身，跛着一只脚回家去了。

李恒山和吕秀兰走了过来，一看这场面就明白怎么回事了。李恒山说："胜败咱不说，注意军容风纪，先把卫生打扫干净。瞧你们一个个灰头破衣，臭气熏天，八路军是这个样子吗？去，马上清理卫生，洗个澡，先睡上一天觉。"战士们马上行动，开始借盆，借水桶，到井台上洗衣服。几家乡亲开始烧热水，让战士洗澡。孔瑞瑞、王香妮两个护士，也忍着臭气，救治伤员。利用洗澡的机会，战士们也有了一个清理身上虱子的大好时机，先点燃一堆火，而后脱了内衣。内衣缝里，虱子、虮子排成了行，挤成了蛋，一粒粒放着土黄色的幽光，让人看一眼浑身都打激灵。战士们在火上振衣，一振掉下一片，用手指甲顺着衣缝往下一划，就掉一串虱子蛋儿，火中啪啪乱响。即使是这样，身上的虱子也清不干净。

次日上午，李恒山才召集战士开会，听汇报，总结这次割电线失败的教训。李芳芳可能是伤了自尊，没来开会。

原来，挂云山游击队不断割断敌人的电线，使鬼子变成瞎子、聋子，接连受挫，鬼子也就想了一些对付游击队的高招儿。他们更换了电杆，把带皮的红松，换成了光杆红松，还往电杆上钉了尖钉子，顶端钉了铁钩子，还怕不保险，又派人把每根电杆上浇上了大粪。黎明前，苏大智带小分队赶到上安公路，一看电杆上的钉子和大粪，根本没法下手。苏大智又不甘心空手而回，他怕丢面子，于是，下了硬命令，他说："我们游击队，就是不怕扎，不怕臭，誓死要当硬骨头。给我上！"战士们忍着粪臭钉扎，强行爬杆，速度可就慢多了。李芳芳这回还算争气，他居然上去了。刚刚割了两个电杆空儿，敌人的巡道车就发觉了，亮起探照灯，打着机枪开过来。苏大智第一个跳下电杆，喊了一声"快撤！"战士们一个个艰难地下来，带着浑身臭屎，就往山里跑。孰料，李芳芳被挂在电杆顶端下不来了，他在空中急喊："快来人，把我摘下来。"鬼子号叫着，打着枪追过来。战士们只得冒着生命危险又返回来，肩打肩上到电杆顶去摘李芳芳。有两个战士中弹负伤，李芳芳也从电杆上摔下来伤了脚。同志们背着伤员，一边还击，一边撤退，差一点被鬼子包了饺子……

李恒山听完汇报，鼓励大家："同志们，这次失利也是兵家常事。鬼子不是傻子，他们必然要想一些对付我们的招数。我们呢，要多动脑筋，想法儿如何压过他这一招。古人云，魔高一尺，道高一丈，他有初一，我们就有十五。我们开启智慧，一定会想出破解他们的高招儿。再者，放下包袱，才能开动机器。苏大智同志，你一定要改掉瞧不起地方战士的不良习气。李芳芳是一个很好的同志，在过去打庄子头炮楼和三峪激战中，他的表现是很突出的。你必须主动去找李芳芳，和他谈谈心，向他道歉。"苏大智接受批评说："我脾气不好，爱上火着急，一上火就爱说过头话。"吕秀兰说："我教给你一招，你再上火着急，想说过头话时，先不要开口，先让舌头在嘴里转十圈儿，再说出话来肯定效果不一样。这是我们当干部做工作总结出来的一个经验，不信你试试。"苏大智笑着说："好，我试试，我马上去找李芳芳谈心。"

苏大智出了石屋，穿过一个"S"字胡同，到了李芳芳的家。芳芳的母亲正在院子里为芳芳补衣服，苏大智招呼："大娘，忙哪?"李大娘笑着应："大智呀，芳芳在西间，去吧。"苏大智进了西间屋，李芳芳正躺在炕上，身盖粗布被单，闭目不语。苏大智坐到他的枕边，和气的说："芳芳兄弟，我来看你了。我这人是刀子嘴豆腐心，你应当理解呀。"李芳芳依旧直挺挺躺着，闭目不语。苏大智继续赔礼："兄弟呀，真生我的气啦？我今天可是宰相肚子弥勒佛的脸，找你负荆请罪来啦，你不能这么小气嘛。"李芳芳皱了皱眉头，依旧闭目不理。苏大智火了，咚地跳下炕，刚想说："李芳芳，我上你这来是给你面子，你别不识抬举。"他突然想起吕秀兰教他的招数，就将舌头在嘴里转够了十圈儿，火气果然降了，说出话来也变了味儿："芳芳呀，你不理我不要紧，我给你讲个爱情故事，就是你们村李书祥和王二梅刚发生的一件事。"李芳芳猛然睁开了双眼，一下坐了起来，热情地说："大智兄，坐下快讲，什么爱情故事?"苏大智哈哈一笑，心里敞亮了，用他那出色的作家口才，讲了一段王二梅为救李书祥空手打死一只恶狗的故事。李芳芳听得荡气回肠，感叹不已，说："大智兄，咱这辈子要碰上这样一个女子，死也足矣。"苏大智把舌头转回来，说："以后你准能碰上。芳芳，咱俩吵架的事，你是不是还生我的气呀?"李芳芳说："你把我们三峪人看得太小气了吧? 我根本就没生你的气。"苏大智问："没生气，干吗在家里关一天，不出去?"李芳芳说："你不是叫我在家里反省吗? 还叫我想出不上杆儿的办法。"苏大智问："你想出来了吗?"李芳芳笑着说："我想了一天一宿，还真有门儿。你看，我画了两张图。"说着从枕头底下拿出两张图纸，对苏大智仔细讲解起来："你看，鬼子自作聪明，往电线杆上钉钉子抹屎。咱们呢? 其实不用上杆儿就能剪断电线。咱们可以打造一把长把大钳子，钳把上再绑上长杆子，站在地上就可铰电线。这种钳子就叫它'不上杆儿'。还有这张图，这是又一种工具，咱们打造一把大型的钩镰，把它磨快，镰把上同样绑上大长杆子，钩住电线，几个人使劲一拉，电线准断。有了这东西，我们不但能钩断敌人的电话线，还能钩断敌人的高压线，这种

道高一丈

工具，我叫它'钩镰枪'。"苏大智看后，又惊又喜，连连点头，很友好地说："兄弟，这可是我启发你搞成的?"李芳芳说："当然啦，没有你的启发，我是绝对想不到这个点子的。"苏大智高兴地在李芳芳那西葫芦形的脑袋上拍了一把说："芳芳兄弟，你真是太可爱了。咱们马上向李队长汇报，你讲不清的，我替你讲。"李芳芳说："你讲吧，你有文化，口才好。""好，我讲，走。"苏大智拿上图纸，带着李芳芳兴冲冲到了区公所里，李队长还在和大家开会。苏大智进门就汇报说："队长，对付敌人的办法，我们想出来了，还画了两张图。"李恒山马上让苏大智登上讲台。苏大智马上展开图纸，开始了他的精彩演讲，他首先说明，这两张图纸，是在他的启发下，与李芳芳共同搞成的。他详细讲解了"不上杆儿"和"钩镰枪"的神奇用途，把它们的标准形状、准确尺寸讲得格外清楚，博得了战士和干部的高度评价。李恒山当即委任苏大智主持，让他负责发动群众，盘烘炉，按照图纸，连夜打造"不上杆儿"和"钩镰枪"。三峪村又热闹起来，丰化堂前的炉火，映红了美丽的夜空，村里的铁匠一夜之间就打成了二十把"不上杆儿"和"钩镰枪"。白天，战士们在南岭的白杨树上拴上铁丝进行演练，果然十分有效，战士们的情绪高涨起来。

小分队又出发了，带着自己的新式武器，割断了鬼子许多路段的电线。敌人彼此之间无法联系，火车接不到信号，老远就呜呜地叫，就是不敢进站。炮台之间不通电话，敌人只好派人联络。我游击队就乘机打他们的伏击。

挂云山游击队，威名大振，得到了晋察冀边区的表扬。苏大智代表三中队到兄弟部队做过几次精彩报告。上级指示，让苏大智晋升为三中队副队长。

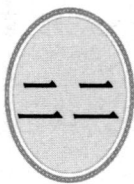

二二 智除孙保长

中队长李恒山又派了三个战士，化装成挑山工，在九龙山红驼岭附近转了三天，仍然没有查到康二旦和康英英的下落。他们，究竟遭遇了什么？一个月前，李恒山派两个战士，赶着他心爱的黑骡子，把受了重伤的康二旦和轻伤的康英英，送进了九龙山红驼岭，安置在红驼洞内。这个山洞以前住过游击队伤员，洞中有一长形石板，铺上干草树叶，再铺上被褥，正好当床。康英英观察了山洞的环境，闻了闻洞中的气味，提醒康二旦说："二旦兄，洞中潜有瘴气，咱们只可住宿，万不可点火做饭。"他到洞外左侧一个石壁旮旯儿里，垒石支上了锅灶。深山的幽静，最适合道人炼丹。隔绝了人世的喧嚣，远离了炮火硝烟。只有鸟儿求友的欢啼，小兽呼伴儿的鸣叫，乌鹊争巢的噪战，还有那摇撼山林的呼呼风声。

康英英每天的任务就是打来泉水煮饭，或是采药、煎药，为康二旦洗刀伤、敷药、包扎。康二旦自己也带了银针，自己做做针灸。他们非常想念自己的团队，向往火热的战斗生活，心里老是想着，也不知战友们又割断了敌人多少电线，又打下了哪儿的炮楼。康二旦开始抱怨："咱们队长把咱们扔到这儿来，忘了咱们了吧？咋不派人来看看咱们呢？"康英英为他煎着药，在洞外回应："你得了吧，咱来这儿才两天。"康二旦躺在石床上笑了："可不，才两天。我怎么感觉是两年呢。""熬着吧，早呢，谁叫你伤成那样？"康英英提醒他。

在这个过于幽静，又带有荒蛮原始的山洞里，两个脱去军装的正常男人，他们自己也不知道，他们最渴望的居然是女人。要是再有个姑娘陪着多好啊，有她帮着做做饭，说说话，时光就不那么枯寂了。在漫漫长夜里，两个纯爷们儿在洞口点燃熏毒虫的香蒿，挡上树枝，赤裸着身体，饶有兴味地谈着女人。平时老实又腼腆的康二旦问康英英："老弟，有隐私没？说说。"康英英说："我乃修道之人，哪儿有隐私？"康二旦说："我可有。"康英英翻过身来问："讲讲，什么隐私？"康二旦说："我在玉女池边，偷看过少女洗澡。"康英英精神大振，挪了一下裸体，催问："你快讲讲，这可是天大的艳福。"

康二旦述说起八年前那段美妙的往事。挂云山七十二景致，最迷人的地方当属玉女池。幽绿的山环间，一汪碧水，蒲草四围，碧水下是大小三十六个石臼，古称冰臼。个个石臼光润如琢，大臼周长三丈余，小臼也有五六尺，盛夏的太阳，烤热了臼中碧水，这是美女洗澡的绝好去处。因了九天仙女下凡洗澡的美丽传说，也因了牧羊女在池中洗澡丑女变美的诱人传闻，在那没有战事的前些年，年年盛夏都有当地的女孩子，跟随一老妪，到玉女池来洗澡。老妪在山间路口为她们站岗。八年前的一天，东峪的康二旦进山采药，他攀岩走壁，无意间听到女子的欢笑，循声望去，顿觉遇了仙人：玉女池中，七个少女的洁白裸体，个个冰雕玉琢，炫光动人。他一时间恍若世外，尘念荡然，只觉得那是一池"梨花雪姐"，淋漓展现着凡世间的最真最善最美……以此，他感悟了挂云山的灵气……

康英英听到此，不无妒意地说："康兄能见如此妙景，小弟枉做了三峪人了。"康二旦仍在陶醉中问康英英："你有没有想过咱们村，或是咱们团队的哪一个女人？"康英英说："咱是世外之人，还没贪世内之事，你呢？""我还真想过。""想谁？""我想过三堂媳妇，也想过王二梅。""人家二梅和大红颖都是名花有主。你得想那没主的。""现在我想孔瑞瑞，孔瑞瑞的歌声，能把我唱得流泪。"康英英说："这个好办，回了部队，我给你俩牵牵线。"康二旦猛然清醒了，急说："千万别，大小咱是个干部，可不能带头谈恋爱。今天的话，隔夜不提。"康英英沉默了一会儿，叹了口气说："要是有个山里的女鬼，半夜走了来，和咱们吃一顿夜宴，多美呀！哪怕被这女鬼挖了心饮了血。"

于是，他们怀上个美妙的梦想，夜里盼女鬼来，白天，却盼着能有个采药的村姑，或唱着山歌的牧羊女上得山来。日子，一天天在清净寂寞中过去了，他们从来没看见一个女人的身影，康二旦的伤口开始发痒了，那是毛细血管生长的喜兆。没有女人也没有事干的生活，真叫两个热血男儿难以忍受。一天，康二旦对康英英说："老弟，我的伤不要紧了。你往远处走走，看看会不会遇到这种情况：一个落难女子，心怀深仇大恨，叫天不应，喊地不灵，背井离乡，想寻短见，正坐在半道一块石头上孤单地哭泣。你把她救下，领来。我们听听她的悲惨故事，然后，咱们拔刀相助。"康英英说："你说的这种女子，好像《西游记》里有，《聊斋》里也有，这现实生活中有没有可难说。"康二旦说："你找找去呀。"康英英开始在大山里云游了，为了女人，他到过北边的高家窑，到过东北方向的山前村，还到了王屋，一直没遇上这样的落难女子。康二旦埋怨他："你真是没用，怎么能碰不到呢？"康英英说："你别怨我了，我估计，领导快派同志们看咱们了。如果领导会做工作，理解咱们，这回派人来，一定会派个女的来。"康二旦说："这是两码事，咱找咱的。你再走远点，我不信没有一点桃花运。"康英英再次出游了，这回，他打算往曲寨的方向走。大山里，四处是屏障，山连着山，山套着山，转来转去，很难转出山。当康英英转到一个山环里，忽然听到了哭声，他心里一阵兴奋。这哭声，不是弱女子那种嘤嘤悲泣，而是一个大男子的绝命哭号。他惆怅了一下，又想男儿有泪不轻弹，这男人一哭，一定有了天大的冤情。他开始循着哭声寻找，山里真怪，当你对准哭声走过去，那哭声却又转到了另一个方位。康英英转了好一会儿，才在一个大崖拐角处看到一个穿白粗布坎肩的光头男子，坐在一块大石头上，仰面哭号，清鼻涕吊了半尺长。

康英英急步赶过去，推了推男人黑而结实的肩头，劝道："这位施主，你有啥过不了的坎儿，请对我说说吧，我想帮你一把。"大男人撸了一把清鼻涕，用很脏的手背抹去眼泪，看了看小道士，回言说："我的事，你管不了，还是到别处化缘去吧。"康英英蹲下身子，摆出一副诚心相助的样子说："施主，你的冤情，我也许能管，就是管不了，我也可以给你指点迷津。你还是对我说说吧。"大男人打量了一下这陌生道人，知道老道都会指点迷津，就说："我可没钱施予小道长。"康英英说："我分文不取，只取一个义字。"大男人这才信任了他，从怀里掏出一个残破的秤砣来，置于地上。原来，整个冤情，就在这个破秤砣上。

此人名叫封大夯，山里封家屯人。十年前，大夯他爹是个珠宝商人，经常与故城一个远亲的姑夫孙善罗跑河南，经营金、银、珠宝。那年月，匪盗四起，货币不稳，危机四伏。有一年，大夯他爹遭了劫匪，又害起一场大病，被故城的姑夫孙善罗送回了封家屯。虽然经医调治，大夯他爹的病还是日重一日。临终前，他爹把母子俩叫到跟前，指着炕头一个铁秤砣说："我半生闯荡，所有积蓄，全部换成了黄金，找工匠做成了金砣，外表包了铁皮。日后钱毛，金不贬值，可作为儿子娶妻立业，贤妻养老送终之资，不到万不得已，不可开砣，还要防盗防骗。"他爹交代完毕，一伸腿儿归了西。母子俩艰难度日，把金秤砣当了日后的靠山。后来，村里闹过几回山匪，山匪们抢粮抢钱，就是不抢秤砣。他爹的半生心血就这样保留下来。过了几年，母亲看大夯长大了，就决定卖了金砣，翻盖房子，给儿子娶个媳妇。儿子一口拒绝说："娘，我不娶媳妇。这金砣，还是留着为您养老送终吧。"大夯是个有名的孝子。又过了几年，母亲得了一种很奇怪的肠胃病，四处求医抓药，把家里积蓄都花光了。最后还是治不好母亲的病，不得不卖掉几间草房，母子俩搬到了南山破庙里居住。到了这地步，大夯才决定卖掉金砣，继续为母治病。有了这个打算，又面临了一个新的难题，这个金砣子到哪儿去卖，该值多少钱？谁又是识货之人呢？会不会上当受骗呀？老实的山里人，谁懂这条道儿上的事？正在他们为难的时候，从不走动的远亲姑夫，带着几盒点心，领着一个河南阔少，登门认亲来了。阔少进门就叫大娘，倒把大夯和他娘喊愣了。他们看着西装革履的阔少想，富在深山有远亲，怎么穷在深山也来远亲啦？正纳闷儿，还是故城的姑夫道破了迷局，姑夫亲热地说："当年，大夯他爹在河南贩珠宝的时候，结拜过一个盟兄弟，盟弟叫张宝尘。当今河南没有闹日本，生意好做，张宝尘开了个大珠宝店，有心请盟兄封大哥前去帮忙，就派他的儿子张胜伟来找我了。我说，你封大伯已经去世多年了。可是这个侄子，非要亲自看看他封大娘，就买了几盒点心，让我领着认亲来了。"贫穷的封家母子，做梦也没想到还有这么阔气的远亲，一时兴奋飘然。封大夯又是倒水，又是敬旱烟。阔少不抽旱烟，反倒给了姑夫和大夯一人一支老刀牌香烟。话语越说越投机，故城的姑夫抽完香烟，又说："这次河南的侄子来，还想捎着打听一件事，大夯他爹不在了，不知家里是不是还留有什么宝器。如有，世道兵荒马乱的，放着招灾，叫日本人抢了也怪可惜的。不如让这个侄子捎着买走，价钱尽力优惠。"大夯娘俩一听，不由得喜上眉梢，就将那个金称砣的事告诉了姑夫和阔少。阔少也很惊喜，要求拿来一观。大夯就遵照母亲的话，把宝贝秤砣拿了出来。姑夫先在手里掂了掂说："从分量感觉像是纯金的。"封大夯急不可待地问："像这么大一块纯金，除去铁皮，得卖多少钱？"阔少拿过去仔细看了一遍说："现在这世道，命都不值钱，金子能有多高的价？如果是纯金，这一砣，也就十万边区票。""十万！"大夯和他娘一听这天文数字，简直喜晕了，姑夫却不惊不喜的微笑着说："大侄子，你家那个大珠宝店，拿十万块钱也就是九牛一毛。我这边的侄子穷，你再涨点儿，十三万。"阔少有些为难地说："现在是抗战时期，风险很大。再说，我能坑了封大娘吗？这样，说定十二万。"姑夫用眼神征求大夯和他娘的意见，大夯他娘爽快地说："这价行，就十二万吧。"阔少又说："大娘，咱丑话说头里，里头是不是纯金，还得切割检验，这是规矩。我这回来，没带检验人员和设备。这样吧大娘，秤砣您先收好，对外千万保密，我先交点定金，过几天，我带着钱和检验员来取货。"说着，从兜里掏出一大把崭新的边区票，随便抽了几张交与大夯说："这是新兑的边币，我先交六十元定金。你们把货看好，我还有点别的事。"说完，就起身告辞了。

一种时来运转、从地狱步入天堂的快感，激荡着封家母子的心，他们把金秤砣更看成了救命至宝。封大夯花着边区票，继续为母亲治病。他们在欢乐中等了一天又一天，总不见河南阔少登门。先是母亲着了急，她命大夯买了一盒点心，要儿子去故城走一趟亲，打问打问这件事。姑夫已是故城大户，宅院富丽堂皇，还雇有保镖。姑姑和姑夫在大客厅里热情款待了封大夯，续不尽的旧情，却只字不提买秤砣的事。大夯主动提出来，姑夫却不急不慢地品着茶说："反正人家付了定金，你急什么呢？人家买卖大，看不见这十万块钱，得抽出空。这样吧，你回去等着，我再差人去催催。"封大夯又满怀希望地回了南山破庙。

五天以后，姑夫喜盈盈地临门了，说是河南那边带着检验师来了，要封大夯亲自带上金砣，到姑夫家里接受检验，当场支款。大夯母亲喜极而泣，大夯带上金砣，坐上姑夫的大车去了故城。

姑夫把大夯领进宽敞明亮的客厅，河南阔少和一个戴眼镜的老者早已候

智除孙保长

在厅前。大夯献出金砣，阔少和老者拿了金砣到暗室里去切割检验，封大夯想跟着去，沏好香茶的姑夫把他唤回去，让他坐下喝茶。老实的山里人不敢违了姑夫的热情，只好坐下，听姑夫说天说地，心却在他的金砣上。他提心吊胆地自我安慰："不会有诈的，都是亲戚呀。"不一会儿，阔少和老者出来了，老者把切开口的秤砣放到桌上，往大夯面前一推说："原物奉还，你拿回去吧。"先是姑夫站了起来，问："怎么回事?"老者摘下眼镜，用手帕擦着镜片说："什么金砣子? 纯粹一砣黄铜。"封大夯一下就慌了，他抱起秤砣看了又看，觉得这秤砣不像是自己那个，又看着像自己的。他真的迷糊了，嘴唇哆嗦着说："不对，你们弄错了吧?"阔少冷着脸子说："什么弄错了? 我花钱请的是高级检验师。"封大夯真的想哭，他屈着声吼道："不，这不是黄铜! 我爹绝不会往里边铸黄铜的，一定是你们弄错了!"姑夫火了，一拍桌子训斥："你吼什么? 黄铜就是黄铜，你知道为你这事，人家老远跑一趟，耽误多少生意吗? 你真没教养。"阔少过来劝解："行了行了，封兄，我很同情你，我给你的那六十元定金也不往回要了。这铜砣你带回去，换几个碗吧。"封大夯失魂落魄地抱着铜砣走出了故城，可怜父亲半生心血，就这样打了水漂。走到半路，他想跳了崖，又舍不下病中的母亲，如果这样回去，母亲知道一定会气死的。怎么办呀? 申诉无门、复仇无力的青年汉子，就坐在石头上号哭了起来……

康英英听完封大夯的申诉，气得一跺脚，踩烂山石上一只"臭大姐"，说："真他妈的可恶! 大夯兄，该我们有缘，你这冤枉事，还不是死症，还能有救。""什么?"封大夯又激动又疑惑地看着康英英说，"我遇上仙人啦?"康英英说："你遇上好人了，封兄。只要你听从我的安排，我保证，半月以内，给你把金砣讨回来，还得医好你母亲的病。"封大夯喜出望外地说："我听你的，你要我死都干，只要能救了母亲，讨回金砣。""好!"康英英如此这般，给封大夯策划了一番，马上带封大夯去了红驼洞，见了康二旦，他自己很快回了一趟挂云山。

挂云山清泉观的王永栓道长听了封大夯母子的遭遇，同样义愤填膺，说道："这种奸恶之人得不到惩处，天理不容。"王道长当即给了康英英几件"法宝"，外带一张良民证，同样如此这般策划了一番。康英英按道长指点，很快赶回了九龙山封大夯的住处。

封大夯已将康二旦接进了南山古庙，由他精心照料。康二旦也开始为封大娘针灸治病。康英英对封大夯说："要想惩治恶贼，讨回金砣，我要借你家两样东西：一是白粗布一块，宽一尺半，长二尺半。"封大夯说："有，有的。""再借三寸粗四尺长的竹筒一根，要全部打通竹节。"封大夯说："这个也有。"康二旦不解地问："你借白布和竹筒干啥用？"康英英神秘地笑笑说："我惩贼呀！白布做盾牌，竹筒当炮筒。"封大夯更加不解地说："就这个呀，这行吗？"康英英解释说："我们道家惩恶，从来不用真刀真枪，用的是道法自然，点豆成兵。大夯兄，你只管照顾好我的二旦兄就行，这件事，还要严守机密。"说毕，就下山去了故城。孙善罗住在故城西郊，当初靠养殖业为生，日本鬼子占领了井陉，在古城安了据点后，他就投靠了日本人，当起伪保长，养了一班家丁。因为西郊不是主要区域，鬼子没设卡子，由孙善罗和他手下的家丁维持一方治安，集日时候，查查良民证，抓抓可疑人。这孙善罗是个发国难财的主儿，入城赶集的人，稍有不慎，就会被他抓起来扣押，逼着人家的家人出钱赎人。他还寻找各种理由，搜刮民财，再由自己赶着大车，把一些财物送到日本据点去。一方百姓，怨声载道，又没人敢与他对抗。

一日，故城大集，孙善罗府门外的斜对过多了一个挑着白布幔子的算命道士，道士自称园通，这园通正是康英英。上午辰时，孙善罗带领一班家丁，又出来查良民证。康英英拿出王道长给的良民证，让一个家丁看过，悄声问那家丁："施主，那个戴黑礼帽的先生是谁？"家丁很狂气地说："怎么，你连我们管家都不知道，那是孙保长。"康英英连连作揖："失敬失敬，可惜呀可惜，保长面色有异了。""你说什么？"家丁问。康英英急忙施礼："没什么，随意说一句，你也别信。"家丁哼了一声，把良民证甩给他，走了。到了中午，孙善罗带两个家丁返回来，到了他的卦摊前，笑着问："小道士，你会看相，准是不准呀？"康英英直言奉告："准言吉凶祸福，不准不取分文。"一个家丁喊："你先别吹，不准，砸你招牌。"孙善罗制止家丁无礼，绽开假善人的笑脸说："你给我看个相。"康英英问："不知施主你喜听奉承还是喜听实言？"孙善罗早听厌了巴结奉承，挥了一下戴着金戒指的大白手说："你别奉承，我听你实言。"康英英仔细端详了一番这张白净又多皱的方脸，暗吸了一口气说："施主，你官星刚隐，灾星已现，时日不

智除孙保长

久，必有血灾。不过，这血灾还算小灾，你印堂发暗，可就难测了。"孙善罗装作不在乎地微笑着问："那你说说，我这血灾什么时候出现，有前兆没有？"康英英说："有，天降祸福，先有相垂，先从你家动物身上见异。三天之内，你家的羊群若排成一个"十"字，血光很快会见。"孙善罗哈哈一笑说："好，看你说得灵是不灵。再问，我印堂发暗，又主何灾呀？"康英英摇摇头，对他郑重言道："看相，只能看运，不能定命。运管一时一事，命管终身际遇，二者互为因果，相生相克。要说准施主您印堂发暗的凶灾大小，发生时日，还须将您的生辰八字排出来推算方知。"孙善罗点点头说："今天我没空算八字，改日拜访。"说着，掏出两元日币，递与康英英。康英英施礼拒绝道："祸凶未卜，不收分文。"孙善罗又笑笑，收起日币说："好，后会有期。"一挥手，带着家丁走了。孙善罗为了验证小道士说得灵不灵，三日之内，格外关注了他家的羊群。到了第三日，羊倌跑到家里报信儿，他家的羊群，在山坡下吃草，果然排出一个"十"字来。孙善罗有些害怕了，马上拿出一百元日币，派家丁找到卦摊，邀请小道士入府批八字。康英英反倒端起了大师的架子，日币不收，也不入府，对家丁推拒说："你们保长，对贫道并不深信。算卦看相，心诚则灵，如不信，这八字批也无用。日币退还，等你家保长深信无疑之时，再来找我不迟。"孙善罗见小道士退回了钱币，心中甚是佩服，寻思遇了真人。但是，狡猾的孙保长还想再等等看，他没有再去卦摊儿，日子一天天平淡地过去了，那个担心的血光之灾并没有来。他想去一次据点，因为他家的笼子里养了一条大狼狗，是准备养肥驯好了送给日本人的。每天黄昏，他都要把狼狗放出来，在院子里亲热戏耍。这天黄昏，孙善罗又把他心爱的狼狗放出笼，与狗做最后一场游戏。谁知那狗却突然成了疯狗，把主子当仇敌，狂吠着扑上去就咬，叼下孙善罗腿肚子上一块肉。孙善罗当即拔枪，击毙了狼狗。此时才想起小道士提到的血光之灾，心里连说："真的灵验了。"他在床上躺了八天，又想，给日本人的狼狗已死，无礼可送，又不愿对日本人食言，就改变了礼物，决定给日本人送五只羊去作为弥补。于是马上派羊倌绑了五只羊，为巴结日本人，他还是决定亲自赶车去。羊被装上大车，他到马棚里牵马，平时温顺的大红马也突然与他反目成仇，又打立桩又尥蹶子，奋起蹄子，一下踢中他的印堂，他仰翻在地，脑袋变成了血葫芦。这一连串的血灾，孙善罗对小道士的语言深信不疑了，马上派人把小道士接进府来为他批八字。康英英问清年月日时，认真推算了一番，说："施主，你属蛇，今年是虎年，蛇虎如刀挫，你命犯大冲，印堂必暗，凶在今年岁尾百日之内，必有性命之忧。"躺在床上的孙善罗当即吓出一身冷汗，问此灾有无解法。康英英说："解是能解，必须心诚，施主诚心，巨利断金。"孙善罗连连作揖，以表心诚。康英英放低声音说："我将天机泄露于你，此解，只有一法，须将你的生辰八字，铺于你家神案的香炉底内。八字之上，压以又重又贵的金器，再埋以香灰，由你天天早晚，焚香祈祷，过了七七四十九天，灾难才可消尽。"孙善罗连连顿首，虔诚至极。康英英沉吟片刻，又郑重告诫："此事要严守缜密，只你一人知晓，连枕边太太也不能告诉，以免泄露天机。更需防盗，一经泄露，破财事小，施主你的性命前程事大呀。"孙善罗又连连点头，表示遵命，下得床来，取出五百元日币奉与英英。康英英再次拒绝说："这钱还请施主收回，等过了百日之后，再来拜领。"说罢，便施礼告辞，临出门，又回过头来，补了一句："七日之后，还望施主多多出门，充充阳气。"言毕，拂尘一甩，飘然而去。

康英英一走，孙善罗就避开家人，将自己的八字铺于香炉底层，又将那个又重又贵的金砣拿出来，压于八字之上。还怕压不住灾，又将自己手上的金戒指，怀中的金表一并压上，方才埋上了香灰，开始日日朝拜……

康英英回了南山破庙。封大夯的母亲，经康二旦的针灸和药调，病情日好一日。封大夯高兴地对康英英说："兄弟，你看，我母亲的病快好了。"康英英说："封兄，还有更好的，七日之后，你在故城西郊小树林，等着取你的金砣吧。"转身又对康二旦说："二旦兄，我无论发生什么事，你千万别插手，以防破了局。"

七天以后，孙善罗果然出了门。康英英坐在孙家门外，闭目合掌，一语不发。孙太太出来，给他钱，他不要；给他米，他不收。孙太太问："你究竟要什么？"康英英说："贫道替天行道，要化走你家的恶鬼邪魔。"孙太太想起丈夫近一时期屡屡出事，信以为真，问："究竟怎么个化法？"康英英说："这个很简单，只须取走你家神案香炉里的炉灰。"孙太太说："这还不容易，我给你去倒。"康英英阻拦说："不可，妇道人家，怕压不住灾，只有贫道亲自去取。"孙太太马上应允，带着康英英入府。来到香案之前，康英英装模作样地默念了一些咒语，把香灰往一个备好的小布袋里一倒，随着一道烟尘，扬长而去了。英英出门时，不料被院中一个家丁从他的口袋上看出了破绽。这个家丁，正是前一阵装扮成河南阔少的那个年轻人。此家丁马上招呼了几个人跟踪了康英英，并派一个人去据点向孙善罗报信儿。

康英英走出西郊，装作去解手，走进小树林，把真货交给了等候多时的封大夯，又往布袋里装了一块石头，就出了树林，奔向红驼岭。那个"河南阔少"也带几个家丁攀上红驼岭，堵住了红驼洞。不多时，孙善罗带着鬼子伪军二十来个人，荷枪实弹，也上山围住了红驼洞。孙善罗向洞中喊道："妖道，今天你插翅难飞，快快交出金砣，跟我们走，还可留你一命。"康英英手持拂尘走出山洞，怒斥孙善罗："孙保长，你人面兽心，投敌卖国，残害人民，天该诛之。"孙善罗冷笑一声，威胁道："妖道，你面临的是刀枪武士，其奈我何？难道你真的不怕死吗？"康英英同样冷笑一声，回言："民不畏死，何用以死惧之？我一得道之人，上有苍天佑护，下有后土依托，得道者多助，失道者寡助，我担心的是你。"孙善罗问："你担心我什么？"康英英怒斥："你良心丧尽，恶贯满盈！今天，贫道要替天行道，用十丈神火，为民除恶。"孙善罗哈哈一笑说："妖道莫出狂言，我只问你一句，金砣你交出来还是不交？"康英英回绝："非你之物，强取必亡。"孙善罗恶狠狠地说："好，咱今天看谁自取灭亡，开枪！"日寇、伪军一同举起了枪，康英英一闪身钻进了山洞。无数颗子弹射进洞内。康英英在洞中喊："强盗，你们打不死我。"鬼子、伪军又打了一阵枪。康英英反倒在洞中叫阵："打呀，火力太小，你们接着打呀！"孙善罗气极，冲伪军喊："给我手榴弹，我不信炸不死你！"一颗冒烟的手榴弹，投进了洞中，康英英在洞中高呼："雷火助我……"轰的一声，一股强大的神火喷出山洞，火起十丈，草木成灰，二十多个鬼子、伪军，包括孙善罗，都已葬身火海，化成了焦骨，横卧在山冈上。几个留在后边的幸存家丁，见这道士真有神功，连主子的尸首也不管了，拔腿便跑。那个"河南阔少"吓得慌不择路，摔下了悬崖。

烟火散尽，万籁俱寂，一股奇怪的臭气弥漫在山间。康二旦、封大夯飞速爬上山冈，看到一片焦尸，他们很恐慌地向洞中喊："英英，康英英，你还活着吗？"一会儿，洞中回了一声"无量天尊"，只见康英英手持拂尘，身穿道袍，潇潇洒洒，出了山洞。封大夯惊奇地喊着："神道！你真是神仙了！"说着"扑通"一声跪在了英英面前。康英英急忙扶起大夯说："封兄，你这是干什么？我不是神仙，我们是八路军，你母亲的病怎么样了？""快要好了。"封大夯抑制着情绪，欲谢又止。康二旦走过来嘱托封大夯："封兄，你照我留的方子去采药，你母亲再服上两个月的草药，就会痊愈。"封大夯终于感动地抹了一把泪点点头说："你们真是神八路！真是人民的子弟兵呀！"他忽然想起什么，从衣服里掏出一枚金戒指和一块金表，非要送给康英英和康二旦。康英英又还给他说："这是你应当得到的补偿。你那个金砣，先收好了，将来卖给人民政府。现在恶人已除，快快回家孝顺你的母亲去吧。"封大夯挥泪拜别了两个恩人，下山去了。

康二旦看着毫发无损的康英英，迷惑不解地问："老弟，你这一连串的神功到底是怎么回事？"康英英哈哈一笑说："什么神功呀，都是江湖术士用来骗人的。我这是以毒攻毒。"康二旦说："你别骗我呀，你快给我讲讲。"康英英说："先闷着吧，等咱们回了三峪，我再一一道破不迟。"

两个人在一片焦尸中捡了几件能用的武器，很快下山，往挂云山的方向走去。

二三　深入敌区

康二旦和康英英赶回挂云山，已是半夜。他们翻过石墙，在东峪康二旦的草房里住了一宿。第二天一扑明儿，二旦拜别爹娘，连早饭也不在家吃，他们又各背三杆黑不溜秋的大枪，像凯旋的将军一样，喜气洋洋，赶往三峪。临近三峪，他们看见有三个战士，在坡下并排着跑步。到了野外，中间那个是个男子，腿长个儿高，很显眼的白小褂抽在腰间，文明又潇洒。两边的女战士，穿着灰色军服，没戴军帽，头发一飞一扬的，他们很快认出来，男的是苏大智，两个女战士，一个是王香妮，另一个是孔瑞瑞。康英英挥起拂尘喊："哎，大智，香妮——"康二旦也挥着手喊："瑞瑞——"三个跑步的人停了一下，他们很快也飞跑着迎上来，扬臂呼喊："助理员——""康道士——"康二旦和康英英跑不快，身上的大枪丁零当啷好一阵撞击。他们很快在野外的坡路中碰了面，又跳，又叫，又闹，好不亲热。苏大智说："好家伙，我还当你们都牺牲了呢！"王香妮喘息着说："我和瑞瑞都急得哭过呢！喂，怎么李书祥和王二梅到红驼岭去看你们，没找到你们呢？"康二旦问："怎么，领导派书祥和二梅去看过我们？"王香妮说："当然，山洞里没找着你们，却遇上了一条野狗。洞中展开人狗大战，王二梅为救李书祥空手勒死了一只狗呢！"康英英大惊，说："哎呀，我说怎么洞中有只死狗呢，敢情还发生了一场悲壮的爱情故事呢。这可得听听！"王香妮说："你们还是回去让李书祥亲自讲吧。来，我们帮着背枪。"三个人去摘康英英康二旦肩上的枪，爱干净的苏大智叫道："嘿，怎么这枪都黑不溜秋的，像老炭翁的烧火棍呢？"康二旦说："这是被神火烧的。昨日上午，一群鬼子伪军包围了红驼洞，咱们康英英施展神功，借来了神火，烧死一片敌人。我们捡了几条能用的枪，这枪带儿还是我们在东峪新拴上的呢。"苏大智说："二旦老弟，你怎么也学会讲神话了？"康二旦一本正经地说："这不是神话，这是真的。不信，你可亲自到红驼岭上看看还烧焦了一片草木呢。"王香妮抢着说："英英兄，这神火烧死一片鬼子的事，你可得给我们讲讲。"康英英说："行，我回了三峪一定给战士们讲讲。"苏大智说："那咱们快走吧。"五个年轻人，一路谈笑着赶往三峪。康二旦打听团队的情况，一直没说话的孔瑞瑞对康二旦柔声说："二旦兄，往后不能再称大智兄了，人家是咱们的队副了。"康二旦和康英英听了这事全都感到新奇，对苏大智刮目相看地问："好事呀，什么时候提升的？"苏大智装出很苦恼的样子，又咧嘴又摇头，说："担子重了，真不如当战士潇洒。咱在太行山一二九师当过差，略通点战略战术，这个特长不宜露，一露，给咱队伍搞了点小发明。就为这个上级看中咱了，把这副队长的担子压在肩上了。"二旦和英英问搞了什么发明，这苏大智可真会做文章，把李芳芳的贡献在自己的肚子里一转悠，就加工成了自己的完美杰作。他兴致勃勃地讲起一个月前，他带领小分队，去割上安公路的电话线，狡猾的鬼子往电杆上抹屎，钉尖钉，设钩子，他领着战士迎难而上。鬼子来了，李芳芳挂在电杆上下不来，又是他带领战士冒着弹雨杀回，救下了李芳芳。行动失败后，是他开动脑筋，拉上李芳芳当助手，绘制图纸，发明了"不上杆儿"和"钩镰枪"，又绝地反击，割掉了鬼子许多公路段的电话线。挂云山游击队得到了军区表扬，他苏大智被军区请去做了精彩演讲，上级提拔他做了三中队的副队长。好一个苏大智，说起大话，脸不红，心不跳，表情诚恳，如若他的听众都是生人，肯定会认定，深山里隐着大才，恨世间缺少伯乐。两个女性对视着撇了一下嘴。康二旦问："现在咱们团队又有什么战绩？"苏大智咂咂嘴，像喝了一口挺酸的醋，说："现在碰上了更大难题，敌人又在上安铁路安了排线。咱们虽然有了'不上杆儿'和'钩镰枪'，鬼子也有了高招儿，让游击队再也到不了电杆底下。"康英英问："鬼子用了什么高招儿？"苏大智说："这走麦城的事，我还是别说了。吃过早饭就开会，发掘咱们的新对策。"

　　不一会儿，他们进了村东口，在戏台广场晨练的战士们见了康二旦和康英英，全都一窝蜂般涌过来，问这问那，欢声一片。李书祥、李芳芳、康来

· 203 ·

羊、康末金、李文牛、李五牛等乡亲都快把他们抬起来了。康二旦问："刘贵子呢？"李书祥答道："他呀，上庄子头看他那哑巴媳妇去了。"李恒山、吕秀兰挤过来，和他们一一握手，询问了伤情。刚要领他们去吃饭休息，苏大智已登上了南面的大戏台，对战士们高声宣布："同志们，让康英英和助理员讲讲他们的战斗故事好不好？""好啊！"战士们像洪流一般，把英英和二旦两个人推上了戏台。英英的道士头套也挤丢了，他干脆把道袍一脱，拂尘一扔，露出便装说："好，大家看得起咱，我和二旦兄就讲讲我们失踪后的战斗故事。"康英英像讲评书一样，从入红驼洞养伤，讲到遇封大夯和金秤砣的故事；讲到算命看相，惩治孙保长；又讲到与敌人智斗，火烧红驼山。台下的战士们听得津津有味，掌声四起。先锋队战士康长玉说："英英兄，把你这神功也教教我们吧，以后打鬼子就不用枪了，我们用神火。"康英英急忙摇手说："我没有神功，我用的是道法自然和江湖邪术。"康二旦追问："英英老弟，咱共产党是不信鬼神的。我一条一条提问，你把那些神乎其神的东西都给大家解开吧。"康英英点头说："行。"康二旦问："你为孙善罗看相算命，为什么能看得那么准呢？"康英英说："这个不难呀，就像打仗，先得侦察，知彼知己，方有必胜把握。摆卦摊儿之前，我先买通了孙府上一个小牧羊倌，提前了解了孙善罗的情况。岂有不准之理？"康二旦又问："羊群在草地上吃草，出现凶兆，排成了个十字。请问，这羊群排十字是怎么回事？"康英英答："这个也非常简单，我按照预定时间，往羊群吃草的山坡下用食盐水先喷出一个十字来。羊爱吃有滋味的草，自然就排成了十字。"康二旦会意地笑笑，继续问："孙善罗的两场血光之灾是怎么弄的？一场狗咬腿肚子，一场马踢脑门儿。"康英英迟疑了一下说："这可是很损德的事。不过，对付孙善罗这样的人，不用损法，无力惩恶。在大山里，有一种茄科植物，名叫'走野老'。这种走野老的草根，含有毒性生物碱，食用后，会让人神经错乱，发疯奔跑。我师父用一种药水，把这种草根制成了药剂，给了我两包，让我去惩恶扬善。我是通过那个受气的小羊倌之手，按预定时间，把毒剂分放在了狗食或马槽里。狗、马食用后，会产生错觉，因而发疯伤人。同志们，这种损招儿，万不可用在好人身上。"康二旦想了想又问："别的事都好理解，红驼洞的神火，你是怎么借来的？"康英英说："你问这个，我到现在还很后怕。这是一步险棋，我还真得感谢苍天相助。否则，我还真得死在红驼洞，为那条狗陪葬了。"康二旦追问："你别扯远了，你就说这神火，是怎么借来的吧？"康英英有些端架子，笑笑，卖了个关子说："同志们，给我一点掌声。"台下的战士们轰地笑了，大家急于知道谜底，全鼓起掌来。掌声一落，康英英认真地说："同志们，神火可不是哪个山洞里都有，咱挂云山白云洞里就没有，你借也借不来，唯独红驼洞中有。二旦兄，你还记得吧？咱刚一住进红驼洞时，我就提醒过你，这洞中潜有瘴气，万不可在洞中生火做饭。何为瘴气，就是山中柴草，受潮腐烂后，发出的一种天然性可燃的臭气。这种臭气，深藏在山洞中的每一道石缝里。我估计孙善罗会带着鬼子伪军来追杀我，就有意将他们引到了红驼岭，又用语言引逗他们开枪，利用强烈的声波，把瘴气从石缝中逼出来。也是孙善罗命该此绝，我正担心这瘴气逼不出来，嘿！孙善罗往洞中投了一颗手榴弹，正好引爆了瘴气。山洞喷出烈焰，烧死了洞口的敌人。"

台下掌声如雨击山石。康二旦站起来，压下掌声问："哎哎，这不对呀，康英英，敌人向洞中又开枪，又投弹，还引燃了瘴气，怎么光死了敌人，没伤着你呀？"康英英笑了一下，用手挠了几下头皮，又对台下战士说："再给我一次掌声。"台下爆起更热烈的掌声与喝彩。康英英解释说："二旦兄，你不会忘了吧？在封家屯南山破庙里，我向封大夯要了一根打通关节的竹筒。敌人往洞中开火的时候，我根本没在洞中，我知道洞底上方有块石头活动了，我顶开石头钻出去了。我人在洞外，把竹筒伸进洞里，我对准竹筒喊话，引得鬼子开火。所以，瘴气一炸，敌人全死了，我却毫发无伤。"热烈的掌声过后，中队长李恒山在战士中间高声说："同志们，康英英同志给咱们上了最生动的一课。我们游击队，就是要机动灵活，开掘智慧，顺应规律，以最小的代价，获取最大的胜利。用武功的术语讲，这叫四两拨千斤。下面的任务是，吃饭，吃得饱饱的，大伙儿再想一想，如何割掉上安铁路敌人的排线。"

战士们开始回营地吃早饭。李恒山要特殊招待胜利归来的康英英和康二旦，把他们带进了街中心的丰化堂内。这丰化堂是三峪较大的一座寺庙，前些年本来住着和尚，抗战一爆发，和尚走了，这里就成了八路军的活动场所。说是特殊招待，其实，既无酒，也无肉，伙食与战士们是一样的，同是小米绿豆粥、高粱饼子、大葱蘸黑酱。几个人在庙堂里围桌一坐，康二旦和康英英亲切地说："又吃到团队的饭了。"他们各持一根大葱，蘸了黑酱，就着高粱饼子，美美地大嚼起来。刚吃了几口饭，康二旦就忍不住问起割上安铁路排线的问题。一句话又扯到了战斗上来。咱们的游击队，虽然发明了"不上杆儿"和"钩镰枪"，前一个时期节节胜利，也使鬼子更换了战术，人家也打起了"人民战争"。鬼子"发动"了铁路周边平方、马村、头泉、上安几个村庄的老百姓，为他们在夜间轮流守护电线。游击队一到，当地的老百姓就开始敲锣、点火、齐声呐喊，还有的百姓用石块投掷八路军。鬼子一见到火光和锣声，马上出击，攻打八路军。我游击队却不敢开枪还击，因为鬼子群里夹杂着大量的老百姓。吕秀兰、苏大智带着小分队去了两次上安铁路，都是失败而归。李书祥咽下一口高粱饼子说："莫非鬼子也学习了毛主席的战略方针，真正把群众发动起来了？"李芳芳端着粥碗说："不可能，咱中国老百姓不可能实心实意为鬼子效劳，这里头一定有鬼。苏队副，你说这是怎么一回事呢？"苏大智举着一根大葱，当指挥棒说："我说是邪教，一定是红枪会在那里捣鬼。中国历代的农民组织，都是先以教会迷惑群众。目前，红枪会已经被日寇所利用，铁路周边的村庄一定闹起了红枪会。"康二旦说："据我所知，红枪会的主要力量在冀南和华北，冀南一派在威州一带发展，华北一派在金良川、秀林、梅庄、障城一带，不可能一下子发展到上安周围去。"苏大智问："不是红枪会，那又是什么？"康二旦说："这可说不清。"苏大智看看正吃饭的李恒山和吕秀兰说："既然说不清，我建议成立武工队，深入到上安周围的村庄去先把情况摸清楚，再把群众争取过来，然后才能割掉敌人排线。"李书祥说："要是深入敌占区，去做耐心细致的群众工作，时间可就拉长了。时间一长，我们割断的鬼子电线，可就又一段一段接起来了，等于前功尽弃。"苏大智说："我们当然不能拖延太长，思想工作配合必要的政治手段。比如，谁再为鬼子干事，就封他的磨封他的井，不让他吃水磨面。"康英英说："我认为要是封井封磨，就会越搞越复杂了。上安周边的百姓是鬼子一下子发动起来的。我认为，越是看着庞大、凶猛的东西，也许越是简单、虚弱。我们要透过现象抓本质，不可把本来很简单的事越弄越复杂了。"李恒山吃完了饭说："我同意组织一支武工队，深入到敌区去，但不能太大，不能超过六个人。"李芳芳说："六个人，也太少了吧？"李恒山看着一语未发的吕秀兰说："吕部长，说说你的意见呀？""好。"吕秀兰喝完米粥，又留下一小块高粱饼子，把碗擦得干干净净，把饼子填进嘴里吃完最后一口饭说："我同意康英英的说法，看着越是强大凶猛的东西，也许越虚弱。我们可以先组织武工队，深入敌占区。但我建议，去掉'武'，就是工作队。人数嘛，两个人足矣。"李书祥惊讶了："什么？就两个人？"李恒山觉得有戏，用欣赏的目光看着吕秀兰说："秀兰，你说下去。"吕秀兰很有把握地说："这两个人，不能太强壮，一个妇女、一个儿童就行。""什么？"李书祥和李芳芳同时震惊了。吕秀兰站起来，用坚定的口吻说："李队长，我请求，由我承担这个任务。我和康三堂，假扮姐弟，直接进入平方，深入到敌占区的群众中去。因为我对平方比较熟悉，那儿的冯保长不是坏人，我们以前打过交道。"李恒山有些担心地捏着手指关节说："吕部长，你们一个妇女、一个儿童，深入敌占区，很有危险呀！"吕秀兰说："抗战有不危险的活儿吗？我反复考虑过了，康三堂机灵、年龄小，只有我们俩去，才更方便，危险性最小。"李恒山用眼光征求了一下苏大智、康二旦的意见，马上拍板儿："行，这个方案，就这样定了。"第二日早饭后，吕秀兰穿上了王二梅那件荞麦花蓝地小褂，头上扎了块白羊肚手巾。康三堂穿上旧紫花小褂，腰间扎根草绳，装成羊倌模样。他们带上良民证，又挎上一荆篮挂云山产的大蜜桃，就步行去了平方。

三峪离平方有十二里路程，近午时他们就到了平方村。这个村子，南北是大山，东西是平原。村里的保长冯老运有五十来岁，瘦高个儿，长着一张大三角脸，留着八字胡。他一见了吕秀兰和康三堂，先是大吃一惊，说："吕部长，你们好大的胆，治安军常上村里来，也不怕被查住？"吕秀兰毫无畏惧地笑笑说："要是治安军来了，我就叫你舅舅，这还危险吗？"冯保长把他们领进北房的内间，互相统一了口径，又一脸愁容地说："其实，我早就盼望你们来呢。村里的事都乱成一团麻了，该管的咱管不了，不该管的还非管不可。这是他妈的什么世道？"吕秀兰仔细打听起鬼子的情况。冯保长说："上安据点的杉本老鬼子，真是只老狐狸。鬼子接连吃亏，他们也知道，离开了当地老百姓就等于是无水之鱼，无本之木。他们也学着八路军的战术，搞开了人民战争，天天胁迫周边村庄的老百姓，晚上为他们守护铁道边上的排线。杉本为了笼络一方百姓，三令五申，不许他的部下扰民，而且还从日本运来了大批的铁桶农药，白白发给当地的农民治蜜虫。"吕秀兰问："他们的农药怎么样?"冯保长说："要说好，还是真好。对啦，我去拿一桶你看看。"他从东棚子里拿来一个绿桶递给了吕秀兰接着说："这农药叫蝇立必斯，那些虫子，没骨头的一闻便死，有骨头的死不了。咱老百姓往棉花、蔬菜果树上喷了这种农药，还真管用，庄稼长得就是好。"吕秀兰把铁桶在鼻子底下闻了闻，一股臭椿叶子味儿，又递到冯保长手中，无限感叹地说："小日本的科技比我们好啊，我们还在用旱烟水杀虫，人家早发明了农药了。大伯，就为用日本的农药，老百姓就甘心为日本鬼子守护电线吗?"冯保长说："不是的，这杉本老鬼子还有绝招儿呢，他们是一手拿蜜糖，一手拿屠刀。为了让每个村的老百姓为他们卖命，他们要周边每个村，每天出两个劳工，为他们在铁路上去干活儿。这两个人天天轮换。如果哪个村守的电线被割了，就扣除那个村的农药，还要杀掉那个村在铁路上干活儿的劳工。乡亲们都怕轮到自己的亲人被杀，所以晚上守电线都是格外卖力。最怕八路军来割。"吕秀兰问："日本人真不扰民了吗?"冯保长说："日本人没有家，不怎么抢东西。最可恨的是那些个治安军，尤其是上安据点里那个治安军小队长赵吉辰，经常带着三五个兵下来要钱饷。昨天上午，赵吉辰带着两个兵又来了，以向杉本老鬼子祝寿为由，又向村里要了几十块钱。这还不算，出了村东口，因为天气太热，他们到路北井台上喝水，看见拉水车的大骡子不错，硬是卸下骡子往据点里牵。看水车的冯牛牛才九岁，小孩子呀，哪里拦得住?骡子是本村郝老亭的，郝家不敢去向治安军要，更不敢向日本人要，反倒要冯家赔骡子。冯家不赔。两家闹起官司，都叫我主持公道。这不公道的是治安军，谁敢找治安军说理去呀?于是，郝家仗着钱多势大，冯家仗着人多，两家的纠纷正要往大里闹呢! 吕部长，你说这事，我是向郝家呀还是向冯家呀?"康三堂一拍炕沿砖说："哼，这怕什么? 找到据点里，把骡子要回来。"冯保长惊恐地一瞪眼说："要? 那是鬼子据点呀，哪个吃了豹子胆了，还敢去要?"吕秀兰想，看来要想解决百姓看守电线的事，先得把骡子的事解决了，就说："冯保长，你先把那个看水车的冯牛牛叫过来，我先见见这孩子。""行行。"

不一会儿，牛牛他爹冯大秋，领着牛牛来了，还跟来两个本家兄弟。吕秀兰见这九岁的牛牛长得虎头虎脑活泼可爱，就用手抚摸着他的小葫芦头问："牛牛，你怕不怕治安军?"牛牛大胆地说："不怕，就怕打不过他们。"

"你怕不怕大灰狼?""不怕,奶奶说,狼怕火。""好,男子汉,要永远记住这两个字,不怕。冲你这不怕,姑姑奖你个桃子。"吕秀兰冲康三堂看了一眼,康三堂马上从炕头的荆篮里拿了个大桃子给了牛牛。牛牛他爹不让要,牛牛一把抢了过来,抱在怀里咯咯笑去了。吕秀兰又问了一遍丢骡子的事,而后对牛牛他爹说:"冯大哥,如果郝家再冲你要骡子,你就答应给他,这件事,包在我身上了。"牛牛他爹疑惑地看着她问:"你,怎么个包法儿?"吕秀兰微笑着安慰:"放心等着去吧,我自有办法。"冯大秋几个人,千恩万谢地走了。冯保长有些不放心地问:"吕部长,你拿什么还他们的骡子呀?"吕秀兰一拍康三堂的肩头说:"正像这个小同志说的,我们进据点儿把骡子要回来。"冯保长吓得往后一趔趄,问:"你还真去要呀?"吕秀兰非常沉着地对冯保长说:"冯保长,这桃子可不能白送给你了。三堂,让你带上牛牛,上据点找杉本去要骡子,你怕不怕?"康三堂迟疑了一下,一看吕秀兰严峻的眼神,他马上一挺小胸脯说:"不怕。"吕秀兰说:"好,你带上这些蜜桃,就说到据点给杉本太君祝寿的。想法进入据点见到杉本,然后再提骡子的事。""冯保长,明天你去找牛牛的时候,就说领他去牵骡子,我们已经疏通好了。"冯保长看吕秀兰沉着坚定的样子点点头说:"行,吕部长,我信得过你。你说行,准行。可是,让两个小孩去,实在太危险了!"吕秀兰安慰他说:"放心吧。这件事只有让俩小孩去才能成功。"冯保长说:"明天,我送他们去上安。"吕秀兰说:"你只能送到据点附近,千万不能出面。"冯保长说:"我懂了。"

　　从平方去上安,有六里山路。上安据点,在铁路北不远一个大院里,高墙电网,电杆排立,门口有岗亭。大院东北角不远是一座方形而高大的青砖炮台,炮台上端有阳台,黑森森的,十分恐怖。半前晌的时候,康三堂和牛牛告别了冯保长。他们用一根粗树枝,抬着一篮子桃,来到据点门外。康三堂对牛牛小声说:"别怕,有我呢。按吕部长说的办。"牛牛用脏手背抹了一下清鼻涕,挺直了小胸脯,跟着康三堂,壮着胆子就往据点里进。门口的哨兵吼住他们:"小孩,你们干什么? 快滚!"康三堂高声说:"我们是给杉本太君送桃子的。"牛牛也高声说:"对,是给杉本太君送桃子的。""什么桃子?"哨兵持枪赶过来,掀开篮子上的遮布一看,果然是一篮子红艳艳的大蜜桃,便把篮子一提说:"行了,收下了,快走吧。"康三堂说:"不,我们要见到杉本太君，这是给太君祝寿的寿桃。""对！"牛牛跟着说，"这是给太君的寿桃。"哨兵用枪一挡他们说："我替你们交给太君，你们快滚。"康三堂对牛牛使了个眼色说："不行，我们就是要见太君，你凭什么抢太君的桃子？"牛牛跑过去抓住篮子就夺，大声喊："你给我桃子，这是给太君的。"哨兵骂了一句"去他妈的"，一脚把牛牛踢翻了。牛牛放声号哭起来。康三堂冲过去大喊大叫着夺篮子，一篮桃全扣在了地上，红彤彤的乱滚。几个治安军跑过来，抢开了桃子，康三堂又哭又闹地往篮子里拾桃。门口一乱，炮楼里的鬼子出来了。一个伍长带着两个鬼子兵，冲三堂和牛牛吼道："什么的干活？"康三堂抹去眼泪，扶起牛牛对伍长说："太君，我们是平方的，是来给杉本太君祝寿送桃子的，可他……"一指哨兵，"他想把桃子独占了。我不干，他就派治安军来抢，还把桃子扣了一地。你看，这可是送给太君祝寿的桃呀？"日本伍长一看几个啃桃子的治安军，骂了一声"八嘎"，冲几个治安军扇了几耳光，对三堂和牛牛一挥手说："太君的要见你们，进来。"康三堂和牛牛把桃子拾进篮子，又用布擦了擦，就跟着伍长进了炮台。杉本是个长脸、络腮胡子又秃顶的老鬼子，他和两个便衣正伏案看着地图，制订他们血腥的侵略计划。伍长报告了外边的情况，杉本一见送桃子的俩小孩，马上绽开笑脸，招呼他们："哇，小孩，哟西哟西，这桃子的收下，桃子的收下。"一个便衣收了桃，杉本把两个小孩子叫到身边，用拳头捶捶康三堂的肩头，又摸摸牛牛的小脸夸奖说："小孩，你们的胆量大大的，皇军的喜欢。来，优待优待，糖的。"说着，从方桌抽屉里抓了两把水果糖，装进两个人的衣袋里。三堂和牛牛吃着糖，绽开了童真的笑脸。杉本问："你们，平方的良民？"三堂说："是。"杉本问："平方的百姓，说皇军好吗？"三堂说："好呀，要不我们小哥俩怎么送桃子呢？"牛牛说："就是治安军不是东西。"杉本眉毛一蹙，问："你说的什么？"牛牛说："治安军，不但抢了您的桃子，还抢了我们的骡子呢！""什么骡子？"杉本问康三堂。康三堂趁机把前天治安军进村抢骡子的事说了一遍，最后说："那个治安军小队长没人敢惹，请太君为我们做主，帮我们把骡子要回来吧。"杉本思谋一下，问："抢你们骡子的人，你们认不认得？"牛牛说："认得。"康三堂说："就是治安军里的小队长，赵吉辰。""赵、吉、辰。"杉本眯着眼睛想了想，马上指派一个便衣，说："你的，带他们找赵吉辰，去牵骡子。""谢太君。"康三堂和牛牛跟着这便衣，走到院子西北角一个用石栏围着的练兵场。赵吉辰正叼着烟卷儿，带着两个兵在练兵场上骑骡子玩儿。便衣对赵吉辰交代了一番就走了。赵吉辰吐掉烟蒂，从骡子背上下来，看着两个小孩说："嘿，小兔崽子们，你们真吃了豹子胆了！敢上这儿来，还在太君面前告了我一状！"康三堂说："给我们骡子吧！"牛牛过去牵骡子，赵吉辰用胳膊一挡说："不行。你们就这么牵走吗？"康三堂问："你说怎么牵法儿？"赵吉辰挽着缰绳头说："老子还给你们喂了两天呢，你们出点草料钱吧。"康三堂说："是你抢了我们的骡子，你要的什么草料钱？"牛牛说："我们不给。"赵吉辰说："不给？那好，我再骑两天。"说着又上了骡子背上，吹了一声口哨，遛骡子去了。康三堂一拽牛牛说："走，咱们再找太君去。"他们又跑进了炮台，一人一句向杉本说了赵吉辰耍赖的事。杉本骂了一声"八嘎"，说："这是又要钱呢。好吧，我给你们写个条子，你拿条子去牵。"说着，从抽屉里扯了一张白纸，用钢笔写了几行字，又扣上了个大红戳，递给三堂说："去牵骡子吧。"康三堂问："要是我们走到半路，治安军劫我们怎么办？"杉本摇着手笑笑，一指条子说："没事的，条子的，管用。"机灵的牛牛说："太君，我们还得把篮子捎回去。"杉本一愣，马上笑着说："哟西哟西。"他从内间喊出便衣，腾出篮子，又往篮子里抓了一些饼干、糖果和罐头，递给康三堂说："你们，路上的米西。你们的，回去对乡亲的说，皇军大大地好，王道乐土大大地好……"

康三堂和牛牛想不到这么顺利就要回了骡子，还得了半篮子食品。他们出了据点，在一个岔道口见了冯保长。冯保长帮他们把篮子拴在骡子脖子上，又扶他们上了骡子，他们就欢快地踏上了归程。大骡子仿佛也急着回家，在山路上驮着两个孩子小跑起来。牛牛吃着饼干，问："三堂哥，日本太君这不顶好的吗？"康三堂的心里很快清静下来，他又回忆起日本鬼子在三峪的一幕幕杀人惨案，他握紧了缰绳头，狠抽了一下骡子屁股，说："牛牛，我教你唱一支《小放牛》吧。"在山路上，康三堂用优美的童音唱了起来：

什么人占了我东三省？
什么人占了我冀北与冀东？
什么人强把我北平占？

深入敌区

什么人侵占我太原与大同？

依么呀呼嘿……

三堂和牛牛把骡子骑回平方村，归还了郝老亭，村人的矛盾很快化解了，人们都夸两个少年真有虎胆。吕秀兰乘机宣传抗日，揭露了日寇的桩桩罪行和新的阴谋，与村人秘密制定了新的战斗决策，很快也回了三峪。

小分队再次去割敌人排线，可就顺利得多了。军民联手，先把电线割了，撤退时，小分队打一阵枪，而后，守线的群众再点火敲锣。为了掩护老百姓，迷惑敌人，村民们还故意将领头人绑在电线杆上，有的故意用石头将头打破。鬼子追来，发现电线被割了，百姓也受了伤害，他们果然没有惩治老百姓，而且还夸赞敲锣点火的百姓，做得"顶好顶好的"。

二四　雪山坚持

　　李恒山、吕秀兰带领的挂云山游击队，机智勇敢，割断了鬼子诸多路段的电线和排线。鬼子的物资愈加匮乏，后来，鬼子的电线再不用上好的铜线，全都换成了铁丝。这些铁丝，照旧被我游击队一次次割断。搞得鬼子连铁丝也很困难了，他们就常常出来抢老百姓的鸡笼子，把鸡笼子的铁丝拆开，拉直，权作电线。这种电线，更容易割断。鬼子的招数使完了，他们只得成立摩托队，进行搜山和联络。我游击队，又操起锹、镐，连夜破路，打他们的伏击。井陉人民的抗日烽火，用半个日语形容，大大地打破了日军不可战胜的神话。

　　为了抗战的有力发展，井陉县和获鹿县合并，成立了井获联合县政府。那时候的县政府也是游击式的，先住孙庄，后迁防口，再后来又迁至杨青。这一年的冬天，凶残的日寇，妄图用铁壁合围，来扑灭井陉的抗日烽火，主要目标对准了挂云山一带小米加步枪的游击队。

　　这天上午，天空阴云密布，寒风乍起。我交通员送来情报，日军动用了石家庄、窦妪、获鹿、井陉、正定等据点的日伪军一千多人，分三路由平望、孙庄、牛山方向，向挂云山强势袭来。李恒山这位略带书卷气的指挥员，看了鸡毛信，镇定而自豪地说："日本正牌军，花这么大本钱，来对付咱这支小游击队，还真算看得起咱。"他与吕秀兰、康二旦、苏大智，马上组织群众分四部分转移，一部分由范氏大婶、王二梅带领，往河西那边去了；一部分由大红颖、康三堂带领往杨家坳一带去；还有一部分由康村长、李怀生带领去北张庄一带；不能投亲靠友的，由队伍掩护，撤进九龙山。九点左右，鬼子的枪炮声，越来越近，南岭和北山上的消息树全被扳倒了。三峪街上一片混乱，村民们牵驴的，携孩子的，背包裹的，呼儿喊女，分路转移。吕秀兰、康二旦、李书祥、苏大智，不住地冲人们喊："乡亲们，不要慌，不要带太多的东西。"有的村民不听话，身上的东西还是能带便带。李恒山命令吕秀兰带着队伍，掩护乡亲，往九龙山撤退。吕秀兰说："李队长，还是你带乡亲们转移，我来掩护。"李恒山一把将她推开喊道："快撤，一二班，跟我来。"他带领两个班，冲向村西口，堵住了进村的敌人。撤退的部队和群众刚出村东口不远，鬼子的大队就到了村西口，李恒山高喊一声："打！"掩在防护墙后边的战士，一齐向鬼子开了火。前头的鬼子受了阻，后边更多的鬼子又涌上来。子弹密雨一样打在防护墙上，李恒山只得边打边撤。坚持了有半个钟头，估计队伍和群众已经到了东峪，李恒山下令投手榴弹。十多颗手榴弹掷向敌群，在村口炸开了花。鬼子也在村口支起掷弹筒往村里打炮。趁着一阵阵爆炸腾起的滚滚硝烟，李恒山带着战士退出了三峪，一直朝挂云山的方向跑去。身后的鬼子也尾随而来。还好，真是苍天开恩，一过了挂云山，天上下起雪来。迷迷茫茫，挡住了鬼子大队的视线。李恒山带战士，很快就过了黄岩，追上了队伍和转移的群众。李恒山一看三峪的群众，身上背着大包小包，他边撤边对乡亲们喊："乡亲们，鬼子大队就在后边，为了安全转移，请把多余的东西扔掉。"有一部分群众扔了一些东西；还有一部分群众宁负重，而不舍。吕秀兰跑回来对李恒山说："队长，前面就是九龙山了。我们往哪儿撤？"李恒山说："今天天气对我们有利，队伍不许进村扰民，和鬼子在山里转，鬼子会转向的。""是。"吕秀兰头前带路，又跑了有三里地，便进了九龙山。雪越下越大，连绵不断的大山，很快在雪幕中披了银装。身后，鬼子的枪声和喊声一直尾随着。队伍掩护着群众开始爬山，有几个身背重负的群众在山路上滑倒，滚下了山沟。战士们一边救人，一边喊："乡亲们，快把肩上的东西扔掉，配合转移。"此时的群众才知道，背那么多东西的确是累赘，纷纷把包裹扔进了山沟。队伍带着群众，下山又爬山，和鬼子转了两天一夜，才算把鬼子大队甩掉了。鬼子在山环里盲目地打着枪，听起来很远。队伍和群众二百多号人，宿在山前村附近的一座山顶上。山上有一家居民的茅屋，茅屋的主人是一个白胡子大爷，一个中年大嫂和一个十五六岁的女儿。刚开始，那大爷以为是土匪来了，屋门是闭着的。等众人宿在山上，他们才看清是八路军和逃难的群众，便打开柴门，把一些孩子和老人让进屋中避雪。屋子太小了，只能坐下十几个人，其余的人就只能冒雪坐在雪地上，用各自的身体挤着取暖。真一歇下来，寒冷和饥饿很严峻地考验着人们。人们已经两天一夜没吃东西了，为充饥，有的人只得捏个雪团在嘴里啃，当然不挡饿，却起个精神作用。有的人饿得扛不住劲了，就去找领导想办法。李恒山看看茅屋旁兀立的黑骡子和被它驮上来的空着的炊具，再看看袖手干坐着的刘贵子。嘿，这个刘贵子，还把他的哑巴媳妇也带来了。李恒山走过去，启发说："贵子，你是炊事员，你看这冰天雪地的，能弄点什么吃的吗？"刘贵子这人不论多艰苦的情况说出话来也带幽默，他看看漫天大雪和升起的浓雾，用手挠了几下腮帮子说："唉，老天下的不是白面，巧妇还难做无米之炊，何况，咱这模样，又不是巧妇，无秀色可餐。"贵子的媳妇嫌他说淡话，踢了他一脚。李恒山正无计可想，却听到人群中间有人哇哇地哭了起来。他和吕秀兰、苏大智急忙赶过去，一看是李星星他媳妇皮氏，正放声号哭。李恒山低声训斥："不许哭，山下有鬼子。"这皮氏倒是不哭了，换成了破口大骂，骂她男人李星星出去做买卖，一个月不回，扔下她不管了，让她在山野雪地里受这样的罪。吕秀兰劝她不要大声骂，她也倒不骂了，向干部们要开了吃的，拍拍大肚子说她早就饿了，八路军不能饿死人吧？有个战士看不惯她，说："你不是会念佛吗？让佛来给你变吃的吧。"她高声回斥："不许你污蔑佛。"李恒山制止那战士说话，对皮氏，也是对群众和战士们说："同志们，现在是特殊情况，我们正在想法解决吃的问题，请同志们耐心等待。"康二旦说："李队长，要不我带几个人下山一趟，到村里借点粮食来。"李恒山说："不行，山下敌人正在搜山，我们要以静制动，不能暴露。"苏大智思谋了一会儿，好像有了办法，说："别急，我给大家弄吃的去。"他挤出人堆，径直冲山顶茅屋里走去，找到那白胡子老者说："老大爷，我们八路军遇到了特殊的困难。现在，我给你一个为抗战立功的好机会，请把你的粮食拿出来，借给我们吃？"这老者很偏，用冷漠的小眼睛瞄了苏大智一下，一梗脖子说："这个，我可管不着。"苏大智急了，又把火压下去说："你看，这么多人都两天一夜水米不打牙了，你总不能眼看着人们都饿死吧？"老者说："对不住了，我们没粮食。"苏大智耐心地给老人讲起抗日道理，从九一八事变，讲到洛川会议，讲到《抗日救国十大纲领》，讲到意义非凡的游击战，讲到未来美好的新民主主义的中国。他讲得慷慨激昂，又苦口婆心。不想这老者依旧不开窍，把脸一绷说："我说过了，没粮。"苏大智再也压不住火气了，后退了一步，重新打量了一下这老者，郑重宣告："我是游击队的副队长，有权向你借粮。我们不白吃，给你开借条。"老者更倔了，红着老脸回敬："你是八路军的副队长，就不敢把我怎么的！我没粮，你出去。""你……"屋里正吵，李恒山和吕秀兰进了屋，先把苏大智支走，连连向老者赔礼道歉。他们用温和的语气、诚恳的态度和老人拉了一会儿家常，老者才消了气。老者一消气，也就义气了，指派他的孙女拿出一小袋玉米面说："八路军同志，你看，我们就这么一点玉米面了，就是都拿出来，也不够这么多人塞牙缝儿的。再者，我看不惯你们副队长那份德行，端着个官架子教训我，我不尿他那一壶。"说着，把玉米面重重放到李恒山的手上。李恒山和吕秀兰翻了半天衣袋，翻出五毛钱的边区票，递给老者。老者坚决不收。吕秀兰说："大爷，这是我们八路军的纪律，这点钱您一定收下。"老人才收下了。沉了一下气儿，李恒山又问："大爷，您对大山比我们了解，您帮我们想想，这山野间还有什么可以吃？"老者眯起眼睛，看看满山的雪和雾，摇着满头的白发说："这冰天雪地的，连个绿叶也看不见，难说呀。"雪地里的大骡子，大概也忍不住饥饿了，不住地用蹄子挠雪，挠出一片长草叶叼在了嘴里。刘贵子的哑妻看见，急忙从骡子嘴里夺了那根草叶，对刘贵子咿咿呀呀好一阵比画。刘贵子突然开了窍，拿着草叶跑到草房前，无比兴奋地说："李队长，我媳妇找到吃的了！麦苗！玉米面蒸麦苗，能不能吃？"李恒山、吕秀兰的眼睛一齐亮起来，问老者："大爷，这山上有麦苗吗？"老者一拍大腿说："有哇，我们就种了二亩山坡地，雪来得猛，下边的麦苗还绿着呢。"李恒山掏出日记本，开了个条子，撕下给了老人说："这是欠条，明年要是麦子减产，你拿条找我要补贴。"老人又是不收，李恒山说是纪律。老人收了欠条说："麦子被羊啃了都没减产，就是减了，也不找你们要账。走，弄麦苗去。"老者指派孙女拿了镰刀和筐子去割他的麦苗。不一会儿，战士们割来一大筐。李恒山先捧了一把喂了喂他的宝贝骡子。刘贵子和他哑妻马上支锅化雪水，把麦苗洗净，切碎，搅上玉米面，开始蒸麦苗。一个钟头后，战士和群众都捧上了滚热的麦苗团，又暖手，又充饥，吃起来不苦不涩，没有一点邪味儿。麦叶里那微细的丝儿，还有些嚼头，像不香的瘦肉。人们终于吃上了一顿热乎的饱饭。

入夜，天气虽冷，肚子里有了热食，困极的人们还是互相挤着睡着了。睡到黎明，山头边上的大黑骡子突然用蹄子砸着地呱儿呱叫起来，李恒山马上惊醒，拔出手枪喊："有情况，同志们，准备战斗。"战士们全都惊醒，拿起了武器。北山坡上，一队鬼子冲了上来，李恒山喊："打！"战士们一齐开火，用步枪和手榴弹把敌人打下去，马上带领群众向南转移。天明了，雾还很大，群众下山没经验，有好几个人滑倒滚下了山坡。康二旦和苏大智提醒大家："乡亲们，坐着往下滑，这样摔不着。"战士们领头，用屁股滑行下山，群众也跟着滑了下来。李恒山带领队伍和群众往西南撤，顺便冲天开了两枪。苏大智跑过来喊："谁放枪，找死呀？"李恒山说："是我打枪，咱们要把敌人引过来，不能给山上的老人招灾。"说着，又放了两枪。鬼子顺着枪声，号叫着追了过来。李恒山又开始领着队伍与群众在山里周旋。本地人道熟，不会转向。奇怪的是，鬼子一直在后边二百米的地方跟着放枪号叫。幸亏有大雾的遮掩，敌我谁也看不见对方的队伍。不断地上山又下山，这也是和鬼子意志的比拼。

又走到一个山坡下，一个胖女人坐在雪地里走不动了，放开嗓子哭号了起来："我的天哪，我的阿弥陀佛呀，快来救救我呀，我实在受不了了呀。"康二旦和苏大智跑过去，一看，又是李星星他老婆皮氏。苏大智厌恶地说："让你的佛去救你吧！别管她，咱们走。"苏大智跑了。那皮氏一下抱住康二旦的脚，哭闹着喊："你们不能走呀！我实在走不动了，你们不能见死不救呀！"康二旦也实在不想管她，又想起党的政策，只要不是汉奸，就要联合。康二旦马上喊回李五牛和李树林，三个人一块儿，搀扶着皮氏往前走。又要爬山了，山路的冰雪越冻越滑，战士们只得用手抓着酸枣棵和荆条枝往上攀。康二旦李五牛他们还要照顾皮氏，这皮氏有一身黑而硬的胖肉，死沉死沉的。上山时，前头要有人拖她，后边有人顶她的大屁股。每爬上一座山，皮氏都得骂一通她的丈夫李星星，骂她丈夫是野狗、野王八羔子，扔下她不管了，叫她受这一份罪。气得康二旦和李五牛吓唬她："你再骂，就把你推下去，让鬼子轮奸。"她才不骂了。天黑下来，鬼子又被甩掉了，雪却又下了起来，人们因为不断地爬山下山，裤腿和鞋子里都灌满了雪，雪化成

二四 雪山坚持

水，又结成了冰，每个人的两只脚都冻成了冰坨子，裤腿像铁甲，一碰当当响。晚上到哪儿扎营呢？康二旦和康英英想到了封家屯的南山，山顶上有破庙，庙里住着封大夯母子。与李队长商议，队伍和群众又攀上了南山。一开始，破庙里的封家母子，以为来了匪兵，先是不敢开门，康二旦和康英英去叫门，他们才听出是恩人到了，急忙开了房门。康英英、康二旦把自己的领导介绍给封家母子。母子俩如见了神佛一般，恭敬又热情，把他们让进屋内。李恒山、吕秀兰说了一些抱歉的话，马上安排宿营。一些老人孩子住进庙内，其他人依旧互相挤着宿在雪地里。又是一个艰难的寒夜。天明了，山野依旧大雾弥漫。吃饭又成了头等的难题，封家母子主动拿出了埋藏着的三斤小米和一小袋黄豆，说："恩人呀，我们就这一点粮食了，拿去打个牙祭吧。"李恒山感激地抓起粮袋，看着封母。封母的病虽然痊愈，但是人还很瘦。他只收了黄豆，又把小米退还回去说："大娘，你留着补身子吧。"接着喊过几个战士，让他们摸摸谁的兜里有钱，只有李书祥找出四毛边区票，给了封大娘。封母执意不收。李恒山说："这是我们的纪律，您必须收下。"封母收了钱，用袖子擦了一下眼睛。李恒山问封大夯："这山里还有没有别的可吃的？"封大夯同样为难地看看满山的雪和雾说："大雪封山，连个菜叶也找不到呀。"一提菜叶，倒启发了他自己，他眉头一展说："没有菜叶，菜根能不能吃？"李恒山问："什么菜根？"封大夯说："白菜疙瘩呀，人们在下雪前砍的菜，地下的菜疙瘩还没有烂。"李恒山一下来了精神，拍拍封大夯的肩说："好，咱们找白菜疙瘩去。真是天无绝人之路。"封大夯拿了镐头和柳筐，带了几个战士，去刨菜根。李恒山激动地走到群众战士中间，鼓舞大家说："同志们，古人云，嚼得菜根，百事可做。这山野的野菜、菜根，供养过孔子，供养过我们的红军，今天，又供养我们这批抗日战士了。别看我们被困冰天雪山，这比当年的长征要好得多，因为，我们并不是孤军作战。鬼子花这么大本钱围着我们，我们的主力，我们的兄弟部队，一定早已切断了敌人的运输线。我们没有吃的，鬼子也好受不了。现在，是意志的比拼，看谁能坚持到最后！同志们，坚持下去，坚持，就是胜利。"战士和群众，怀着必胜的信念，吃着黄豆煮白菜疙瘩，又坚持了两天两夜。山坡上的白菜疙瘩很快就挖完了。吃饭，很快又成了一个首要的问题。现在是第七天了，山下，没有了任何动静，不知是鬼子撤走了，还是潜伏了下来。封大夯自告奋勇说："李队长，我下山到村里去一趟，弄点粮食来，捎着看看鬼子走了没有。"李恒山合计了一下，派了康英英、李芳芳两个人跟随封大夯绕道下山，查看山下的情况。山下的林间，到处是白茫茫的雾气，看不清十米外的景物。封大夯正带着康英英和李芳芳往封家屯的方向悄然前进，突然发现前方也悄然走来一小队人影，领头的是个小个子。康英英看出是敌人，低叫："快撤！"他们还没来得及隐蔽，敌人冲他们喊话了："什么的干活？"三个人飞身便跑。鬼子开枪了，一粒子弹，贴着李芳芳的脸蛋擦了过去。他们以树木做掩体，也对鬼子进行还击，边打边撤。多亏有封大夯带路，在林间和鬼子周旋了几圈儿，鬼子就追错了方向，枪声、喊声渐行渐远。他们跑到一个山洼地，喘息着先隐藏起来。李芳芳摸了一下被子弹擦红的脸蛋儿骂道："他妈的，这鬼子还真跟咱摽上了，差点一命呜呼了。"康英英用手捏着浅麻子瘦腮帮沉默了一会儿说："我好像看到一个熟人，给鬼子带路的那小个子，像是咱村李星星。"李芳芳打了个寒战，也恍然开悟，说："对，我也看着有点像，莫非李星星当了汉奸？"康英英说："还不敢肯定。这么大的雾，看不清，只是觉得像。"李芳芳说："不管真假，咱要把这情况，向李队长汇报去。"他们绕道又回了南山。李恒山听完汇报，分析说："鬼子咬得我们这么紧，一定有汉奸给他们引路。李星星已经有一个多月不在三峪了，先不要打草惊蛇，等回了三峪再仔细调查。"李芳芳说："要不，我叫他老婆皮氏来，追问李星星的去向。"李恒山说："现在保密，先想法解决吃的问题吧。"这时，破庙外边，李书祥、小周、吕秀兰和苏大智吵了起来。李恒山急忙赶过去问："怎么回事？"小周哭着一指苏大智说："他要杀骡子。"李恒山心里一痛，扭头看了一眼在雪地里和人们一块儿挨饿的大黑骡子。苏大智刚要辩解，天空传来飞机的嗡嗡声。李恒山低叫："同志们，都蹲下，谁也别出声。"是日本的飞机，飞得很低，声音很大，透过雾气，可看到它那庞大的黑影儿，敌机在山林上空盘旋，是在寻找游击队的藏身地。因为雾大，什么也看不见，飞机转了几圈儿就嗡嗡响着飞走了。苏大智见险情已过，接着辩解说："李队长，你看，天上有敌机侦察，山下有鬼子潜伏，我们下不了山，弄不到任何吃的。已经有两个群众饿昏了，唯一的办法就是杀掉骡子。"李书祥说："苏队副，你还有良心吗？这骡子，不但是革命的功臣，在前一个山头，它刚救了咱全体的命。"小周说："是啊，敌人来偷袭，要不是骡子报警，我们还不知受多大损失！"苏大智批评两个战士："你们这是小资产阶级温情主义，是骡子重要，还是群众和战士的生命重要？"李恒山看了看两个饿得脸色发黄的群众，刚要说话，吕秀兰含着眼泪提醒李恒山说："队长，骡子和枪支都是部队的组成部分，杀了，无法向上级交代。"战士们的目光全都看着李恒山，等他决定。

李恒山很庄严地走到大骡子跟前，拍拍它的脑门，说："老伙计，你先是跟着红军，后是跟着八路军，转战南北，任劳任怨，为我们驮炮，带伤员，几次救过我和战士们的性命，你是革命的功臣呀！今天，我们八路军遇到了特殊的困难，不得不让你为抗战的胜利做最后的贡献了。"骡子好像听懂了，抬起头来，它的两个眼角里，居然也有泪痕。李恒山向它深深鞠了一躬，接着坚毅地对苏大智说："苏大智同志，我命令你，找几个人，把它杀掉。""队长……"小周喊了一声，一跺脚，呜呜哭着跑走了。吕秀兰也走了。李恒山说了一句："执行命令！"也就匆匆离开了。人们沉默了一会儿，苏大智抖起精神，找来封大夯帮忙，准备杀骡子。雪山上没有大刀，又不敢开枪，只好用菜刀和斧头。战士们谁也不愿看到骡子临死前的痛苦挣扎，都拖着麻木的双腿挪开了地方。

苏大智表现非常好，他亲手杀死了骡子，又帮着刘贵子夫妇俩支锅煮肉。肉煮熟后，由他负责分配，不断给人们讲着饮食的学问，教导人们，饿极的肠胃千万不能一下吃饱，吃得太饱了会撑坏肠胃。这吃肉的场面，没看见李恒山、吕秀兰、小周和康二旦、李书祥。他们全都躲到大庙后头，坐在雪地上，两眼哭得通红。庙里的封母看不下去，偷着熬了几碗小米粥，给他们送了过去。

坚持到了第九天，刮起了大风，外围响起了枪炮，咱们的主力开始反击了。枪炮声越来越远，到了前半晌，万籁俱寂。天儿一下子晴了，刺眼的太阳，挂在了纯净的天空。李恒山觉得是好兆头，派李书祥和封大夯下山侦察。两个钟头后，李书祥与封大夯领来两个牵着马的人，原来是区委老崔和四军分区的孙参谋。他们一见李恒山、吕秀兰，赶上去握起手来，孙参谋向大家宣布："同志们，鬼子已经被我主力打退了，我们可以下山了。"战士、群众都高兴地欢呼起来。三峪几个信佛的红枪会会员说："这真是佛祖的保佑，鬼子打咱们时，老天又是下雪又是起雾；咱打鬼子，天倒晴了。"康英英纠正说："这是道心，得道者多助，失道者寡助。"众人心情一高兴，有人找了柴火，点起火开始烤脚。孔瑞瑞、王香妮赶紧给他们把火踩灭，严正声明冻脚不能烤。苏大智也急忙赶过去，大声训斥点火人："你们怎么这么无知？你们打算双腿残废吗？"接着，他又和缓起来，对人们讲："冻僵的腿不能用火烤，也不能用热水烫，得用冷水慢慢化解。要用火一烤，肉可就烂了，非落残废不可。"军分区老孙听了，连连夸赞苏大智有知识。

经过一番研究，李恒山对大家说："同志们，咱们先不能回去，要在封家屯好好休整两天，治好了冻脚，吃几顿饱饭，恢复了身体，再回三峪。"众人跟着封大夯下了南山，驻进了封家屯。因为有封大夯的介绍，屯里的乡亲都知道是火烧红驼洞的神八路来了，大家都非常热情。按照李队长的安排，每家都献出了水盆、水桶，盛上凉水让大家泡脚、泡手。因为人太多，桶和盆不够用，乡亲们把喂牲口的石槽也腾出来派上了用场。冻僵的手脚在凉水里泡一阵子还真起作用，慢慢恢复了知觉，有了痛感。众人的手脚都化解开来。孙参谋和老崔付了边区票，给大家安排了饭，吃饭也得按规定，头两顿只吃稀的，不能吃饱，干的再慢慢增加，以防饿极的肠胃受到伤害。队伍和三峪乡亲，在封家屯休整了三天，人们的身体基本复元了。李恒山、吕秀兰和孙参谋、老崔就带着这支打不垮的游击队返回了挂云山。

二五　谁是奸细

　　李恒山的三中队和逃难的乡亲们赶在黄昏前，穿过挂云山，回到了三峪。康村长带领着众乡亲，夹道迎接亲人。街上的雪早被村民铲净，人们欢笑着，有的抢着为军分区孙参谋和区委老崔牵马，有的给李恒山、吕秀兰送干粮、鸡蛋，有的抱头哭着又笑着，问这问那，共诉离别之情，好像分别了几年似的。康村长问李恒山，有没有伤病员。吕秀兰回头看到李恒山疲惫的样子，抢着回答："康村长，您看，咱们的人马，一个不少。"康村长还是发现少了什么，刚要问，吕秀兰急忙把他推到一边，岔开话题问："村长，乡亲们都好吧？"康村长笑着说："都好都好，也是一个不少。小日本下那么大本儿，他们算白折腾了。"大红颖手里托着个热布包，往人群里挤着，高喊："书祥，李书祥。"李书祥正站在碾子旁和母亲说话，听到喊声，急忙挤了过来。大红颖把那个热布包推进他怀里说："有个人给你送来了热干菜包子和热鸡蛋。"李书祥问："谁送的？"大红颖咯咯一笑说："还能有谁？你往那边瞧。"李书祥走出人群，一眼看到王二梅正站在路北巷口，穿着大红袄，头上箍着豆青色围巾，正拧着辫梢，脉脉地看着他。他心里一热，也同样动情地看着心爱的二梅。这个景象被一个战士看见了，喊："同志们快看呀，对上眼儿了。"王二梅冲那战士一努嘴，又一笑，扭身钻进巷子，呱嗒呱嗒跑了。李书祥也逃进人群。李芳芳追着喊："书祥，这包子你可不能自己吃，有我一份儿。"群众和战士都笑起来。

　　几位乡亲要拉李恒山、吕秀兰去家吃饭，李恒山连连致谢说："我们还要开会。"康村长领着孙参谋、老崔、李恒山、吕秀兰、康二旦、苏大智几位领导，穿过热情的人群，走向大槐树下的区公所。三峪的街上，所有的防护墙都被鬼子捣毁了，有的屋角被炮弹炸塌，还有的石壁上残留着斑驳的弹洞。

区公所的石屋里，早已打扫干净，沏上了茶水，生上了炭火盆。一盏煤油灯放在桌子中间，村长把几位领导带进屋，先就着火盆烤了烤手。吕秀兰关上门，人们围桌就座，开始扪虱开会。李恒山首先向军分区孙参谋汇报了一个重要情况，这次鬼子进山围剿，给鬼子带路的人，很像是三峪村的李星星。康村长先吃惊地愣了一下，将一只虱子送入火盆，很警觉地说："这李星星可是有一个半月没在村里了。他外出前，说是到山西卖陈醋去，是我给他开的信。后来，总不见回来，他老婆找我要过人。我给她打听过。有人说，李星星在威州南沟投了四和尚的红枪会。怎么，他又当了汉奸啦？"吕秀兰说："山里雾大，看不太清，只是觉得像他。"孙参谋很认真地说："这可是个值得警惕的事，我向军区反映这情况，让交通员查找李星星的去向。你们秘密监视李星星他老婆，注意进村的陌生人。"孙参谋打开本子，记下了李星星的名字。吕秀兰想起一桩心事，对孙参谋说："孙参谋，您还得帮我查找一个人？""谁？""就是杨家坳的杨喜全。"孙参谋眉头一蹙，看着吕秀兰问："怎么，这个杨喜全也有问题吗？"吕秀兰说："不，他是好人，是八路军。我是受人之托，打听一下他在哪个部队。""好，杨、喜、全。"孙参谋也把杨喜全的名字记在本子上，而后抬起头来，喜笑颜开对大家说："同志们，我还要告诉大家一个好消息，边区决定，发给你们三中队三辆新自行车。"康二旦在桌角捻死一只虱子高兴地说："好啊，有了自行车，交通可就方便多了。"苏大智情不自禁地甩了个响指说："嘿，真是太好了，我们刚没了骡子，又有自行车代替了。"吕秀兰急忙白了苏大智一眼，暗示他别提骡子。可是，这一句话，还是引起了孙参谋和老崔的注意。老崔看着李恒山说："李队长，看你脸色不大对呀？"李恒山揉着额头，一笑说："不要紧，有点累。"孙参谋盯着李恒山问："李队长，刚才提到骡子，是怎么回事？""这……"李恒山眼里冒出泪来，一句话也说不出了。苏大智见事情瞒不住了，只好坦白说："孙参谋，我们，把骡子杀了。""什么？"孙参谋一下火了，一拍桌子站起来，问："谁让你们杀骡子的？骡子和武器一样重要，你们不知道吗？"李恒山站起来说："是我让杀的。"苏大智也站起来说："不，孙参谋，这不关李队长的事，是我让杀的。"孙参谋严肃地追问："到底谁让杀的？"突然，咕咚一声，李恒山倒在地上，昏了过去。吕秀兰喊着跑过去，一摸李恒山的额头，惊叫："他发烧了！"孙参谋说："马上叫卫生员。"苏大智抢先跑了出去。康二旦叫吕秀兰帮忙，背了李恒山走出石屋，走向丰化堂，他觉得身上像是背着一个热水袋。李恒山躺到丰化堂内间的床上，身上盖了棉被，脸色苍白如蜡。孔瑞瑞、王香妮赶来，急忙给他注射了一针奇缺的奎宁。康二旦为他诊了一会儿脉说："看脉相，无有大碍，主要是劳累过度，饥困过度，加上悲伤过度，导致了昏迷。不要紧，烧一退，他会清醒的。"孙参谋说："你们在这儿守着，寸步不离，让他好好休息休息。咱们先出去吧。"几位领导一出门，门外站满了战士和群众，纷纷询问李队长的病情。康村长说："李队长正发疟疾，不要紧的，都散去吧，这样影响李队长休息。"人们才散去。回区公所的路上，吕秀兰提醒苏大智说："苏兄，以后当着李队长，千万别提骡子的事了。这骡子，比他亲儿子还亲。"孙参谋追问苏大智："这骡子到底怎么杀的？你要讲清楚。"苏大智此时显出格外的仗义，把一切责任全揽在了自己身上，说："孙参谋，这真是我一个人的责任，一点不关李队长的事。"这个苏大智肚子里可真会做文章，他绘声绘色，讲起山中九日，大雪封山，鬼子围剿，山上的麦苗、白菜疙瘩全被战士和群众吃光了，有两个群众已经饿昏。天上敌机盘查，山下鬼子围困，队伍和群众面临最危急的绝境，是他苏大智，第一个提出杀掉骡子，保存有生力量；是他苏大智，主动承担责任，积极调动指挥群众，合理分配肉食，平安坚持到我大部队打退了敌人，使三峪群众和整个三中队没有损伤一个人。苏大智的生动倾诉，滔滔讲述，把他自己这个有胆识、有智谋、有文化，又大公无私的共产党员形象树立起来了。孙参谋听后，没有再说什么，而是将手掌在苏大智肩上拍了拍，又用力按了按。吕秀兰听了苏大智的生动讲述，总觉得有哪儿不对劲儿，又无懈可击，只好一语不发，由了他苏大智，都是自己同志嘛，干吗那么较真儿。

第二天上午，队伍在大戏台前开会，孙参谋做了精彩讲话，表扬了三中队，特别表扬了苏大智。台下，李芳芳不服气地嘀咕："嗨，还是人家会做人，掏劲的是别人，露脸的是人家。"李书祥说："那'不上杆儿'和'钩镰枪'不是你发明的吗？怎么都是苏大智的功劳了？"李芳芳说："要说我发明的也没人信，咱没那口才，更没那风度。"李书祥说："哼，我看这苏大智该叫苏大假了。"吕秀兰低声批评两个人："你们议论什么呢？不利于团结的话，谁也不许说。"

孙参谋讲完话，区委老崔也讲了话，战士们备受鼓舞，掌声热烈。吕秀兰情绪激昂地准备向孙参谋去请战。苏大智先一步上去了，他行了个很漂亮的军礼，要求上级把最艰巨的任务，交给三中队。孙参谋用欣赏和赞许的目光冲苏大智点点头说："现在你们还没有任务，你们刚刚经历了一次新的长征。在九龙山受了九天的饥寒，皮肉冻伤，双手和双脚的指甲全冻黑了。同志们的身上会脱一个壳，手和脚指甲会全部脱下来，重长新的。这样也好，你们的团队，会变成一个更有战斗力，更有觉悟智慧的全新团队。要说任务，上级发下了自行车，你们在这段休整期间，要学骑自行车，要照顾好李队长，还要把防奸防特的工作做好做细。"

会后，孙参谋和老崔看望了病中的李恒山，给他留下一些菜金和边区的报纸就回去了。老崔回了矿区，孙参谋回了第四军分区。

四天后，上级果然派人送来三辆崭新的自行车，天津造，铁锚牌。这种新的交通工具一进村，三峪村轰动了，全村的男女老少全都出来瞧稀奇。这漂亮的自行车，电光车圈，银白的辐条，红色的外胎，黑色的架子，车铃一响，弹出一串清脆。推上车子在石板路上一走，油汪汪的新链条，播出一路轻松欢愉的嗒嗒声。

苏大智将一辆自行车推进丰化堂，让李恒山高兴，却对吕秀兰说："吕部长，您先骑！"吕秀兰笑着说："还是你领战士们先学吧，我有空再学。"李恒山躺在病床上，又打过一针奎宁，虽然不烧了，几天的上吐下泻，他的身体已经很虚弱。他喘息着，对苏大智说："大智，由你负责，带领战士们，分批学自行车，尽快学会，带出一班强兵。"苏大智打包票："队长放心，有咱大苏在，保证做得漂亮。"三峪东西大街上，可有了好戏看喽。战士们在苏大智的带领下，天天都在学骑自行车。挨摔的尖叫、鼓励的喝彩和苏大智满口"笨蛋"的喝骂，引起一阵阵爆笑。外边热闹归热闹，病床上的李恒山，以药当茶，他脑子里防奸反特的弦儿绷得更紧了。李星星下落不明，要是这小子真当了汉奸，三中队准有吃大亏的时候，必须把这件事情尽快搞清楚。为了工作方便，康二旦、吕秀兰、小周把办公地点也挪进了丰化堂。李恒山马上派小周找来了儿童团的康三堂和康桂顺，询问村里有没有陌生人来。两个孩子说，就有一个卖丝线的，敲拨浪鼓的老头常来，人家有通行证，已经不算是陌生人了。李恒山叮嘱两个儿童，要严查进村的陌生人，监视卖丝线的老头，还要秘密监视李星星他老婆，发现李星星进村，马上报告。两个儿童记下，出去放哨了。不一会儿，李星星他老婆皮氏却自己送上门来了，进门就一把鼻涕一把泪地哭诉，要游击队帮着她找丈夫。李恒山趁机询问了一些问题说："听说你丈夫到四和尚手下去了？"皮氏却当场否定说："屁吧，李星星这野王八羔子还指不定到哪儿养小老婆去了呢。李队长呀，你们八路军是一心一意为人民的，你们帮我找找这野王八羔子吧。"李恒山答应了皮氏，皮氏连连致谢，出去了，屋里留下一股不洗澡的汗酸味儿。康二旦关上门说："看来，这皮氏真不知道李星星的下落。"李恒山说："这样也好，咱们可以为皮氏公开查找李星星。"苏大智进来在火盆上烤手，插话说："皮氏呀，没心没肺，是个大傻×，不值得研究她。"

此时，街上传来货郎的拨浪鼓声，听着离丰化堂不远。李恒山掏出一毛钱，对吕秀兰说："你去买一包大针来，咱们缝军装用。"吕秀兰理解其意，到街上看见了那卖丝线的老头，还聊了一会儿，买了包大针。回来对李恒山说："是一个很穷很老的老头，人们叫他'不能不受穷'，没看到他有什么疑点。"李恒山蹙起眉头，又犯开了沉思。

自从李恒山答应为皮氏找丈夫，这皮氏可就黏糊上了，三天两头往游击队里跑，问有没有她丈夫的消息，闹得人们都挺烦她。但想到军民关系，又不好给她脸色瞧，只好由她。李星星的下落一直还是一个悬案。转眼到了年底，战士们身上的皮肤果然脱了一个壳，手脚的黑指甲全都脱落了，开始长新的指甲。精明能干的苏大智，不但自己练熟了一手娴熟的车技，也为团队培养了一批能骑自行车的飞兵。为了更有力地开展冬季游击战，并获联合政府，也从杨青迁至北陉村，改叫"派报社"。上级给挂云山游击队发下三十公斤炸药，指示炸掉岩峰至三合村的铁路。那时候的炸药全装在硬纸管儿里，扎成了捆儿，威力可不小。李恒山的身体已经复原，他马上组织了一支三十人的夜袭队，由吕秀兰、苏大智带领，趁夜色，向二十里以外的岩峰奔袭。从三峪到岩峰，途经庄子头、东头、威州……没有山路，应当更顺利些。想不到临近岩峰的路上，却遭了日伪军的埋伏，夜袭队徒劳而回，还有三个战士受了伤。第二天早上，夜袭队跑回三峪，苏大智骂着街找到李恒山说："李队长，咱们内部可出叛徒了，我们中了鬼子的埋伏。"李恒山细问失败的原因，吕秀兰汇报说："敌人好像知道我们要炸铁路，在岩峰城外设了埋伏。我们组织突围，保护炸药，有三个战士还受了伤。"李恒山捏着指关节，说了一声："糟!"他马上命令先安置伤员，而后召开支委会，盘查内部的奸细。谁是奸细？最大的嫌疑人李星星有一个半月不在三峪了，说明另有其人。奸细是谁呢？皮氏吗？这个少心没肺的泼妇，从未出过村，怎能向二十里外的岩峰去报信儿？谁呢，这个奸细，只能另有其人。是那个摇拨浪鼓的卖丝线老头儿吗？看上去快七十岁的老头儿，又老又穷，又和善可亲的样子，怎么会是奸细？莫非是队伍里有人通敌了？几位领导研究了一天，把团队里的干部战士一个个在脑子里筛了一遍，没有一个人像是奸细。究竟谁是奸细呀？最后，李恒山还是把疑点又落在了卖丝线的老头身上。

老头是栾城人，他是在日寇围剿，游击队进了九龙山的时候来到三峪的。他穿着打着许多补丁的黑棉袄，腰间扎着一条脏得失去了本色的白布条，往下是很肥的旧棉裤，开着嘴的破棉鞋。隔个两三日，他就来三峪一趟，从庄子头出发，推着货车，长着花白大胡子的嘴里叼着旱烟袋，喷吐着一团又一团烟雾，从西南方的土路上缓缓而来。他的胡子和他那从兔皮帽子里翻卷出来的灰白色头发，被烟气和尘土熏染得灰不溜秋。他一进了三峪的西口，街上玩耍的孩子便喊开来："不能不受穷来了。"这是三峪人赐给他的名字，也是他的形象。他进村后，把货车往路边一放，就摇起他那松了皮的旧拨浪鼓，那声音还真是"受穷受穷不能不受穷"。于是，村里的大姑娘、小媳妇、老太太，就从许多巷子里出来了，买绣花的丝线，上鞋的锥子和姑娘们喜欢的绒花。他的样子太可怜了，好心的村民们也常常端出些饭菜给他吃，或是拿几件旧衣服给他。他不忙的时候，村里的孩子们也爱守着他听他讲些老年的狐鬼故事，他仿佛就是从历史的深处走来的。这样的一个老人，怎么能是奸细呢？李恒山决定，队伍先不要活动，先把奸细挖出来。他让康二旦把康三堂和康桂顺找了来，问："你们监视那卖丝线老头没有？"康三堂说："我们一直监视着呢。"康桂顺说："没看出什么问题来呀？"李恒山问："一点可疑之处也没有吗？"两个少年同时点头说："没有。"李恒山又问："李星星他老婆买过老头的东西吗？"康三堂说："买过几回，可是别的妇女也买呀。"李恒山又访问了大红颖、王二梅、范氏大婶，都说老头是个好人，这就奇怪了。还是康二旦提醒李恒山说："李队长，咱们都是肉眼凡胎，识不出真妖。我看，还是把康英英请出来，让他的道士眼给看看吧。"李恒山同意了。

康英英接受了任务，开始秘密监视老头两日后，康英英有了惊人发现。他激动地闯进丰化堂说："这卖丝线老头，可能是个四十多岁的中年人。"李恒山、吕秀兰、康二旦皆都瞠目。吕秀兰急忙关了庙门，康英英用他的道家理论剖析："老子云，'柔弱者，生之徒也，刚强者，死之徒也。'世间万物，大凡有生命者，都有柔、泽之感；而无根之草，无本之木，则枯干无泽。包括人身上的头发、胡须。这个卖丝线老头的发须，我看不到一点有生命的柔泽。"李恒山恍然明白，问："你说这老头戴的是假发？"康英英很肯定地说："对，是假发。"康英英这一剖析，引得在内间续炭火的康三堂和康桂顺也得了灵感，两个孩子跑出来，康桂顺说："李队长，我想起一件事，咱队伍要炸岩峰铁路之前，我见过皮氏去买老头的丝线，她要买五分钱丝线，给了老头一毛钱，老头应该再找皮氏五分，可是，老头倒找给了皮氏六元钱。这算不算个重要情报？"李恒山兴奋地说："这当然算了。"康三堂也说："我也见过一回，也是倒找了皮氏六元钱，比桂顺见的还早几天。"康二旦问："这老头为什么要多给皮氏钱呢？买色，这皮氏无色可买呀？"康英英说："那就是买别的，反正有戏。"李恒山很激动地在屋里踱着步子说："对，有戏。这事，咱秘而不宣，我让奸细自己跳出来。"

翌日，李恒山突然宣布了攻打故城据点的任务，战士们磨刀擦枪，一派繁忙。皮氏又来添乱了，追着几位领导询问有无她丈夫的下落。康二旦训斥她："你不看这什么时候，我们明晚要拿下故城据点。你的事，以后再说。"皮氏走了，卖丝线的老头又来了，摇着他那"不能不受穷"，把货车停在丰化堂北边一个厕所边上。皮氏果然又去买线，与老头讨价还价，又低声私语了一阵。她又买了五分钱的线，给老头一毛钱，老头又多找了她六元钱。刚要装入口袋，康三堂和康桂顺手持红缨枪从厕所后边冲过来，喝道："不准动，你们的钱不对！"皮氏一愣，低头看看手里的钱，笑着叫道："哦，错了，错了，这钱多找了。"老头也恍然大悟似的拍拍额头叫："看我这脑袋，老糊涂了。"皮氏刚要把钱还回去，"等一下。"吕秀兰走过来，后边跟着村

铁血雄魂挂云山

长、康二旦、康英英。吕秀兰平静地笑着说："大伯，多找的钱我们暂时保存。请到区公所，接受检查。"老头的眼珠转了一下，马上笑着点头："行啊，查吧，这怕什么。"皮氏把六元钱拍到吕秀兰手上，不高兴地说："查吧，不就是找错了钱嘛。"吕秀兰把他们分开审问，由村长把皮氏带到大槐树下的石屋，由康英英把老头带进了丰化堂。

经过一番审问，老头一口咬定，自己老眼昏花，找差了钱。李恒山问："这不对吧？皮氏买五分钱的线，给了你一毛钱，你却倒找她六元钱！这怎么解释？"老头很冤枉似的苦着脸说："我是老糊涂了，一时的糊涂呀。""你糊涂一次，算你糊涂。为什么三次找错钱，每一次都给皮氏六元钱呢？"老头开始耍赖了，急辩："什么？有这事吗？怎么我不知道？"李恒山问："你多大岁数了？"老头说："六十有八了。"康英英倒了一杯热水，走过去说："老乡，别紧张，来，先喝一杯水。"老头刚要接水，康英英飞手扯掉了老头头上的帽子和假发，露出一个青皮光头。老头吓坏了，扑通坐在了地上，用手捂住了头。苏大智一拍桌子吼："把你的胡子也摘下来吧!"老头刚要护胡子，康英英顺手一捋，把他的胡子也摘了下来，果然是个四十多岁的汉子。李恒山问："说吧，你叫什么名字？哪儿的人？到这儿干什么来的？"苏大智开始记录。下面，是老头的供述：钱汉川，栾城人，四十六岁，想和皮氏有奸情，因而以钱引诱。李恒山问："你和皮氏做了几回？"钱汉川说："我只是引诱，还没干那事。"李恒山说："这又不对了，你们什么事也没有，你一次又一次给她那么多钱，她还默默地接受，这不合常理吧？说，几次？"钱汉川见没有退路，只好说："两次，就两次。"李恒山叫他往记录上按了手印，关押候审，接着传来了皮氏。这回，换成康二旦审皮氏了。这个皮氏，别看很泼，也很赖，裤腰带却很紧，拿着女人的名节很当回事。她一进屋，康二旦就一拍桌子喝道："星星家的，你还有脸面叫我们给你找丈夫吗？想不到，你居然做下这等不守妇道、败坏家风、玷污村风之丑事。"皮氏一听就急了，冲康二旦大吼："谁不守妇道？你吃死孩子了血口喷人! 我做了什么丢丑的事？今儿你给我说清楚。"康二旦当场揭露说："你贪图钱财，卖弄风情，与野汉子私通。"皮氏最恼火的就是这个，撒着泼大吼："康二旦，你拿出证据来! 拿不出证据，今儿我死在你这儿，算你们八路军逼死人命。"康二旦说："我们当然有证据，苏队副，叫她看着，给她念。"苏大智把钱汉川招供的材料，用手指点着给她念了一遍。这皮氏一听，气得蹦起老高，骂道："他妈那个老×，我找这老杂毛算账去！"康二旦拦住她劝说："你不用找他，有你出气的时候。星星家的，我们也不相信你是败坏家风的人，为洗清你自己，你只有把真实情况说出来。"受了屈辱的皮氏一跺脚说："好，这个老杂种，往老娘身上扣屎盆子！他有初一，我就有十五，我把他交代我的事，全给你们实说了吧。"苏大智忍住笑，重新打开了记录本。

下面，是皮氏的供述：皮氏这粗俗的女人，会撒赖，信鬼神，常把佛当成神，却又是个醋坛子。她的丈夫李星星在一个半月前说是去山西倒腾陈醋去，一去便没了信儿，也不往家捎钱来。皮氏知道丈夫是个风流种儿，怀疑丈夫在外边养小老婆，把她甩了，她稳不住神了，先去找村长为她找丈夫。康村长打听到李星星在威州南沟四和尚那儿，皮氏就让红枪会的人去找，结果没有。鬼子进犯三峪，围剿游击队，队伍带她和乡亲们进了九龙山，她才决定让游击队帮她查找丈夫。回了三峪后，她还没来得及找李恒山，却发现卖针线的老头进了村。她想，老货郎走南闯北，保不齐会知道她丈夫的下落，就又托老头为她找丈夫。这老头不但热情帮忙，还指给她一条发财的路，要她搜集挂云山游击队的情报，搜集一次，给她六元钱，先给了她六元定金。女人多数都爱贪小便宜，皮氏见钱动心，却又不愿意这样干。老头就向她透露说他是红枪会派下来的真佛，共产党八路军都是恶魔，是邪教，将来平定天下的是佛教，只有佛才能救中国。再者，搜集了八路军的情报，不但有经济收入，还能积福免灾，提高功德层次。皮氏以前就颇信这一套，老头一指点，她终于被拉下水，来了个一箭双雕，一边找李恒山为她寻找丈夫，一边以此为由，探听八路军的情报。上一次炸岩峰至三合村的铁路就是皮氏给钱汉川提供的情报，才使我游击队遭了鬼子伏击，伤了好几个同志。后来，皮氏又听说要攻打故城据点，就利用找丈夫为由，转告了钱汉川。她不知这是李恒山使的"明修栈道"之计，让他们双双落网。

李恒山决定顺藤摸瓜，再审钱汉川。

这个钱汉川，却是个死硬分子，一口咬定，就是和皮氏有奸情，别的什么也不说。他认定了八路军不会用酷刑，抓不到证据，也不会枪毙他。所以，他来了个铁菩萨不开口。

案子一时间陷入了僵局。平静了两天，康二旦、康英英给李恒山、吕秀兰出了个主意说："李队长，吕部长，明天晚上子时，你们上村子西南角的小佛爷庙里坐着去。我们让钱汉川这个铁菩萨开口招供。"吕秀兰笑着问："你们又使什么鬼点子？"康英英说："这个，到时自知，先不能破了门子。我们保证不用刑，让这小子彻底坦白。"

又是一个寒冷的冬夜，小风如刃，钱汉川被关押在丰化堂北边的一个小石房里，正蜷着身子，坐在屋角受冻。突然，小房的门锁被猛然劈开，走进两个粗壮的山民，他们的手里拿着镐头、铁锨、绳子、黑布，还有一盏点着了的马灯。钱汉川惊疑地问："你们，要干什么？"黑圆脸的山民说："送你上路。"国字脸山民说："既然你敬酒不吃吃罚酒，我们就不客气了。"说着，两个人一起动手，很快将他双手反绑了。钱汉川吓得高喊："来人呀，八路军不许捆人……"一块毛巾塞到他嘴里，又一块黑布蒙了他的双眼。国字脸揪起他来说："你听着，我们不是八路军，是有良心的中国人。你这狗汉奸比鬼子更可恨，我们要为国锄奸，为民除害！走。"两个人将他推出门外，架着他走上大街。冬夜的小风，像小锥子一样尖利，他们穿过 S 巷，走过村西南的小佛爷庙。两个山民冲着静坐在庙前的吕秀兰、康二旦、康英英、苏大智招手示意了一下，就推着钱汉川，走到南岭下边的麦子地里，兜起圈子来。走了有半个钟头，黑圆脸说："伙计，在这儿埋了算了？"国字脸偷笑一下说："不行，离三峪再远点。"又推着他上了南岭，在山坡上转悠起来，一会儿上山，一会儿下山，一会儿又上山。钱汉川吓得嘴里呜呜闷号，身子不断往下坠，不断被两个人提起来。又转了有半个钟头，直累得这狗东西大汗淋漓，实在走不动了，才把他架下山。转到村西南那座小佛爷庙前，让他冲着吕秀兰几个人一跪。国字脸扯掉他嘴里的毛巾，说："听着，这儿离村子远了，我们不怕你喊，下辈子托生人，当个好人，千万别当汉奸。"黑圆脸说："别和他啰唆，咱们快点刨坑，把他活埋了。"说着，两个人，一个用镐头刨土，一个用铁锨铲土。钱汉川喘过气儿来，魂飞胆破地喊："别让我死，你们饶了我吧，我有重要的情报告诉游击队。"两个人停止弄土，问："你有什么重要情报？"钱汉川说："只要你们说话算数，不让我死。"国字脸说："那要看你老实不老实。"钱汉川说："我老实，一定老实坦白。""那好，"国字脸说，"我问你，你到底是什么人？什么时候叛变

二五

谁是奸细

的?""我真是栾城人，真叫钱汉川。我原来是石家庄正太铁路局一名职工。去年秋后，日本人占了石家庄，铁路局西撤时，我被捕了，就叛变为日本人做事了。因为挂云山游击队是皇军，不，是日本人的眼中钉，前一阵，皇军，不，鬼子派我化装成老货郎，到三峪来发展关系，搜集游击队的情报。""你在三峪发展了几个人?""这是刚开始，就发展了皮氏一个人。不过，还有一个人，在鬼子炮楼里混事，也是你们三峪人。""这人叫什么?""叫李阳。""我们村没叫李阳的。""是叫李阳，就是皮氏的丈夫，李阳不叫皮氏知道他和我接头。""李阳在哪个炮楼?""这个不知道，我也不能问，他七天回来一趟，不回三峪，而是回庄子头我的住处，与我碰头。""你们给鬼子送过什么情报?""上次八路军要炸岩峰至三合村铁路，就是我从皮氏那儿得到的情报，又转告李阳的。""如果有了紧急情报，你见不着李阳怎么办?""我就到威州镇西找钉马掌的赵连初，他有一匹快马，能连夜给鬼子报信儿。""你住庄子头什么地方?""西桥头下边何小囤家。""你和李阳什么时候还接头?"狡猾的钱汉川不再往下说了，他哀求道："我的亲爹呀，我不能再说了。你们把我带回去，我要见了吕部长或李队长，亲口对他们说。"停了一会儿，国字脸儿说："也行，你睁眼看看，这是谁?"说着解开他眼上的黑布。在马灯的光亮里，他看到了吕秀兰，看到了正做记录的苏大智，还看到了康二旦、康英英，原来他根本没有走出三峪。

钱汉川用膝盖跪着走到吕秀兰面前，哭喊着说："吕部长呀，我可什么都说了。你一定要保住我的性命，不能杀我呀。"吕秀兰告诉他，只要戴罪立功，政府可以宽大。他连忙应允："我立功，我要立功。"吕秀兰说："好，你接着说，你和李阳什么时候再接头?"钱汉川算了一下说："明天，明天夜里九点钟，在我住处见面。"吕秀兰说："明天，由你带路，我们到你的住处，逮捕李星星，也就是李阳。"

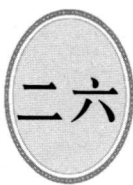

二六　锄奸炸铁路

好逸恶劳的李星星从根儿上就不是个正经玩意儿。这个小个子，一双单眼皮的小斗鸡眼儿，总爱不停地眨巴着，心里总像在拨拉着小算盘，如何以最小的投入，获取最大的利益。他仗着识几个字，爱看粉戏，爱读爱情小说，更觉得自己精能，多了些情怀。一见了漂亮女人，眼睛就长钩儿，骚眉辣气儿的，让男人见了恶心，让女人见了心慌。他从来不干淘劲儿的事，以前开过赌房，后来保媒，日本人进村了，他以三块香皂为诱饵，靠上了村里的小寡妇，有了地下情人。后来，红枪会进村，传播佛教，他又组织人们烧香念佛，唱佛歌，小神仙似的。他原本认为，这乱世道，对了他的气候，他可以混成个"神仙"。三峪惨案，日本鬼子害死了他的小情人，接着，八路军在三峪成立了游击队和青抗先，大大限制了他的自由。尤其是发生了那次传单事件，老婆挨了蝎子蜇，他更痛恨八路军，总想离开三峪，离开自己那个又丑又粗俗的老婆皮氏，到外边寻找自己的花天酒地。于是，他想到了红枪会。一个半月前，他以去山西倒腾陈醋为名，走出了三峪，却没有走向山西，而是投了威州南沟的四和尚。真的一入了道儿，他才知道，原来骗人也不是件容易的事，也得有术。武的有刀枪剑戟，真假神功，文的有"紫微斗数""奇门遁甲"，还要熟读《英耀篇》，他连行规一点都不懂。这碗饭也不好吃，又不愿再回三峪，红枪会里的反共分子就给他指了一条发财的路，推荐他到岩峰炮楼上当了炊事员。其实，他并不是真正的炊事员，而是以炊事员身份做掩护，暗里为日本人搜集情报。李星星这个奴才为了吃牢这碗饭，对日本人好一番巴结奉承。日本人看他是个有用之人，先给了他一部分钱，正式委任他做了炮楼里的情报员，更名李阳。

这个狗奴才身上一有了钱，又带了枪，他又觉得自己是个人物了，他的头一个念头就是，先找个娘儿们靠上。岩峰东边，五里地之外，有个三合村，村西路北有个小饭店，饭店的女老板，人称王太太，有三十多岁，人漂亮，是个活寡妇，王太太的丈夫是个瘫子，店里只雇了个小伙计。这个饭店专门照应一早一午上岩峰赶集的过客，到了晚上就关门了。李星星得知这情况，决定打这位王太太的主意。男人一有心，也就有了征服女人的机会。李星星选了个晴好天气，以搜集情况为由，先在别处喝了个半醉，红着脸子，晃晃悠悠到了三合村饭店，进了门就大模大样一坐，喊道："老板娘，来碗牛肉。"王太太出来一看是个敢吃牛肉的主儿，知道此人有些来头儿，急忙与小伙计热情照应，热了一碗牛肉，端了上来。李星星先要耍一耍霸气，为的是把王太太震慑住，吃了一口牛肉，一拍筷子说："这牛肉太硬，再换一碗猪肉来。"王太太又急忙撤了牛肉，端上一碗猪肉。李星星稀里呼噜吃完猪肉，抬屁股就走。王太太喊住他："客官，你还没给俺钱呢。"李星星醉眼惺忪地问："给你什么钱？"王太太说："你给俺猪肉钱呀？"李星星真会耍赖，理直气壮地回答："这猪肉是俺用牛肉换的，凭啥给你钱？"王太太说："那牛肉你也没给钱呀？"李星星说："那牛肉俺根本就没吃，凭啥给你钱？"吵了一阵糊涂架，李星星烦了，一掏手枪说："他妈的敢和老子较劲儿，知道老子是干什么的吗？再吵我崩了你们。"王太太和小伙计一见了带枪的，谁也不敢再讲二话。李星星要足了威风，心里很得意，把枪往腰里一掖，礼帽往头上一扣，喷了一口酒气，扬长而去。

第二天，李星星又来到三合村饭店，王太太和小伙计正担惊受怕，这李星星却变了一个人，很诚恳地向王太太道开了歉，说自己昨天喝多了，一碗猪肉没给钱，请求老板娘原谅，今天是特意还钱的。这样一来，王太太心头一热，倒有些受宠若惊，好像有了八辈交情一样，同样慷慨大义地说："兄弟，不用还了，只当妹子高攀大哥了。"李星星无比仗义地说："不，欠钱一定还账。"如数付了猪肉钱，品着一杯热茶，就和王太太聊起闲天。李星星有了一个自我吹嘘的机会，在这美丽女人面前，他的口才得到了完美发挥。谈到炮楼里的事，王太太像对知己一样，诉着苦说："李大哥，你们炮楼里，有的兄弟吃了饭，常不给钱，你说俺可咋办呀？"李星星打包票说：

"大妹子，有我姓李的在，以后哪个兄弟他也不敢再欠账，谁敢无理取闹，我给你把事摆平。"王太太像遇了活神仙，千恩万谢，格外承情。以后，李星星成了饭店的常客，吃过饭，不但如数付钱，有时多个一毛两毛，他也常常一挥手："不用找了，留给妹子买雪花膏。"一来二去，男有情，女有意，女人出于生理需求，也出于生活的依靠，痴男怨女很快就天地一家春，打得火热起来。

日本人的俸禄也不是白拿的，很快李星星就有了任务。日本人要他在三峪发展关系，搜集三中队的情报。李星星当然不敢回三峪。日本人就另派了一个钱汉川，化装成老货郎，到三峪先发展了李星星他老婆皮氏，由皮氏探听到搜集八路军的情报，告诉卖丝线的钱汉川，再由钱汉川转告李星星。如果有紧急情况，钱汉川就到威州转告钉马掌的赵连初。李星星七天回一次家，不回三峪，隐瞒着皮氏，而回庄子头钱汉川的住地。那次游击队要炸岩峰至三合村的铁路，就是由皮氏将情报告诉钱汉川，钱汉川告诉了李星星，李星星再转告宪兵队，日伪军才在那天夜里，打了挂云山游击队一个伏击。日本人为此奖励了李星星。

转眼又到了李星星回庄子头的日子。这个小精明男人，他做梦也没想到游击队这么快就逮捕了钱汉川。而且吕秀兰已经派刘贵子、李书祥暗中潜伏到了钱汉川的住地，准备逮捕他。他依旧按照原定时间，在夜里九点左右，准时赶到庄子头村西小桥下。这个李星星，自从当了汉奸，变得格外小心、谨慎，他每次来到钱汉川门外，临敲门前，都会习惯性地先扒着门缝往里看看。钱汉川呢，也同样小心谨慎，每一天晚上回来闩上了门，还怕不牢固，再往门闩上顶上一个大木杈。这一回，李星星往里边一看没有看到大门闩上顶木杈，心里犯了狐疑，他像一只狡猾的老狼，看到来路上多了一根横草一样，不敢前进了。他没敢敲门，而是忍着严寒，躲在墙头外边一个角落，静听钱汉川家里的动静。等了有一个多钟头，果然听到北房里有人说话："钱汉川，你骗了我们，怎么这李阳还没有来？"钱汉川说："按说该来了。要不，我到外头去看看。"墙外边的李星星吓出一身冷汗，他听出前一个说话的人是刘贵子，屋里一定还潜伏着别人。他心里跳着兔子，很快溜上小桥，又乘着夜色逃回三合村，在王太太的热被窝里睡了个黎明觉，把这场险事告诉了王太太。

刘贵子和李书祥在钱汉川的住处蹲守了一夜，也没见着李星星的影儿。两个人，一路骂着钱汉川和李星星，又把钱汉川押回了三峪。虽然没有捉住李星星，但昨夜康二旦、李芳芳、苏大智却从威州西街，把钉马掌的赵连初捉了来。赵连初是个四十多岁的黑脸汉，留着硬扎扎的大平头，短脸阔嘴，一双犀利的山猴子眼，看着就阴险狡诈。李恒山、吕秀兰轮番审了他半夜，他才透露出李星星在岩峰炮楼当伙夫，在岩峰集上，常到大槐树底下的庙市口为炮楼买菜。

岩峰是一、六大集，吕秀兰决定由她带领康二旦、刘贵子，化装成赶集的，到岩峰集上，捉拿李星星。李恒山批准了她的决定。

转眼临了集日，刘贵子从他哑妻那儿弄来从前卖香烟洋火的小货架子，让吕秀兰挎在胸前，扮成卖烟的村姑。康二旦带上他那宝贝扁担，扁担头上拴一捆麻绳，扮成找活干的挑山工。刘贵子更有招儿，他戴上钱汉川留下的假发和假须，推上卖丝线的货车，扮成了个老货郎。三个人半夜出发，二十里平路，黎明前赶到了绵河沿。早八点开了城门，通过卡子检查，他们就直接去了大街中段的庙市口菜市场。因为是冬季，新鲜蔬菜不多，更多的是萝卜、胡萝卜、大白菜，再就是干菜和肉类。因为来得早了些，集上还没太多的人。吕秀兰让康二旦、刘贵子在路东占地儿，她在路西守着一个卖猪肉的胖大嫂，摆上了摊子，与胖大嫂没话找话地问："大嫂，这儿没人占吧?"胖大嫂上下打量了她一遍说："占吧占吧，集上人不多，谁来早谁占。姑娘，你从哪儿来呀?""威州。"吕秀兰答着，从木架子上拿了两盒洋火，送给胖大嫂说："大嫂，俺初到岩峰，不懂这儿的规矩，请您多照应。"胖大嫂客气一番，收了洋火，又亲切了几分说："妹子，要有人欺生，我就说你是我表妹。""谢谢大嫂。"两人攀谈了一会儿，吕秀兰知道她是本地人，姓宋，改称她宋嫂。"宋嫂，"吕秀兰靠近了大嫂，说，"我还得向您打听一个人。""你说。"胖大嫂一边用刀子剔骨，耳朵却在这边。"是这样，"吕秀兰说："我有一个本家哥哥，撇下我嫂子跑出来不回家了。后来，打听到他到岩峰炮楼上当了做饭的，我嫂子怀疑他在外头找了小老婆，托我来找找这个哥哥，劝他回去。"胖大嫂码放着肉条儿，叹了口气说："这年头这种事不稀罕，你哥哥叫什么名字?""李阳。""李阳?"胖大嫂一愣，想想，又一笑，问，"是不是小个儿?""对。""一对小眼睛?""对。""人挺精能。"

"对对，大嫂，你知道我这个哥哥？"胖大嫂说："知道，他每一个集上都到这庙市口为炮楼买菜。他还买过我的肉呢。""李阳什么时候来？"胖大嫂看看天上的太阳说："现在还早，得九点以后，准来。等着吧。"吕秀兰心里真高兴，对东边的刘贵子、康二旦使了个眼色。康二旦很有精神地戳了一下扁担，准备大闹黄岩大集。吕秀兰又冲胖大嫂补了一句："大嫂，在我和李阳没搭上话之前，您千万不能说有人在找他。""知道。"胖大嫂来了生意，开始了营业。吕秀兰自己也来了顾客。

等到过了九点，李星星还没有露面儿，吕秀兰有些着急地问："大嫂，这李阳怎么还没来呀？"胖大嫂看看太阳说："按说该来了，再等等吧。"他们三个人，只有耐心等待。大约到了十点多，有两个穿黄狗皮的伪军，从西街走过来，先和胖大嫂打过招呼，一眼看见了卖香烟洋火的吕秀兰，走过来问了价钱，却没掏钱。一个长脖子伪军拿了一盒老刀牌香烟，给了另一个伪军，又拿了一盒炮台牌香烟，装入自己的口袋，接着又拿了一盒画着大美人的洋火，就到胖大嫂那儿买肉去了。吕秀兰说："老总，你还没给钱呢？"长脖伪军说："等会儿。"胖大嫂一边割肉称肉，一边问："小喜子，炮楼上的李阳怎么没出来，派你们俩来了？"那个叫小喜子的长脖子说："李阳呀，今儿有事儿，不来啦。"吕秀兰心里一沉。胖大嫂称好肉又问："有什么事，不会是娶媳妇儿去吧？"另一个伪军一摇脑袋说："这年头媳妇还用娶？腰里掖着二斤半，到哪儿都有小情人。"长脖子付了钱，胖大嫂说："哎，怎么给这么点钱，我可赔了。"长脖子说："你赔不了，差不多就算了。"说着扭头要走，吕秀兰喊住他们："别走，你还没给俺烟钱呢？"胖大嫂帮腔说："是呀，小喜子，你可以白吃了我的，可别白拿姑娘的，她可是我的表妹。"长脖子看看吕秀兰说："是吗？记在李阳的账上，上炮楼去取。"吕秀兰说："那可不行。"胖嫂帮腔说："一个姑娘家，怎敢去你们炮楼子？你给个本儿吧。"长脖子伪军一笑说："不敢去炮楼也行，我告诉你个地方，你到三合村西饭店里去要吧。"胖大嫂问："三合村饭店有李阳什么人？"长脖子挺神秘的一挤眼儿说："相好的，情人。"说罢，吹着口号走了。一小队日本兵扛着带刺刀的枪，从东街往西街走了过去，大皮鞋的声响老远了还听得见。吕秀兰故作生气地一跺脚说："看看，卖一天也赚不来两盒烟钱！我那个李阳哥，还真的有了情人了。"胖大嫂又叹口气说："这年头，人死王八活的，对付着过吧。"中午，吕秀兰和康二旦、刘贵子碰了面。刘贵子担心地说："吕部长，李星星是不是知道咱们要抓他?"吕秀兰说："这不可能，要想找到李星星，看来我们只有去三合村饭店了。"

三合村饭店在后半晌是人最稀的时候，吕秀兰和康二旦、刘贵子趁这个机会来吃饭。见到了王太太，那是个漂亮也很勤劳的女人，看上去不是坏人。几个人吃过饭，清了账，吕秀兰向王太太亮明了身份。王太太当时吓得脸色发白，诚惶诚恐地说："吕部长啊，俺可没做过对不住八路军的事呀。"吕秀兰安慰她："你别害怕，我们不是冲你来的，也知道你没干过坏事。但是，当汉奸的哪一个也没好下场，我们是来拯救你的。"吕秀兰讲了许多抗日道理，王太太很感激地说："吕部长，其实我早不想和那个李阳来往了。自从那天他差点被捉住，我就寻思和这种人牵连没有好处，只怕甩不掉他。吕部长，你们要我做什么吧?"吕秀兰问："这李阳有多长时间不上饭店来了?"王太太说："目前风声很紧，他躲在炮楼里不敢出来了。已有十来天不来了吧。"吕秀兰想了一个计谋说："你写一个条子，就说你病了，要他来陪你，把他从炮楼调出来。"王太太一听，很惶恐地说："这不行呀，你们在这儿收拾他，鬼子很快会来对付我们的。"吕秀兰说："这个你放心，我们把他带到别处去处决，绝不牵连你，你只管把他钓出来。""行。"王太太答应配合，按照吕秀兰的意思，亲笔给李星星写了一封信，由小伙计去炮楼，收买门口的卡子，把信交给李星星。吕秀兰怕中途出错，特意派了刘贵子跟踪保护。

天黑时，刘贵子前来报信儿，说李星星来了，还带了两个伪军保镖。吕秀兰知道这汉奸心虚害怕，就与康二旦、刘贵子躲入内间。

李星星来到饭店，叫两个伪军为他在门口站岗，他独自走进店里，王太太笑脸相迎。李星星问："你不是病啦?"王太太风情万种地看着他说："是病了，我害了相思病。你个没良心的，这么多天也不来。"李星星绷了脸说："你呀，也不看这什么时候。"王太太嗔道："什么时候? 好时候，不愿来你还回去。""哦，不不。"李星星也早想快活了，在美人面前很快就晕了起来。王太太给他摆上了酒菜，哄着他喝酒。李星星冲外边两个站岗的说："你们回去吧。"两个伪军走了，李星星就与王太太推杯换盏，有说有笑地喝起酒来。酒过三巡，李星星淫欲勃发，要拉住美人到内间去快活。布帘子一挑，这色鬼很快就吓傻了，两腿微抖，额头的细汗也冒了出来。他向后一踉跄，想去拔枪，康二旦一步跨上去，先下了他的枪，像提小鸡仔一样，把他提到了座位上。吕秀兰向他跨了一步，冷峻地说："李阳，好难见面呀！"李星星擦了一把额头的冷汗，努力镇静下来，一双小斗鸡眼儿，转了几下，皮笑肉不笑地套开了近乎："吕部长，康大侄子，都不是外人啊！你们能来，再走，可就不好走了。我带你们走出岩峰地面。"吕秀兰冷笑一声说："不必你带我们，我们是来带你的。"康二旦拿起桌上的酒瓶子说："先把酒喝完了。"李星星说："不，不喝了。""喝！"康二旦一捏他的下巴，把酒瓶子插进他嘴里，把大半瓶白酒给他灌了进去。李星星两腿打起晃来。康二旦一掌把他推出门，又将他从地下提起来说："走。"吕秀兰给王太太清了酒饭钱，三个人就押着李星星走进了无边的黑夜里。走出约有二里地，东方射过一束强光，"呜"的一声长笛，一列火车从东方轰轰隆隆开了过来。李星星如同见了救命星，肚子里的酒醒了大半，他小眼睛一眨巴，发疯似的跑上铁路，对着火车扬手高喊："有八路……"康二旦奔过去，一扁担把他的脑袋打裂了。这汉奸像死狗一样横卧在铁道上，飞驰的火车轮子把他的身子碾了个两截。火车远去，吕秀兰几个人从洼地里跑过来，看过李星星碾烂的死尸，就又趁着黑夜的掩护，悄悄地回了三峪。

李星星得到了他应有的下场，派报社也很快送来上级指示，将汉奸钱汉川、赵连初一同就地正法。

李恒山和吕秀兰曾经许诺，不杀钱汉川，想不到上级又调查出钱汉川许多别的罪行，不杀不足以平民愤了。在大戏台开公判会这天，钱汉川觉得抓住了游击队的把柄，在台上大喊大叫："李队长呀，吕部长，你们答应不杀我呀，八路军要说话算数呀。"吕秀兰对他严正声明："钱汉川，我们共产党八路军向来说一不二！但是，我们不冤枉一个好人，也绝不放过一个坏人，你先老老实实接受人民的审判。"李恒山揭露了两个汉奸的累累罪行，最后宣判，将赵连初押到南岭，立即枪决；将钱汉川押进井获县政府，继续审查。苏大智叫上李五牛，主动请示下了押送钱汉川的任务。这个苏大智，还真有些鬼点子，他早已准备了半筐空酒瓶，单独叫来儿童团长康桂顺说："你提前到三峪至庄子头的半道上摔酒瓶子去，十步远摔一个酒瓶子，把它摔完。"康桂顺不解其意，苏大智说："你不用问，执行。"康桂顺只好摔酒瓶子去了。

半前晌，苏大智和李五牛各推一辆新自行车，开始押送罪犯。在乡亲们对钱汉川的唾骂声中，苏大智驮上戴着手铐的钱汉川，让李五牛当后卫，就骑上自行车出三峪村西口，驰上通往庄子头的土路。本来平坦的道路上，不断出现有酒瓶子的碎片，李五牛提醒苏大智："怎么道上净是烂玻璃，当心扎了车胎。"他们把车子骑到漫荒野地的时候，苏大智的后车胎突然"啪"的一声，被玻璃扎爆了。苏大智大骂钱汉川："真他妈的，还不快下来。"钱汉川跳下车，退到一边，苏大智和李五牛开始摘车胎，准备找地方补胎。因为是新车带，上得紧，还不太好摘，两人费了好一会儿劲也没摘下来。苏大智对李五牛说："你手劲大，你先摘胎，我去尿一泡去。"苏大智到道北的麦子地里解裤子撒尿去了，钱汉川见此机会，猛然有了逃跑的想法。他很清楚自身的罪行，押到北陉村，最后也是死，不如拼死一逃，还有希望。这汉奸想到此，见苏大智还在撒尿，抽个冷子，搬起路边一块大冻土，照着低头摘胎的李五牛的脑袋，狠命一砸，返身跳下路南的麦子地飞跑起来。苏大智飞速赶过来，拔出手枪冲钱汉川啪啪开了两枪，钱汉川栽倒在麦地里。苏大智怕他没死，又赶过去，照着他的太阳穴开了一枪。钱汉川死了，临死又多了个畏罪潜逃的罪名。人们都夸苏大智干得漂亮，李五牛的脑袋却光荣负伤，被砸成了个大血葫芦……三个汉奸全部被铲除，战士们的求战情绪一下子又风生水起，纷纷找李恒山探问："李队长，仨汉奸都死了，下一步该炸岩峰至三合村的铁路了吧？"李恒山马上召集开会说："对，下一步该我们出手了。我们挂云山游击队，是打不垮、挡不住的铁流。我们马上炸掉岩峰至三合村的铁路，切断敌人的运输线。"

李恒山马上组织了三十人的夜袭队，带上镐、锹，扛上炸药，趁着夜色掩护，向岩峰方向奔袭。队伍悄悄过了威州，李恒山突然叫队伍停下，低声向战士们宣布："同志们，我们的任务并不是炸岩峰至三合村的铁路，那个任务太小了，这回我们要干大的。""干大的？"战士们很觉得突然，精神也更加振奋。李恒山说："对，我们干大的。今晚，我们要夜袭头泉，炸断他的铁路，捣毁他的火车，堵住他的山洞。头泉，才是敌人更重要的交通命脉。"苏大智恍然大悟说："李队长，你这是虚晃一枪，又出其不意呀。"吕秀兰补充说："以防三峪还有暗藏的敌人，我们就是要让敌人真假难辨。"

李恒山说："走，咱们改道上头泉。"夜袭队又出发了，凛冽的寒风，挡不住游击队的铁脚板，战士们披着严霜和寒星，绕过沉睡的村庄和敌人的炮楼，扑向头泉铁路线。

鬼子的咽喉要道，在头泉村南，一道蜿蜒的铁路线，由东而西，要穿过一座大山的山洞。山顶上，是鬼子的一座方形大碉堡。那大碉堡在昏黑的夜幕中，巍然欲倾，阴森恐怖。寒冷的山风，不断吹动着山顶铁丝网上的风铃，这反倒掩盖了游击队的轻微声响。因为是后半夜，碉堡顶上的探照灯早已熄灭，值班的哨兵，也早已倚着垛口，拉低了钢盔的帽檐，抱着大枪打盹呢。只有碉堡上一两个枪眼，还亮着光束，像深夜里鬼魅的目光。夜袭队悄悄摸到头泉村南的大洞附近，李恒山观察了一下周围的环境，派吕秀兰带一个小队，到西洞口潜伏；他自己带一个小队在东洞口潜伏，准备在外接应。又安排刘贵子和李书祥，在两头的洞口流动放哨，监视碉堡里的敌人，如发现情况，或者火车开来，就向洞中扔石子报警。山顶上虽有鬼子碉堡，洞口处正好有个死角，敌人打枪根本打不着。一切布置就绪，李恒山才派苏大智、李芳芳、康二旦、康来羊四人，带上工具，到山洞中安置炸药。他们贴着山根上了铁路。钻到洞中，洞顶上鬼子安了一溜度数很低的电灯泡，正好照明。他们在铁路上找了个接轨的部位，李芳芳先脱掉外衣，将道轨旁边最上边一层带油污的黑色石子捧进衣服里包起来，放到一边。苏大智也脱了外衣，将下边的石子掏出，同样捧进外衣里包起来。寒冷的洞中，过道风吹得比外边还冷，每一块石子都似冰渣子一样凉。待掏出一个大坑，就将炸药摆在坑内，插上雷管儿、炮捻儿，再将石子填进一部分，最上边还蒙上那层带油污的黑石子，多余的石子要带出山洞，这主要是迷惑鬼子的巡道车。一切就绪，几个人才悄悄撤出山洞，与洞外的战士会合，撤到另一个小山上，隐蔽起来，准备看这场好戏。

战争，有时是场盛大的游戏，不只是充满危险、残酷和血腥，有时候也充满了刺激和快感。

一会儿，从东方过来一辆鬼子的巡道车，战士们兴奋得心都跳到了嗓子眼儿。巡道车亮着探照灯，呜呜叫着钻进了山洞。这个小丑的出现，预示着真正倒霉的主角快要登场了。因为巡道车的车体较轻，未能引爆炸药。大约巡道车开到了岩峰，一列鬼子的货车从同一个方向呼啸而来。战士们都攥紧了拳头，屏住气息，手心里都冒出了汗，等待着那个值得狂欢的刹那。列车刚开进山洞，就听"轰隆"一声巨大的闷响，山体在快感中抖动了一下，山洞两头蹿出十丈灿红，鬼子的货车卡在洞中，后边一拉溜儿车厢收不住强大的惯力，稀里哗啦全都出了轨，前头几节车厢还叠起老高。山上的战士都开心地欢笑起来。

山顶的碉堡，探照灯一下全亮了，各种枪声一阵乱响。李恒山笑着说："好啦，鬼子给咱们鸣炮祝捷呢！快撤。"挂云山游击队，又一次凯旋。七天后，李恒山、吕秀兰又带领游击队，用炸药、汽油摧毁了崔家庄大桥，鬼子的一列火车栽进了甘陶河，使鬼子的交通线瘫痪了一个多月。挂云山游击队和李恒山、吕秀兰的英名震撼了南北陉，使小鬼子闻风丧胆。

二七 挂云山庙会

战火和硝烟，挡不住春天的脚步，春风一吹，花儿又红了，柳儿又绿了，挂云山的花季又来了。而我们的队伍，却要走了。为了更有力地打击敌人，李恒山要带领三中队离开三峪，开进九龙山，开展更大规模的游击战。区公所也要从三峪转移到庄子头，由康二旦、李书祥留下来，配合区委老崔、小周和庄子头的何德胜主持区公所的工作。出发前，吕秀兰回庄子头看望了她的干妈和她的干哥何玉祥。刘贵子也将他的哑妻送回了庄子头。分别的场面是难以用语言描述的，所有的三峪乡亲，全都走上街头，与战士们挥泪握别。李恒山含泪对大家讲话说："乡亲们，别难过，我们的队伍并没有走远。三中队虽然进了九龙山，三峪永远是我们的大后方。我们还在并肩战斗啊！用不了多久，我们的队伍一定会回来的，乡亲们都回去吧。"一声集合号，队伍出发了，乡亲们还是依依相送，追赶着将军鞋、衣服、鸡蛋、高粱饼子往战士们背包里塞。三峪的李芳芳、康英英、康来羊、康末金几个人也跟着队伍走了。吕秀兰与大红颖说了一会儿话，跟着队伍走了几步又折回来，对大红颖说："杨红颖同志，我们很快会回来的，你托我寻找喜全叔的事，我一定尽力，你放心吧。"大红颖挥泪握别。三峪的乡亲，一直把队伍送到东峪，送出了挂云山口。

队伍一走，村子里显得空落落的。康二旦、李书祥鼓励村里的基干队、青抗先、儿童团，抗日决心不能减，抗日歌声不能断，防奸反特的那根弦儿不能松。日子稍有清闲，懂医道的康二旦，先闭门两日，用百部草和烧酒熬制成了一种治虱子的药水，分发给了同志们，大大缓解了虱咬的痛苦。

康村长、范氏大婶、康大学士几个执事人，却提议把今年的挂云山庙会好好闹一闹，抖一抖精神，让更多的人认识挂云山。那年代的人啊，别看都没太多的文化，但是对文化与精神生活的向往和热情，可比后来的人们要强烈得多。村里人一下都亢奋起来，纷纷向村长问："什么时候敛灯油？我出大数。""什么时候搭牌坊？俺有炕席。"村民热情一高，闹庙会的准备工作也就红红火火地开展起来了。康大学士想到一个问题，找到村长，一推鼻梁上的眼镜说："今年的庙会，咱是不是出点新意？历年的庙会都是朝神祭道的，有的还唱佛歌，封建迷信味儿太浓，咱能不能添点新词儿，配合抗战的形势？"康村长说："我也在想这个事。你来改新词儿吧，你是有名的大学士嘛。"康大学士说："那是人们戏言。我怕我一个人改不好，我得找王永栓道长合作去。"于是，康大学士钻进了清泉观，潜心改歌词去了。

挂云山庙会，自古以来都是很有名的。老辈儿那会儿，过庙会都是从四月初一至四月十八，方圆百里的乡民都来挂云山烧香朝圣，看日出，看魔霓花。村里连台大戏要唱上半个多月，不但本村有花会、武术、大秧歌，还有北京的皮黄、河南的河南讴、束鹿的昆曲、深州的大秧歌，往往是这一台戏还没封箱，新的剧团又来开锣了，许多的名角陈素贞、李瑞云、常香玉都来过。

抗战时期，环境险恶，挂云山不再搞那么盛大的庙会了，可是年年四月十八乡人们还是舍不得丢弃这个传统的节日。只是庙会的规模小了许多，不再闹半个多月，而是只闹十六、十七、十八三天。请不来外地戏，村里人也上山到清泉观烧香，唱唱佛歌。今年的庙会也是闹三天，战事频繁，无法到河南去请河南讴，康村长就托关系，请到了刚刚在石家庄成立班社的玉顺班丝弦儿。当时最红的角儿刘魁显、王振全、奚德义、卢保群全能请得来。

庙会的日子眨眼就到了。四月十五这天，村西口、村东口全搭起了席牌坊。晚上，玉顺班唱头场开箱戏《小引煽火炉》。三峪村的人们，把附近的亲戚们全叫来了，今年的夜戏，不用村民再摊派灯油，人家戏班自带了一种从外国进口的新照明——汽灯。这玩意儿一来，村里的孩子们都不在家里吃饭了，手里拿着一块高粱饼子，一手擦鼻涕，一手啃饼子，跑到戏台前，争看大汽灯。那是一种铁制长葫芦形的东西，中间分别有油箱、气箱，下边的灯头是个枣大的丝网，扣着乳房形玻璃罩。孩子们围观着，看工作人员用小气管子给汽灯打气，淡淡的汽油味儿，闻着挺舒服。打完气，弄开玻璃罩，用洋火点燃丝网，那丝网，先是发红，后是发黄，扣上玻璃罩，腾一下子发了白，照亮一大片，孩子们全都欢呼起来。两盏灯吊到戏台上空，照得台上台下如同白昼，连大人也跟着向工作人员问："那丝网会不会烧坏？"

第二日是庙会头一天，村里卖香的老太太们早早就在街上摆出了香摊儿，李五牛、康保祥、康长玉几个小伙子带领青抗先在街上贴标语、巡逻。标语上都写着："抗战时期，庙会严禁鸣炮。"一到了上午八点，四方来赶庙会的人都来了，三峪四周的小路、大路全是众蚁般的人流，鹿泉的、藁城的、正定的、无极的。推车的、挑担的、骑马的、骑驴的、背褡裢的，还有坐轿的、坐花杆的。多数人都带着行李，那是准备在挂云山上过夜，早晨看日出、看魔霓花的。

村东头路南大戏台旁边的老槐树上也早已贴出了海报，准备上演的是忠臣戏《呼家将》，上午巳时开锣。年老的和年少的都留在村子里看戏，年轻人都要上山游春。不少人在三峪的街上买了香，就又汇入人流，出村东口赶往挂云山。高高的挂云山，以盛开的太行花和红山丹迎接着游客。村东的路上，又是一个景观，这人流的长河里，鞭声、马铃声、小拱车轴的吱扭声、口哨声、娘呼孩子的声音，熙熙攘攘。突然，人流里闪出一个脖子上围着红纱巾的绿衣姑娘，站在路边一个小土坡上，回望着人群。姑娘的出现使上山的人流放慢了脚步，所有的人都被她的靓丽惊呆了。人群里有人喊："二梅，咋不走了？"绿衣姑娘系了一下脖子上的红纱巾，答："俺等人呢。"人群里又有人喊："等谁呢？是等书祥吧？"姑娘一羞，一笑，又一嗔，回道："才不呢，俺等着红颖姐呢。"她又向人群里望，人群也望她。这王二梅，真是等着大红颖呢，她更是以大红颖做掩护，寻找她的心上人李书祥。她没有看见李书祥，大红颖却撩着大步赶来了，老远便喊："二梅，我来晚了。"大红颖的出现，又使许多的外地人眼前一亮。今天的大红颖也是一个出众的角色，她新穿了一件高粱红色外搭绡，斜襟儿春衫，右胳膊揽着胖小子，左胸的一峰丰乳，像揣了个饱满的蜜桃。她那挺拔健美的身材，微黑透红的脸盘，黛眉大眼儿，脑后扎着烧饼大的发纂，让外地人看了更心动。有男人私语："嘿，三峪真出大美人呢。"有人回敬："人家这地方风水好，有玉女池，挂云山上有梨花雪姐。"这大好的春光，这热闹的庙会，美丽的大姑娘小媳妇，都会走出来，大胆地美上一回，疯上一回，一生无憾。大红颖跑到二梅跟前，二梅逗了逗怀里的小抗抗，赚了一声"姨"。等康三堂背着小包袱赶上来，他们就又融入了浩荡的人流，赶往挂云山。这两个美丽女人同游挂云山，是各怀了美好愿望的。王二梅大胆穿出李书祥最喜欢的衣服，戴上李书祥送给她的红纱巾，她最大的奢望就是想让李书祥在这个美丽的春天看到她。她不敢与他同游，但她知道他一定会来的。她幻想着，会在什么时候，在哪一棵树下，哪一座山头，有一个惊喜的相遇，有一个偶然间的必然，那时，他们会脉脉而视，相恋。人有许多时候，眼神的交流会比语言更丰富，更让人心动、心醉。她想到清泉观烧炷香，让天尊保佑，她和书祥能手拉手看上一场日出。大红颖和王二梅不同，二梅是初恋，大红颖呢，大红颖心里有一口爱欲的魔井。她是被爱欲猛烈煅烧过的女人，在心爱男人的野性雄躯的孟浪中，她缠绵销魂过，高潮狂欢过，醉死酥骨过，大喊大叫过。在夏季的看瓜棚里，在秋天的高粱地里，还有，在三峪康家的石房中……斯人去远，一场假婚让她留在了挂云山下。她有了爱的结晶小抗抗，对那个远去的男人，杨喜全，她没有一夜不想他、不恨他、不骂他，盼着他归来，学一声春天的百灵鸟叫，与她重逢。可是真的到了那一天，她的这个惊天秘密被揭破了，她不知会是一个怎样的结局。她觉得她真像一个魔鬼，潜伏在了三峪的康大石匠家里。这次的挂云山庙会，她也要到清泉观烧上一炷香，求天尊为她的结局画一个美好的圆。

因为两个女人各怀心思，王二梅的眼神是往四处寻，大红颖的心思是往深处想，惹得康三堂大发牢骚，说："瞧你们俩，丢了魂儿似的，也不和我说话，真没意思。"大红颖说他："到了山上就有意思了，走吧。"小抗抗也在大红颖怀里牙牙学语，对康三堂说："狗吧。"康三堂笑了，说："你骂我狗巴儿，让我亲亲。"伸手抱过了孩子，在小抗抗脸上亲起来……

转眼到了山腰下的清泉观，成群的香客，来来往往，挤满了道观的院子。清泉观里，烟雾蒸腾，香气熏熏，磬声悠扬。大红颖让康三堂在院门外看孩子，她牵了二梅的手，两个人挤进人群，到观里去烧香。三个道童主管司仪，观内的香案后面，是三清圣像，三位天尊法相庄严地看着来朝拜他们的人间众生。香案两边，坐满了道士、道姑和三峪村的香客。大红颖和王二梅付过香火钱，道童点燃新香，她们便与众香客，跪在香案前，默许着各自心中的大愿。观内道士道姑，齐奏笙、箫、管、琴，和着声声清磬，奏出一曲妙曼仙乐；香客和道徒，齐声唱起新填的歌词：

> 一炷香，祷呀祷上清，
> 挂云山上刮春风。
> 但愿得，山花常好春长在，
> 街市不闻饥寒声。
> 狼烟灭，五谷丰，
> 云锦恒垂，天清地清。

大红颖忍不住对二梅说："这新词真好，听着有劲儿。"二梅碰了她一下，叫她专心。

歌声又起：

> 二炷香，祷呀祷玉清，
> 玉皇顶上撞洪钟。
> 但愿得，奴役的人民齐觉醒，
> 万众一心铸长城。
> 山河壮，匹夫雄，
> 道行华北，山清水清。
> 三炷香，祷呀祷太清，
> 九龙山中起巨龙。
> 但愿得，龙乘飙风扫魍魉，
> 热血洒处山丹红。
> 洋寇尽，险途平，
> 九州大同，玉宇长清。

拜完三清境，香客一片赞声。大红颖和王二梅随着人流走出清泉观，准备游山。康三堂和小抗抗正在门外吵架，逗得小抗抗"吱吱"地叫。大红颖赶过去，康三堂说："他不叫我爹，叫我狗巴儿。"大红颖刚想低声说："你的种儿呀？"忽然一个外地青年追出来，看看王二梅，却问大红颖："你们是三峪人吧？"大红颖看这青年有二十来岁，平头，白脸，穿着紫花坎肩，像有点文气的人，便"嗯"了一声，反问："你从哪儿来？"青年又看了王二

挂云山庙会

梅一眼，脸一红说："我是从北薛庄那边过来的。你们三峪真好，山美，人美，歌也美。今年的朝圣，不是像往年那样只是求财求子求平安了，而是有了一股团结战斗的劲儿。打不走日本鬼子，咱老百姓能过好日子吗？就得像歌里唱的：'龙乘飙风扫魍魉，热血洒处山丹红，九州大同。'我要是能生长在你们这地方多好啊！"王二梅扑闪着亮眼问："你们那边不好吗？"青年叹了一口气说："不好，那是敌占区。十天前，我爹刚叫日本鬼子用东洋刀砍了。""为啥？"二梅问。青年说："还能为啥？我爹给日本人打更，明里为日本办事，暗里帮助八路军。鬼子知道了，一天就杀了五个更夫。现在，没人再敢为鬼子打更，鬼子正急着招更夫呢。"大红颖看着青年说："咱中国人，就得像这挂云山一样，顶天又立地。"青年点头说："对。所以，我要好好了解这挂云山，我希望你们能与我同游，给我当个向导。"康三堂先来了精神："行啊，我是真正的三峪人，我给你当向导。"康三堂带领几个人，离开热闹的人群，引入一条静僻的小路。青年看看王二梅，又问大红颖："你们也不是真正的三峪人吧？"大红颖抱着孩子，往上颠了一下，用下巴一指王二梅说："她不是，她家是东头村。因为爱挂云山，就常住三峪姥姥家，赖着不走了。"王二梅斜了大红颖一眼，质问："那你呢？"大红颖也笑笑说："我是杨家坳的，也是因为爱这挂云山，赖着不走了。"康三堂不让两个女人再说话，一边爬山，一边给这外地青年讲了先有挂云山清泉观，后有北京白云观的典故，又说："你要是等到夏天来，就能取到挂云山的圣水了。"青年问："什么圣水？"康三堂兴致勃勃地说："在我们挂云山的清泉观后面，有个著名的神鱼洞。传说洞中有一条金色神鱼，神鱼吐水，清清的泉水四季长流。后来，那神鱼被人偷走了，神鱼洞就只在夏季里喷水，春、秋、冬三季全是干的。据说，挂云山的泉水能治百病，所以一到夏天，游挂云山的人，没有不带着瓶子取圣水的。是不是，姐？"王二梅证实说是，大红颖也说是。小抗抗也想说是，小嘴动了动没有学成，就急忙藏到大红颖怀里，耸着小屁股啃衣服去了。他们走进山坡上的梨树林，就进入梨花的世界了，只是这暮春光景，花已半残，漫天漫地，皆是半绿半白，参差着，缭乱着，更是好看。有不少女孩子，一路拜着梨花，嘴里念念有词。青年问："她们为什么要拜梨花呀？"康三堂说："她们是拜梨花雪姐呢，梨花雪姐是我们挂云山的美神呀。"接着，康三堂以小大人的样子，绘声绘色地讲起梨花雪姐的传说。三百多年前，三峪村还叫三牛村，梨花姑娘家遭不幸，她是如何逃到三牛村，隐入挂云山的梨东沟，修身习武，练就登山如燕之轻功，如何行侠一方，如何飞入洪门寺，协助官府，战败恶僧，擒得僧首，救出受难姐妹。多年后，她又是如何坐化于梨树下，成了花仙。只要你默念梨花雪姐的名字，她的芳魂，就会飞到那里，让那里降下吉祥，出现美好的故事。

　　青年听得感慨不已，也喃喃着拜祭起梨花。康三堂为了证实这传说的真实可信，回头问："是不是呀，姐？"王二梅笑着说是，大红颖也说是。小抗抗也学会了，一鼓劲儿说了一个"吃"。逗得几个人都笑起来，青年摸摸小抗抗鲜红的小脸蛋儿说："你要吃什么呀？到了山冈上，叔给你买好吃的。"小抗抗笑了。青年人忽然想到什么，说："听说山上有什么天书，是神仙写的字，极棒，就是无人能识。"康三堂骄傲地一扬小脸说："那叫晃现天书，上边山冈上就是。咱们快上。"几个人开始了短距离冲刺。山冈上的集市可就热闹极了，山路两边排满了摊位，卖布的、卖线的、看相算命的、炸油糕的、玩布袋戏的、拉大洋篇的、看西洋景的，还有卖狗卖猫、卖山鸡的。王二梅登上山冈，四处寻找李书祥，仍见不到心上人的影子，王二梅的心里有些惆怅起来。青年给小抗抗买了一个油糕，望着山上风光，连连叹奇。

　　他们走了一程，前边不远，有一群游客观看着路面上的什么神秘。康三堂叫道："看，那儿就有晃现天书。"他们快步赶过去，只见山冈的路中，有一道宽四尺、长十几丈的青石板路，石面上凸现着许多潇洒刚劲的行书大字，每个字都有脸盆大，笔迹呈灰白色，而且确是天成，十分好看。只是游客横看了又竖看，一个字不认识。康三堂又卖弄起来了，对青年说："我们李怀生老师说，这石上天书，是当年秦始皇出游挂云山，随行丞相李斯，即兴挥毫，留下的神迹。至今人们只能认出'山间有清泉'几个字，是不是，姐？"王二梅说是，大红颖也说是，吃完油糕的小抗抗又说"吃"。康三堂问："刚吃了你还吃呀？"王二梅为他买了一个芝麻糖，小抗抗又吃起来了。看过晃现天书，又爬上两道坡，再往前走，只见一石牌，指示着一条通向山环的开满野花的小路，写着"玉女池"。康三堂说："顺着这条路下去，就是玉女池，九天仙女洗过澡的地方，现在还不是玉女洗澡的季节，咱们往上看吧。"下边的事，可就不那么轻松了，随着游客开始了真正登山，一层层陡峭的云梯，直入天宇，而且峰回路转，步步登高，所有人都得奋力拼搏，登攀，直累得汗透衣衫，腰酸腿软，气喘吁吁，一轮激战接着一轮激战，大红颖她们还多亏有这外地青年帮着抱孩子。当你累得大汗淋漓、筋疲力尽、寸步难行、正想败下阵来的时候，大山突然缓下性子，显出了格外的善良、温情和宽厚，前边的路，到了三里坪，这三里坪，可就是山间的三里的平路了。路上，全是卖茶的、卖饭的摊点儿，游人可以坐下来歇一歇脚，喝杯热茶，吃点东西。这大山，可真是随人意，它怕你闲得枯寂，它有了新的情趣逗你玩儿。三里坪隔一道大峡谷，对面是山崖立壁，有名回音壁。有人逗游客："你冲立壁骂一声试试？"游客骂："你王八蛋。"对面很快回骂过来："你王八蛋。"游客急了，骂出更难听的话对面也同样以骂回敬，结果越骂越烈。卖茶蛋的老汉笑着说："你喊点好听的，它就不骂了。"游客喊："你好。"对方也回你好。人们歇够，骂够，笑够了，也缓过劲儿来了，就又开始了更艰难的登攀。又是峰回路旋，青云直上。经过了又一番意志的考验，筋骨的磨炼，无限风光才在险峰之上了。你会看见两山之间，崛起一根圆柱形巨石，上粗下细，摇摇欲坠。康三堂对喘息着的青年说："那叫拴马桩，据说那大石桩是神仙拴马的地方。"他们继续挥汗冲刺，大山的上方出现了三个石洞，石洞成阶梯式相连，洞顶形成曲线桥面，桥下三个洞，古称有风洞、雨洞、冰洞。康三堂又介绍说："这三个洞，可观洞口气象，可测风雨阴晴，是不是，姐？"二梅、大红颖一同说是，小抗抗不说吃了，因为他已经在大红颖怀里歪着脑袋睡着了。青年看着三个石洞疑惑地问："能那么灵吗？"正好山上下来个白衣道姑。康三堂趁机问："师父，您给观观洞中气象，测测今天的天气吧？"白衣道姑看了一会儿那个雨洞，一甩拂尘说："今夜有雨，不会太大。"康三堂对青年说："记着，夜里是不是下雨，你就知道灵不灵了。"他们登完最后一段云梯，终于到了挂云山的最高峰玉皇顶，顿觉地阔天窄。山顶上的集市，又一番胜景，饭摊儿、货摊儿、香摊儿随处都有，络绎不绝的香客，穿梭于凌霄殿、老君庙、姑姑洞几个大庙宇间，每一座庙里都是香火极旺，磬声、经声不绝于耳。康三堂指着老君庙东边一座庙宇说："这是姑姑洞，是隋炀帝的大女儿出家的地方，而苍岩山则是隋炀帝三女儿出家的地方。"青年说："我到过苍岩山，苍岩山太小了，

铁血雄魂挂云山

不如挂云山雄伟壮丽，景点多。"大红颖说："当然了，我们挂云山，古称华北第二泰山。说是第二，玉皇的大印不在山东泰山，而在我们挂云山。不信你看看。"青年东望，可不，峡谷之中，又起一峰，一方巨石大印，如同天降，稳稳戳在峰顶，仿佛震得大地山河颤抖。这大石印，也是自然天成。青年赞叹之余，突然想起什么："咦，听我爷爷说，挂云山上有玉皇大印，也得有玉皇啊，玉皇在哪儿?"康三堂抢着说："这个事康桃楼大叔早说了，玉皇现世得靠缘，得到了太平盛世，山上长出荆崩树的时候……"青年说："那得赶走了日本鬼子……"他们继续观景。石印东边是个大峡谷，峡谷中，白云如蒸，梨花如潮，鸟音如市，天上人间，别有大观。谷东，拔起一雄伟翠峰，名唤卧狼垴，北崖半壁间有山洞，名唤白云洞。青年想随游客下山谷，攀翠峰，参观白云洞，康三堂却把他拉到南天门外，去感觉峭壁眩魂去了。那里，生出一块巨石，下临千丈深渊，巨石中间有一石缝，透过石缝俯视，可觉头昏目眩，犹如地府归来。此时，大红颖才发觉，王二梅不在身边，回首北望，那痴情的姑娘，正独自站在凌霄殿右侧的古柏树下发呆，她还在寻找她的书祥哥。她观看的这古柏，又是山上一绝，古柏根扎石缝，已有一千三百年历史，树干粗有两抱，树皮半脱，树冠半枯，其形如擎天掌，一根树杈上挂一口乾隆年间的古钟，钟纽是双面人头像，这在全国又是独一无二的。树杆上贴一张红纸，上写"严禁撞钟扰客"。那字，是李书祥写的。王二梅用手指头抚摸了一会儿纸上的字，很忧郁地离开古柏，走向东边的姑姑洞。她看着庙门心想，如果有一天真的失去了书祥，她不从挂云山跳下去，也会进姑姑洞出家的。她正不着边际地瞎想，突然，山顶的大钟响了两声，山上大乱起来。游客和摊贩们大呼："敌机来了!"人们乱找地方躲藏，王二梅也吓得钻进了姑姑洞。所有人全向天上张望，却看不到飞机的影子，也听不到飞机的声音。很快，山上的民兵训斥起淘气的孩子。接着，王二梅听到了一个让她心醉的声音，是书祥!李书祥站在古柏下喊："客人们，不要乱!没有敌情，是小孩淘气呢。"王二梅赶紧跑出了姑姑洞，大红颖也赶到古柏下喊："书祥。"李书祥看见她们惊喜地喊："哎呀，我到处找你们呢!还以为你们在山下呢。"王二梅忍着心跳，脸都红了。大红颖看看二梅说："好了，大好春光，你们玩儿吧。"王二梅急忙挽留大红颖："红颖姐，你可不能走。"接着合掌祷求。大红颖哈哈一笑说："还让我给你们打

二七

挂云山庙会

掩护呀？好，一起玩吧。"康三堂把外村青年支进了白云洞，就和书祥、二梅他们在山上玩到了天黑。

夜幕降临了，多数人都没有下山，而是自带铺盖，露宿山顶，等着看明天早晨的日出。也有更多的人，住进了峡谷以东，卧狼垴悬崖上的白云洞，洞中的乳石异象，又是一番奇景。李书祥、王二梅、大红颖他们也在洞中过夜。好几个县的人，点燃大蜡，挤在洞内，交谈着各一方的奇闻怪事，好不热闹。

后半夜，天果然下起了雨，硕大的雨点儿，噼啪有声。黎明前，雨停了，天也晴了，一些从外村来的人，却耐不住性子了，纷纷走出白云洞，过峡谷，跑到玉皇顶上，等着看日出。他们很怕那轮朝阳，一不经意间跃出东方的地平线。而玉皇顶上，又有更早的人已静静等候多时了。

李书祥和王二梅也悄悄登上了玉皇顶，借着人群的掩护，他们很快就牵上了手，一同注视着神秘昏黑的东方，虔诚地等待着那个庄严、神圣又壮丽的时刻。天色越来越亮了，近看，可看到卧狼垴东边的一座奇山，山顶凹下，成炉灶样，那儿叫天炉，传说是女娲补天，炼五彩石的地方。远望，可见大平原上那银白色的大沙河、滹沱河，还有磁河。还有一片像小孩玩具一样的屋群，那儿就是石家庄。

人们期盼的瞬间，姗姗而来了。东方的天幕，如同一颗果子的成熟历程，先是青涩的，继而变得微白，微黄，微粉，微红。不一会儿，地平线上放射出十丈软红，而接近地平线的地方，还保留着一段青影。在人们的呼吸之间，有一条血红的龙蛇从青影里跃出，那就是太阳。太阳出来了，玉皇顶上的人们鼓掌欢呼了一阵。很快又安静下来，人们屏住气息，看这艰难而伟大的分娩。太阳用力了，一下，两下，再一下，一轮鲜红的朝阳，终于跳出了地平线。它红得娇嫩，红得可爱，鲜嫩的红球如同在发抖。一刹那，它抖掉了分娩时的一身阳水，很快变成了橘红，变成了橘黄，接着大放起光芒，照亮了整个雨涤后清新的世界。人们还未来得及再欢呼的时候，只见从太阳放送过来的光线里，一朵朵虚幻的花悠悠飘来了，红的、黄的、紫的、粉的、蓝的、淡青的……啊，那就是魔霓花，这些带着虚光的花影，一朵朵，一群群，一片片，冲你扑面飘过来，你伸手去采，却又遥不可及（听后来的人说，这种花影摄像机、照相机摄不上图像，只能用肉眼看到）。有的花朵，仿佛还挂在山崖的杂树间，翩翩而动。李书祥和王二梅，拉紧了手，靠紧了身躯，感受着他们爱情中最珍贵的一刻。这种魔霓花，显影是在半个小时以内。当太阳升高后，光线太强烈的时候，它们才会自然消失，不见了。

这些虚幻的花是怎么来的？现代科学也无法解释，只有在挂云山看日出，才有这种奇观。

祖国的大好河山，是多么壮美！

挂云山庙会

二八　送　粮　记

　　庙会第二天上午，大戏台演出《调寇》。十点钟开了戏，看戏的观众可说是人山人海，连对过的房顶上、树杈上也挤满了人。丝弦儿名角刘魁显饰演寇准，他那力穿云天的高美嗓音，博得了所有观众的一阵阵掌声。台上台下，正互动得火热，突然，从大街西边，传来一阵大钹大鼓的铿锵声。儿童团长康桂顺急匆匆赶到丰化堂前，大喘着粗气向康村长报信儿："村长，西边，来了一群和尚，耍着大花钹，后边的兵器，全挑着红缨。"康村长吸了一口冷气，说道："来者不善呀！"他思谋了一瞬，一把抓住民兵康保祥的手腕子说："保祥，你赶快骑上高胡同的骡子，去庄子头区公所报信儿，红枪会来了，可能要闹事。"康保祥应声去骑骡子，康村长喊来巡逻的民兵李文牛、李五牛、李树林、康末金几个人说："走，咱们拦住红枪会，别让他们搅了咱的戏。"四个民兵要拿大枪，康村长又说："都把枪放回丰化堂，没有我发话，谁也不许动粗。"几个民兵只得放了大枪，空着手，跟着康村长去截红枪会。

　　这一帮假和尚，全是黄衣光头，红缨林立，最前边开路的是十来个和尚，耍着花钹。依次是擂大鼓，敲钹助威的。中间，是两个骑马的首领，一个胖和尚，块头儿不小，南瓜大脸，双下巴；另一个方脸紫黑，如同火烙。再后边，就是扛兵器的了，刀枪棍戟，全部飘着红缨，威风十足，也霸气十足。康村长带四个民兵，当道一拦，钹鼓停了。前面一个耍和尚跑回去向主子报信儿："法师，黑虎挡道。"那马上的胖和尚吼道："挡道者何人？"康村长走过去，先笑着作了个揖说："师父，你们是哪个庙里的僧人？"胖和尚直言："我们哪个庙里也不是。我们是杨四和尚的红枪会。我，正印法师。"一指身边的黑脸和尚："我师弟，广济法师。"康村长又作一揖说："二位法师，我是这个村的村长。前边大戏台正在唱戏，请师父们停止敲打，就此止步，以免搅了我们的戏。"正印胖和尚很蛮横地吼道："放肆！今天我还就冲着你的戏台来的！我们是上天派来的神兵，你赶快让戏停演，把台子让给我们，我们要演练神功，宣扬佛法，拯救众生。快去！"康村长柔中有刚地说："这不行，天有公理，村有村规。这是挂云山庙会，大伙儿正在看戏。"黑脸和尚喊："唱什么戏？让开！"康村长也坚决起来，回道："我是村长，三峪不欢迎你们！你们走。"胖和尚笑笑说："看来，你还真的不认识我。"康村长说："我只认一个理字。"胖和尚点头说："好，今天，我就给你一个理字认一认。"胖和尚下得马来，直冲村长走来。看戏的人见这边要打架，都围过来瞧热闹。李五牛、康末金护住村长，康村长推开五牛和末金说："在这光天化日之下，我倒要看看他能干什么？"胖和尚脸色发了青，叫道："干什么？搬石头。"亮出功夫，照康村长的双肩一拍一揉又一推。康村长被推出一丈远，被一个戴斗笠的人扶住。"村长。"康末金和李树林去看村长，李五牛和李文牛要给村长报仇。村长喊："五牛，你们回来。"村长的两只胳膊被摘掉了，已像面条一样软，疼出一头大汗。周围群众，全都心虚胆寒，不敢吱声。胖和尚骑到马上，当众示威，走过康村长身边说："这就是理，叫你十天动弹不得。走。"这伙狂僧，不再敲打钹鼓，而是像土匪一样，跑到戏台下，驱开看戏的观众，一个个跃上戏台，叫戏班停演。戏班子里几个武生演员跑上台，与这些和尚交上了手。平时唱戏，戏台上是假打，这回可是真打。不一会儿，几个武生就被恶僧们扔下台，摔了个鼻青脸肿，戏只好停演了。

正印胖和尚和广济黑和尚，气势汹汹走上台。正印胖和尚先到台侧落座。广济黑和尚走到台口，对观众一抱拳说："大伙儿别慌，我们是来三峪演练神功，救灾解难的。戏里的功夫，全是假的。只有我们这些神兵是真功夫，刀枪不入，子弹不进，是真是假，请看我们的对打。"接着，几个和尚脱光上衣，用真刀真枪，展开肉搏，还真是出神入化，招招惊险。观众大哗。

吃了亏的康村长，被几个民兵和那戴斗笠的人，扶进丰化堂。康村长叹道："唉，队伍刚走，土匪不来了，这红枪会倒欺负到头上来了。"戴斗笠

二八
送粮记

的人说："村长别叹，他们是失道寡助，并不可怕。"说完，摘下了斗笠。大家见此人眉清目朗，气宇轩昂，灰须飘然，共同喊了一声："王道长。"此人正是挂云山清泉观的道长王永栓。王道长对康村长说："那胖和尚把你的胳膊弄脱臼了，不要紧，你忍一下，我立马给你装上。"正说话工夫，王道长弄着康村长的胳膊摸摸捏捏，对他的双肩猛地一推。"咔嚓"一声，康村长"啊"一声叫，再动，嘿，两只胳膊的肩轴又归了原位，行动自如。几个民兵，对王道长敬佩有加，纷纷讨教对付红枪会的办法，王道长拈着胡须刚要说话，区公所的康二旦、李书祥闯进了屋，康村长问："你们怎么来得这样快？"康二旦说："我们知道红枪会进了村，康保祥碰到我们半道上了。我们赶来，是先说说上级的政策。"他们落座后，接着说："红枪会，不同于日本人，他们属于被争取和团结的对象。所以大家记住，对红枪会，不能动一枪一弹，谁开了枪，就是违反了政策，要受处分的。"李五牛跳起来骂："我×他姥姥，这帮恶僧，简直就是土匪！他们刚打伤了咱们村长，又不让动枪，这太憋气了，我受不了。"李书祥说："咱们应当另想办法来对付他们。""什么办法？"屋里一时陷入僵局，王道长微微一笑说："我给大家出个点子，保证以柔克刚，叫他们滚蛋。"屋里人全问王道长有什么妙策。王道长缓声细气儿地说："你们说，世上属什么力量最大，最可怕？就一个字：和，无论是官，还是匪，他们最怕民和。二人同心，还其利断金，要是万众一心呢？你们想想看。"李书祥马上明白了，说："对，咱们就文斗，以万众的气势，压倒他们，咱就来个层层发动。"康二旦说："王道长，您也得助我们一臂之力呀。"王道长说："这事用不了一臂之力，我助你们一指之力吧。"几个人商量一番，马上就发扬游击精神，分头发动群众去了。

大戏台上，红枪会真刀真枪地格斗了一番，该我们出击了。黑脸和尚上台宣布，让正印大法师上台说法，演练神功。坐在左台口的胖和尚，大模大样刚想站起来，忽听有人喊："等一下。"定睛一看，原来是康村长，康村长一手提着竹皮暖壶，一手端着茶碗，走上戏台，给正印胖和尚倒水来了。这一招儿，倒让那胖和尚吃惊不小，他疑惑地看着来倒水的人，惊问道："你，你不是村长吗？"康村长和蔼地笑着说："是呀，咱们刚打了一架，你就不认识啦？"胖和尚上下打量村长，忍不住问："你的胳膊怎么好的？"康村长毫不在乎地一笑说："只当蚊子叮了一下。我们三峪人呀，宽宏大量，不记仇。你来了，就是朋友，先喝碗水吧。"说着，放上茶碗，提壶给胖和尚倒了一碗水。两只胳膊，灵便自如。胖和尚见了，变得呆若木鸡。康村长倒完水，又提着壶走到台口，回身给了他一个潇洒的挥手，就下台去了。康村长的礼貌之举，比打了胖和尚一闷棍还有力，胖和尚有些胆虚了，他摸不清三峪的水究竟有多深。

黑脸和尚重新报幕："下面，有请正印法师上台，给大家说法，演练神功。"胖和尚调整了一下心态走上了台，完全没有了以前的气势。他还是撑着虎皮对观众说："各位朋友们，三峪的众生，我们红枪会，是奉了上天旨意，来拯救大家的。乡亲们，当今世道，大难就要临头了。雾气沉沉四十年，洪水滔天，黑水盖地。到那时，石头瓦片变成精，墙上的泥皮会说话，鱼鳖虾蟹都吃人，夫妻分离，母子不得见，谁也救不了谁。唯一的办法就是佛教会能救人。现在，孔圣落凡，白阳教主出现，要收伏妖魔，谁要加入了红枪会，你就是神兵，喝了符，念了咒，就会刀枪不入，子弹不上身，大难死不了。我告诉大家，现在，八路军天分已尽，日本天皇，才是上天派下来的神兵……"

胖和尚讲到这儿，台下齐呼起来："不许污蔑八路军！""日本才是狗强盗！""别在这儿胡说八道，你们滚出去！""滚出去！"此时，康二旦立在台下一张桌子上，带领大家齐呼起口号："打倒日本帝国主义！""打倒汉奸卖国贼！""中国共产党万岁！"这万众的齐呼，排山倒海，震彻天地，把红枪会的反动气焰一下湮没了。他们像一群小丑一样，惊惶地打开了转转。口号声一停，胖和尚很悲哀地喊："乡亲们，我们的确是神兵天降，不信，我马上给你们演练刀枪不入的真功。"台下又喊起来："我们不看！""你们都是骗子！""滚出去！"有不少人往台上扔开了石子。还是康村长上台，制止了众愤，对大家说："乡亲们，人家既然来了，咱们就亲眼看看嘛！大家开开眼，看是不是真的刀枪不入。"康村长下了台，胖和尚要拿出他的看家本领来了，他马上叫下属当众焚了三道黄符，放入水碗饮下，随即脱了上衣，一运气，大肚皮圆圆地鼓了起来。黑脸和尚拿上一把雪亮的钢刀，当当一敲，又当众削了几截秫秸，胖和尚把两节秫秸横放在肚皮上，让黑脸和尚用刀砍。砍断秫秸，肚皮不能受伤。这种绝活，全在刀上的寸劲。黑脸和尚先要了几个刀花，举起钢刀向胖和尚的肚皮砍下去，就在这一刹那，一颗石子，

二八
送粮记

箭一样打来，正中了黑脸和尚的软筋，黑脸和尚一失手，砍错了地方，一下切进胖和尚的肚皮。胖和尚一声惨叫，血顺着肚子淌下来，扑通，倒在了台上。众和尚赶忙上台救人。台下观众一阵大吼："滚吧，什么神功？""红枪会滚出去！"那个黑脸和尚也受了伤，这绝妙的一石二鸟的杰作自然是王永栓道长的一指之力。

红枪会的两个首领一受伤，其他的和尚完全泄了元气。在一片嘲笑谩骂声中，他们急忙收拾残局，一道烟儿地逃出了三峪。红枪会一走，大家清理了现场，戏台上又重打锣鼓，开了戏。

红枪会在三峪栽了跟头，不敢再来捣乱。这一帮邪教组织却在其他地方到处串联、贴传单、开坛、游行示威、征粮、抢粮、公开反对抗战。三峪人民这次与红枪会的斗争，使村里几个红枪会会员也擦亮了双眼，不再上当受骗。自从李星星一死，皮氏教育释放，也就没人带头组织念佛了。

转眼间，我们的队伍走了有两个多月了，乡亲们很想念他们。他们的战斗故事，却常常刊登在边区报上。三峪的乡亲很想为自己的抗日队伍做点什么。很快，上级给三峪村下达了往九龙山送粮的任务，交通员亲自到区公所在地理环境图上，指示了详细地址和路线。康二旦、李书祥马上回三峪，找康村长打开了一个地下粮仓，装了四袋粮食，放进大车箱，又装了一车干草做掩护，由李书祥的父亲赶大车，李五牛押车。他们上午出发，东出挂云山，从黄岩那条路，进入九龙山。想不到一过了黄岩，正好碰上四处抢粮的红枪会。他们把书祥他爹和李五牛打了一顿，车上的粮食被翻出来，抢了个精光。两个人抚着伤痕，空车回了三峪。乡亲们民怨沸腾，非要找红枪会算账不可。康二旦、李书祥把这件事汇报给了上级。

山里的同志不能没有粮食吃，康二旦决定，由自己亲自保镖，带上几个人，再送一趟粮。他叫上了李五牛、李树林、康末金，带上他的宝贝扁担，草车里塞上大木棒，又装了四袋粮食，改道走岭口、南胡庄那条路线，再进九龙山。

同样是上午出发，后半晌，也遇到了红枪会。山路上好一场大战，多亏康二旦有一套出色的扁担功，且战且退，保住了粮食，又将粮食拉回了三峪。可恶的红枪会，丧心病狂的红枪会，他们彻底与人民为敌，阻挡了进九龙山的路。

康二旦组织抗日骨干，召开诸葛亮会。

丰化堂内，在座的有康村长、李书祥、康大学士、范氏大婶、大红颖、李五牛。人们讨论了半晌，也没想出个对付红枪会的万全之策。李五牛气得一拍桌子角说："哼，咱三峪人，不怕日本鬼子，倒怕起红枪会来了？拿枪一突突，不就过去了？这帮浑蛋，上级早该收拾他们了。"李书祥说："拿枪突突可不行，红枪会在咱井陉县，是一个很庞大的农民组织。这红枪会，最早起源于一九一七年，后来，李大钊还发表文章，称红枪会是农民的觉醒，是一个很伟大的势力。只是这个农民武装，缺乏正确的引导，尤其是现在，他们被坏人利用，又被日寇利用，这里边多数都是受了蛊惑的群众。我们的大方向是抗日，我们必须想办法既不与红枪会发生冲突，又要把粮食平安运进山。"李五牛说："这可难了，我没咒念了。"屋里人好一会儿没说话。康大学士用手帕擦了一会儿眼镜，把眼镜架在他那高颧骨以上的地方，又习惯性地把眼镜往上推了一下说："事不成，法不对，对了准成。要我说，咱们干脆，闪开有红枪会的地方，不走黄岩和岭口的路线，干脆从南绕过去，走石井那边的路。"康二旦说："那边就是敌占区了，危险很大。"康村长说："我觉得这倒是个好办法，要是石井那边有咱们的内线，接应和掩护一下，就好了。"大红颖纳着大鞋底子，突然想起了什么，说："对啦，前一阵，我和二梅游挂云山，听一个北薛庄那边的青年说，他们那边鬼子正招更夫，能不能派咱们一个人打进去，当了鬼子的更夫，不就有了内线了吗？"康村长眉心一开说："这倒是个好办法。"李书祥说："我在白云洞里也听那边的人说过，以前的几个更夫，因为暗中替八路军办事，叫鬼子发现，杀害了好几个。现在，鬼子的警觉性提高了，再去更夫，危险性很大。"范氏大婶说："抗战，没有不危险的，啥叫前仆后继呀？不能说前边杀了几个人后边就不敢上去了。这事甭找别人，让书祥他爹去。"李书祥说："我同意，我可以陪我爹去。以前我当过交通员，这一回我再当一次。我与我爹暗中定好了路段、暗号，我马上回三峪，咱们马上往九龙山送粮。"经过进一步讨论，方案就这样定了。康村长赞扬说："你们家真是一门忠勇，上阵父子兵呀。"李书祥说："为了抗战，咱三峪没有软骨头。"李五牛也高兴地说："对，我捎着给咱李队长、吕部长，逮几只兔子去。"

李书祥他爹李庸锦是个好庄稼把式，也是个胆大心细的人，他装成一个扛长活的，由李书祥暗中配合，去了石井一带，不到一天，果然叫鬼子抓去当了更夫。李庸锦夜里为鬼子敲锣打更，父子俩定好了暗号和送粮时间，李书祥很快就回了三峪。

这天傍晚，康二旦、李书祥弄来两辆小拱车，一辆小车装两袋粮食，他们要推车进九龙山。出发前，李五牛提来一个口袋放到了小车上，李书祥问："你口袋里装的什么东西？"李五牛神秘的一笑说："宝贝，到了山里你们就知道了。"康二旦还准备了一块黑肥皂，往小车轴里塞足了肥皂，以防车轴吱扭叫唤。趁着夜色，三个人推着粮食上路了。一出三峪村口，他们又折了路边的许多树枝，把两辆小车伪装了起来。由一个人在前方探路，两个人在后边推车，悄悄的前进。走过庄子头，走过栈道，再过了谷家峪，半夜光景就到了石井平原。夜幕下的大平原，神秘、恐怖，却充满着活力，有两堆篝火，在不同的方向闪着红光，更夫的锣声和"太平无事"的喊声，也从远近不同的地方传过来。东方一个地方，是鬼子一座炮楼，可以看到几个枪眼里透出的灯光，像是鬼魅的眼睛。李书祥听到了父亲的喊声和锣声，对康二旦和李五牛说："冲这个方向走。"他们推着小拱车，赶往石井公路。公路边上有道沟，过了道沟和公路，才能走向通往九龙山的小路。离道沟不远了，李五牛粗着嗓子喊了一声："太平无事喽……"很快，就听到公路上敲了两声锣，回道："太平无事喽……"是李书祥他爹的声音。三个人高兴极了，推着小车跑向了石井公路。

再说李庸锦，他一直在这段公路上巡视着，点上一堆火，敲着平安锣，等着儿子。听到同志们来了，又看到西边过来了几个人影，他高兴地迎了过去。对面的人，也向他走过来。他刚要喊"书祥"，却听到对面人的皮鞋响，他的心一下提到了嗓子眼儿。他很快看清了对方的刺刀，原来是鬼子的巡逻队。也就在同一个时候，李书祥他们已在东边不远的地方下了道沟。李庸锦赶紧又敲了一下锣，喊了一声："太平无事喽。"鬼子的手电光，照着李庸锦赶了过来。原来，李庸锦的锣点，敲三下是平安，敲两下是接应，敲四下是有情况，敲一下是有了紧急情况。十来个鬼子和伪军围住了他，打手电的鬼子问："老头，情况的有？"李庸锦的心突突地跳着，脸上却笑眯眯地说："太君，没有情况。"鬼子恐吓道："有情况不报，死啦死啦。"李庸锦挡住鬼子的手电光，笑着说："太君，真的没有情况。"鬼子很警觉地推开李庸锦的身子，打着手电往道沟里乱照，一下就照到了书祥他们隐身的地方。鬼子号叫："那儿的，什么的情况?"李庸锦更加紧张，他努力稳住神儿，依旧笑着说："那是一堆烂树枝，我弄来点火用的。""不对。"鬼子疑心更大，一挥手说："过去看看。"后边的伪军全端起了大枪，鬼子的手电筒直射着那堆树枝走过去。李庸锦急得浑身冒了汗，心说："糟了，怕是躲不过去了。"他握紧了手中的大锣，如果暴露，他就用大锣，先砸死打手电的鬼子，然后拼个一死，掩护同志们撤退。鬼子和伪军离道沟里的树枝越来越近了，手电的强光，照清了沟底的每一个土块儿，战斗一触即发。突然，树枝里呼啦一声，蹿出两只兔子来，顺着手电的光柱，颠儿颠儿地跑出来，有一只兔子还回头望了望。李庸锦赶紧绕到鬼子面前，用身子挡住手电光说："您看，我说没有情况吧? 太君，快回去歇着吧。您的，升官大大的。"鬼子笑了，很放心地拍拍李庸锦的肩头说："你的，良心大大地好，开路开路。"鬼子走了，"嗒嗒"的皮鞋响渐行渐远。李庸锦敲了两声锣，喊了一声："太平无事喽……"这是在召唤自己的同志们。道沟里的三个同志从树枝下面钻出来，李庸锦帮着他们把粮食、小拱车弄上了公路，开始重新装车。康二旦握着李庸锦的大手连连致谢。李书祥擦了一把脑门儿的汗说："真是苍天保佑。"李五牛看着自己的裤裆说："我的娘呀，吓得我都尿裤子了。"康二旦说："我从来没害过怕，这一回，还真怕了。万一暴露，不但损失了粮食，咱们危险，李大叔的命也就没了。"李庸锦说："该咱八路军福分大，遇难成祥。"李五牛有些惋惜地说："给咱八路军逮了两只兔子，这下也全跑了。"康二旦说："你别觉得冤了，正是你这兔子救了咱呀。"李书祥问："五牛哥，这兔子陪咱走了一道儿，怎么也没见闹腾呀。"李五牛笑笑说："来时我怕兔子闹出声响，提前给它们灌了一盅酒。"李庸锦笑着说："为抗战，你们都动了不少心思呀! 快走吧，这儿不能久留。"两辆小拱车重新伪装好，康二旦又往车轴里塞了一次肥皂，他们与李大叔握别，就下了公路，顺着一条小路，悄没声地进了九龙山。

李庸锦高兴地敲了三下锣，冲着三个人的背影悠长地喊了一声："太平无事喽……"

二九 歼灭红枪会

日子过得真快啊，觉得刚刚过完挂云山庙会，挂云山却悄悄地卸去了彩妆，漫山漫垴又腾起烟云般的浓绿。南风一吹，山里的杜鹃满世界一叫，山里的麦子又熟了。勤劳的山里人，又开始收割，打场，入仓。李书祥他爹还在石井那边，为鬼子打更，为八路军办事，过麦也没有回来。麦收一过，地里安上了秋苗，为八路军征粮的工作就又热火朝天地开展起来了。三峪村的儿童团康三堂、温二凤他们又唱起了那支《拥军歌》：

> 同志们想一想，八路军来咱庄。
>
> 他们不怕牺牲流血汗，
>
> 英勇打东洋。
>
> 大家齐动员，争取把模范当。
>
> 抬细米，缴好粮，
>
> 做鞋缝衣裳……

今年的征粮工作，相当艰难、危险。红枪会的暴徒们公开和八路军对着干，恐吓群众，破坏征粮。庄子头周边的威东街、威西街、威北岸、孙庄、段庄、石棋峪、平望、固底、高家峪等村庄，都有了红枪会组织。这些个真土匪、假和尚，明目张胆地宣扬：共产党是邪教，八路军是妖魔，赶走八路军，不缴爱国粮。他们到处开坛、示威、暗杀抗日干部。半月前，威东头的妇教会主任，就被红枪会抓去，轮奸后杀害了。因为抗日工作的艰巨和征粮的繁忙，区公所的老崔、老何要经常到第四军分区开会，所里新调来了一个包委员，来主持日常工作。康二旦还做助理员，李书祥还是宣传员，小周还管后勤。包委员有四十来岁，身材魁伟，长着个将军肚和一张关老爷脸，整日都是满面红光，说话声若洪钟，爱用一只大烟斗吸旱烟。这人有工作经验，又有理论水平。初见面的人都会说："人家老包一看就是当官的料儿，有派，能压住事。"谁也不知道老包这人当官，光是有个"派"，其实这人胆最小，他怕打雷，怕蛇，也怕暗杀。晚上睡觉，他把门闩的头上打了个孔闩上了门，还得往闩儿上插上个钉。

前两天，出了这么个有伤老包威信的事。庄子头集上，东西大街，摊位成排，赶集的人，熙来攘往，包委员领着小周去做征粮工作。走了一截，包委员想吸烟，一摸口袋，才知道他的大烟斗丢在办公室的桌子上了，就让小周回去取烟斗。区公所的办公室，在离丁字街不远路南一座青砖瓦房里。小周一走，包委员就和集上一些外地人拉家常，显得平易近人。这时，迎面走来一个剃着光头，胳膊上文着毒蛇的红枪会会徒，上来就问："是包委员吗？"包委员笑着说是。那会徒劈手就冲包委员的大脸蛋子打了一巴掌。包委员气得脸色一白，马上又变成了红脸，显出一副出奇的大度与宽容的样子，对那红枪会会徒喊："你又喝醉了！你喝了多少呀？"那会徒很得势地说："共产党是妖魔，该打！"包委员绷着面孔训他："少在这儿发酒疯说醉话，快走你的。"那会徒趾高气扬地走了。街上的人全觉得老包这人真窝囊。包委员却摆出一副大人不计小人过的样子说："抽空我找他爹去，这孩子不管教就废了。"说着，慢慢地转过身往前走去。小周取来了烟斗，追上包委员，看到包委员的左脸蛋有点肿，惊问："老包，你的脸怎么肿啦？"包委员摸了一下脸蛋说："上火了，闹起了风火牙痛。"小周关切地说："叫二旦兄给你扎扎吧，顶事。"包委员忙摇着大烟斗说："没事没事，牙疼不算病，过一会儿就好了。"小周当时还为包委员这种敬业精神很感动呢。后来，有街上人传言，听到了包委员挨了打的事。康二旦、李书祥都觉得很气愤，问包委员："前几天，是不是有红枪会在街上闹事了？"包委员却一口否认说："没有没有，就是有个人喝多了酒。"

自从包委员挨了打，他就不轻易上街了。日常工作，由他和小周守在办公室，外出征粮的事，就由康二旦和李书祥承担起来。庄子头逢五排十是集，集市外来人多，也最容易出事。虽然我们的包委员尽力躲事、怕事，事

二九
歼灭红枪会

还是找上门来了。这天是六月初十，天很热，康二旦和李书祥出去找堡垒户坚壁粮食。到了半前晌，集上正热闹，一个基干民兵领着一个逃难的红枪会会员，跑到区公所里来了。这个会员，二十来岁，头发很乱，一脸的伤疤，身上的衣裤也都扯着口子，有的口子还渗着血。他一进门，就向包委员下跪呼救。包委员吃了一惊，放下大烟斗忙问："你从哪儿来？"会员说，他是从吴家庄那边逃过来的。那边的红枪会，骗他入会，硬逼他天天坐坛，逃跑就是叛道，就要挨打，弄得他连家里的麦子也没收。他实在受不了，就拼命逃了出来。红枪会的打手正在追捕他，像他这样的抓回去也得被处死。包委员急于把这事推出去，马上说："这事你得找你们那边的干部，不能找这儿。"那个会员很可怜地说，他们那边的区干部老高已经被红枪会抓起来，捆在地下的白菜窖里了。包委员一听，更不敢留这会员了，马上一拍烟斗说："你的事由你们那边管，我们只管征粮，更不管红枪会的事，你快出去。"会员哀求："你们救救我呀，你们不是八路军吗？"包委员对那民兵说："小何，快把他弄出去。"那叫小何的民兵，揪起会员，把他推了出去。包委员又向小何补了一句："以后这种人，不要往这儿领。"小周站起来，很同情那个会员，看看街上，回头对包委员说："老包，我们这么干不合适吧？你叫他出去，他会没命的。"包委员说："那是他自作自受。小周，咱们这是征粮，红枪会的事一沾上，可就引火烧身了，还不知要招多大的祸。你守在办公室，哪儿也别去，有份材料，我到后院核实一下。"说着，包委员从抽屉里拿了一份材料，又抓了他的大烟斗急匆匆到后院里躲起来了。

街上很快乱了起来，红枪会跑来五个壮汉，在区公所不远的西边把那个逃跑的会员抓住了，接着就是一顿毒打。五个壮汉，下手之狠，让集上的人无不惊骇。人们全都躲远了看，怕溅一身血。直打得这可怜的会员，鼻口冒血，身上也渗血，惨叫呼救，无人敢应。有的人看不下去，小声说："咋区公所也不管呀？""快叫区公所来人吧，快把人打死了。"

这边打得正狠，赶上康二旦和李书祥征粮从西边过来。见到这场面，他们马上挤进人群，康二旦大吼一声："住手！"几个红枪会壮汉住了手，那个挨打的会员，如遇救星，看着康二旦，他只有爬的劲儿了。红枪会领头的是个刀疤脸，光头肥体，横眉立目，胳膊上文着张牙舞爪的龙。另外几个暴徒，同样剃着光头，他们的胳膊上，有文毒蛇的，有文毒蝎的，有文狼头的，皆是凶神恶煞一般，而且人人手里都带着刀棍。李书祥扶起了爬过来的那个会员。刀疤脸看看李书祥和康二旦，舔了舔沾在手上的鲜血，冲康二旦啐了一口，问："你是阎王爷派来的？"康二旦大声说："我们是区公所的。""区公所的。哈哈……"刀疤脸一笑，那四个暴徒也狂笑起来。刀疤脸摇摇手说："区公所算个××毛呀！我们红枪会，管教自己的队员，关你屁事？滚蛋！""不对！"小周挤进了人群，站在康二旦身边，当众揭露了红枪会的罪行。康二旦义正词严地说："你们愚弄群众，骗人入会，又下毒手伤人，天理难容！"刀疤脸又嘿嘿笑了两声，把脸一绷，恶狠狠说："天理难容，天理在哪儿？我们就是天理！你小子敢挡横，我今儿就叫你领教领教我的天理！要来文的，过来叫声爷爷，给我跪下，我高兴了兴许放你一马；要来武的，我三拳砸了你的核桃仁儿。"康二旦也毫无畏惧地往前一站，把手里的扁担一戳说："我也告诉你，八路军，区公所，不是白吃干饭的，是为人民伸张正义的！绝不容你们在这里横行霸道！"刀疤脸一晃拳头说："小子，算你有种！来吧，咱用拳头讲理。"说着就亮开了架势。康二旦深知，在这混乱的年代，正义和武功同样重要，在工作之余，他一天也没有松懈练功。他决定，用武功来伸张正义，把扁担交给李书祥，非常沉着地入了场子。当他站到刀疤脸跟前的时候，量级的差别，显而易见。康二旦是个敦实个儿，手脚短，按武术的术语说，一寸短，一寸险；而刀疤脸，可是个肥大的罗汉。两个人很快交上了手，果然对康二旦弊多利少，康二旦出拳根本打不到刀疤脸的脸。刀疤脸却几下子就把康二旦揪住，扔了个跟头。英勇的康二旦，跃起再战，没几个回合，却又被刀疤脸托起，从肩头上扔了过去，重重地摔了个仰八叉。一边的四个会徒高叫："踩死他，踩死他。"刀疤脸真的下毒手了。一个高边腿，冲他的脑袋砸下来。康二旦来了个就地十八滚，随即鲤鱼打挺跳起来，与他兜开了圈儿。康二旦想起王道长说过的四两拨千斤，决心要用智慧战胜敌手。他审视这刀疤脸，身大力不亏，但是必笨。这种体型的人，力气不一定很长。康二旦调整了战术，决定与他兜圈子，先把他的力气耗尽了再下狠手，于是，他施展开道家的转桩功，开始与刀疤脸巧妙周旋。这么一转，刀疤脸果然傻了眼，他急于取胜，猛攻狠打，却招招落空，不一会儿，便气喘吁吁，大汗淋漓，手脚松软，体能出现了严重问题。此时的康二旦却如睡狮猛醒，勇猛出击，打得刀疤脸节节败退。不一会儿，

二九 歼灭红枪会

刀疤脸连招架之功也没有了。康二旦双拳来个连珠炮，咚咚咚咚，照刀疤脸的脸膛一阵猛攻，直打得这凶徒鼻涕和着血浆飞。刀疤脸终于支持不住，像一通硬石碑一样，扑通倒在地上，爬不起来了。围观的群众好一阵欢呼。康二旦对躺在地上的刀疤脸说："得道者，后法治人，还来不来？谁还敢上？"那四个狂徒一窝蜂举着刀棍进了场子。李书祥振奋地喊："二旦兄，接扁担。"康二旦飞身跃起，从空中接了扁担，施展起他出色的扁担功，一条桑木扁担狂舞得如蛟龙翻飞，嗡嗡山响，不一会儿，就把四个会徒打得倒在地上，打着滚，"哎呀"叫着，爬不起来了。康二旦警告他们："记住，这是正义的扁担，专打非正义之人。"

战斗结束了，包委员来到了康二旦身边，举着大烟斗对五个暴徒义正词严地说："怎么样，打够了吧？告诉你们区公所不理你们，并不是怕你们。你们有本事和日本人干去，算你们英雄！可你们偏偏来欺负自己的同胞，别看你们身上刻着龙，你们就是强龙吗？你们要当一个有良心的中国人，团结抗日才是正道。以后，谁再为非作歹，欺负百姓，你们谁也逃脱不了革命的扁担！你们回去，要好好地反省，快滚！"包委员的威仪和讲话，是很有震慑力的。群众听着受鼓舞，坏人听着胆寒。几个狂徒，架起刀疤脸，一路哎呀着逃走了。

康二旦、李书祥和小周，把那个受伤的会员，扶进区公所，为他治伤，安排了住处。区公所的威信，一下提高了许多，百姓们纷纷给老包送挂面、鸡蛋、蔬菜。公粮任务也很快圆满完成了。康二旦大战红枪会的故事很快在民间传开，也传进了九龙山。

红枪会是不会吃这哑巴亏的。挨了打的刀疤脸，带着挨了打的几个会徒，回到威南沟，向主子一禀报，气得杨三和尚和杨四和尚暴跳如雷。他们马上纠集了红枪会，黄枪会七百多人，带着各种冷兵器，兵器上皆飘着红缨或黄缨，浩浩荡荡，卷起十里黄尘，扑向庄子头。

多亏情报员及时通知，包委员、康二旦他们才安全转移，而看守公粮的小周，没来得及冲出去，被杨四和尚抓住了。红枪会一窝蜂似的砸了区公所，抢走了公粮。他们因为没有捉住康二旦和李书祥，觉得不解恨，又杀气腾腾扑向南固底，冲向威东街，把一些抗日堡垒户抓住，连同小周共六个人，绑在威东街几棵杨树上。杨三和尚为杀一儆百，慑服民众，特意弄来一口烧着煤火的大炉子，炉火中烧上六颗铁秤砣，杨三和尚当众对这六个抗日战士故作痛惜地说："你们几个人既然铁心跟了共产党，佛法对你们也不起作用了。这样也好，我就给你们换一颗心，将你们的铁心挖出来，换成我们的铁心，你们再托生成人，就是我们红枪会的人了。我这是好意，是超度你们，苦海无边，你们去重新托生人吧。"说罢，命令会徒用刀子剖开六个人的脏腑，将烧红的秤砣，一人一颗，放到六个人的脏腑内。我们的六个同志，悲惨丧命。

区委老崔闻讯，从第四军分区赶回庄子头，看着被砸烂的区公所，看着被弄回来的小周那残破的遗体，真是悲恸欲绝。小周，多么可爱的一个男孩，文静、高帅，一张微黑光润的娃娃脸，喜眉大眼，黑发蓬松，微微一笑一口可爱的玉牙。他平时不言不语，喜欢默默地做事，平时，谁也没有太注意过他。他被红枪会的恶徒抓住，面对烧红的秤砣，只要说一句"共产党不好，红枪会好"，他就能活下来，但是他没有，一个字也没有说。他惨死时才只有十六岁啊！老崔一手捂脸，泪如雨下。包委员含着泪对老崔认错说："这事搞成恶性事件，都怪我没有管住康二旦他们，才惹怒了红枪会……我一开始，就不同意收揽那个逃难的会员，是二旦出尽风头，这才……唉，我看，应当对康二旦……""重重地嘉奖！"老崔接过了话茬儿。包委员愣了。老崔揩去眼泪，激愤地在混乱的屋里踱着步子吼道："蛇蝎缠身，刀搁在了脖子上，我们还能一忍再忍吗？这帮可恶的暴徒，就该狠狠地收拾他们！要是我们的同志人人都成了康二旦，红枪会他敢这么凶残吗？老包，恶人为什么这么恶，都是我们的软弱、迁就和忍让把他们惯出来、养起来的！对反动派的仁慈，就是对人民的犯罪呀！"包委员很委屈地反驳说："可是，红枪会还不是反动派呀！上级不让动刀枪，还想把红枪会争取过来。我们总不能用肉体去抵他们的刀子，做无谓的牺牲吧？"老崔稳定了一下情绪，说："我再去找上级汇报，强烈要求，用武力歼灭红枪会。"

小周的遗体葬在了挂云山清泉观附近，乡亲和战士们凭吊了烈士英灵。

老崔强忍悲愤，顾全大局，遵照上级指示，同县基干队长李俊卿，指导员刘文亭，约见了杨三和尚和杨四和尚，向他们宣传抗日爱国的道理，劝他们不要上日本侵略者和国民党的当。这两个兄弟，冥顽不化，死不认错。县长齐维礼又将杨三和尚请到抗日根据地米汤崖，苦口婆心，与之交谈。这个

二九
歼灭红枪会

顽固派，依然将县长的话当耳旁风，回到威南沟，却更加疯狂地集会、开坛，游行示威，反对八路军。

军分区首长终于下定决心，调来了平井获第八支队的队长韩增丰，命令八支队，歼灭红枪会。

韩增丰，字光宇，一九一五年出生在河北省平山县湾子村一个佃农家庭，一九三二年加入中国共产党。"七七事变"后，这个在山西军官学校毕业的高才生，被编入平、井、获第八支队任队长。他的部队驻扎在回舍，经常在平山、井陉、获鹿、正定、灵寿、行唐一带活动，神出鬼没地袭击日军，是个让鬼子闻风丧胆的人物。这回歼灭红枪会，韩增丰决定先来个"引蛇出洞"，再来个"顺手牵羊"，最后再"一箭双雕"。为了协助战斗，上级把三中队的一部分力量，也从九龙山调回三峪。李恒山派苏大智，带领康英英、李芳芳、康来羊还有卫生员孔瑞瑞等十来个人，回到了挂云山。区公所也干脆从庄子头转回三峪，设在了挂云山顶的老君庙内。三峪的战士，久别重逢，亲切有加，苏大智、李书祥、李芳芳，都在互诉思念之情。康英英有意将孔瑞瑞引到康二旦跟前，让他们好好说说话。孔瑞瑞很温柔地说："二旦哥，你大战红枪会的事，俺在山里就听说了。真解恨，男人有武功，才更像男子汉呢。"康二旦别看勇武过人，在漂亮女性面前，倒腼腆得很。他一下红了脸，用厚厚的大手搓了搓后脖梗，头上冒着细汗说："瑞瑞，我觉得，女人会唱歌，才更可爱。好久没听你唱歌了。"孔瑞瑞高兴地说："以后我会经常唱歌给你听。你有空，再练练你的扁担功，让俺开开眼。"康二旦很兴奋地点头说："这行，有空就练。"

因为小周的牺牲，谁也没有放开劲儿欢乐。战士们又一块儿到山腰的清泉观附近，凭吊了小周，在他墓前发了誓，要歼灭红枪会，为小周报仇。

歼灭战终于打响了，韩增丰带领八支队，先在上安炸毁了鬼子的铁路，接着进攻红枪会的老窝儿。在威南沟，捣毁他们的佛堂，当场击毙了杨三和尚，把杨四和尚引了出来，便直奔了庄子头和三峪。韩增丰决定在庄子头和三峪的半道上消灭红枪会。

杨四和尚为了给兄报仇，很快纠集了红枪会、黄枪会九百多名会徒，举着大刀、长矛，他们的各种武器上都飞扬着红缨或是黄缨，威风凛凛，向庄子头和三峪方向扑来。

三峪村西口，康二旦、苏大智、李书祥、康英英带领着基干队、青抗先、儿童团严阵以待。人们手里拿着步枪、抬杆、老套筒、起粪叉、锄刀、擀面杖，还有枣木棒槌。杨四和尚身穿大红袈裟，骑着枣红大马，手持铜柄禅杖，带着他的红枪会、黄枪会徒们，一道烟尘来到了三峪村口。杨四和尚勒住马头，向村头的人们，高喝："大胆刁民，赶快让路，我们追杀的是韩增丰的八支队。韩增丰在哪里？""我在这儿。"突然，在红枪会的右后方，从南边棒子地里跳出一个人，站在一个土坡上。此人，个头适中，身穿灰色军装，打着八字花的绑腿，头戴八路军的军帽，剑眉下，一双特别睿智的眼睛，他正是抗日名将韩增丰。路边的几个会徒，举起武器想动武，"不准动！"棒子地里呼啦一下，站出一大排手持步枪的八路军战士，有个身材特别魁伟的战士，留着大胡子，跃上土坡，一甩手枪，啪啪两枪，打落了会徒一红一黄两缕红缨。会徒们不敢妄动。杨四和尚打马往回走了一截，又勒住马头，对韩增丰说："韩队长，你毁了我的佛堂，打死我的哥哥，今儿是清算的时候了，我要把你千刀万剐。"韩增丰笑笑喊："杨四，我告诉你，人民不是永远受你欺负，受你愚弄的，你的末日就在眼前，还敢口出狂言！"杨四和尚在马上回道："我们是受佛祖保佑的天兵，不怕你布下天罗地网，我们口吞黄符，便刀枪不入。"韩增丰哈哈一笑，说道："那好，看我们一会儿怎样把你正法，我先跟你的会徒们说几句话。"这时，一个战士走上土坡，把一个白铁皮喇叭筒送到韩增丰手里。韩增丰对着喇叭筒高喊："红枪会的弟兄们，我们八路军是人民的军队，绝不滥杀无辜。我们要严惩的是杨四和尚这个作恶多端、死不悔改的民族败类。请弟兄们赶快醒悟，放下武器回家，不要做杨四和尚的殉葬品。给你们三分钟时间考虑，快快放下武器，回到人民中间来吧。在威南沟，我们击毙了杨三和尚。事实证明，你们并不是什么神兵，更不是刀枪不入，不要再执迷不悟了。"

　　杨四和尚也训话煽动："徒儿们，不要听他一派胡言。我们是受佛祖保护的，我们加入了九女先天道，老母也会保护我们。我哥哥的死，是因为没来得及口吞黄符。徒儿们，谁要敢放下武器叛道，天打雷击，老母会让你脓血化身。听我的号令，口吞黄符，准备除妖。"这些个红枪会、黄枪会的人，都是洗脑至深，没有一个人放下武器，全部都从衣袋里掏出一张用朱砂画在黄表纸上的红符，填进嘴里，嚼嚼咽下，准备向八支队反扑。韩增丰命令身边的大胡子："大个子，击毙杨四和尚。"那大胡子甩手"啪"的一枪，呼啸的一粒子弹正穿透了杨四和尚的眉心，这杨四和尚连哼一声也没来得及，便血浆脑浆一块儿流，从马上栽了下来。红枪会里有人喊了一声："为住持报仇啊……"众多的会徒，举起刀枪，要冲进棒子地，韩增丰命令："射击。"战士们全都开了火，步枪机枪一齐吼，"嘟嘟嘟""啪啪啪"，这些假和尚一批又一批倒下。我们的战士都没动地方，很快就打死了五六百红枪会。最后剩下五六十个人，见吞符不顶事，一个个扔下武器，夺路逃命。韩增丰对着喇叭筒高声喊："停止射击，就地宿营。"司号员吹响了宿营号，这场战斗从开枪到结束，用了不到五分钟。

三峪村的基干队、儿童团，一路欢呼着来捡武器了。哈，什么样的武器都有哇，大片刀、长矛、红缨枪、烟火棍、青龙剑、大板斧，还有一种武器叫大烟袋。人们扯掉上边的红缨和黄缨，挥舞着，一片欢笑。

黄昏，韩增丰命令支帐篷，宿在三峪村口。战士们都很纳闷儿，打完仗不走，敌人又来了怎么办？韩增丰也不做解释，只是说："服从命令。"战士们只好支上帐篷，在村口扎了营。

战士们睡到半夜，突然又紧急集合。韩增丰命令身边的大胡子说："大个子，你留下来。给你一箱地雷，你去通知基干队，带乡亲们转移上山后，各个巷口，埋上地雷。"大个子好大力气，扛上那箱地雷就进了村子。三峪村里，很快传来各家各户的敲门声和狗叫声。韩增丰带领队伍出发时，也往村口埋了许多的地雷。

这位韩队长，真不愧是抗日名将，他带领着队伍刚过了孙庄，就听到三峪村里，响起一阵阵爆炸的声音，那是前来报复的鬼子踏响了我们埋下的地雷。有个战士欢笑着问："韩队长，你真是神机妙算，你咋知道鬼子要来呢？"韩增丰此时才揭透谜底说："这还不明白吗？红枪会被我们打败，他们会甘心吗？逃回去的会徒，向上安的宪兵队一汇报，知道我在三峪宿营，肯定会来报复的，何况我还炸了鬼子的铁路，这叫兵不厌诈。"战士们恍然大悟。韩增丰离开三峪后，带着队伍，一鼓作气，接连捣毁了威东头、威东街、威河西、南北固底、高家峪、石棋峪等七个村庄的佛堂，给了红枪会一个毁灭性打击。

再说三峪村的事。那天半夜，三峪村的战士和群众，坐在挂云山的山坡上，看着村里一阵阵爆炸后的火光，比看过年的焰火还过瘾。天快亮时，村里的爆炸声停了，韩增丰留下的那个大胡子，转悠着对乡亲们说："乡亲们，天亮后大家先不要回去，要等着基干队和青抗先把地雷清干净再回村。"这大胡子的讲话惊动了一个人，就是抱着孩子跑上山来的大红颖。大红颖听着这人说话好耳熟，就悄悄地留意上了他。正好有了一个机会，这大胡子到一个山洼里去抽烟，大红颖就悄悄离开了熟睡在棉花包上的康三堂，抱着正打盹的小抗抗，跟上了那大胡子，悄声问："同志，你是哪个村的？"大胡子看看旁边无人，伸手就握住了她的手，大红颖吓了一跳。刚要叫，那大胡子却学了一声百灵子叫，大红颖又惊又喜地低叫："你是喜全叔？"大胡子看着她微笑，他正是她日夜思念的杨喜全，想不到在这里相遇了。杨喜全握紧她的手说："红颖，快把我想疯了。"大红颖一下淌出泪来，用脚尖儿狠踢着他骂："你个坏叔叔，怎么这么长时间不来，我恨死你了，天天骂你。你看，这是咱俩的孩子。""是吗？"杨喜全摸了摸胖小子的脸蛋，张开双臂，把孩子和大人一块儿搂进了怀里……

三〇　战火中的婚礼

　　在山洼的草丛里，杨喜全把大人孩子一块儿搂进怀里，先在胖小子熟睡的脸上轻轻吻了一下，很快就吻向了大红颖的热唇。一会儿，大红颖推开他，说："行了，问你几句话，你怎么留了胡子？扎哄哄的。"杨喜全顺手摸了一下嘴边的胡须说："假的，为了执行任务。"大红颖斜了他一眼，颠了颠怀里的孩子说："这会儿还有任务吗？"杨喜全扯下胡子，像孩子一样嘿嘿笑起来。大红颖也笑了，骂了他一句"傻样儿"，问他："我托吕部长四处打听你，咋打听不着？"杨喜全说："我改名儿了，战士们见我长得高，叫我杨登云，我就认了，没人知道我叫杨喜全。"大红颖在微弱的晨光里凝望着他，轻轻问："为什么不来看我？知道人家多想你呀。"杨喜全瞪大两眼，咂了一下嘴，挺冤枉地说："我找过你。""什么时候？"大红颖坐直了身子。"一次是前年桃花谢了的时候，还一次是去年冬天，刚下了大雪。半夜里，我在墙外学百灵子叫，你就是不出来，我怕村人当坏人抓我，只好走了。"大红颖想了一会儿，很遗憾地一拍大腿，说："唉，头一回是咱孩子过完满月，我回了娘家；第二回，正赶上了转移，我又回了娘家。唉，悔死了，悔死了……"大红颖后悔地用脚踹开了杨喜全。杨喜全趁势抓住她一只脚，握在手里说："这回你跑不掉了吧？我可是奉命留在三峪，专门来报复你的。"说着，顺着大腿想下手，大红颖两腿一夹，暗视了一下怀里的孩子，狠狠瞪他一眼说："我还怕你不成？等着。"说罢，爬了起来，抱着孩子轻快地走了。不一会儿，大红颖又闪电般回来，腋下挟着个半截褥子。她刚把褥子铺在草上，身边的男人早已等不得，如饿狼般将她扑倒，按在身子底下。几年不见，当男人那高热如杆的敏感部位一进入女人温暖如潮的身子里，就很快疯狂地大动起来。健壮多情的女人，也像久旱逢甘霖，在草丛里，仰着脸，腆起下巴，大张着两眼和嘴巴，向苍天呼救一般，啊啊着承受着男人那可心的猛浪。很快，如电击全身，大潮升涨，女人已身如泉涌，这更激发了男人的狂野，他们完全忘了这是在什么地方、什么时候，只有两人的灵魂在飘然欢舞。女人忍不住发了畅吟，男人突然害了怕，小声训她："小声些吧，南边有人。"女人极舒服地说："我不管，死了值了，啊……"男人急忙撸下头上的军帽，堵到她嘴里，继续大做……

东方的天际，露出鱼肚白，有黎雀在山里叫了第一声，康三堂从熟睡的人堆里醒来，他是被一泡尿憋醒的，一看身边，没有了大红颖，只有小抗抗蒙着小被子在熟睡。三堂想，姐姐也许是到什么地方撒尿去了，就迷迷糊糊离开人群，到一个山洼附近去撒尿。当他抖落干净小鸡鸡上的尿珠儿，突然听到近旁山洼里，有一种奇怪的呜呜声，还有大口的喘气声。他害怕了，怀疑是一种什么可怕的野兽，吓得一边抽腰，一边跑着到人群里去叫人。他看到苏大智挎着一节大手电，就跑过去，拍着苏大智的腿低叫："苏队副，快醒醒，好像有情况。"苏大智一激灵，睁大了眼睛，问："哪儿有情况？"康三堂指着不远处一个山洼说："那里头有动静，呜呜直叫，不知是坏人还是野兽。"苏大智很快来了精神，跳起来，右手拔枪，左手抄起手电说："走，带我看看去。"康三堂壮了胆子，领着苏大智，悄悄走向不远的山洼。果然，那种怪声还在继续，一丛狗尾草在晨光里有节奏地摇晃着。康三堂心里怦怦跳，弯腰抓起一块石头。苏大智又走了几步，扭亮手电一照，草丛里的画面，让康三堂大吃一惊。"姐！"他惊叫一声，手里的石头落了地。苏大智捉奸拿了双，马上正义在手，快感在胸，冲山冈上的人喊："快来人，有人奸污妇女啦……"山上的百姓、战士，呼啦一下全醒了，又呼啦一下全围了过来。天已大亮，人们非常吃惊地看到了正在穿衣服的大红颖和那八路军大个子。苏大智义愤填膺地大骂："好你个外来的野汉子，还当八路，你竟敢奸污我们三峪的妇女，给我收拾他！"当地的乡亲怎能容忍这种腌臜事？人们像攻击一头恶兽，抓起石头，一齐砸向大个子。杨喜全推开大红颖，一边迎着石头，大喊道："不要打，她是我的女人。"三峪人一听这话，更是火上浇油，抓起更大的石块砸过去。大红颖急喊："乡亲们，他是我丈

三〇
战火中的婚礼

夫，孩子他爹。"一块大石砸在杨喜全脑袋上。杨喜全倒在地上，血很快染红了山石和绿草。大红颖急了，顺手拿出杨喜全弹袋里一颗手榴弹，拧开盖，挽了弦儿举在手里吼："谁敢再打！再打，我和你们一块儿死。"这时，康三堂也醒过腔来，几步跑到大红颖身边，向人们高喊："你们住手！谁再打，我和姐死在一块儿。"康三堂的举动，让人们全都愣住了。苏大智命令身边的战士："给我把她逮起来。"大红颖冲苏大智吼："姓苏的，你敢动手，我先炸了你！"康二旦来了，推开苏大智，冲大红颖喊："杨红颖同志，你把手榴弹给我。"大红颖一手指着地上淌血的杨喜全冲康二旦喊："你们快救我丈夫。"孔瑞瑞和王二梅已经去抢救杨喜全了。康村长、李书祥也很快赶了来。大红颖又冲康村长喊："请你们把人驱散，我的事，吕部长最清楚。"康二旦、康村长和李书祥把人们劝散，大红颖才把手榴弹交给了康二旦。此时，康三堂的父母，康大石匠和石嫂，跌跌撞撞赶了来，石嫂往大红颖跟前一坐，两手拍着石头哭号着喊："红颖呀，你怎么干出这种伤风败俗的事呀？这可叫我们丢尽八辈子人啦……"康石匠抱着哭闹的小抗抗冲三堂喊："三堂，你还护着你媳妇，你媳妇有野汉子啦！"康三堂说："她不是我媳妇，她是我的姐姐。"石嫂一惊，又哭得鼻涕眼泪一块儿淌，喊道："三堂，你傻了吧？你被这狐媚子迷惑了吧？我们明媒正娶给你找的媳妇，怎么是你姐了？"大红颖往前一站说："三堂说得没错，我是三堂的干姐，不是你们康家的媳妇。"康石匠抱着哭闹的小抗抗问大红颖："你说你不是我们的媳妇，这孩子是谁的？"大红颖接过孩子，一指地上的伤员说："是他的。"康三堂说："对，我从来没和我媳妇，不，从来没和我姐睡过觉。"康石匠惊叫："这，这是怎么一回事呀？"石嫂哭喊："你这不是骗了我们吗？我的天哪……"三峪的乡亲们，全都大眼瞪小眼，摸不着头脑了。康二旦和康村长劝三堂父母先回去，组织要仔细调查这件事。苏大智也说："康叔康婶，你们先回去吧，我们一定会调查此事，严肃处理，该枪毙的枪毙。"

苏大智带康石匠和石嫂同乡亲们一块儿回了三峪。康二旦、康村长派人将杨喜全背进离此地最近的清泉观；杨红颖暂时软禁在观里的东配殿，等候调查处理。孔瑞瑞、王二梅、康三堂负责照顾重伤的杨喜全。

八支队的大队长韩增丰，不愧是抗日名将，他布下的那一手"金钩钓鱼"计，实在太妙了。昨夜，前来报复的鬼子，进村没找到一个八路的影儿，反倒挨了一通地雷炸，丢下一片死尸，狼狈地逃走了。天亮后，基干队进村清理了没响的地雷，又在村里进行了一次大搜查，才通知乡亲们回了村。战士和乡亲们埋葬了鬼子的死尸。村外，红枪会的尸体，也通知了各自的家属来收尸。上级对死去的红枪会会员家属，进行说服教育之后，给他们发放了救济款和救济粮，做到了仁至义尽。而后，该处理杨喜全和杨红颖的事了。康三堂和小抗抗住在清泉观，已有七八天不回家了。康大石匠三天两头往挂云山老君庙里跑，要求区公所尽快解决这件事，让儿子回家，给他们康家一个说法儿。主持工作的包委员，端着大烟斗，对康石匠极其严正地说："这件事的性质是非常恶劣的，我们要严肃处理杨红颖。对那个杨喜全，养好伤之后，我们马上申报上级，执行枪决。"康石匠一听枪决杨喜全，反倒害了怕，因为他的儿子传出话来，如果枪毙杨喜全，大红颖也要跟着死；如果大红颖跟着死，康三堂也以命相陪。康石匠反倒为杨喜全求起情来。包委员依旧坚决地说："三峪百姓的觉悟是很值得学习的。但越是这样，我们越要严明军纪，才能对得起老百姓。您回去等着吧。"这个包委员，怕红枪会，怕暴力，却不怕自己的同志，尤其是这一类的事，他要狠狠地来一手，为严明军纪，更为体现他的权威力量，当然，也有一部分是出于男人的嫉妒。对杨喜全，他坚决主张枪决。苏大智也积极配合，写了一份准备往上报的材料。

　　康二旦、李书祥，还有康村长，他们与包委员意见相左，争论过好几次。这包委员，反倒像铁面包公似的，满口正气，毫无动摇的意思。

　　清泉观内，重伤的杨喜全，由于孔瑞瑞、王二梅、康三堂和王道长的调治关照，伤恢复得很快。小抗抗守着他，也给他增添了无限欢乐。这个小家伙，往日康三堂让他叫爹，他是死活不叫，杨喜全要他叫爹，他马上就叫了，而且还光要找杨喜全。血缘这东西，真是了不得。杨喜全躺不住了，催着上级赶快处理他的事，他想归队了。康二旦赶过来劝他说："杨喜全同志，你的伤不能好得太快，好快了，你就没命了。你要再装几天傻，等着事情的转机。"杨喜全说："我堂堂男人，从来不会装假。"王道长给他弄了几服迷药，每天骗他服点，他就又昏迷了。康二旦派康三堂和李芳芳进了九龙山，找吕秀兰赶快回来。

战火中的婚礼

　　康三堂和李芳芳在九龙山转了两天，找到了三中队，也正好赶上三中队奉了上级命令，要转回挂云山，继续在三峪开展抗日工作。

　　很快，我们的三中队，在李恒山、吕秀兰和区委老崔带领下，高唱着《三大纪律八项注意》，排着整齐的队伍，回到了挂云山。

　　山上山下的欢腾景象，像一次大胜仗后的会师。也只有在战争时代，才会有这样发自肺腑的大呼大叫、大哭大笑又大闹的欢腾场面。孔瑞瑞先发现少了一个伙伴，她惴惴地问吕秀兰："吕部长，王香妮呢？"吕秀兰笑着把她拉到一边，先端详了她的俊模样儿一番说："瑞瑞，我正想找你谈话呢。你的好伙伴王香妮，被调到东焦区大队部任妇女主任去了。上级也决定派你去东冶，担任妇救会主任。"孔瑞瑞一听，急忙摇手说："不行不行，我这人多愁善感的，是个弱女子，当不了干部。"吕秀兰很认真地说："你是党员，得服从分配呀！当前的抗战形势特别缺少女干部，谁一开始也以为自己当不了干部，在战争中学习嘛。"孔瑞瑞低头咬了一会儿下嘴唇，抬起脸，眼里掉下两颗泪珠说："可我，舍不得咱三中队，舍不得挂云山。"吕秀兰说："我们打的是游击战，走了还会回来的。你要是这么爱挂云山，将来找个挂云山的婆家，不就行啦？"孔瑞瑞一下又笑了，羞得脸一红说："部长，你说什么呢？俺没想过。"吕秀兰笑笑说："好，没想过。瑞瑞，服从分配，准备去东冶。"孔瑞瑞知道推不掉，又提了个条件说："吕部长，我晚几天再走行吗？我手里有重要伤号。"吕秀兰点点头说："也好，我向上级请示给你请几天假，你帮着我处理了杨红颖和杨喜全的事，我带带你，教你如何做妇女工作。""是。"孔瑞瑞高兴地答应下来，行了个军礼，又说："吕部长，我调动的事，你先给我保密。"吕秀兰点头笑了。

　　队伍驻扎下来才知道，从九龙山归来的同志们，吃了更大的苦头，他们身上不但寄生着成堆的虱子，有一大部分战士还长了疥疮。康二旦拿出洗虱药水，却很有限。战士们奇痒难挨，就在山上找来干柴，点了火，脱掉衣服，往火里抖落虱子，纷落的虱雨，在火中噼啪乱响；也有人找来谷草点燃，烤身上的疥疮。事毕，李恒山、老崔、吕秀兰先带领全体战士，到清泉观附近祭奠了牺牲的小周。吕秀兰很快就到山顶老君庙，找包委员，听取了杨红颖和杨喜全的犯罪事实，看了苏大智写的材料。吕秀兰说："包委员，这件事我认为你们定的性质偏重，材料语气也太过激。这不是强奸案，他们的背景较特殊，够不上枪毙。"吕秀兰把其中内幕透露给了包委员。包委员听了，仍有成见，他把大烟斗伸出窗外，磕掉烟灰，狠吹了两下说："总之，要严肃处理，给三峪乡亲一个满意的交代。要不，先开个批评大会，你先听听群众的怨恨。"吕秀兰说："这个我同意，我先听听群众的意见。"她马上带了孔瑞瑞，先找大红颖和杨喜全谈过话，又与康三堂的父母深入交谈过；接着，去杨家坳，给杨红颖的父母杨古六夫妇，做了深入细致的思想工作；最后向李恒山、老崔和包委员做了汇报。老崔选定了日子，在三峪大戏台，召开批评教育大会。

桃色事件，本身就有很大的轰动性。开会这一天，人来得特别多，连庄子头、岭口的一些人也来了，真比看大戏还热闹。

戏台上，正中放一张条桌，一个凳子。台左侧坐着老崔、包委员、李恒山、康二旦，台右侧坐着村长、杨喜全、孔瑞瑞、大红颖。台下最前排的中间，坐着康三堂和他的父母。包委员主持大会，他先捉着大烟斗，走上台，铁青着大脸，极其严肃地，用批判会的气势讲了一通开场白。接着是吕秀兰讲话。吕秀兰，风采依旧，打补丁的旧军装，干净利落；虽然她眼睛不大，但极有神；个儿不高，很有劲势儿；一头齐耳短发，英气勃勃。她坐于台中桌前，先打开一份材料，用很洪亮的声音说："同志们，三峪乡亲们，我们为什么开会，大家都清楚，但是，也有许多大家不清楚的。我在这里，给大家揭揭盖子。像杨喜全、杨红颖这种类型的事，在咱们队伍里是坚决不允许发生的。但是这件事的特殊性，又不能与其他类似的事相提并论。所以，我这个知情人，要在这里把他们的故事从头到尾地讲述一遍，供大家帮助裁断。"

这才是人们想要听的，台下响了几下短促的巴掌，又戛然而止。会所里鸦雀无声，人们都凝神期待，一时间忘了身上的虱咬疥疮，唯恐漏掉一个字。

吕秀兰站在公正的立场上，讲述起杨喜全和大红颖在家乡那段真诚美好的初恋。"月夜浇园，鲤鱼牵线，高粱地里定情，杨喜全求婚，红颖她爹嫌杨喜全家穷，以辈分不对为由，生生拆散好姻缘。杨喜全和杨红颖真情未断，美丽的夏夜，杨喜全以学百灵鸟儿啼叫为号，约出杨红颖，在野外看瓜棚里，再续情话。他们由初恋上升为热恋。后来，村人捉奸，风波再起，流

战火中的婚礼

言如刃，杨红颖的父亲再次棒打鸳鸯，逼着女儿改嫁富户。杨红颖痛不欲生，宁死不从，就在这个当口，三峪村康石匠家，因遭匪患，石嫂惊吓成疾，百治不愈。后来，康家又遭了红枪会杨四和尚的诈骗，损失惨重，石匠之妻，也就是三堂的母亲，病情日重一日，无人料理家务。为了生计着想，康石匠不得不让康三堂辍学娶妻，找个大媳妇，给家里当用人。于是，有媒人就介绍了比三堂大十一岁的杨家坳的杨红颖。一开始，杨红颖誓死不从，后来打听到要嫁的还是一个孩子，而且要嫁到挂云山下，杨红颖从小就喜欢挂云山，恨不能生于此。于是，她心生一计，答应过门，暂时寄居在了康石匠家，与三堂暗中结为了姐弟，帮康石匠家渡过了难关。这件事，还是让康三堂上台自己来说。三堂，上台。"康三堂很快走上台，对乡亲们说："是这样的，头一天入洞房，红颖姐就和我商量好了，我们只做姐弟，不做夫妻，将来，姐再给我找个岁数差不离儿的。我们俩，是分开住的，我住东间，姐住西间，我们从没在一条炕上睡过觉。"说罢，三堂下了台。台下有人提问："不对呀，没睡过觉，孩子从哪儿来呀？"

这是个必须回答的问题。吕秀兰虽然也还是个大姑娘，她参加革命几年，不再封建，她一打手势，台下很快静下来，她大大方方地说："下面，我专门说说这个孩子。杨喜全快奔三十岁，早超过了结婚的年龄，却成不了婚。他对身在三峪的杨红颖痴心不改，忠贞不二。前年夏天，杨喜全丧母，这个热血男儿，决定去投红军，奔赴抗日战场。夜里，他特意到三峪与杨红颖道别，仍在墙外学百灵鸟儿叫，他们暗夜相会，有了一夜情，杨红颖的身子里，就播下了一粒革命后代的种子。"台下的人听得精神大振，那个包委员却听不下去了，把大烟斗在板凳腿上狠狠磕了几下子，走上台说："不要再讲了，这种桃色事件，对战士们细讲，很有误导性，什么情呀爱的，纯粹小资产阶级情调儿。"台下的群众不干了，纷纷喊起来："讲下去。""接着讲。""姓包的下去，快下去。""咚……"人们的口中，发出了轰乌鸦的声音。包委员在台上非常尴尬。老崔走上台，救了他的驾，老崔扬手止沸，对群众说："乡亲们，大家误会了，包委员也是为了维持好军民关系。"回头对吕秀兰说："吕部长，感情上的故事，可以弱讲，群众想知道，你就接着讲下去。"吕秀兰点点头。老崔和包委员同时下了台。吕秀兰接着说："杨喜全找红军，几经周折，待过好几个部队。"七七事变"后，他在平山县湾子村，又投到了抗日名将韩增丰名下，很快练成神枪手，跟着韩增丰打游击，立过许多战功。再说我们的杨红颖同志，她留在三峪村，帮助康家渡过了困境，帮三堂的母亲寻找村医康二旦，治好了顽疾，还成了三峪村一名抗日模范。关于杨红颖的背景，她暂时隐瞒了康家，但她并没有隐瞒抗日组织，去年夏天，三峪激战之后，杨红颖和我谈过一夜，把一切真情全部告诉了我，她请求组织为她解决这件事。我也为这件事四处打听杨喜全的下落，一直打听不着，这是为什么，杨喜全同志，你上台自己说一下。"杨喜全走上台，对群众解释说："我一到队伍，就改了名儿，人们看我个儿高，叫我杨登云，我就认了这个名儿，没人知道我叫杨喜全。这回留在三峪，能找到我的情人，还是韩队长有意安排的呢。""好，你先下去。"杨喜全坐回原位。吕秀兰接着说："同志们，红枪会的人早就说我们共产党人只有党性，没有人性，这完全是对我们的污蔑。我们共产党人，是完全为人民办好事的。下面，我向三堂的父母说几句话。康叔康婶，杨红颖闹假结婚，你们一定认为挨了欺骗。其实，三堂和红颖的结婚是无效的。我们共产党人，反对养童养媳和找小女婿，你们为孩子办婚事，完全是父母之命、媒妁之言，并没有到区里认领结婚证，所以不能算数。杨红颖的命运和我非常相似，我十二岁就被人贩子卖到了庄子头，给大我二十岁的何玉祥当童养媳。我同样不甘心这命运的不公，为了自己的幸福和尊严，我一直和玉祥保持着兄妹关系。红颖和三堂呢？也一直保持着姐弟关系至今。这并不是坏事，这对三堂也是公平的，三堂将来要有自己的事业和爱情，康叔康婶，你们说是吗？"台下，三堂的父母全都点头，捂着眼睛呜呜地哭了。吕秀兰站起来，走到台口，问："你们有什么话，请对我讲出来，别闷在心里。"康大石匠站起来，撸一把泪说："吕部长，道理我们懂，也愿意红颖嫁人，可是……""可，她也不愿离开你们，更不愿离开挂云山。今天，由我做主，让杨红颖同志认你……""是我们舍不得她走呀！"石嫂也站起来哭着说："红颖这孩子在康家好几年了，又孝顺又懂事，真嫁出去，我们受不了呀。"吕秀兰微笑着说："二老放心，红颖与我说了认你们做干爹干妈，她还是你们家的人，你们说好不好？""好啊！"三峪的乡亲们先答应了。三堂父母感激涕零，连连说好。李恒山亲自下台，把三堂的父母拉上了台，设了座位，吕秀兰喊过大红颖，当众让她叫了爹娘。康三堂上台，叫了大红颖姐姐，一家人皆大欢喜。大红颖将石匠石嫂搀下了台。台下一片欢乐的掌声，有不少人被这场面感动得流了泪。

接着，吕秀兰喊上杨喜全，对他说："区里可以批准你们结婚，但是那天傍明儿的事儿，太不注意影响，我们经研究要批评你，你要写一份检查交上来。"杨喜全爽快答应了。很快，苏大智跑上台，负荆请罪来了，说那天傍明儿，他不该下令打人。吕秀兰说："你也要写一份检查。另外，你负责抓一抓文艺组，准备为杨喜全和杨红颖同志举办一次高水平的婚庆，权当将功折罪。"这正是苏大智乐此不疲的，他当即行个军礼说："吕部长，瞧好儿吧。"又当即向杨喜全赔礼道歉，二人握手言和。

苏大智领着文艺组忙起来，尤其是孔瑞瑞，她早就想编一支歌唱挂云山的歌，这回终于拿起笔来。她房里的灯光，夜夜都会亮到丑时以后。另外，还有一间屋子的灯光也常常亮到丑时，那就是康二旦的房间，他这个民间医生，夜夜守着石药罐，用硫黄、凡士林，研制治疥疮的药膏。

婚庆的日子，一晃就到了。三峪村里，又像过庙会一样热闹起来。石匠北院的西间，是大红颖的新房，王二梅、范氏大婶忙着剪窗花，贴红喜字。石匠夫妇，特意为干闺女杀了四只羊。杨家坳大红颖的父母也用小拱车推来一车菜。婚庆地点，仍在村东头大戏台，台上高搭席棚，贴着大红喜字。上午九点，婚庆开始，吕秀兰做主持。开头，先由康三堂、温二凤上台演了一段《小放牛》。接下来，苏大智跳了桑巴，康二旦练了扁担功，接着婚礼的主角要出场了。吕秀兰微笑着健步上台，用念诗一样的语言高声朗诵："北山的野菊，为一对情侣盛开；南岭的百灵，为一对战友抒怀；挂云山的白云，为一台婚礼添彩。请看，一对新人，真情不变，痴心不改。他们，穿过炮火硝烟，跨过万水千山，正姗姗向这里走来……"

音乐起，悠扬，悲壮。

台下的群众，闪出一条甬道，先是美丽的王二梅在前引路，她，翠衣红巾，面如梨花，右胳膊上挽着一只柳丝编的小花篮，篮里盛着红色的麦麸；紧跟着是范氏大婶，一路扬撒着红麸子，引领着新郎新娘缓缓而来。大红颖，头戴红绒花，穿着红嫁衣，挽着身穿黑色长衫、头戴黑礼帽、胸前戴着大红花的杨喜全，含羞带笑，穿过人群，走向戏台。

戏台上，孔瑞瑞穿着新军装上场了，她随着音乐，亮开金嗓子，高唱起这支婚礼上的新歌《挂云山之歌》：

悠悠的白云，高挂在叠嶂；
红红的山丹，燃烧着奔放。
这里是九龙之首，
崛起在八百里太行。
啊……挂云山，挂云山，
蕴藏着千古神话，
召唤着滹沱帆樯。
登上玉皇顶，向东方瞭望，
在那太阳升起的地方，是我们可爱的石家庄。
有一位姑娘，把这里向往，
她迎着百灵鸟的歌唱。
走啊走啊，走向挂云山，
走成了这里的新娘。

悠悠的白云，高挂在屏嶂；
皎皎的梨花，烂漫着春光。
这里是华岳之尊，
挺直着民族脊梁。
啊……挂云山，挂云山，
回萦着道观的钟响，
轻漾着神鱼的细浪。
登上玉皇顶，向东方瞭望，
在那烽火连天的地方，
是我们受难的石家庄。
有一位儿郎，把这里寻访。
他走啊走啊，走向挂云山，
走成了这里的新郎。

啊……火红的青春，战斗里成长，

爱情的花朵，硝烟里绽放。

饮一回交杯酒，再换戎装，

奔向那抗日的战场。

孔瑞瑞唱完，音乐终了。李恒山和老崔走上台，给杨喜全和杨红颖发了结婚证书。一对新人，双双拜过乡亲，拜过领导，又拜过坐在台上的爹娘和干爹干娘，就正式结了婚。康二旦满满激情，找到台角的孔瑞瑞说："瑞瑞，这是你唱得最棒的歌，谁编的?"孔瑞瑞很柔缓地说了声谢谢，小脸通红，刚要对康二旦说点什么，苏大智赶过来，抢着说："是我辅导他们编的，瑞瑞，祝贺你。"说着，将从南岭采来的一束野菊献给了瑞瑞。下面，可就全是苏大智的话了，他以辅导的身份，给瑞瑞提了一些鸡毛蒜皮的意见，又提出了一些锦上添花的希望。康二旦在一边听着，只好把一些想说的心里话咽回肚里，又恢复了领导的身份，他对孔瑞瑞说："瑞瑞同志，以后，你们要多搞一些这样的精品，演给咱挂云山的战士和乡亲。"孔瑞瑞很伤感地看了康二旦一眼说："二旦哥，我要调走了。""什么?"康二旦心里咯噔一下，浓浓的惆怅漫上心头。孔瑞瑞告诉他们，她要调到东冶去当妇救会主任了。苏大智高兴地说："好啊，要高升了，祝贺你，瑞瑞。"孔瑞瑞的声音里有了眼泪的韵味："好什么呀，我舍不得离开咱们中队。"苏大智正色说道："你这种思想可不对。"下面，就又全是苏大智的话了，他给孔瑞瑞讲了许多的革命道理。康二旦只好把一腔真情埋在了心里，再也说不出来了。

吃过杨喜全和杨红颖的婚宴，这对新人在大石匠的北房西间里，只度过了一夜，第二天，妻送郎，奔赴平山，去参加义羊坡战斗。孔瑞瑞却奔赴东冶。康二旦将新研制的疗疮药膏送给他们试用，领导、战士和三峪的众乡亲也挥泪送别了他们。抗战的雄壮大剧，在三峪重新拉开了大幕。

三一　三雄遇难

一九四〇年是抗日战争最艰险的阶段，也是我游击队最生龙活虎、捷报频传的阶段。李恒山、吕秀兰带领的三中队，虽然扎根三峪，但他们的战场却在山林的四面八方。他们炸铁路、割电线、锄汉奸、打伏击，钻青纱帐、宿山沟沟，还参加过乏驴岭铁桥大战。日行百里是家常便饭，露水和汗水浸透了征衣，硝烟和战火又烤干了征衣，征衣变成缯衣，虱子在衣服里滚蛋蛋，疥疮在身上连片片。无规则的战斗生活，康二旦再也没有时间研制治虱子和疥疮的药物，可指战员们的精神却是乐观的，他们管浑身的虱子叫"上帝身上的珍珠"。对于一身的疥疮，还编了顺口溜儿："疥是一条龙，先在手上行，腰里转三转，裤裆里扎大营。"他们吃遍了山里的各种野菜。夜行军，宿到老百姓家里，常常是屋小人多，一条炕上睡十来个人。战士们就利用"插白菜帮儿"的睡法，也就是，这个战士头朝外，下一个战士就脚朝外，挤得严丝合缝儿，谁要是半宿里起来出去尿一泡，回来就挤不进睡觉的地方。所以，战士们还得有少喝水、憋大泡的功夫。说不定什么时候，集合号一响，马上就得紧急集合，战士们得黑着灯穿衣服，打背包，打绑腿，悄无声息地武装起来，飞速行动。眨眼工夫，十几里地又出去了。要不，怎么能叫神八路呢！这么危险的环境，战士们很难睡个囫囵觉，人不睡觉又不行，战士们也就练成了行军睡觉。漫漫征途中，一溜儿长蛇阵，后边战士的双手搭住前边战士的肩头，脚下步履沙沙，头脑却在休息。一觉醒来，队伍没停，却从井陉到了平山。万山丛中到处都有我游击健儿神出鬼没、巧妙杀敌的身影儿，到处都上演着最悲壮的战寇图。

阳历的八月，我八路军总部，要发动一次特大规模的正太铁路破袭战。为了适应日寇分割河东地区的形势，地区决定，将平山城东一个区，井陉河东三、四两个区，获鹿县铁路以北，正定县的大河区，合并为建屏县。那么，三县交界位置上的三峪村，在一九四〇年八月十三日前，属井陉县；八月十三日以后，就属建屏县了。村公所和区公所的新牌子刚刚挂出，正太铁路破袭战的前奏曲就紧张而神秘地开始了。根据军区战字第三号令，分区司令员熊伯涛的左纵队，开进了栈道和三峪村，熊伯涛的指挥部和秘密电台，就设在三峪。紧接着，井获大队的三个连，也由大队长何杨文、李雪瑞带领着驻进了三峪。三峪村一下热闹起来了，到处是队伍。村里的杨树干上，到处拴着嘶鸣的战马。一身戎装的熊伯涛司令身材魁伟，相貌堂堂，神态稳健，通身是胆。乡亲们暗赞："行，一看咱熊司令就是大福大贵的相，能压得住小日本。"

队伍刚一扎下来，就投入了紧张的行动，天天开会，天天有队伍出发。三中队的李恒山、康二旦、苏大智、康英英、李芳芳、康来羊、刘贵子也调入了熊司令的左纵队。村里所有的碾子、石磨，全都转动起来了，组织了老头老婆磨面队，支援左纵队，准备和日寇打大仗。

日本鬼子的飞机，也在天上围着三峪转了几圈儿，只是还没有投下炸弹。

形势虽然紧张，三峪村的孩子们却出现了空前的欢乐。街中心、丰化堂前，搭起了一座席棚，棚下垒了大锅台，支上了一口特大号的杀猪锅，那是专门为八路军熬饭用的。每一顿饭，锅里都得放上半桶小米，每到八路军一吃过饭，村里的孩子们就都围上了锅台，等着吃炊事员用铲子抢下的锅巴。孩子们的笑声和形势的紧张，牵动了范氏婶子的一桩心事，她决定给儿子李书祥和王二梅订婚。她想抱孙子了，李书祥到了成婚的年龄，王二梅也发育成一个亭亭玉立的大姑娘了。两个孩子虽然不敢公开来往，范氏婶子看得出，这两人的感情，早已到了水沸火热的程度了，很怕这对热恋的人一时把握不住自己，闹出像杨红颖和杨喜全那样的"丑"事来。再者，儿媳妇过了门，不但支使着方便，盼望中的小孙孙，也就冥冥中往家里走来了……

范氏婶子是利落脾气，她马上托大红颖当媒人，到高胡同向高奶奶去说。高家马上答应，巴不得将二梅很快嫁过去呢。女方应得痛快，李书祥却急了，说："娘，战争这么紧张，你也不看这是什么时候……"范氏婶子把脸一绷，对儿子说："什么时候？抗日，咱就不过日子啦？就不娶媳妇，不生娃娃啦？我一看见街上的孩子围着大锅吃锅巴，就很想抱孙子。只有娶媳妇，生娃娃，咱中国人才不绝种，才后继有人和日本鬼子干呀！"李书祥也早想娶二梅了，只是战事紧迫，他只好说："娘看着办吧，我可是有重要任务。"范氏婶子说："订婚本来就是大人们的事。你忙你的抗战，我们为你订婚，到时候你只管给我把二梅娶到家就行了。"李书祥答应一句："我听娘的。"马上又到大戏台开会去了。

井陉至平山的那条公路是鬼子一条重要的运输线。因为熊伯涛的左纵队要破袭正太铁路，堵截从石家庄出来的敌人，所以三中队的主要任务，就是要破坏井陉至平山的公路，切断敌人运输。井陉至平山的公路，要通过微水、岩峰、威州、宋庄一些地方，上级决定，由吕秀兰带一支小队，去破井陉至微水的路段。李书祥带另一支小队，去破近一些的岩峰至威州的路段。李书祥还太年轻，又是第一次带队伍执行任务，所以他格外用心，还绘制了地图。区委老崔和包委员来看望破路小队，他们走到李书祥跟前，老崔说："书祥，听说今天是你订婚的日子，未婚妻在你家里吃饭你都没回去？"李书祥笑笑说："订婚，是大人们的事。"老崔说："订婚，也是人生大事。上级决定，放你一天假，今晚的破路，你不要参加了，回去和未婚妻好好说会儿话。"李书祥很坚决地说："不，破路的任务这么艰巨，我不能关键时刻打退堂鼓呀。"老崔说："包委员说替你去带队破路。"包委员托着冒烟的大烟斗说："怎么，你看我带不了兵吗？"李书祥对包委员说："不是，包委员，你不是山里人，还不熟悉这里的情况，也没像我做这么多的准备，还是我去最合适。"老崔很欣赏李书祥这种顾全大局的精神，点头笑笑说："好，让老包配合你行动。"李书祥很感激地说："欢迎欢迎，包委员，您来坐镇，我更有信心。只是……""只是什么？说。"老包看着李书祥问。李书祥指了指包委员燃烧的大烟斗说："夜里破路，可就不能吸烟了。"包委员点头说："这个我知道。"包委员帮着李书祥做起准备工作，他们要带二十个青抗先和基干队员，又发动了三十多个民工，一共五十多个人。黄昏，战士和乡亲们带上铁锹、镐头、大锤、铁杠准备出发，包委员做了重要讲话。大红颖却急火火地找到李书祥，对他说："书祥弟，你们结婚的日子，定在了农

三雄遇难

历的八月十二，也就是阳历九月十三日，距今天还有二十五天。"她把换彩礼的数目告诉了李书祥。李书祥关心的不是这个，他问："二梅呢?"大红颖说："二梅在我的房里等你呢，想和你说几句话。"李书祥说："队伍就要出发了。"大红颖说："书祥弟，二梅明天一早要被她娘带回东头村去，不再回三峪了，等着结婚的日子你用轿车去娶，你还是去见她一面吧，别让她伤心。"李书祥看看包委员，包委员说："书祥，今晚的破路，你不要去了。"队员李五牛也说："老弟，你不要去了，不就是破鬼子的公路嘛，我们能办好。"李书祥实在思念二梅，就对包委员说："包委员，您先带队伍出发，我见二梅一面，马上去追赶队伍。"包委员说："这样也行，出发。"破路队斗志昂扬地走向村西口，李书祥跟着大红颖，赶紧去见王二梅。

康三堂的西间屋里，过早地燃了一盏豆油灯，王二梅守着孤灯，静坐在炕沿上。她没有穿很新的衣服，依旧是那件洗得干净的蓝地白荞麦花斜襟儿小褂，下身是驼色单裤，一双秀足，藏在桌橱前的黑影里。李书祥闯进屋，顾不上欣赏她的素颜，开口便说："二梅，太对不住你了，我的小队出发了，我只能待五分钟。"王二梅用忧伤的眼神看着他，很凄婉地说："书祥哥，明天，娘就把我带走了，不再来三峪……"李书祥坐在她身边说："我知道，到了日子，我会骑着大马，用大花轿车去娶你。从今天起，我会数着天儿过日子了。"王二梅点点头，搓了几下她晶莹的指甲，抬起她那椭圆的颧骨略高的土豆皮色的俊脸，大而黑的眼睛里跳跃着许多光芒，欲语还休的样子。李书祥问："你还有什么话，快说吧。""有。"她一下扑到李书祥怀里，紧紧地抱住他，用低婉的柔声说，"多守我一会儿吧，舍不得你走。"她哭了。李书祥也抱紧了她，用滚烫的唇吻着她的额头说："二梅，我们有了日子，就快了。再过二十五天，你就成了我们家的人了，我们再不分开。""这会儿就不分开。"二梅也吻住他。李书祥说："这不行，我要带队破路，几十号人的生命全在我手里呢! 二梅，我要走了。"李书祥离开她温柔的怀抱，用袖子擦了擦她脸上的泪，就毅然跑出了屋。跑到大门底下才发觉，大门从外面锁上了，这一定是大红颖干的。李书祥只好又跑进院子，找到一个荆筐扣在南墙下，登上荆筐，翻墙到了街上，飞跑着去追赶队伍。王二梅跑出屋，靠在门框上，冲着空荡荡的院子喊了一声："书祥哥……"她把自己的大辫子紧紧地抱在了心口窝儿，很怕书祥一走，成了永别。

天上一轮明月，照耀着队伍的征途，土道两边沟里的高粱、玉米已经蹿起了青纱帐，高粱叶子上的蝈蝈，在月光里东一声、西一声地唱起美妙的夜曲。李书祥一赶上队伍，战士们的话题可就多了，全是他与王二梅订婚的事情。粗黑壮实的李五牛说："我要是能找到二梅那样的媳妇呀，死八回也值。"李树林扬了一下他独有的粗黑的眉毛，用略带口吃的声调低声说："你……你凭啥呀？跟黑李逵似的。当然我也不行。人家李书祥上过正定县学，肚里有墨水儿，美女爱才子。"康末金用敦厚的声音说："那是，像咱们一头高粱花子，一肚子高粱饼子，下辈子也不见得有这福分。"李书祥擦去一头热汗，心里美滋滋地说："你们的媳妇将来也错不了。"李五牛说："得了吧，我早观察过了，别的姑娘，多数都属于女劳力，眼里没情，心里没浪，手上没长姑娘肉儿，还就是二梅有女人味儿，能叫人心动。同志们，今晚上破路，咱们要给李书祥当保镖，为了王二梅，争取在结婚之前不伤李书祥一根毫毛。"众人答："正是，书祥，我们把你当皇上保着。"这些话儿，可能让前边领路的包委员吃了醋，他回过头吼："谁也不许再大声胡说！这可是去破鬼子的公路，光想着娶媳妇，消磨斗志。"其实，包委员的天生大嗓门，比谁都声儿大。李书祥不好意思批评包委员，却压低了声音，对战士和乡亲们说："同志们，我不需要保护。一过了庄子头，谁也不许再说一句话，也不能大声咳嗽，更不能划火抽烟，连一片卷烟纸也不能丢在路上，以防被鬼子发现。"同志们一下全哑了声儿。三峪离岩峰至威州的公路段，有十多里地。走了不到两个小时，队伍过了威州，李书祥领着队伍离开大道，在山根的阴影里，迂回到了施工地段儿。此时，从北边拐弯的地方射过几束白亮的灯光，是鬼子的几辆汽车开过来了。李书祥低声命令："快上山。"五十多个人，很快潜伏到山坡上的荆棘杂草中。不一会儿，有三辆鬼子的汽车载满兵员，往井陉方向开去了。李书祥高兴地想，一定是井陉那边出了事，鬼子调兵呢。看来，破坏这条公路是十分必要的。汽车过去十分钟以后，公路上又平静如初，一只夜游的小动物，跑到路中玩耍了几下，吱吱叫了两声，就钻到路边的草丛里去了。李书祥向包委员争取意见说："包委员，我看可以行动了。"包委员用考核下属的姿态问李书祥："你打算怎么行动呢？"李书祥说："报告包委员，我打算把破路的民工，安排在公路的中间地段，两头安排持枪的民兵；而后，再安排两个人，在两头一里地远的

三雄遇难

山头上持枪放哨，发现情况，击掌报警，由战士掩护民兵撤退。"包委员思谋了一下，点头表示同意，他看向健壮如牛的李五牛，用命令的口吻说："李五牛，你跟着我，到南边一里地远的山坡上去瞭敌。书祥，你带康末金到北边一里远的山头上放哨。"康末金马上表示服从命令。李五牛却向包委员顶了过去，说："不行，我要给李书祥当保镖。"包委员绷起脸训斥："怎么，我支使不动你吗？"李树林急忙说："包委员，我跟着你去瞭敌。"包委员还想再说几句有分量的话儿，却狠狠瞪了李五牛一眼。李书祥对李五牛说："五牛兄，我真的不需要保护，你在这里带乡亲们破路，我和康末金到北边放哨去。记住，一有情况要马上击掌报警，咱们干吧。"破路队马上抡起镐头，开始挖沟。破路这个任务和割电线、炸铁路大有不同，割电线是割了就走，而破路，不但要动用很多劳力，而且工程浩大，时间漫长，还得闹出响动。所以，在山头瞭哨的人责任重大。

包委员这个人，只会做报告，打仗却是外行。他原来是保定粮市的一个经纪人，能说会道儿，生就一张和气生财的笑脸，心里一怒，他的大脸马上会像变色龙一样变得铁青。"七七事变"后，粮食生意不好做了，便投了八路军，进了太行山，因为他有点文化，又有口才，特别会讲话，队伍里特别需要干部，就让他入了党当了委员。红枪会的事，许多人对他有了看法，后来大红颖和杨喜全的风流案发生后，他想争得民心，好好整一整杨喜全，不想事与愿违，又栽了跟头。这回下来破路，他是"镀金"来的，没想到又挨了李五牛一顶，心里很不是滋味。他最懂得群众威信的重要性就想为自己拉几个心腹，今夜，李树林主动陪他来瞭敌，他就决定先笼络李树林。他们坐在高高的山坡上，向南瞭望了一会儿，见没有敌情，包委员就以关怀下级的姿态与李树林拉开了家常，得知李树林家中有一个害痨伤的病父，马上从兜里掏出四块钱的边币，硬塞给李树林，让他为父亲看病。李树林一时间感动得热泪盈眶。包委员那张大脸，慈善得像个老婆婆，亲切的话语，把人心都暖化了。李树林对这位初交的领导又崇拜又敬仰，把月夜里冥冥而降的危险也全忘了，李树林认定，有像包委员这样的人来坐镇，啥危险也不会有。

再说两个钟头前，那三辆载满鬼子兵的汽车，他们真是去增援井陉矿的，因为游击队刚刚大闹了矿区。当汽车开近井陉的时候，吕秀兰带领的队伍已经破了那边的公路，汽车无法通行。鬼子们大骂着："八嘎呀路。"便下车捕捉游击队，打了一阵子枪。但吕秀兰早已带着队伍顺利踏上了归程。枪声引出了井陉据点的鬼子，狡猾的敌人疑心威州这边也会有事，三车鬼子兵就又持枪如林地返了回来。这一回鬼子学鬼了，他们的汽车不鸣笛，不开灯，开过岩峰，又组织了一支巡逻队，在前方探路，汽车缓缓后跟。这群巡逻的鬼子，同样不走大道，也是贴着山根的阴影悄悄行进。天快明了，毫无战斗经验的包委员很想抽烟，他认为险期已过，就掏出大烟斗，挖了一锅旱烟，掏出火柴，划火点烟。不料火柴划断，火柴盒滚落到山坡的草里去了。李树林正对包委员感恩，急忙走下山坡，为包委员找到火柴，划着了火。刚要为包委员点烟，对过山根里的鬼子发现了火光，啪的一枪，呼啸的子弹打中李树林肩头。他哎呀一叫，滚下了山坡。包委员急忙躲在一株老榆树后面，拔出手枪，胡乱打了两枪，高声喊道："有鬼子，快过来，打鬼子呀……"刹那间，山下枪声大作，基干队冲过来与鬼子接上了火。李书祥安排民工转移出去，又带一个班，冲向南边，营救了包委员。包委员对当地的环境毫不熟悉，他大喘着粗气问："书祥，往哪儿撤？"李书祥喊："跟我来，通过北边那个山口，往东跑，快钻青纱帐，撤进北平望村。"队员们跟着李书祥，一边还击，一边撤退，终于冲过了山口，跑到一片开阔地。队员们全都大吃一惊，这里原来的一片高粱地，全被鬼子砍去了，已经毫无遮掩。李五牛喊："书祥，怎么办？"李书祥见撤退的民工还没跑远，就说："占领东北角那片坟地，掩护群众撤退。"队员们还击着，跑向坟地，后边有人喊："快来人接应我。"李书祥一看，包委员落在了最后边，他马上点将："李五牛、康末金，你们几个跟我来，救包委员。"几个人又跑回去，打退几个鬼子，拥着包委员，往坟地里跑。包委员肥胖的身体是最不善于跑路的，他大喘着粗气，不时被高粱茬绊倒。李书祥带着李五牛，又几次打回去，救助包委员。李五牛生气地冲包委员高喊："你可快跑呀！"包委员生气地喊："有畦背儿。"李书祥几个人好不容易冒着弹雨，把包委员救进了坟地。战士们以坟堆做掩护，对扑上来的鬼子进行猛烈还击，又打枪，又投手榴弹，很快就打退了鬼子。趁这点儿空当，李书祥又命令李五牛："你们几个，掩护包委员赶快撤退，我留下来掩护你们。"李五牛说："不行，书祥，我说过当你的保镖，你快结婚了，我光棍一条，什么也不怕，你掩护包委员撤退。"康末金也说："是呀书祥，你对环境地理比谁都熟，还是你带

三雄遇难

同志们撤退，我和五牛掩护你们。"包委员也着急地说："书祥，快撤吧，队伍需要你呀。"李书祥知道争不过，就命令大家："同志们，都把帽子和手巾摘下来，放到坟头上，迷惑敌人，再把手榴弹给五牛留下一些，赶快撤退。"同志们摘下帽子和白羊肚手巾，在坟头上伪装好，就跟着李书祥，拥着包委员向北平望的方向撤走了。鬼子的汽车开到了山口，此时天已大亮，鬼子们看到被破坏的公路，气得哇啦怪叫，又组织起更多的兵员，向坟地里扑过来。

坟地里静悄悄的，临近的鬼子，看见坟头上有许多帽子，他们料定坟地里有埋伏，却不敢贸然前进，全都趴在地上，观察动静。坟地里依旧静得出奇，鬼子生疑了，鬼子伍长派两个鬼子进坟地探虚实，李五牛和康末金啪啪打了两枪，两个鬼子应声倒下。其他鬼子又都趴在地上，向坟地里猛烈射击，每一座坟头土都爆起黄烟，有许多顶帽子手巾被子弹打飞。鬼子开始冲锋了，李五牛和康末金甩出一颗又一颗手榴弹，鬼子丢下一片死尸，又撤退了。两个人正商量着转移，后续的敌人马上又冲了上来。这一回，有了伪军，敌人没有打枪，他们走到坟地附近，前边一个伪军向坟地里喊话："土八路，听着，不怕你们再投手榴弹，你们出来看看，这是谁?"李五牛和康末金抬头一看，大吃了一惊，几个伪军，押着浑身是血的李树林，站在了坟地边上。李树林冲他们喊："同志们，快开枪，投手榴弹呀！不要管我，快打鬼子!"此时李五牛和康末金才发现，他们只有一颗手榴弹了。鬼子包围了坟地，他们决定用这颗手榴弹同归于尽，于是一齐站起来，共同高呼："打倒小日本!"李五牛拉了手榴弹，两个人互相抱在一起，等待粉身碎骨。等了一会儿，手榴弹没了动静，原来是一颗哑弹。鬼子从地上爬起来，扑向了他们。李五牛用手榴弹当砸蒜锤和鬼子一阵肉搏，康末金扒了坟头砖掷敌。因寡不敌众，两个人被鬼子缚住，同李树林一块儿押上了汽车，送进了岩峰的炮楼。

当太阳挂上挂云山，光芒照彻大地的时候，包委员、李书祥带领着破路队伍，安全转回了三峪。这次破路，成效很大，只可惜，李五牛、李树林、康末金三位同志没有回来。

这是沉默而又焦灼的一天，山上区公所里，老崔、吕秀兰他们正在商量营救方案。黄昏，三峪村里跑来一个化了装的伪军，找到康村长，传回三位同志壮烈牺牲的噩耗。伪军叫范小顺，岩峰人，他说，三个同志被押进炮台，日本人审了半日，他们就骂了半日，全都宁死不屈。过午时分，日本人不耐烦了，就让宪兵队将三位同志押到西河沿上枪决了。范小顺说他愿做个有良心的中国人，不愿看到同胞的遗体被野狗啃了，就偷偷将三位烈士的遗体掩埋到河沿一棵老柳树下，特来告知，让三峪的乡亲趁黑夜，把三个人的遗体运回故里。康村长谢过范小顺，找了吕秀兰，吕秀兰让范小顺回岩峰做内应。夜里，由康村长、李书祥、康保祥三个人，套上大车，悄悄去岩峰绵河沿上，按照范小顺的指认，在老柳树下找到三位烈士的遗体，趁夜色运回了三峪。

第二天，阳历的八月二十日，这是历史上人们永远铭记的一天。天空阴云密布，三峪村的乡亲和全体战士，全都沉浸在巨大的悲哀之中。村公所门外的老槐树下，停放着三具蒙着白布的烈士遗体，李五牛、李树林、康末金的父母兄弟，全都哭干了眼泪，默默守在烈士遗体旁。街上的乡亲们无不含悲忍泪。有不少人虽然没有哭，却是紧咬牙帮骨，两眼含着仇恨的寒芒，手关节握得咯咯响。区委老崔、大队长何杨文、吕秀兰，还有包委员，向三位烈士鞠躬默哀后，老崔对包委员说："老包，你是这场战斗的亲历者，还是你给大家说两句吧。"包委员没再握着那支大烟斗，那大烟斗已经找不到了，可能丢到高粱地里了。他那将军风度的魁伟身材，登上路南碾盘，很光润的大脸盘儿，神态凝重威严，一身正气。他挥动着胖手掌，用低沉有力的声调对大家说："同志们，三峪的亲人们，我向你们鞠个躬！日本鬼子又杀害了我们三个好同志，这三个同志的死，比泰山还重，他们的风骨、气节，正是我们中华民族应有的风骨和气节。我们每一个同志，都应当像他们一样，顾全大局，为掩护队伍撤退，不惜流尽最后一滴血。"包委员越讲越激动，越讲越有气势，句句震撼人心。这和他在高粱地里撤退，大喊"有畦背儿"时的不雅行为真是判若两人。至于黎明前，由于包委员违规抽烟暴露了目标，遭鬼子偷袭，导致了三个同志的牺牲，这真实的内幕，只能埋进三峪的山石底下，无人知晓了。包委员慷慨悲壮地讲完，李书祥忍不住心中的不平，走到碾盘前，质问包委员："尊敬的包委员，我有一事不明。我问你，三位同志的牺牲，是为了掩护队伍撤退，还是因为掩护你？"包委员故作不明白地扬了一下灰眉毛说："这有什么区别呢？他们是为了掩护大伙

· 291 ·

三雄遇难

儿，怎么是掩护我一个人呢？"几个队员纷纷反驳："不对，我们是为了掩护你包委员，才耽误了撤退时间。""我们本来可以甩掉敌人，因为包委员跑不动，说有畦背儿，书祥带李五牛、康末金和我们曾经三次冲回去，救了包委员。"此时包委员的大脸不再红润，又像变色龙一样，一会儿青，一会儿黄，他极力狡辩，不承认这个事实。李书祥接着质问："包委员，再有，为确保破路平安，咱们一南一北，瞭望敌人，发现敌情，马上击掌报警。可是枪声一响，鬼子早到了眼皮底下，这证明，敌人有偷袭，你们没有提前发觉没有击掌。当然，胜败乃兵家常事，战友救战友，战友救领导这完全是应该的，如果您把这些事实都讲出来，丝毫降低不了您的威信，但是我们实在受不了掩盖和欺瞒。""这……这是扯哪儿啦？"包委员走下碾盘，挺委屈的样子。街上的群众喊道："姓包的，你不像共产党的干部。"区委老崔登上碾盘，平息了吼声，很激动的对人们说："同志们，这件事我要调查处理。为什么人民大众拥护共产党，支持八路军，那就是，人民信得过我们，才甘愿为抗战流血捐躯。我们党的干部，一定要实事求是，不弄虚作假，不说大话和假话，让人民坚信我们的每一句口号，每一条标语。我们干部的心是向人们敞开的，只有彻底地与人民同心同德，才能保证抗战胜利，把小日本打出中国去。"三峪的青抗先战士康保祥说："区长，包委员的事以后处理吧。我们请求，让熊司令的左纵队支援我们，打下岩峰炮台，为死难的三壮士报仇！"康保祥一带头，所有的年轻人都喊起来，纷纷要求去打岩峰炮台。

老崔看着大家火山爆发的情绪，劝导大家说："同志们，乡亲们，这个仇我们一定要报，而且还得让鬼子加倍偿还！但是，我要问问大家，打小日本这条疯狗，是把他打下水，再砸他个稀巴烂解恨呢，还是只砸他一个脚趾解恨呢？"群众齐说："当然要把他砸个稀巴烂了。"老崔说："说得好。可是，岩峰实在太小了，只是鬼子一个脚趾。我们不能因小失大。我们熊司令的左纵队，正在切向敌人的大动脉。眼下我们要做的就是安葬战友，先让三位烈士入土为安。"一个战士不甘心地喊："不给鬼子点颜色看看，我们于心不安。"老崔说："谁说不给鬼子颜色看？还一定要是给鬼子血色看。秀兰，你告诉大家今天要发生的事吧。"老崔下了碾盘，吕秀兰军容整齐地上了碾盘，对大家说："同志们，今天晚上，我要带领大家，登上挂云山，看一场好戏，一场奇观。凡是能走得动的，都应当去看一看。眼下的任务是安葬战友。"

下午，天降悲雨，三位烈士的遗体和衣葬埋在南岭上最向阳的东坡。

黑夜，我们的战士和群众，在老崔和吕秀兰带领下，冒着绵绵秋雨，登上了挂云山。人们忍受着浑身疥疮和虱子的折磨站在玉皇顶上，静静注视着昏黑无边的大东方，听任秋雨浇洒万物。吕秀兰不断地看她手里的夜光怀表，是在等待一个天地裂变的伟大时刻。于无声处，莹绿的秒针，跳跃到整十点，东方的奇观出现了，遥远的大天幕，猛然烧红了大半边，无数颗红色信号弹，一齐升空，雨夜逃遁了，东方的大地，闪电齐轰，龙蛇共舞，雷霆般的爆炸声，响彻人寰，苍天被痛快淋漓地撕开一道又一道血口子像要天崩地裂。天地发威了，哦，那不是天地发威，是我八路军三个大纵队和数以百万的民众，在鬼子毫无防备的情况下，一举闹翻了整个正太铁路线，一百里长的正太铁路线和鬼子无数个炮台，全部湮没在无边的狂飙火网之中。

挂云山上的战士和群众，看到这么壮观的百里烽火线和百团战寇图，全部都兴奋地欢跳、狂笑、怒吼……这么壮观浩大的民族大复仇、大破袭绝对史无前例，被后人世代赞颂的百团大战隆重拉开了序幕。

三雄遇难

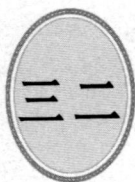

三二　血战挂云山

　　这场浩大的正太路破袭战，再一次粉碎了"日军不可战胜"的神话，粉碎了日军进攻昆明、重庆和西安的企图，振奋了民族精神。

　　正太路井陉段，长一百多里，沿线日寇的据点全遭我军袭击。石家庄至井陉，石家庄至平山，井陉至平山，井陉至获鹿，平山至获鹿的公路、桥梁，也被我军炸毁，路基被破坏。只在头泉一带，我左纵队就连续破路五天，拆除铁轨五公里，割掉电线五万斤，钢轨和电线连夜运往我根据地。这场破袭战，让四方百姓交口称赞，欢欣鼓舞。

　　三峪村里最欢乐的人家，要属南园里的李书祥家。书祥快要结婚了，范氏大婶找来邻里的女人们，在大院里铺上苇席，开始为书祥做结婚的新被褥。一帮女人，谈论着我八路军的重大胜利，荡起满院的笑声。突然，一种瘆人的嗡嗡声，从晴空飞速袭来，两架日本飞机，像鬼怪一样闯到了三峪。它们先在三峪的上空盘旋，飞得很低，机翼上闪动着红色的膏药标志。街上吹起防空号，民兵和群众呼叫着开始找掩体隐蔽。范氏婶子的院里，几个妇女全趴在了地上。飞机哼哼着又旋了回来，机肚子里掉出三枚炸弹，黑色的弹翼闪着贼亮的光，落入南园一带。接着是几声巨响，震得大地颤抖，震得人胸腔欲裂，冲天的硝烟，吞没了天上的太阳，密密麻麻的瓦片、石块和碎弹片散落下来，砸在身上生疼，还砸破了书祥家东南角猪圈台前一个尿盆子。

　　下过蛋的敌机，哼叫着从天上逃跑了。做被子的妇女们从地上跳起来，冲着天上大骂："小日本，你们不得好死，在挂云山上撞死你。""野王八羔子们，你们别跑，一炮筒子把你打下来。"南园里有几处石房被炸塌，着了火，村里的群众和战士开始呼叫着去救火。范氏婶子带妇女们出去看了一遭，又回到大院，打扫过新被面儿上的尘土和碎片，继续为书祥做被子。那年月的人啊，虽然脑袋拴在裤腰带上，谁也不去想死这回事，日子该咋过还咋过。

日本飞机炸南园，原来是冲着熊司令员的指挥部和电台来的。指挥部的窗户撑子震断了好几根，电台却完好无损。很快，熊伯涛司令员将指挥部和电台挪到路北一个曲里拐弯的胡同深处。三天以后，日本飞机又来炸了一回，熊司令员安然无恙，指挥部房子的石墙却被炮弹皮打了好几个洞儿。接着，熊司令员带着电台，再一次搬家，挪到了高胡同附近，北山脚下的几孔窑洞里去了。

这场战绩辉煌的正太路破袭战，使日寇格外震惊又恼羞成怒，他们的驻华北总司令香月清司原以为八路军只会打偷偷摸摸的小游击，想不到土八路还有这么强大的实力。驻石家庄的日寇，集中各路兵力，要在井、平、获三角地带，也就是三峪一带，对我八路军进行一次大规模围剿。九月五日，也就是农历的八月初四，我交通员送来鬼子要大扫荡的情报。当天下午，三峪村大戏台前的广场上，八路军左纵队全体集合，司令员熊伯涛召开了一次紧急会议，指战员们详细分析了敌情，命令破路工作立即停止，并通知民兵和群众疏散回村。

我主力部队为保存实力，避免与敌人正面交锋，迅速做了战略转移，决定渡过滹沱河，下平山，挥师北进。牵制敌人，掩护大部队撤退的艰巨任务，就落在了井、平、获游击队的身上。

黄昏前，得到通知的民兵和群众，全部火速回了村。不久，在外破路的吕秀兰、康二旦、苏大智、刘贵子、李芳芳、康英英、康来羊等战士也回了三峪村。接着，游击队的三个中队，也分头行动，由大队参谋李雪瑞和大队教导员温藏宝，带领一、二中队赶回了三峪。三中队则由大队长何杨文和中队长李恒山带领，仍留在栈道北山上，继续观察敌情。

三峪村里，一派大战前的紧张气氛。游击队又召开了会议，决定先帮助群众转移出去，再等主力部队撤退。而后，游击队和青抗先连夜上挂云山主峰，准备参加牵制敌人的战斗。

三峪街上，转移的群众，推车的、挑担的、牵驴的、抱孩子背包裹的、抱鸡赶羊的，分头疏散。一部分群众由大红颖带领上杨家坳一带；另一部分，由范氏婶子带领上河西一带；还有一部分，由村长和康贵顺、康三堂的儿童团带领往挂云山转移。刘贵子提前用康二旦的扁担，挑上粮食和炊具，要随群众提前上山。李芳芳对刘贵子说："贵子兄，不等等我们啦？"乐天派刘贵子一掀头上那顶耷拉檐儿的旧军帽，嘿嘿笑着说："没听说吗，军马未动，粮草先行。我这伙头军，提前上山给大伙儿做饭去。"群众转移上了山，已经是黑夜了。吕秀兰安排三峪村的青抗先战士康保祥给左纵队带路。熊司令员一声令下，大个子康保祥在前引路，我主力部队浩荡东行，绕挂云山北去，过岭口，悄然过河下了平山……

　　送走左纵队，李雪瑞、温藏宝和吕秀兰才带领一、二中队和村里的青抗先战士，用两盏马灯照路，登上挂云山。半夜后，到达玉皇顶。提前上来的群众都聚集在山顶的老君庙内，庙里的道士、道姑，早已跟着包委员提前疏散出去了。天黑，无法修工事，游击队只能在山上待命。到了拂晓，从南边山路上，又攀上来一支队伍，走近了才知道，原来是何大队长和李中队长带着三中队的战士上来了。李雪瑞赶过去，询问李恒山有什么异常情况。李恒山用浓重的鼻音和干哑的嗓子说："东边黄岩村里有了马嘶和狗叫，这说明，黄岩村里已经住进了鬼子。"吕秀兰赶过来，关切地问："李队长，听你说话声音不对，你是不是病了？"李恒山在晨光里摇头叹息了一声，又揉揉鼻子说："哎，身子不争气，偏偏在这个时候我犯了疟疾。"吕秀兰伸手摸了一下他的额头，惊叫："李队长，你在发烧啊！"李恒山推开吕秀兰的手说："不要紧，瑞瑞给我打过一针奎宁，这会儿好多了。"三峪的几个战士挤过来问："孔瑞瑞也来啦？"很快，两个军容整齐、身背药箱的姑娘跳到了吕秀兰面前，双双打了个敬礼说："吕部长，王香妮、孔瑞瑞前来报到。"吕秀兰看看两个妹子惊喜地问："怎么，你们也来参加挂云山战斗？"快嘴子王香妮说："这挂云山战斗，我们是强行而来，为这把齐县长也得罪了。"康二旦、李书祥、李芳芳、苏大智几个人，已经围住孔瑞瑞，好一阵问候。孔瑞瑞看着李书祥问："书祥弟，听说你和二梅订婚了？"李芳芳抢着说："可不，今天是九月六日。九月十三日，再过七天，书祥可就当新郎官了。"孔瑞瑞高兴地跳了下脚说："我好羡慕二梅呀，书祥弟，到时候，你要举办一场热闹的婚礼。我还上台，给你们唱《挂云山之歌》。"康二旦情不自禁地说："瑞瑞，我们今天就想听你唱这支歌。"孔瑞瑞点头说："好啊，等这场战斗胜利了，我就站在这玉皇顶上给你们唱。""太好了……"三峪战士们都想欢呼了。大队长何杨文赶过来训斥三峪战士："你们嚷什么嚷？还有组织纪律吗？山下就是敌人，谁也不许再吱声，听李队长讲话。"战士们全都没了声息。带病的李恒山，浑身冷得发着抖，站在凌霄殿的古柏树下，用颤抖的却很有力的声音说："同志们，鬼子的大队，已经到了东边的黄岩，还会有更多的鬼子从其他方向扑向挂云山。这回，鬼子是花了血本而来的。不过，这不是坏事，挂云山下鬼子来得越多，我们的主力部队会撤得更远，就会更安全。我们一定要遵照上级指示，在挂云山上，死死地拖住敌人，不让他们北进一步，坚持到天黑，就是胜利。"吕秀兰也站出来说："我们基干队和青抗先，还有儿童团，坚决配合游击队，守住挂云山！宁可粉身碎骨，也要拖住敌人，一定要坚持到天黑。"大队长老何和区委老崔，也做了慷慨激昂的讲话，接着，开始布置任务，抢修工事。

挂云山的地形是很有特点的，主峰南北两面，都是万丈悬崖，鬼子插翅也飞不上来。东西两面，才是坚守的关键。西面山势较缓，有一条"之"字小路，可通山顶，是挂云山的主要通道；东面是山峡，有条极不明显的小路，可以攀登，过了山峡，沿一条很隐蔽的石梯，可以登上比主峰还要高的卧狼垴。卧狼垴南北两面，也是悬崖陡壁，再往东不远，有一道山梁，名唤三堵墙，那地方，只能单人通过。根据这样的地形，李恒山建议，分兵把守东西要道。卧狼垴是全山的制高点，由大队长何杨文带一排和大队部五名战士把守。主峰西面的主要通道，由李恒山带领三排和三峪的青抗先把守。主峰东面，有条隐秘小路，如若敌人发现，也容易上，由吕秀兰带领区基干队和部分青抗先把守。分工以后，山上的群众和儿童团帮着搬石头，修工事。

山下，从石家庄、获鹿过来的日军，载着小炮、榴弹筒、重机枪，已全部到达了东边的黄岩村。从井陉、矿区出来的鬼子，人数比东边要多好几倍，也通过威州，到达了庄子头。上午九点多，挂云山周围的黄岩、栈道、庄子头、三峪、上庄、岭口、天井沟等村庄，全部驻上了全副武装的鬼子，估计得有三四千人。而挂云山上，我们的战士才一百一十个人。我们的装备和敌人也相差几十倍，只有何大队长带领的一排有一挺捷克式轻机枪，还是三中队让给他们的。其他武器，全是老套筒、大抬杆、边区造、汉阳造，即

血战挂云山

使这样，一个人也合不到一杆枪，手榴弹也不很多。可是，战士们只有一个心愿，拖住敌人，不让他们北进。

何大队长看时间差不多了，传达命令，让儿童团和山上的群众，转移到卧狼垴悬崖上的白云洞隐蔽起来。炊事员刘贵子已经在凌霄殿的伙房里蒸熟了高粱饼子。他用康二旦的扁担，挑着两大荆筐热饼子，送往各个阵地。战士们正吃着高粱饼子，一个放哨的战士跑过来，向李恒山报告说："李队长，鬼子大队正往岭口那边进发呢。"李恒山一惊，拖着发烧的病体爬上制高点，往北一看，可不，黄压压一大队日军，正载着重兵器，快要出岭口了。那个方向，正是我主力部队撤退的方向。李恒山马上调来一个班战士和司号员说："你们看，赶紧照着鬼子的队尾打枪，把敌人吸引过来，司号员，吹号。"几个战士向山下鬼子的队尾开了火，嘹亮的军号，划破长空，响彻了挂云山。有不少战士惊呼："为什么吹号，这不就暴露了我们自己啦？"李恒山喊："服从命令，准备战斗。"山下的鬼子，果然把山上的游击队当成了他们要围剿的八路军主力，他们马上停止了北进，队尾成了队头，开始合围挂云山。大约有一个连的兵力，抢占了西边离挂云山最近的锅帽山、东面的黄岩岭和南面的骑鞍寨。也足有四五个连的兵力，在山上架起数十支九二式机枪和火炮。一颗信号弹升上天空，鬼子的小炮、机枪全冲挂云山主峰开了火，无数颗炮弹倾泻到山顶，好一阵狂轰。飞蝗般的子弹，在山顶织成火网，主峰、卧狼垴和三堵墙全都被炸得山石乱飞。鬼子狂轰了有二十分钟。炮声一停，西边的鬼子先有五十来个人从锅帽山发起攻势。十几挺花眼机枪，冲玉皇顶扫射着，沿"之"字小路，往上攀爬，山坡上的梨树、皂荚树和酸枣棵子被打得枝叶纷落。李恒山抓紧驳壳枪，在掩体后面对战士们说："要节省子弹，靠近了再打。"憋着劲儿的战士们都已拉开了大栓，手榴弹弦挂在了小手指上。等敌人离山顶只有十几丈远的时候，李恒山一挥驳壳枪，喊了一声："打！"数十颗手榴弹甩向敌群，各种武器操着不同的吼声，一齐开火。山坡上的鬼子，有不少被炸得翻滚了下去，后边的鬼子见势不妙，也赶紧连滚带爬，掉头逃跑。山上的战士见状，爆起开心地大笑。

鬼子主攻的目标是西面，他们败退之后，休整了有十几分钟，又开始第二轮进攻。李恒山带领的战士们，再一次把鬼子打了下去。在短暂的间隙里，刘贵子担着柏木筲又给阵地上送水来了。他一边走一边吆喝："水来喽，同志们润润嗓子，喝口水，头脑清凉好瞄准儿，一枪一个小日本……"战士们轮流去喝水，阵地上的康英英突然想起水的作用，高叫："贵子哥，你这水来得太重要了。李队长，我们要节省用水，鬼子两次被打下去，他们一定会改变战术，更激烈的战斗还在后头。咱们这些老枪，枪筒太热了爱卡壳，放一桶凉水在这儿，可以涮枪。枪筒冷得快，才不会卡壳。"李恒山一听赞道："好啊，贵子，两桶水都放在这儿吧。"康二旦说："也得把扁担还我，那是我的武器呀。"刘贵子哈哈一笑，抛过扁担说："完璧归赵。"

山下，枪声又起，鬼子又发动了第三次攻势，他们果然改变了战术，来了一个"车轮大战"。第一批鬼子被打下去，第二批又冲上来，后面还跟着第三批。这样，我们的旧步枪可就闲不着了，不断拉栓开火，配合手榴弹、石块向敌人猛击、二十几杆大枪轮换使用，枪筒热了，不等卡壳，就去凉水里涮。因为火力不间断，鬼子的车轮进攻，又被打了下去。东面卧狼垴上，何大队长带领的一排也打得格外勇猛，几次把鬼子的进攻压下去。直打到正午时分，太阳正南了，鬼子连三堵墙也没占领。东面的鬼子见攻不下卧狼垴，也改变了战术，他们停止了进攻，调来十几门小炮，开始猛轰卧狼垴。卧狼垴是个光秃秃的山头，战士们毫无隐蔽之处，无数颗炮弹在山顶上炸开花，一批批战士倒下去。何大队长见此险情，急令司号员吹撤退号。因为炮火连天，司号员是躺着吹的号，西面李恒山他们毫无反应。何大队长怕牺牲更多的同志，急忙带着战士们，沿卧狼垴东边的石梯撤了下去。敌人炮火一弱，跟随一排的卫生员王香妮急问："何队长，李恒山队长还在主峰战斗，没有反应。"何大队长说："我们已经吹撤退号了。"王香妮说："炮火很猛，李队长他们可能不知道我们撤退了，我回去通知李队长。"何大队长喊："你这样太危险。"王香妮喊："你们快撤，不要管我。"王香妮又返回了上山的石梯。何大队长带领着一排，转移到山下的天井沟村，往北突围出去了。

再说王香妮，她冒着硝烟，爬上卧狼垴，刚要从西北面的陡坡下峡谷，却见打机枪的伤员还在峰顶没有转移出去。他被炮弹炸断了双腿，正推着机枪，拖着淌血的断腿，往坡下通往白云洞的小路匍匐前进。王香妮赶紧跑过去，从怀里扯出绷带，为伤员包扎了断腿，背起伤员，要从西北面下坡。她刚走了几步，一颗呼啸的炮弹，落在她不远的前方，轰一声爆炸了，几个发烫的弹片，穿进她的胸膛。她踉跄几步，倒在了卧狼垴上。断腿伤员艰难地

血战挂云山

爬起来，摇着王香妮淌血的身体，悲痛地喊："香妮……王香妮……"王香妮断续地说了一句："快去，报告李……队长……"她的头一歪，当即牺牲，献出了她二十二岁的生命。伤员流着泪，一咬牙，滚下了山坡。白云洞中的群众沿小路跑来，把伤员救进了山洞。伤员说："快去通知西边主峰李队长，何大队长吹了撤退号，已经转移出去了。"康村长要跑出去下通知，儿童团长康桂顺和儿童团员康三堂站出来说："村长，你掩护洞里的群众，我们两个去找李队长。"这两个年仅十五岁的儿童，手持红缨枪，冲出白云洞，下峡谷，攀上了主峰，找到李恒山，汇报了卧狼垴的情况。李恒山得知卧狼垴上没有人了，马上派柴指导员带领苏大智、李芳芳、康来羊等十几个人，到卧狼垴去。康三堂和康桂顺，也不再回白云洞，他们帮着战士在冷水里涮枪，一同参加了西面的战斗。

柴指导员带着十几个战士冲到主峰的东峡，却迷了路，不知怎么走了。他马上派了苏大智、李芳芳、康来羊三个人前去侦察情况。苏大智带李芳芳、康来羊下峡谷，爬上卧狼垴，往下一看，刚好山下的鬼子又打着花眼机枪开始冲锋了。苏大智一看卧狼垴上牺牲的战士，马上说："这鬼地方，秃子的脑袋，连遮掩的地方也没有，来多少人也得牺牲在这儿。干脆，咱们打一阵，就转移出去吧。"李芳芳说："这怎么行呢，你这不是临阵脱逃吗？"苏大智辩护说："这怎么是临阵脱逃？何大队长不是吹过撤退号了吗？这叫奉命转移。"李芳芳说："咱们不能走，李队长还在战斗。何大队长带人刚转移不久，咱们走了，队伍就危险了。"苏大智还想强辩，一梭子弹打上来，在卧狼垴的崖边上爆开了花。康来羊喊："鬼子冲上来了。"李芳芳急忙抄起峰顶上的轻机枪喊："打！"他对准上山的鬼子一阵猛扫，康来羊也用手榴弹一阵猛轰，鬼子一批又一批从山路上摔了下去。战斗激烈对峙时，苏大智却趁着混乱自己逃跑了。打下去的鬼子，又向卧狼垴发起新的进攻。李芳芳用机枪还击着，冲康来羊喊："你快去报告柴指导员，我一个人在这顶着，快去！"康来羊向下扔了几颗手榴弹，急忙滑下坡，下峡攀到主峰东峡，向柴指导员报告了卧狼垴的情况。柴指导员马上带战士沿小路过峡谷爬上卧狼垴，组织火力，射击三堵墙上的敌人，敌人的进攻又被压了下去。鬼子的山炮又响了，柴指导员见卧狼垴这地方无法留人，马上带十几名战士，从山峡小径下去，绕南面的山腰也转移了出去。

当时，李恒山带着战士们在西面战得正酣，东面卧狼垴的情况，他并不知道。一粒疾飞的铅弹带着被火药催发的热度，从康英英的额头上犁开一道血沟。康英英当即倒下昏了过去。孔瑞瑞发现，急忙赶过来，从药箱中取出绷带为他包扎了额头，冲康二旦喊："二旦哥，把他背到凌霄殿里去。"凌霄殿的厨房里，刘贵子正在给战士们烙大饼。康二旦把康英英背进来，放到墙根一堆柴草上说："贵子兄，你照顾英英，他受伤了。"二旦又出去参战。刘贵子让康英英喝了一点水。康英英苏醒过来，摸了一下头上的绷带，骂了一声小日本，说："老子死不了就得和他们干。"说着又要出去带伤参战。刘贵子启发他说："英英，你不是当过道士很有道行吗？你使点法术，借点神火，再叫小日本尝点神功什么的。"康英英正想说刘贵子"你开什么玩笑"，轰的一声巨响，一颗炮弹落在凌霄殿的西墙下。大殿被炸塌一个角，许多红色的老房椽散落下来。这一下倒提醒了康英英，康英英说："老子躺到屋里也要打日本，贵子，有神火了，你听我的，咱来个火烧赤壁。"康英英如此这般交代一番。按康英英指点，刘贵子到西头把房椽抱进厨房，填进灶火膛，那大锅里也不烙饼了，而是拿来道士留下的许多大蜡，在热锅里化成油，再把蜡油浇到房椽上。刘贵子抱了一抱着火的房椽，冲出凌霄殿，冲到阵地上，把火椽子一根又一根投进山坡上的山草里去，山草被引燃，噼噼啪啪烧了起来。风助火势，大火燎原，烧得鬼子嗷嗷乱叫，一个个连滚带爬败下阵去，鬼子无法再攻，战斗停了下来。趁这个着火的机会，老崔和吕秀兰组织战士加修工事，检查弹药。李恒山的病情却又发作了，浑身发着抖，脸色苍白，好几个战士脱下外衣叫他穿上，也抵不住他打摆子。孔瑞瑞从药箱里找到几片西药，跑到阵地前，给他塞进了嘴里。附近的山坡上，有个没死的鬼子，用枪口瞄准了李恒山。孔瑞瑞发现了，大叫一声："李队长！"用身子往前一挡，啪的一枪，一粒子弹射进了孔瑞瑞的脊梁。李恒山一甩驳壳枪，击中那鬼子的脑袋。李书祥又向鬼子补了两枪。瑞瑞倒下了，吕秀兰、康二旦和三峪的人们都赶了过来，把孔瑞瑞抬到凌霄殿前那棵古柏树下。"瑞瑞！""瑞瑞！"许多战士在含泪呼唤她。瑞瑞的热血从她的身子底下淌出来，流下了石阶。孔瑞瑞睁开了眼睛，强颜欢笑，看着这些亲切的战友。最后，她把目光落到李书祥和康二旦的脸上，她用轻柔的声音说："我倒在挂云山上，我很骄傲啊。书祥弟弟，我不能参加你和二梅的婚礼了，不能在你婚礼上唱歌了。二旦哥，我真想活着，给你唱歌，我现在就给你唱。"她缓了缓气儿，用微弱的声音和惊人的力量，又唱起那支由她作词的《挂云山之歌》：

悠悠的白云，高挂在叠嶂；

红红的山丹，燃烧着奔放。

这里是九龙之首，

崛起在八百里太行。

啊……挂云山，挂云山……

有一位姑娘，把这里向往，向往……

　　孔瑞瑞的声音越来越弱，直到细如游丝，停止了呼吸。这个芳龄二十一岁的姑娘，把她美丽的青春、生命也献给了战斗着的挂云山，她没能成为这里的新娘……

　　"瑞瑞……"康二旦的呼喊，带起一片唏嘘。李恒山、吕秀兰、老崔领着战士们在古柏树下脱帽致哀。东方的天际，传来敌机引擎的轰鸣，有五架日本飞机向挂云山飞来。小日本真的花了血本儿，他们攻了五个钟头，没有攻上挂云山，他们要调飞机来看看挂云山上到底有多少八路，都是些什么样的人。

　　"准备战斗！"李恒山把一件外衣蒙在孔瑞瑞失去血色的脸上。战士们把枪口对准了空中。吕秀兰向老崔了解了弹药的情况，用眼神征求了一下李恒山的意见，对老崔说："我们的弹药马上要用完，不够打一回仗了，有一些老枪还卡了壳。咱们不能把这么多的战士撂在挂云山。老崔，你带大部分战士转移出去，我们几个人来掩护你们。"李恒山点头说："对，老崔，你和战士们准备转移吧，我们掩护。"区委崔现章说："小李，你身体有病，还是你带战士们转移，我留下掩护。"李恒山很坚决地说："这是绝对行的！你不熟悉这里的环境，我和秀兰留下最合适。"老崔问："你打算留下多少人？"李恒山说："除了我和秀兰，再留五个熟悉这里地形的就行。"康二旦说："我留下。"李书祥也站出来说："我也留下！"刘贵子、康英英也跑了过来说："还有我们俩。"康三堂持红缨枪跑过来说："我也留下。"康桂顺也要留下，康三堂说："桂顺，你可不能留下。你是儿童团长，你撤退，你回去告诉我妈，放了我那只小鸟儿。"吕秀兰劝康桂顺说："你跟着大伙儿撤退吧，咱们能少留一个，就不多留。"老崔迅速组织人们撤退。鬼子的山炮又响了，李恒山喊了一声："准备战斗。"他拖着发烧的病体，到主峰东端的悬崖边观察敌情，突然一颗炮弹落在他跟前爆炸了。李恒山在冲天的烟雾中飞起来又摔在了崖边。"李队长!"吕秀兰匍匐过来，趴在李恒山身上遮挡炮火。炮火一停，她发现李恒山早已牺牲了，这位不足三十岁的优秀指挥员也已经为抗战洒尽了最后一滴血。她将李恒山手里的驳壳枪接过来，从山石上跃起，悲愤地高喊："同志们，为李队长报仇啊! 血战到底!"战士们冒着枪林弹雨，英勇地阻击敌人。

这一次，敌人又改变了战术，他们佯攻西面，却集中火力，要强夺东面的卧狼垴。卧狼垴的阵地上只留下李芳芳一个人了，他头戴用树枝编的隐蔽帽，从北面的坡下又爬上了卧狼垴。刚才他被炮弹的热气摧到坡下摔晕了。他从战友的遗体上爬到崖边，往下一看，大批的黄压压的日军正打着枪往上爬。他干脆把上衣甩掉，光着膀子，端起机枪，怒吼着向敌人猛扫起来。敌人密集的子弹在他周身的石崖上炸开花，他完全忘了生死，打红了眼，把鬼子一批又一批扫射下去，但更多的鬼子又爬上来。他啊啊大叫着，机枪在他怀里跳跃，弹壳在他面前飞溅。打得正酣，突然，机枪不响了，枪筒发了红，子弹卡了壳，枪口上冒出一股煅烧钢铁的味道。李芳芳情急之下，把这挺心爱的机枪，奋力在岩石上摔断，抛向山下的敌人。仅存的武器，就只有两颗手榴弹了。山上枪声一停，进攻的鬼子已经意识到了上面的情况，一窝蜂似的加快了攀爬。有的鬼子大叫："抓活的!"李芳芳将一颗手榴弹拉开弦儿，抛向号叫的敌群，炸飞了几个鬼子。剩下最后一颗手榴弹是留给自己的，他在小手指上挂上弹弦儿，端坐在卧狼垴中间的石头上，迎候着那最后壮烈的时刻。一批鬼子爬上了卧狼垴，端着刺刀，围住了李芳芳。李芳芳眯着双眼，一动不动。这时又爬上来更多的鬼子，围住了李芳芳。一个鬼子向他喊："土八路的，你的被捕了。"李芳芳猛地睁大双眼，拉开弹弦儿，挺立起来，高举起冒烟的手榴弹放声呼叫："打倒小日本! 祖国万岁!"轰的一声巨响，卧狼垴上腾起冲天硝烟。这个黑瘦的，只有二十出头的普通战士，与敌人同归于尽了。

挂云山上，又平添了一道英雄的光辉。

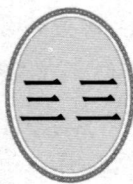

三三 六壮士跳崖殉国

　　瘦弱的李芳芳，普普通通的李芳芳，用他壮烈的行为和民族精神，为挂云山立起了一尊不朽的雕像。敌人占领了卧狼堖，一个伪军见石头上有一道道的血迹，划向了卧狼堖北壁的白云洞。这伪军急忙向鬼子报告："太君，下边山洞里，八路的有。"鬼子让伪军带路，一边向东峡射击，一边顺着血迹，从一条下坡小路绕到了北崖的白云洞口，洞口站不了几个人，下边是百丈深渊，鬼子让伪军向洞中喊了一会儿话，里面黑洞洞的毫无反应，他们又不敢贸然进去，就冲洞中打了一阵机关枪，里面仍无反应，又向里面扔手雷。沉闷的爆炸和洞中扑出来的强大气流，差点儿把鬼子推下悬崖。

　　原来，这白云洞内，曲折多弯，隐藏在里面的八十多名群众安然无恙。

　　西边主峰上战斗正紧，儿童团长康桂顺突然发现不少鬼子绕向北壁，正在炸洞，他冒着弹雨找到指挥战斗的吕秀兰喊道："吕部长，卧狼堖被鬼子占了，他们正炸白云洞。"吕秀兰急忙喊过康二旦、李书祥和几个基干队员说："跟我来，保护洞里群众，把敌人的火力吸引过来。"他们冲到东峡口，掩在工事的后面，一齐射击卧狼堖上的敌人。几个鬼子中弹掉下了悬崖。西面的战士打退敌人的进攻，也回过枪来射击卧狼堖。这么一来，卧狼堖上的鬼子也就把主攻的方向，对准了主峰，北壁的鬼子很快放弃了白云洞，爬上卧狼堖，集中火力，居高临下，向主峰射击。不一会儿，主峰西面的敌人又冲上来了。我们的战士处于两面夹击的境地，有不少同志中弹倒下。吕秀兰见此险情，急命李书祥说："你快去通知老崔，我们掩护让他带战士们赶快撤退。"李书祥冒着弹雨，跑到元君庙，找到正指挥战斗的老崔。老崔马上安排突围，他先带十几个人，每人手里拿着两颗手榴弹，一声号令，一齐甩向敌阵，趁着腾起的烟雾，开始往外冲。老崔带三个战士，冲到元君庙前悬崖旁的一个小石坎里藏了起来，石坎周围长满了蒿草，敌人很难发现。其他六十多个同志，顺山南一条小石缝往下撤退。因为缝窄人多，从主峰东峡上来的敌人火力正猛，不少同志中弹牺牲，也有不少同志返回来与敌人展开肉搏，另有不少的同志受伤被俘，只有少数熟悉地形的青抗先和基干队员找地方隐蔽了起来。主峰上，吕秀兰带领康二旦、康英英、刘贵子、康三堂，用子弹、手榴弹和石块，把从东峡过来的敌人压了下去。他们坚持到了下午四点钟，子弹已经全部打光了，只剩下四颗手榴弹。康二旦提醒大家说："同志们，这仅有的四颗手榴弹，咱们藏起来，不让鬼子发现，关键时刻，一齐投出，咱们分头突围。"吕秀兰、康英英、刘贵子一齐把手榴弹掖进腰里，用衣服遮起来，康二旦把自己手里那颗手榴弹给了年龄最小的康三堂。康三堂问："二旦哥，你用啥？"康二旦一拍手中的扁担说："哥有它。"吕秀兰看着康三堂摸着他稚嫩的小脸蛋儿说："三堂，这儿数你小，才十五岁，真难为你了。你怕不怕？"康三堂眼里掉下泪珠儿说："我怕，我怕看不到玉皇现世，山上长出荆崩树的那一天了。我怕见不到我娘、我姐，还有小抗抗。"吕秀兰很爱怜地为他擦了一把泪，拍了拍衣服上的烟尘，鼓励他："我们正是为了美好的明天才和鬼子战斗的。如果我们牺牲了，这也是无上光荣的。后人会世世代代记得我们。我们的精神，会永远留在这座英雄的高山上。三堂，挺直了，不能在鬼子面前丢脸。"康三堂用袖子擦干眼泪，握住红缨枪，挺直了身子。刘贵子做了个鬼脸，哈哈一笑说："这就对了嘛，你看，我们都不熊。"吕秀兰望了一下南天门外，对李书祥说："书祥，你赶快带着康三堂出南天门撤出去，撤不走就藏起来，我们掩护你们。"李书祥坚决地说："不，我不走！三堂，你快走吧。"康三堂说："我也不走，我和你们一块儿战斗。"说着，抱住了康二旦的扁担。此时鬼子们又上来了，从三面围了过来，鬼子一看主峰上只有六个人，还有一个是小孩儿，他们没有开枪，一齐端着刺刀围了过来。吕秀兰冲五个人一使眼色，六位勇士一齐举起手中的枪在石头上摔断。这一招儿鬼子果然上当了，他们按照惯例，全把枪里的子弹退了出来。一个日军官喊："抓活的。"康二旦大吼一声："同志们，打鬼子……"四颗手榴弹，一齐投向三面的敌人，轰隆几声巨响，主峰上腾起十丈硝烟，十几个鬼子见了阎王。六个人趁着烟雾奋力突围，康二旦一条扁担成了开山棍，其余的同志全以石块做武器。吕秀兰用石块砸倒一个鬼子，跑向西边，从大石后面冲出三个鬼子拦截她，她又沿着元君庙后墙往东跑，东边也有七八个鬼子端着刺刀逼过来，吕秀兰跑到了悬崖边上，搬起一大块石头砸向身后的鬼子，趁敌人一愣神的空儿，人民的好女儿，纵身跳下了悬崖。离吕秀兰不远的李书祥和康三堂见吕秀兰舍身跳了崖，他们呼喊着"吕部长"，也壮烈地跑向古庙台悬崖。一群鬼子追过来，李书祥几步冲到崖边，冲家乡的方向呼唤："二梅……来世再见……"也从崖上跳了下去。跟在后面的康三堂，犹豫了一下，刚要跑上古庙台，康二旦冲过来大吼一声："三堂，我来救你。"他挥舞着扁担一路拼杀，打翻几个鬼子，拉上康三堂夺路而跑。又有几个鬼子端着刺刀冲过来拦截。刘贵子已从元君庙那边赶过来，他把石块包在外衣里，当流星锤使用，身上只穿一件儿小蓝背心，他吼着："三堂，快跑！"打倒几个鬼子，掩护了三堂，把鬼子引出南天门外。迎面一群鬼子拦住了去路，刘贵子转身跑向最险要的悬晕台，回头向鬼子蔑视地一笑，接着跳下了千丈深渊。一群鬼子追到台边，向下一瞅，很快晕眩欲坠，吓得哇啦怪叫，退了回来。

西边，伤势很重的康英英已经无力再战，倒在西边悬崖旁。几个鬼子簇拥着上前想活捉他。他从嘴里吐掉鬼子的半片耳朵，奋力爬到崖边，身子一滚也坠下了悬崖。

主峰上，只剩下了康二旦和康三堂。康二旦手中的桑木扁担已成了血红色，为掩护康三堂，身上已多处受伤。战到精疲力竭，他跑到西面龙宫爷场悬崖边，用尽最后一丝力，摔断扁担，喷出一口热血，直挺挺从崖边倒了下去……

"二旦哥，等我……"康三堂喊着，要扑向悬崖，却被一个鬼子揪住后脖领拉了回来。日军官见他还是一个十几岁的孩子，狰狞地笑了两声，问："小孩，你的，真的不怕死？"此时的主峰上，我们的队伍中就剩下了这个十五岁的康三堂，所有的日伪军全围了过来。康三堂挺起燃烧着仇恨的小胸脯，响亮地回答："不怕！"日军官愣了一下，又阴柔地笑着诱惑他："小孩，投降皇军的好，皇军大大地优待。"康三堂向日军官啐了一口，高昂起他留着瓜片头的小脑袋。"哟西！"日军官凶狠地错了一下牙帮骨，一指前面的悬崖说："你的,跳下去,跳!"山上所有的日伪军,全都鸦雀无声,围观着这个英俊又可爱的小孩。康三堂的心里,已经树起了许多亲人的榜样,吕秀兰、李书祥、康英英、李芳芳、刘贵子、康二旦、孔瑞瑞,还有李恒山队长。他觉得这些英雄的亲人都在山下等着他,也都在天上用火热的目光看着他,他牢记了吕秀兰对他说过的话:"不能在鬼子面前丢脸。"他抻了一下被鬼子揪皱了的蓝粗布小夹袄,英勇地转向悬崖,举步向崖边走去。在他生命的最后几步路上,他唱响了孔瑞瑞没有唱完的那支《挂云山之歌》:

> 悠悠的白云,高挂在屏嶂;
> 皎皎的梨花,烂漫着春光。
> 这里是华岳之尊,
> 挺直着民族脊梁。
> 啊……挂云山,挂云山,
> 回萦着道观的钟响,
> 轻漾着神鱼的细浪。
> 登上玉皇顶,向东方瞭望,
> 在那烽火连天的地方,
> 是我们受难的石家庄。
> 有一位儿郎,把这里寻访,把这里寻访……

整个挂云山,回荡着那童稚、悲壮、优美的歌声。鬼子震惊了,有的伪军含泪低下了头。康三堂走到崖边,高呼一声:"打倒小日本!"飞身跳下了万丈深渊。日军官拔出东洋刀,冲山上的林榔树猛砍了一通,举刀向天悲嘶:"大中国的,不可灭亡。"沮丧地坐在了地上……

大山,沉寂了;天宇,静虚了。山上所有的鬼子都定格在主峰上,个个呆若木鸡。空中,又传来一股噪声,从石家庄的方向,飞来一架日本飞机,哼哼怪叫着,围着挂云山转了三圈儿。山上的日军向飞机打着手势,机窗里投出一颗紫色的观测气球,在空中飘转起来。山下的鬼子知道山上停止了战斗,鬼子司令传令禁止打炮。大量的鬼子爬上了挂云山,时间已是下午的五点钟了。

六壮士跳崖殉国

　　此时日军司令才惊奇地发现，山上，除了炸烂的石头和摔断的枪支，还有基干队、青抗先四十具遗体，连八路军主力部队的影子也没见着。他们做梦也没想到，将近一天，英勇抵抗了他们四千兵力的，竟是一百来个土八路。鬼子司令气得在山顶上暴跳如雷。他们搜了一遍山，在山上山下收殓起二百多具鬼子尸体，用战马驮上，押着我军三十多名被俘的战士和群众，懊恼又沮丧地离开了挂云山。我军被俘的重伤员，以及行走艰难者被鬼子当即击毙在路上。

　　当天晚上，丧心病狂的日军，对山下各个村庄进行了血腥洗劫，一百多名日军冲进了三峪村。还好逃难的众乡亲都还没有回去，整个村庄都是空街、空巷和黑咕隆咚的空房子。野蛮的日军只在街旁的柴草垛里，抓到一个要饭的盲人，一刀将盲丐捅死。还在一个胡同里抓到一个不愿离开家的八十多岁的老人，也一枪毙命，再没找到第三个人。恼羞成怒的日军，开始放火烧房，整个村子火光冲天，浓烟滚滚，连熊司令原来的指挥部也被炸了。一夜之间，烧了有一千多间房屋。三峪，又遭了一次大劫难。天亮了，早晨的太阳又从挂云山的东方冉冉升起来，可是，九月七日的太阳，照耀下的山河村落已不是原来的模样了。天空应当是晴朗的，却垂着灰色的阴云。那不是阴云，是山下几个村落遭焚后，断壁间的千家残烟，升上天空汇合成黑茫茫的流云。四野里弥漫着难闻的焦煳味儿。三峪的房子还在冒烟，三峪西口，从槐树弯那儿跌跌撞撞地走来的第一个人是一个穿豆青色秋衫的大辫子姑娘，那是王二梅。到东头村逃难的乡亲们还没敢回来，她是偷着跑来的，只为心爱的书祥。订婚以后，在东头村这些日子里，王二梅的心里是溢着蜜汁儿数着天儿过日子的。她每天就坐在自家北房前的石榴树下，飞针走线，精心做着自己的嫁妆，口里还哼着曲儿。她盼着到了喜日，李书祥用大红轿车来娶她，她会与他在三峪的新房里，度过人生最甜美的初夜。婚日的迫近，冲淡了她以往的忧心。因为发生了战争，因为太爱书祥，以前她总觉得她和书祥的头顶上悬着一口黑色沉重的大闸门，指不定哪一天的哪一刻，这黑闸会轰然落下，阻断了他们的婚姻，击碎他们幸福的前景，让她肝肠寸断，天崩地裂。当她看到太阳天天出来，喜日一天天近了，心里的黑色块垒，就化成了淡云轻风。

　　九月六日，挂云山的枪炮，又轰碎了她的美好畅想。昨日，挂云山战斗打了将近一天。昨夜，鬼子烧村庄，大火红了一夜。她再也按捺不住了，天一扑明儿，她就冲破世俗观念，偷着跑出家门，跑了十来里地，第一个回到了三峪。火焚后的三峪，让她触目惊心。还好，逃难的众乡亲都还没回来，她没有闻到血腥气，她形只影单地进了村。不顾村里是否潜伏着危险，也顾不得去看看李书祥家自己的新房，更顾不得去瞅瞅姥姥家自己的闺房，这些都不重要，她只想着见到三中队的人，见到李书祥。

前方，巍巍挂云山，依旧静静挺立着，静得让人产生幻觉，如同走在梦里。昨日的激战，也如同是发生在上一个世纪的事。王二梅一路上默念着"无量天尊"，默念着"梨花雪姐"，她幻想着能像往日那样，李恒山、吕秀兰带领着康二旦、李芳芳、李书祥……这些生龙活虎的战士，从东方的山路上，一路笑谈，走进三峪。

空荡的街上，她只身走着，前边几声狗叫，让她心里一热。人还没回来，三峪的狗们先回来了。前边不远，一群三峪的狗，正在路中间争食一顿大餐。王二梅走过去才惊悚地发现，街中死着一个人，狗们正争食这死人的肠子，那个人，是被鬼子捅死的讨饭的瞎老贾。二梅怒上心头，捡了两块砖，打散了挡道的狗。她绕过惨死的瞎老贾，直奔村东口。忽然，村口进来两个人，两个人看见她，很机警地躲了一下，但很快就迎着她，进了村子。王二梅心头一亮，终于看见三峪的人了，来人原来是康来羊和大个子康保祥。

康来羊是在突围时，藏在主峰西侧，悬崖旁一个石缝儿里，躲过了敌人的搜查。康保祥给主力部队带了半宿的路，头天明才回到了挂云山，碰上了康来羊和出洞的乡亲们。他们两个是前来进村侦察的。王二梅几步赶过去，急切地询问康来羊："吕部长他们呢？英英和二旦兄呢？李书祥呢……"康来羊的长瘦脸满是硝烟和悲痛，他没能答出二梅的问话，而是蹲在地上，呜呜哭了起来。康保祥看了二梅一眼，揾了一下发红的眼睛，痛心地说："二梅，你别问了。他们，打完了子弹，最后……跳了崖了。"

王二梅的头顶嗡的一声，如同击来一个霹雳。她不知此时在云里还是在雾里，两眼发昏，胃里漫进一股刀割般的酸楚，胸脯里一股热东西往上顶，张口吐出一口鲜血，一下倒在街上失去了知觉。不知过了多久，王二梅觉得自己化成了一团气体，悠悠地飘着，飘到了一个很神奇的地方去了。那个地

六壮士跳崖殉国

方真是太静、太美了。天上的明月，放射着淡蓝的光，周围是洁白的雪山、洁白的峡谷。淡蓝的月光照耀着雪山和峡谷，雪山和峡谷也都呈现着清冽如洗的淡蓝。连周围一些松树上的落雪，也都是蓝得好看。这里听不到一点声音，也没有一丝风，只有这纯净的洁白和肃然的淡蓝，她看见了李书祥。李书祥依旧穿着他那深蓝的学生制服，小分头梳得很整齐，脸很白。他从一个蓝白色的山弯里走来，向一个洁白淡蓝的大峡谷走去。王二梅呼唤他，他却听不见似的，依旧走向峡谷。二梅很着急，使劲喊他，他依旧不理。当他走过她面前时，突然停了下来，回头对她说："二梅，你把你为我做的那双鞋拿给我穿吧。"二梅问："你没穿着鞋吗？"李书祥面无表情地冲她抬了一下脚，那是一只光脚。王二梅急忙说："你等等，我回去拿鞋。我做的鞋呢？鞋，鞋……"王二梅喊着鞋，终于醒过来了，淡蓝的世界消失了，书祥消失了，她看见了母亲的脸，看见了姥姥的脸。她们都在落泪，原来她是躺在三峪村的丰化堂内。她听到村里的许多哭声。"二梅，你可醒过来啦。"母亲喊她。"二梅，"姥姥安慰她，"你先别想不开，书祥虽说跳了崖，可还没见着尸。老崔组织人们巡山了，也许书祥还活着。"王二梅绝望地摇摇头，很痛苦地说："书祥走了，他回不来啦！他跟我要那双鞋呢。"王二梅哭着又闭上了双眼，可她，再也回不到那个淡蓝而纯净的世界里去了。

三峪村里，逃难的乡亲们都回来了，区委老崔也带着幸存的战士们回来了。建屏政府派三区区长齐文川和县基干队的李队长来协助老崔主持安葬仪式。康村长带领康来羊、康保祥、康长玉几个年轻人上南岭砍树，制作了几副担架，组织起青年担架队。六壮士跳崖的壮烈事迹，很快惊动了整个建屏县。担架队出发前，齐区长做了重要讲话，要求仔细检查烈士身上的遗物和遗言，看看有没有写了火线入党申请书的，这是最好的爱国主义教育材料。担架队的战士和乡亲们很庄严地聆听着，六壮士的形象，在他们的心里一下高大神圣起来了。

担架队进山了，康来羊、康保祥先带人在山下寻找六壮士。山势的险要，地形的复杂，有些地段要披荆斩棘。他们先在东崖下找到了吕秀兰的遗体，很快又找到了李书祥，他们无一生还。人们很希望能有一个活着的壮士。在西边崖下，找到了康英英的遗体，再往东的山崖下找到了康二旦和康三堂的遗体，几个同志，全都光荣牺牲了。最后寻找刘贵子。唯独这刘贵子，激起了人们莫大的希望，他是在最险要的悬晕台跳下，落在了一个大树杈上。他身穿小蓝背心，头上歪戴着军帽，微微笑着靠着树杈睡大觉。树下，是他的一件包着东西的军衣。人们都认为只有他还活着，一声高过一声地呼唤他，但喊了几十声他也不醒。几个人上树把他抬起来，这才发觉，他是六壮士中死得最惨的一个。他从悬晕台跳下，正好崖下的大树杈上往上长了个带尖的树茬，树茬儿扎进他的肛门，一尺有余。

六位壮士的遗体，先安放在清泉观附近的泉坡峪，区委马上下发了烈士证明书。吕秀兰是庄子头人，她身上没查出任何有意义的遗物，她的遗体被她的干哥何玉祥领走了。刘贵子也是庄子头人，在他的军衣里，只查出几块战斗过的石块儿，他的遗体，被他的哑妻和他岳父何德胜领走了。康二旦和康英英，也没留下有价值的遗物，被他们的家人，葬在了东峪西北角的杏林里。康三堂的遗体被村人领走，葬在村东南的南岭坡下。三堂的母亲哭昏过好几次，大红颖抱着孩子，时时守在三堂母亲身边。李书祥的遗体，是他的二哥从山上背回村里的。书祥还很年轻，有文化，又很追求进步，区委对他很重视。他的遗体，先停放在村公所大槐树底下的竹床上。清理烈士遗物时，一个战士从他的上衣口袋里，找到了一个折叠的纸条，上边有字。区委老崔和齐区长，还有县基干队的李队长，对这张字条很感兴趣，让战士当众宣读。字条上的字是这样写的：

> "敬爱的母亲，儿如果在挂云山战斗中牺牲了，您不必难过，儿很壮烈。下葬的时候，请二梅给我穿上她做的那双新鞋，让二梅送送我。二梅不哭，此生一别，还有来世。书祥留，一九四〇年九月六日晨于挂云山。"

干部们沉默了一瞬，老崔把那字条接过来，交给了书祥的母亲，劝她节哀。范氏婶子看着字条当众说："我不哭，儿子壮烈，是母亲的光荣，家门的荣耀，也是三峪的光荣。我去告诉二梅，不要她哭。"她刚要走，二梅的母亲红肿着眼睛找来，对范氏婶子说："范嫂，书祥给二梅托梦了，说要那双新鞋。"人们听了，都觉得惊奇。人们交口叹道，真是苍天有灵，书祥和二梅的心生死相通呢。

劫后的三峪，人们居无定所，无法举行像样的葬礼，所有烈士都是和衣

六壮士跳崖殉国

而葬。李芳芳葬在了村子西南的南岭脚下。李书祥也要葬到那里。

出丧的下午，阳光依旧明媚，人们的心情却依旧哀恸。王二梅穿一件月白色秋衫，拖着病弱的身子，两只手在怀里捧着她为书祥做的那双"龙凤呈祥"的新鞋。那是他们初恋的信物，是李书祥结婚要穿的。现在，她却要送他走向黄泉路。她跟着载有书祥遗体的牛车，被两个村里的嫂子搀扶着，走向村子西南的墓地。后边，跟着书祥啼哭着的家人，再后边是扛铁锹的乡亲们。王二梅没有哭，她面色苍白而冷峻，两眼平视着前方，很虔诚地送着书祥，她要送他去那个梦中的、冥中的，淡蓝洁净、纯玉一般的世界里去……

三天之内，挂云山上的烈士们也全部得到了妥善安置。建屏政府给烈士家属都发了革命烈士证明书。不少烈士的遗体被他们的亲人领走，魂归故里，入土为安。日后其家人享受烈属待遇。还有二十六位烈士（多数都是南方人）与家人失去了联系，遗体无人认领。建屏政府就在挂云山清泉观附近的泉坡峪，为他们建了一个集体墓地。这里风景宜人。这二十六位烈士，除了李恒山中队长用了一口乡亲们为他赶制的薄木棺外，其他人也全是和衣而葬。每一位烈士的遗体上还都生着虱子，长着疥疮，脚上打着血泡。烈士的坟墓，全用黄土和石块堆砌而成，每一座坟墓上，都插着一个木牌，上面写着烈士的名字和年龄。

烈士具忠骨，永远与挂云山共存，他们的民族精神，也永远与挂云山永垂。

昔日的激战枪声渐行渐远了，挂云山庄严而沉寂了，六壮士跳崖殉国的故事，仍在民间广泛流传。

尾声 七十二年后的震撼

　　硝烟散尽，挂云山很快又恢复了它那雄伟壮丽、云悠绿幽的仙风道骨。突围出去的指战员们很快又重整旗鼓，举起刀枪，汇入主力部队，展开了更加激烈热闹的正太铁路破袭战。

　　一九四七年，石家庄解放；一九四八年，取消了以前的建屏县、获鹿县，三峪又属井陉县。大规模的土改运动，让穷苦农民分到了土地。六壮士之一的李书祥家里，因为地多，雇过长工，被划为富农。他们家的大门头上，没钉过一天烈士牌；李书祥的母亲，没享受过一天烈属待遇。"文革"那段动乱岁月，书祥的母亲和他的弟弟李五子，竟成了挨批斗的对象，这是后话。一九五二年，开展拆庙堂盖学堂运动，山上的道士被赶走，许多雄伟的千年古庙，碧霞元君庙、老君堂、女娲庙、娘娘洞、凌霄殿、南天门，还有著名的清泉观，全被推倒夷平。尘起尘落，挂云山这座著名的道教圣地，华北第二泰山，一下脱去圣装，成了"荒山"。

　　六壮士的故事，也在以后漫长的日子里逐渐褪色，被越来越多的人淡忘了。挂云山泉坡峪二十六位烈士的坟墓，也因日久年深，无人护理，坟上的木牌日渐糟朽损坏；烈士的英名，消失在荒草乱石间。那二十六位烈士的坟墓，屡遭羊踢人踩，也被蹚为平地，没了坟的轮廓。只有到了每年的清明节，到了为死去的亲人烧纸的日子，村里一些老八路、老游击队员和他们的后人，登上挂云山，在六壮士跳崖的地方站一会儿；再到泉坡峪二十六位忆不起名字的烈士墓地，蹲守一会儿……

直到一九八五年以后，上级重视传统文化和非物质文化，三峪村民才开始在山上重修庙宇，或集资，或化缘，又恢复了清泉观、元君庙等。因村民财力有限，重修的庙宇，都非常简陋小气，要想达到以前的恢宏气势、庄严圣境，绝非三峪人所能为的。

一九八八年，县委抓革命传统教育，井陉县政协办公室主任唐喜书到三峪寻访，根据三位当年参加过战斗的老游击队员的口述，整理撰写了四千字左右的《浩气长存挂云山》，再现了当年六壮士的战斗实况。同年，县委协助三峪村委，在挂云山最高峰，当年李芳芳壮烈牺牲的卧狼垴上立了纪念碑，修了烈士亭。纪念碑上有杨成武等领导的题词，记载下了当年六壮士跳崖殉国的战斗故事。后来，也有其他一些文化人，如余炳年、何忠郁，写过挂云山战斗，相同的故事，也都是三四千字的篇幅。可能作者也是觉得激战中，几位指战员转移得不够出彩，他们干脆只写六壮士，把其他人撤退的情节巧妙回避了。

战斗中，不可能人人当英雄，英雄只是少数。

一九九七年，挂云山被定为石家庄市"爱国主义教育基地"。二〇〇〇年，政府在泉坡峪附近，清泉观前，为六壮士雕塑了汉白玉石像。二〇一〇年，挂云山被定为"河北省青少年实践教育基地"。

有四个幸存的人物，需要补述：

康三堂牺牲一年后，杨红颖（化名）带着孩子走了。李书祥牺牲后，王二梅也离开了三峪村，下落不详。

李芳芳的生前战友康来羊，挂云山战斗突围，藏在西崖石缝里脱险后，一直在村当民兵；解放后，一直任生产队长；二十世纪六十年代中期，送两个儿子参了军。一九九〇年左右病逝于三峪。

另有一个重要人物，六壮士之一康三堂的好友，儿童团长康桂顺，挂云山战斗突围时不幸被捕，后来被日寇押送到保定、徐水，后又被押送到井陉煤矿，下井当了童工，受尽日寇压榨。第二年冒死逃出虎口，他怀念三堂，怀念先烈，继承先烈遗志，在一九四二年最艰苦的阶段，又参加了八路军，奔赴反"扫荡"战场。他在战斗里成长，打走了日本鬼子和国民党，又跨过鸭绿江，当了志愿军，上了朝鲜火线。一九五三年因病复员，回三峪后一直享受荣军待遇。

一九八〇年以后，他多次登上挂云山，为省市县级领导，讲述当年的战斗故事。

二〇〇七年，病逝在三峪，享年八十二岁。

还有，健在的青抗先队员康长玉、高二小，也多次接受来者采访，倾诉当年的战斗故事……

时光悠悠，钟声悠悠。后来挂云山的古钟被盗了，警钟不鸣了。当年的游击老人相继去世，知道挂云山故事的人越来越少了，听故事的人也越来越少了。尤其是当今小青年，他们才不想知道上三辈儿干过什么。他们只知道井冈山，不知道挂云山；只知道六小龄童，不知道六壮士。二〇一二年清明节前，三峪村的干部和村民，为弘扬六壮士精神，拯救和恢复二十六位烈士的坟墓，他们找到了河北省发行量最广的《燕赵晚报》。这件事，首先震撼了记者，四月三日的报纸，用两个版面，配以摄影，刊发了《追寻，不应忘却的纪念》，介绍了七十二年前的挂云山战斗和六壮士跳崖殉国的故事。报道在社会上引起了极大的轰动，人们第一次知道了挂云山，知道还有一个石家庄版的挂云山六壮士。记者一连六期，追踪报道，发动社会公众，追寻二十六位烈士的姓名、故事和后人。有了媒体的宣传和呼吁，最受震撼的居然是年轻人，无数电话打向报社，打向三峪村。三峪支部书记温江林的手机都要被打"爆"了！趁着挂云山最美的季节，四面八方的年轻人，争着来登挂云山，寻访六壮士跳崖处，临险膜拜；再寻泉坡峪二十六位烈士的坟墓，聆听当年的战斗故事。井陉县民政局成立了挂云山二十六烈士墓修缮保护小组，联合三峪村的干部村民，扛起铁锨，为坟头添土砌石，修复了二十六座烈士墓。四月四日，上午十点，由民政局领导带领三峪村小学生、三峪村民和各界人士，一百多人为挂云山烈士举行了隆重公祭。《燕赵晚报》记者寻访到了六壮士之一刘贵子的孙女刘彩云。继而，记者下大力气，继续追寻二十六位烈士的姓名、故事和后人。

人海茫茫，历史深深，无异于大海捞针。

记者寻访到了当年安葬烈士的见证人焦秀。焦秀是东峪人，就住在挂云山脚下。当年的游击队常在他们家房顶上开会。挂云山战斗时，他只有六岁，他母亲带着他躲在南山一个山洼里，他听着山上各样儿的枪声，目睹了整个挂云山战斗，而且看见了六壮士其中的两个人跳崖。战后，他同大人上山捡子弹壳儿，每人一天能捡十大布袋，可见战斗之惨烈。因为是家门口的事，安葬烈士时他见证了全过程。当时齐区长写了烈士名单，葬在泉坡峪的烈士坟上都插了写着人名的木牌，以便由家人认领。后来，一部分烈士被其家人认领走了。最后剩下了二十六位烈士，长眠在了泉坡峪。几年后木牌全部毁坏失没，人们能指认的坟墓，就只有一个李恒山了。二十世纪七十年代，焦秀和村民上山砍柴，发现二十六位烈士坟墓的所在地，有一棵大树被大风刮倒了。在树根带出的泥土中，焦秀捡到了一枚手章，写着王桂元的名字（后来手章遗失）。这个王桂元，应当是安葬在泉坡峪的二十六位烈士之一。除了李恒山、王桂元两位烈士，还有二十四位烈士不知姓名。

记者满怀信心，接着追寻。省退休职工，原籍三峪村的李和平向记者提供了两位撰刻在井陉县米汤崖村的"米汤崖烈士纪念碑"上的女烈士记载："王香妮，二十二岁，建屏东焦，区大队妇女干部，共产党员，在挂云山战斗牺牲。""孔瑞瑞，二十一岁，建屏东冶，区妇救会主任，共产党员，挂云山战斗牺牲。"王香妮、孔瑞瑞是否属于安葬在挂云山泉坡峪二十六位烈士之一，无法考证。

不久，记者又征集到两个烈士的名字。

李焕须，二十岁，一九四〇年参军，牺牲在挂云山。潘新顺，十八岁，牺牲在挂云山。可惜找不到他们一丁点故事的影子。这两个人，是不是泉坡峪二十六烈士之一，亦无法考证。

之后的日子里，大山沉默着，历史的时空深深，再没有其他人的一丁点新线索。这等于宣告，泉坡峪要有二十多位烈士，永远成为无名英雄。

书记温江林、治保主任康树成以及康华庭、温岳龙这些现任基层领导，他们和老支书康三竹一样，十分关怀重视三峪村的光荣历史。

二〇一三年，在县委、县政府支持下，他们揣着颗颗火热的心，或化缘，或求援，几度奔波，已在三峪村修建落成了超前水平的"挂云山剧场"，在熊伯涛指挥部的原址，开办了"百团大战挂云山纪念馆"。目前，在挂云山下，他们正紧张筹建烈士陵园。

今天的三峪、挂云山，正向一个新的方向发展。昨日的烟火弹痕，正逐日悄悄淡去。刚刚热起来的"挂云山现象"，也逐日冷了下去。大自然是有情的，烈士墓地，年年草绿花新，山鸟悲啼着，山虫屈吟着，山风执着地鸣咽倾诉着。也许是在商品经济大潮的强势下，挂云山的文脉太弱了，山间云雾，依旧深锁着烈士的英名和事迹，不为更多人知。

然而，三峪人民，也是有情的。普通村民，六十七岁的李素婷，自发编写了许多歌颂挂云山、缅怀六壮士的歌谣，她不但自己到处吟唱，还教会了许多的村民……

神奇的挂云山，奇观又现，山上山下，开遍了许多绝迹多年的荆崩树花；挂云山顶，玉皇印的上方，也出现了玉皇的头像。人们说这是好的兆头啊，六壮士精神与青山永垂，挂云山的文化盛世，一定会接踵而来！

—— （全书完）——

尾声 七十二年后的震撼